René Guénon

LE RÈGNE DE LA QUANTITÉ ET LES SIGNES DES TEMPS

1945

JDH Éditions
Les Atemporels

Les Atemporels

Qu'il s'agisse d'œuvres du vingtième siècle, du dix-neuvième, du dix-huitième ou encore plus tôt…

Qu'il s'agisse d'essais, de récits, de romans, de pamphlets…

Ces œuvres ont marqué leur époque, leur contexte social, et elles sont encore structurantes dans la pensée et la société aujourd'hui.

La collection « Les Atemporels » de JDH Éditions réunit un choix de ces œuvres qui ne vieillissent pas, qui ont une date de publication (indiquée sur la couverture), mais pas de date de péremption. Car elles seront encore lues et relues dans un siècle.

La plupart de ces atemporels sont préfacés par un auteur ou un penseur contemporain.

© 2022. Edico
Éditions : JDH Éditions pour Edico
77600 Bussy-Saint-Georges

Imprimé par BoD – Books on Demand, Norderstedt, Allemagne

Préface de Pénélope Morin

Conception couverture : Cynthia Skorupa

ISBN : 978-2-38127-283-2
ISSN : 2681-7616
Dépôt légal : septembre 2022

Préface

> « *Ce qui empêche de comprendre,*
> *c'est que c'est trop simple.* »
>
> **Jean Cocteau**[1]

L'enseignement de René Guénon a joué un rôle déterminant dans les évolutions spirituelles historiques. Les ouvrages qu'il a publiés depuis 1921 jusqu'à la fin de sa vie, au Caire trente ans plus tard, ont causé dans la conscience et l'intellectualité occidentales une onde de choc. Rappelant avec une grande force d'expression les prérogatives de la Science Sacrée, principalement de la métaphysique, en insistant sur la nécessité de respecter scrupuleusement les formes traditionnelles inspirées par Dieu (symboles universels) et communiquées par les différents Messagers. René Guénon a parlé un langage dont le monde moderne avait complètement perdu le sens[2] ; l'étonnement a conduit à la curiosité, et la curiosité à la recherche, notamment à une quête, en vue de retrouver les sources de la *baraka*, ou Bénédiction divine, sans laquelle il n'est pas de *tahqîq*, c'est-à-dire de réalisation spirituelle et métaphysique véritable.

Ses appels sont accompagnés d'un avertissement lancé à l'Occident moderne, ainsi que d'une dénonciation magistrale, qui n'a rien perdu de son actualité pour la civilisation occidentale matérielle et individualiste, marquée par le rejet des principes métaphysiques et la négligence des formes sacrées d'inspiration divine. Cet ouvrage intitulé *Le règne de la quantité et les signes des Temps* est une application au monde moderne de la science des *ashrat as-sa'a* ou « Signes de l'Heure », ainsi que de la gouvernance par les nombres[3] telle que décrite avec anticipation au chapitre X, intitulé « l'illusion des statistiques ». Dans *Orient et Occident*, René Guénon formule une critique sévère de la science moderne qui repose, elle aussi, sur la négation de tout principe véritable.

---

[1] *L'art Templier des Cathédrales, Celtisme et Traditions Universelles*, Robert Graffin, Éditions Jean-Michel Garnier, 1993.
[2] *Vers la Société du Sens*, Pénélope MORIN & Alexandre ROJEY, JDH Éditions, 2020.
[3] *La Gouvernance par les Nombres*, Alain Supiot, Fayard Poids et Mesures du monde, 2015.

Le titre de cet ouvrage met bien en relief la perspective de l'ensemble de son œuvre : selon son enseignement, la métaphysique traditionnelle *(al-'ilm al-ilâhî)* est chose oubliée, ignorée en général, perdue à peu près entièrement dans le monde occidental, tandis qu'en Orient, elle est toujours l'objet d'une connaissance effective et reconnue.

Il insiste donc pour que les Occidentaux recourent à l'aide des doctrines orientales et qu'ils les étudient comme le font les Orientaux eux-mêmes. C'est ce qu'il fit lui-même pour l'exemplarité, dans d'autres ouvrages : *L'Introduction générale à l'étude des Doctrines hindoues,* paru en 1921, et *L'homme et son devenir selon le Védânta,* paru en 1926, s'inspirent des doctrines hindoues ; *La Grande Triade,* paru en 1946, est inspirée du Taoïsme et de la tradition métaphysique chinoise.

Le point de vue qu'il adopte dans ces études est, de façon constante, celui du *Tawhîd,* à propos duquel il écrit : « La doctrine de l'Unité, c'est-à-dire l'affirmation que le Principe de toute existence est essentiellement Un, est un point fondamental commun à toutes les doctrines orthodoxes. La doctrine de l'Unité est unique (At-Tawhîd *wahidun),* c'est-à-dire qu'elle est partout et toujours la même, invariable comme le Principe. » Le Prophète[4] Muhammad dit : « Cherchez la Science, fût-ce jusqu'en Chine. » Ce fut le choix de René Guénon qui ne se réfère pas à la Tradition Islamique en particulier, mais à ce qu'il appellera « Tradition Primordiale[5] » qui est à l'origine de toutes les formes traditionnelles orthodoxes et de toutes les religions d'inspiration divine. Cette Tradition primordiale, dont le Prophète Muhammad – Grâce et Paix – reçut la science et l'héritage, est gardée au centre permanent de notre monde auquel René Guénon a consacré un ouvrage spécial : *Le Roi du Monde,* paru en 1927[6]. La religion dont il s'agit ici est la « Religion immuable » que le Coran désigne au moyen de l'expression *ad-Dîn al-Qayyim*[7]. Son caractère primordial est évoqué par la notion de *Fitra* mentionnée dans le verset *Fitrata-Llâhi allatî fatara-n-nâs « alay-hâ* (Cor. 30, 30). Selon Ibn Abbâs, l'expression *Fitra-Llâhi* a ici le sens de *Dîn Allâhi,* « la Religion d'Allah » au

---

[4] Le mot français **prophète** est composé du grec pro (à l'avance) et du verbe phesein (dire).
[5] *Melkitsedeq ou la Tradition Primordiale,* Jean Tourniac, Dervy Poche, 1983.
[6] Le roi du monde - René Guénon - JDH Editions Les Atemporels - 2022
[7] Sur les questions abordées dans ce paragraphe, cf. Michel Vâlsan, « Le Triangle de l'Androgyne et le monosyllabe "Om" », dans *Études Traditionnelles,* 1965, p. 39-42 et 83-91

sens universel de cette expression ; du reste, un hadîth affirme expressément que « l'Islam est la religion de la Nature primordiale pure » (*al-Islâm Dîn al-Fitra*). La Tradition Primordiale peut être également identifiée à la *Hanifiyyah samha*, « religion pure et libérale », qui, selon une parole du Prophète Muhammad, est « la plus excellente des religions » avec laquelle il fut lui-même envoyé. Je pense que ces différentes notions renvoient toutes à celle de *Millat Ibrahim*, la Règle d'Abraham.

Aux versets 155, 156, 157, 158 et 159 de la sourate IV « Les Femmes (An Nissa) », il est dit : « Maudits soient leur refus du pacte, leur réfutation des signes d'Allah et la mise à mort des Prophètes qu'ils ont injustement décidée. Ainsi peuvent-ils dire que leurs cœurs sont enveloppés, mais c'est Dieu qui étouffe les cœurs des incroyants, car ils ont une foi très sommaire, excepté quelques-uns. Leur médisance quant à Marie et leur incroyance sont d'une imprudence sans nom. » C'est parce que la notion de *Millat Ibrâhîm* évoque peut-être mieux que toute autre en Islam celles de Tradition originelle et de Religion immuable que ces aspects fondamentaux de l'enseignement de René Guénon sont directement rattachés à la fonction d'Abraham.

En 1930, René Guénon quitte la France pour l'Égypte, pays où il réside jusqu'à sa mort. En 1934, il épouse la fille du cheikh Muhammad Ibrâhîm. Durant toute cette période de sa vie, Guénon mènera l'existence d'un pieux musulman, tant sur le plan de la Loi extérieure qu'en ce qui concerne les pratiques rituelles relevant du Tasawwuf. Son autorité est telle qu'il sera appelé désormais le Cheikh Abd al-Wâhid Yahyâ. Cette installation en terre d'Islam s'accompagne de l'apparition, dans l'œuvre guénonienne, d'un thème nouveau, celui de l'initiation, auquel René Guenon consacrera un ouvrage spécial : *Aperçus sur l'Initiation*, paru en 1946. La parenté avec l'enseignement de René Guénon est indiquée de manière particulièrement nette par la mention : « Est créé pour moi un langage de vérité destiné aux hommes des derniers temps. » On pourrait, en effet, difficilement trouver dans le Coran un passage qui s'applique au Cheikh Abd al-Wâhid Yahyâ d'une manière plus précise. Enfin, on notera que les Poèmes qui figurent en tête du *Kitâb al-Mawâqif*[8] contiennent des passages étonnants où l'Islam n'apparaît pas en position privilégiée par rapport aux traditions antérieures. Abd al-Qâdir écrit, par exemple :

---

[8] *Écrits spirituels*, Kitab Al Mawaqif, présentés et traduits de l'arabe par Michel Chodkiewicz, Seuil, 1982.

En Moi est toute l'attente et l'espérance des hommes :
pour qui le veut « Coran », pour qui le veut « Livre discriminateur »,
pour qui le veut « Torah », pour tel autre « Évangile »,
flûte[9] du Roi-Prophète, Psaume ou Révélation…

Puis :
Tantôt, tu Me vois Musulman. Quel Musulman :
parfaitement sobre et pieux, humble et toujours suppliant !
Tantôt, tu me vois courir vers les églises,
serrer fort une ceinture sur mes reins.
Je dis : « au nom du Fils » après « au nom du Père »
et par l'Esprit, l'Esprit-Saint : c'est là
L'effet d'une quête, et non d'une duperie !
Tantôt dans les écoles juives tu me vois enseigner :
Je professe la Torah et leur montre le bon chemin.
Personne d'autre que Moi n'a adoré Uzayr ;
personne d'autre que Moi, jamais, n'a proclamé la Trinité.

La fonction commune de Cheikh Abd al-Wâhid et de l'émir Abd al-Qâdir permet de comprendre également l'intérêt qu'ils ont porté à la Maçonnerie, tout au moins à certains moments de leur parcours initiatique, et le fait qu'ils soient entrés, l'un et l'autre, dans cette organisation. Cet intérêt s'explique, non par des considérations d'ordre individuel ou purement circonstancielles, mais par des raisons très profondes à des fins d'études exposées aux chapitres 36 à 39 du *Règne de la Quantité et les Signes des Temps*.

En effet, il ne faut pas oublier qu'en dépit de son état de dégénérescence, la Franc-Maçonnerie présentait l'avantage d'être pratiquement la seule organisation initiatique occidentale non liée à un dogme déterminé, et de pouvoir par conséquent servir de support à une certaine influence spirituelle en provenance du *Tasawwuf*. Cet aspect relève, lui aussi, de la fonction d'Abraham, et cela d'une façon d'autant plus caractéristique que *sayyidnâ Ibrâhîm* représente en Islam l'Architecte divin puisqu'il préside à la construction de l'édifice sacré par excellence qu'est la « Maison d'Allah » visible. En conclusion de cette courte étude, il ne s'agit pas ici, bien entendu, de nier les privilèges de l'Islam,

---

[9] Kokopelli et/ou Krishna selon les mythologies, par exemple.

ni le statut divin qui distingue cette religion de toutes les autres, ni la mission propre qu'elle est destinée à assumer à la fin des temps, mais de constater que l'aspect mis en valeur par l'intervention décisive des représentants du *Tasawwuf*[10] en vue d'une manifestation finale de la vérité et de la science traditionnelle en Occident a plutôt été celui du *Tawhîd* unique et universel, dont la nature est purement principielle et métaphysique. Les Compagnons du Prophète disaient : « Vous, vous comptez la Victoire (al-fath) à partir du moment où La Mekke fut vaincue, mais nous, nous la comptons à partir de la Paix de Hudaybiyya[11]. » De même, la défaite de l'émir Abd al-Qâdir et son exil en France furent pour lui l'occasion providentielle de rendre présente une certaine Baraka islamique dans un pays qui, depuis des siècles, avait perdu jusqu'à la mémoire de ce qu'une telle influence spirituelle pouvait représenter. De même encore, ce que l'œuvre de Cheikh Abd al-Wâhid Yahyâ met en évidence, c'est que la force et la victoire appartiennent uniquement à la Vérité totale et universelle dont l'Islam a reçu l'héritage et qu'il a pour mission propre de proclamer et de sauvegarder.

Tout ce qu'il a écrit au cours de cette étude représente, d'une façon générale, ce qui peut être appelé « Signes des Temps », suivant l'expression évangélique, c'est-à-dire les signes précurseurs de la fin d'un monde ou d'un cycle comme il peut y en avoir à chaque lever du jour[12], ne pouvant être autre chose que la fin d'une illusion. L'Esprit, ou la Force, le Principe, l'ensemble fut appelé Inconnaissable ou Incréé[13] doté d'une philosophie Intemporelle, Gardienne de l'Ontologie tel qu'exprimé au chapitre XL. René Guénon y décrit à la fois une critique de nos sociétés contemporaines et une redécouverte de la **Tradition Primordiale**. La lecture et l'écoute, signes des temps d'horizons vers un âge d'or dans lequel la spiritualité retrouve le respect, la dignité et sa place vitale pour une vision du monde dépassant l'illusion par le sens. Une nouvelle réalité apparaît grâce à des prises de conscience de l'Unité primordiale d'un univers Fini et Infini définitivement réels à apprécier dans la grâce et la paix.

---

[10] Philosophie de l'Islam consistant à étudier l'être et l'essence de la religion musulmane. Le Tasawwuf est une quête spirituelle basée sur la contemplation et l'amour de Dieu.
[11] Pacte signé en 628 entre Mahomet et les autorités mecquoises, mais les Mecquois brisèrent le traité l'année suivante, en janvier 630.
[12] Sourate CXIII, L'Aube Naissante (Al Falaq).
[13] Sourate CXII, Le Culte Sincère (Al Ikhlas), Le Coran.

Né à Blois, le 15 novembre 1886, enterré au Caire sous le nom d'Abd al-Wâhid Yahyâ en 1951, René Guénon est l'homme par qui le scandale arrive et le doute survient. Dans ses études, il dénonce la décadence de l'Occident moderne, fruit d'une lente dégénérescence de son héritage métaphysique et se tourne, au grand dam des catholiques, vers l'Orient, devenu, selon lui, le refuge ultime de la Tradition. Cette dernière notion, centrale chez Guénon, élève toutes les traditions religieuses de l'humanité au même niveau de transcendance tout en reconnaissant à chacune d'entre elles sa dimension spirituelle spécifique[14]. Un point de vue révolutionnaire dans les années 30. Dès lors, il appartient à l'individu de se déterminer spirituellement par un processus de connaissance graduée qui dépasse largement le seul exercice d'un rite religieux. C'est la voie ésotérique par essence, qui suscitera l'émergence à travers le monde d'innombrables « chapelles » initiatiques se réclamant de René Guénon, avec notamment les groupes soufis dirigés par Schuon, Vâlsan ou Pallavicini.

Le respect des mémoires et des descendances en est la première pierre pour que toute causerie cosmopolite unifie les débats pour des vérités multiples et que la science politique soit science de vérités et de respect[15].

Les enfants et héritiers directs de René Guénon, Abdel Wahed, Khadiga et Leila, créèrent la Fondation René Guénon, dont le siège se tient au Caire en la demeure même qui fut celle de René Guénon : Villa Fatma, 4 rue Mohammed Ibrahim, 12311 Dokki Le Caire, Égypte.

> *« Vous trouverez plus de choses dans les forêts que dans les livres. Les arbres, les pierres vous apprendront ce que les Maîtres ne sauraient vous enseigner.*
> *Pensez-vous que vous ne puissiez sucer le miel de la pierre, l'huile du rocher le plus dur ? Est-ce que les montagnes ne distillent pas la douceur ? Est-ce que des collines ne coulent point le lait et le miel ? Est-ce que les vallées ne sont pas remplies de froment ? J'aurais tant de choses à vous dire, à peine si je me retiens ! »*
>
> **Saint Bernard de CLAIRVAUX**

Les Amérindiens avaient le même sentiment de Religion Universelle

---

[14] *L'archéomètre*, Saint Yves d'Alveydre, 2012, Véga Éditions.
[15] *Les enfants de minuit*, Salman Rushdie, Folio, 1980.

Avant-propos

Depuis que nous avons écrit *La Crise du Monde moderne*, les événements n'ont confirmé que trop complètement, et surtout trop rapidement, toutes les vues que nous exposions alors sur ce sujet, bien que nous l'ayons d'ailleurs traité en dehors de toute préoccupation d'«actualité» immédiate, aussi bien que de toute intention de «critique» vaine et stérile. Il va de soi, en effet, que des considérations de cet ordre ne valent pour nous qu'en tant qu'elles représentent une application des principes à certaines circonstances particulières; et, remarquons-le en passant, si ceux qui ont jugé le plus justement les erreurs et les insuffisances propres à la mentalité de notre époque s'en sont tenus généralement à une attitude toute négative ou n'en sont sortis que pour proposer des remèdes à peu près insignifiants et bien incapables d'enrayer le désordre croissant dans tous les domaines, c'est parce que la connaissance des véritables principes leur faisait défaut tout autant qu'à ceux qui s'obstinaient au contraire à admirer le prétendu «progrès» et à s'illusionner sur son aboutissement fatal.

Du reste, même à un point de vue purement désintéressé et «théorique», il ne suffit pas de dénoncer des erreurs et de les faire apparaître telles qu'elles sont réellement en elles-mêmes; si utile que cela puisse être, il est encore plus intéressant et plus instructif de les expliquer, c'est-à-dire de rechercher comment et pourquoi elles se sont produites, car tout ce qui existe en quelque façon que ce soit, même l'erreur, a nécessairement sa raison d'être, et le désordre lui-même doit finalement trouver sa place parmi les éléments de l'ordre universel. C'est ainsi que, si le monde moderne, considéré en lui-même, constitue une anomalie et même une sorte de monstruosité, il n'en est pas moins vrai que, situé dans l'ensemble du cycle historique dont il fait partie, il correspond exactement aux conditions d'une certaine phase de ce cycle, celle que la tradition hindoue désigne comme la période extrême du *Kali-Yuga*; ce sont ces conditions, résultant de la marche même de la manifestation cyclique, qui en ont déterminé les caractères propres, et l'on peut dire, à cet égard, que l'époque actuelle ne pouvait pas être autre que ce qu'elle est effectivement.

Seulement, il est bien entendu que, pour voir le désordre comme un élément de l'ordre, ou pour réduire l'erreur à une vue partielle et déformée de quelque vérité, il faut s'élever au-dessus du niveau des contingences au domaine desquelles appartiennent ce désordre et cette erreur comme tels ; et de même, pour saisir la vraie signification du monde moderne conformément aux lois cycliques qui régissent le développement de la présente humanité terrestre, il faut être entièrement dégagé de la mentalité qui le caractérise spécialement et n'en être affecté à aucun degré ; cela est même d'autant plus évident que cette mentalité implique forcément, et en quelque sorte par définition, une totale ignorance des lois dont il s'agit, aussi bien que de toutes les autres vérités qui, dérivant plus ou moins directement des principes transcendants, font essentiellement partie de cette connaissance traditionnelle dont toutes les conceptions proprement modernes ne sont, consciemment ou inconsciemment, que la négation pure et simple.

Nous nous étions proposé depuis longtemps de donner à *La Crise du Monde moderne* une suite d'une nature plus strictement « doctrinale », afin de montrer précisément quelques aspects de cette explication de l'époque actuelle suivant le point de vue traditionnel auquel nous entendons nous en tenir toujours exclusivement, et qui d'ailleurs, pour les raisons mêmes que nous venons d'indiquer, est ici, non seulement le seul valable, mais même, pourrions-nous dire, le seul possible, puisque, en dehors de lui, une telle explication ne saurait même pas être envisagée. Des circonstances diverses nous ont obligé à ajourner jusqu'ici la réalisation de ce projet, mais peu importe pour qui est certain que tout ce qui doit arriver arrive nécessairement en son temps, et cela, bien souvent, par des moyens imprévus et complètement indépendants de notre volonté ; la hâte fébrile que nos contemporains apportent à tout ce qu'ils font ne peut rien contre cela, et elle ne saurait produire qu'agitation et désordre, c'est-à-dire des effets tout négatifs ; mais seraient-ils encore des « modernes » s'ils étaient capables de comprendre l'avantage qu'il y a à suivre les indications données par les circonstances, qui, bien loin d'être « fortuites » comme se l'imagine leur ignorance, ne sont au fond que des expressions plus ou moins particularisées de l'ordre général, humain et cosmique tout à la fois, auquel nous devons nous intégrer volontairement ou involontairement ?

Parmi les traits caractéristiques de la mentalité moderne, nous prendrons ici tout d'abord, comme point central de notre étude, la tendance à tout réduire au seul point de vue quantitatif, tendance si marquée dans les conceptions « scientifiques » de ces derniers siècles, et qui d'ailleurs se remarque presque aussi nettement dans d'autres domaines, notamment dans celui de l'organisation sociale, si bien que, sauf une restriction dont la nature et la nécessité apparaîtront par la suite, on pourrait presque définir notre époque comme étant essentiellement et avant tout le « règne de la quantité ». Si nous choisissons ainsi ce caractère de préférence à tout autre, ce n'est d'ailleurs pas uniquement, ni même principalement, parce qu'il est un des plus visibles et des moins contestables ; c'est surtout parce qu'il se présente à nous comme véritablement fondamental, par le fait que cette réduction au quantitatif traduit rigoureusement les conditions de la phase cyclique à laquelle l'humanité en est arrivée dans les temps modernes, et que la tendance dont il s'agit n'est autre, en définitive, que celle qui mène logiquement au terme même de la « descente » qui s'effectue, avec une vitesse toujours accélérée, du commencement à la fin d'un *Manvantara*, c'est-à-dire pendant toute la durée de manifestation d'une humanité telle que la nôtre. Cette « descente » n'est en somme, comme nous avons eu déjà souvent l'occasion de le dire, que l'éloignement graduel du principe, nécessairement inhérent à tout processus de manifestation ; dans notre monde, et en raison des conditions spéciales d'existence auxquelles il est soumis, le point le plus bas revêt l'aspect de la quantité pure, dépourvue de toute distinction qualitative ; il va de soi, d'ailleurs, que ce n'est là proprement qu'une limite, et c'est pourquoi, en fait, nous ne pouvons parler que de « tendance », car, dans le parcours même du cycle, la limite ne peut jamais être atteinte, et elle est en quelque sorte en dehors et au-dessous de toute existence réalisée et même réalisable.

Maintenant, ce qu'il importe de noter tout particulièrement et dès le début, tant pour éviter toute équivoque que pour se rendre compte de ce qui peut donner lieu à certaines illusions, c'est que, en vertu de la loi de l'analogie, le point le plus bas est comme un reflet obscur ou une image inversée du point le plus haut, d'où résulte cette conséquence, paradoxale en apparence seulement, que l'absence la plus complète de tout principe implique une sorte de « contrefaçon » du principe même, ce que certains ont exprimé, sous une forme « théologique », en disant que « Satan est le singe de Dieu ». Cette remarque peut aider grandement à comprendre quelques-unes des plus sombres énigmes du monde moderne, énigmes que lui-même nie d'ailleurs parce qu'il ne sait pas les apercevoir, bien qu'il les porte en lui, et parce que cette négation est une condition indispensable du maintien de la mentalité spéciale par laquelle il existe : si nos contemporains, dans leur ensemble, pouvaient voir ce qui les dirige et vers quoi ils tendent réellement, le monde moderne cesserait aussitôt d'exister comme tel, car le « redressement » auquel nous avons souvent fait allusion ne pourrait manquer de s'opérer par là même ; mais, comme ce « redressement » suppose d'autre part l'arrivée au point d'arrêt où la « descente » est entièrement accomplie et où « la roue cesse de tourner », du moins pour l'instant qui marque le passage d'un cycle à un autre, il faut en conclure que, jusqu'à ce que ce point d'arrêt soit atteint effectivement, ces choses ne pourront pas être comprises par la généralité, mais seulement par le petit nombre de ceux qui seront destinés à préparer, dans une mesure ou dans une autre, les germes du cycle futur. Il est à peine besoin de dire que, dans tout ce que nous exposons, c'est à ces derniers que nous avons toujours entendu nous adresser exclusivement, sans nous préoccuper de l'inévitable incompréhension des autres ; il est vrai que ces autres sont et doivent être, pour un certain temps encore, l'immense majorité, mais, précisément, ce n'est que dans le « règne de la quantité » que l'opinion de la majorité peut prétendre à être prise en considération.

Quoi qu'il en soit, nous voulons surtout, pour le moment et en premier lieu, appliquer la précédente remarque dans un domaine plus restreint que celui que nous venons de mentionner : elle doit servir, à cet égard, à empêcher toute confusion entre le point de vue de la science traditionnelle et celui de la science profane, alors même que certaines similitudes extérieures pourraient paraître s'y prêter ; ces similitudes, en effet, ne proviennent souvent que de correspondances inversées, où, tandis que la science traditionnelle envisage essentiellement le terme supérieur et n'accorde une valeur relative au terme inférieur qu'en raison de sa correspondance même avec ce terme supérieur, la science profane, au contraire, n'a en vue que le terme inférieur et, incapable de dépasser le domaine auquel il se réfère, prétend y réduire toute réalité.

Ainsi, pour prendre un exemple qui se rapporte directement à notre sujet, les nombres pythagoriciens, envisagés comme les principes des choses, ne sont nullement les nombres tels que les entendent les modernes, mathématiciens ou physiciens, pas plus que l'immutabilité principielle n'est l'immobilité d'une pierre, ou que la véritable unité n'est l'uniformité d'êtres dénués de toutes qualités propres ; et pourtant, parce qu'il est question de nombres dans les deux cas, les partisans d'une science exclusivement quantitative n'ont pas manqué de vouloir compter les Pythagoriciens parmi leurs «précurseurs»! Nous ajouterons seulement, pour ne pas trop anticiper sur les développements qui vont suivre, que cela montre encore que, comme nous l'avons déjà dit ailleurs, les sciences profanes dont le monde moderne est si fier ne sont bien réellement que des «résidus» dégénérés des antiques sciences traditionnelles, comme d'ailleurs la quantité elle-même, à laquelle elles s'efforcent de tout ramener, n'est pour ainsi dire, sous le point de vue où elles l'envisagent, que le «résidu» d'une existence vidée de tout ce qui constituait son essence ; et c'est ainsi que ces prétendues sciences, laissant échapper ou même éliminant de propos délibéré tout ce qui est véritablement essentiel, s'avèrent en définitive incapables de fournir l'explication réelle de quoi que ce soit.

De même que la science traditionnelle des nombres est tout autre chose que l'arithmétique profane des modernes, même en joignant à celle-ci toutes les extensions algébriques ou autres dont elle est susceptible, de même aussi il est une «géométrie sacrée», non moins profondément différente de la science «scolaire» que l'on désigne aujourd'hui par ce même nom de géométrie. Nous n'avons pas besoin d'insister longuement là-dessus, car tous ceux qui ont lu nos précédents ouvrages savent que nous y avons exposé, et notamment dans *Le Symbolisme de la Croix*, maintes considérations relevant de cette géométrie symbolique dont il s'agit, et ils ont pu se rendre compte à quel point elle se prête à la représentation des réalités d'ordre supérieur, du moins dans toute la mesure où celles-ci sont susceptibles d'être représentées en mode sensible ; et d'ailleurs, au fond, les formes géométriques ne sont-elles pas nécessairement la base même de tout symbolisme figuré ou «graphique», depuis celui des caractères alphabétiques et numériques de toutes les langues jusqu'à celui des *yantras* initiatiques les plus complexes et les plus étranges en apparence ? Il est aisé de comprendre que ce symbolisme puisse donner lieu à une multiplicité indéfinie d'applications ; mais, en même temps, on doit voir tout aussi facilement qu'une telle géométrie, bien loin de ne se référer qu'à la pure quantité, est au contraire essentiellement « qualitative » ; et nous en dirons tout autant de la véritable science des nombres, car les nombres principiels, bien que devant être appelés ainsi par analogie, sont pour ainsi dire, par rapport à notre monde, au pôle opposé de celui où se situent les nombres de l'arithmétique vulgaire, les seuls que connaissent les modernes et sur lesquels ils portent exclusivement leur attention, prenant ainsi l'ombre pour la réalité même, comme les prisonniers de la caverne de Platon.

Dans la présente étude, nous nous efforcerons de montrer plus complètement encore, et d'une façon plus générale, quelle est la véritable nature de ces sciences traditionnelles, et aussi, par là même, quel abîme les sépare des sciences profanes qui en sont comme une caricature ou une parodie, ce qui permettra de mesurer la déchéance subie par la mentalité humaine en passant des unes aux autres, mais aussi de voir, par la situation respective de leurs objets, comment cette déchéance suit strictement la marche descendante du cycle même parcouru par notre humanité. Bien entendu, ces questions sont encore de celles qu'on ne peut jamais prétendre traiter complètement, car elles sont, de leur nature, véritablement inépuisables ; mais nous tâcherons tout au moins d'en dire assez pour que chacun puisse en tirer les conclusions qui s'imposent en ce qui concerne la détermination du « moment cosmique » auquel correspond l'époque actuelle. S'il y a là des considérations que certains trouveront peut-être obscures malgré tout, c'est uniquement parce qu'elles sont trop éloignées de leurs habitudes mentales, trop étrangères à tout ce qui leur a été inculqué par l'éducation qu'ils ont reçue et par le milieu dans lequel ils vivent ; nous ne pouvons rien à cela, car il est des choses pour lesquelles un mode d'expression proprement symbolique est le seul possible, et qui, par conséquent, ne seront jamais comprises par ceux pour qui le symbolisme est lettre morte. Nous rappellerons d'ailleurs que ce mode d'expression est le véhicule indispensable de tout enseignement d'ordre initiatique ; mais, sans même parler du monde profane dont l'incompréhension est évidente et en quelque sorte naturelle, il suffit de jeter un coup d'œil sur les vestiges d'initiation qui subsistent encore en Occident pour voir ce que certains, faute de « qualification » intellectuelle, font des symboles qui sont proposés à leur méditation, et pour être bien sûr que ceux-là, de quelques titres qu'ils soient revêtus et quelques degrés initiatiques qu'ils aient reçus «virtuellement», ne parviendront jamais à pénétrer le vrai sens du moindre fragment de la géométrie mystérieuse des «Grands Architectes d'Orient et d'Occident»!

Puisque nous venons de faire allusion à l'Occident, une remarque s'impose encore : quelque extension qu'ait prise, surtout en ces dernières années, l'état d'esprit que nous appelons spécifiquement «moderne», et quelque emprise qu'il exerce de plus en plus, extérieurement tout au moins, sur le monde entier, cet état d'esprit n'en demeure pas moins purement occidental par son origine : c'est bien en Occident qu'il a pris naissance et qu'il a eu longtemps son domaine exclusif, et, en Orient, son influence ne sera jamais autre chose qu'une «occidentalisation». Si loin que puisse aller cette influence dans la suite des événements qui se dérouleront encore, on ne pourra donc jamais prétendre l'opposer à ce que nous avons dit de la différence de l'esprit oriental et de l'esprit occidental, qui est en somme la même chose pour nous que celle de l'esprit traditionnel et de l'esprit moderne, car il est trop évident que, dans la mesure où un homme s'«occidentalise», quels que soient sa race et son pays, il cesse par là même d'être un Oriental spirituellement et intellectuellement, c'est-à-dire au seul point de vue qui nous importe en réalité. Ce n'est pas là une simple question de «géographie», à moins qu'on ne l'entende tout autrement que les modernes, car il y a aussi une géographie symbolique; et, à ce propos, l'actuelle prépondérance de l'Occident présente d'ailleurs une correspondance fort significative avec la fin d'un cycle, puisque l'Occident est précisément le point où le soleil se couche, c'est-à-dire où il arrive à l'extrémité de sa course diurne, et où, suivant le symbolisme chinois, «le fruit mûr tombe au pied de l'arbre». Quant aux moyens par lesquels l'Occident est arrivé à établir cette domination, dont la «modernisation» d'une partie plus ou moins considérable des Orientaux n'est que la dernière et la plus fâcheuse conséquence, il suffira de se reporter à ce que nous en avons dit dans d'autres ouvrages pour se convaincre qu'ils ne reposent en définitive que sur la force matérielle, ce qui revient à dire, en d'autres termes, que la domination occidentale elle-même n'est encore qu'une expression du «règne de la quantité».

Ainsi, de quelque côté qu'on envisage les choses, on est toujours ramené aux mêmes considérations et on les voit se vérifier constamment dans toutes les applications qu'il est possible d'en faire; cela n'a d'ailleurs rien qui doive surprendre, car la vérité est nécessairement cohérente, ce qui, bien entendu, ne veut nullement dire « systématique », contrairement à ce que pourraient trop volontiers supposer les philosophes et les savants profanes, enfermés qu'ils sont dans des conceptions étroitement limitées, qui sont celles auxquelles le nom de « systèmes » convient proprement, et qui, au fond, ne traduisent que l'insuffisance des mentalités individuelles livrées à elles-mêmes, ces mentalités fussent-elles celles de ce qu'on est convenu d'appeler des « hommes de génie », dont toutes les spéculations les plus vantées ne valent certes pas la connaissance de la moindre vérité traditionnelle. Là-dessus aussi, nous nous sommes suffisamment expliqué lorsque nous avons eu à dénoncer les méfaits de l'« individualisme », qui est encore une des caractéristiques de l'esprit moderne ; mais nous ajouterons ici que la fausse unité de l'individu conçu comme formant par lui-même un tout complet correspond, dans l'ordre humain, à ce qu'est celle du prétendu « atome » dans l'ordre cosmique : l'un et l'autre ne sont que des éléments considérés comme « simples » à un point de vue tout quantitatif, et, comme tels, supposés susceptibles d'une sorte de répétition indéfinie qui n'est proprement qu'une impossibilité, étant essentiellement incompatible avec la nature même des choses ; en fait, cette répétition indéfinie n'est pas autre chose que la multiplicité pure, vers laquelle le monde actuel tend de toutes ses forces, sans cependant jamais pouvoir arriver à s'y perdre entièrement, puisqu'elle se tient à un niveau inférieur à toute existence manifestée, et qui représente l'extrême opposé de l'unité principielle. Il faut donc voir le mouvement de descente cyclique comme s'effectuant entre ces deux pôles, partant de l'unité, ou plutôt du point qui en est le plus proche dans le domaine de la manifestation, relativement à l'état d'existence que l'on envisage, et tendant de plus en plus vers la multiplicité, nous voulons dire la multiplicité considérée analytiquement et sans être rapportée à aucun principe, car il va de soi que, dans l'ordre principiel, toute multiplicité est comprise synthétiquement dans l'unité même. Il peut sembler qu'il y ait, en un certain sens, multiplicité aux deux points extrêmes, de même qu'il y a aussi corrélativement, suivant ce que nous venons de dire, l'unité d'un côté et les « unités » de l'autre ; mais la notion de l'analogie inversée s'applique encore strictement ici, et, tandis que la multiplicité principielle est contenue dans la véritable unité métaphysique, les « unités » arithmétiques ou quantitatives sont au contraire contenues dans l'autre multiplicité, celle d'en bas ; et, remarquons-le incidemment, le seul fait de pouvoir parler d'« unités » au pluriel ne montre-t-il pas assez combien ce que l'on considère ainsi est loin de la véritable unité ? La multiplicité d'en bas est, par définition, purement quantitative, et l'on pourrait dire qu'elle est la quantité même, séparée de toute qualité ; par contre, la multiplicité d'en haut, ou ce que nous appelons ainsi analogiquement, est en réalité une multiplicité qualitative, c'est-à-dire l'ensemble des qualités ou des attributs qui constituent l'essence des êtres et des choses. On peut donc dire encore que la descente dont nous avons parlé s'effectue de la qualité pure vers la quantité pure, l'une et l'autre étant d'ailleurs des limites extérieures à la manifestation, l'une au delà et l'autre en deçà, parce qu'elles sont, par rapport aux conditions spéciales de notre monde ou de notre état d'existence, une expression des deux principes universels que nous avons désignés ailleurs respectivement comme « essence » et « substance », et qui sont les deux pôles entre lesquels se produit toute manifestation ; et c'est là le point que nous allons avoir à expliquer plus complètement en premier lieu, car c'est par là surtout qu'on pourra mieux comprendre les autres considérations que nous aurons à développer dans la suite de cette étude.

Chapitre premier

Qualité et quantité

On considère assez généralement la qualité et la quantité comme deux termes complémentaires, quoique sans doute on soit souvent loin de comprendre la raison profonde de cette relation ; cette raison réside dans la correspondance que nous avons indiquée en dernier lieu dans ce qui précède. Il faut donc partir ici de la première de toutes les dualités cosmiques, de celle qui est au principe même de l'existence ou de la manifestation universelle, et sans laquelle nulle manifestation ne serait possible, sous quelque mode que ce soit ; cette dualité est celle de *Purusha* et de *Prakriti* suivant la doctrine hindoue, ou, pour employer une autre terminologie, celle de l'« essence » et de la « substance ». Celles-ci doivent être envisagées comme des principes universels, étant les deux pôles de toute manifestation ; mais, à un autre niveau, ou plutôt à d'autres niveaux multiples comme les domaines plus ou moins particularisés que l'on peut envisager à l'intérieur de l'existence universelle, on peut aussi employer analogiquement ces mêmes termes dans un sens relatif, pour désigner ce qui correspond à ces principes ou ce qui les représente plus directement par rapport à un certain mode plus ou moins restreint de la manifestation. C'est ainsi qu'on pourra parler d'essence et de substance, soit pour un monde, c'est-à-dire pour un état d'existence déterminé par certaines conditions spéciales, soit pour un être considéré en particulier, ou même pour chacun des états de cet être, c'est-à-dire pour sa manifestation dans chacun des degrés de l'existence ; dans ce dernier cas, l'essence et la substance sont naturellement la correspondance microcosmique de ce qu'elles sont, au point de vue macrocosmique, pour le monde dans lequel se situe cette manifestation, ou, en d'autres termes, elles ne sont que des particularisations des mêmes principes relatifs, qui eux-mêmes sont des déterminations de l'essence et de la substance universelles par rapport aux conditions du monde dont il s'agit.

Entendues dans ce sens relatif, et surtout par rapport aux êtres particuliers, l'essence et la substance sont en somme la même chose que ce que les philosophes scolastiques ont appelé « forme » et « matière » ; mais nous préférons éviter l'emploi de ces derniers termes, qui, sans doute par suite d'une imperfection de la langue latine à cet égard, ne rendent qu'assez inexactement les idées qu'ils doivent exprimer[16], et qui sont devenus encore bien plus équivoques en raison du sens tout différent que les mêmes mots ont reçu communément dans le langage moderne. Quoi qu'il en soit, dire que tout être manifesté est un composé de « forme » et de « matière » revient à dire que son existence procède nécessairement à la fois de l'essence et de la substance, et, par conséquent, qu'il y a en lui quelque chose qui correspond à l'un et à l'autre de ces deux principes, de telle sorte qu'il est comme une résultante de leur union, ou, pour parler plus précisément, de l'action exercée par le principe actif ou l'essence sur le principe passif ou la substance ; et, dans l'application qui en est faite plus spécialement au cas des êtres individuels, cette « forme » et cette « matière » qui les constituent sont respectivement identiques à ce que la tradition hindoue désigne comme *nâma* et *rûpa*. Pendant que nous en sommes à signaler ces concordances entre différentes terminologies, qui peuvent avoir l'avantage de permettre à quelques-uns de transposer nos explications en un langage auquel ils sont plus habitués, et par suite de les comprendre plus facilement, nous ajouterons encore que ce qui est appelé « acte » et « puissance », au sens aristotélicien, correspond également à l'essence et à la substance ; ces deux termes sont d'ailleurs susceptibles d'une application plus étendue que ceux de « forme » et de « matière » ; mais, au fond, dire qu'il y a en tout être un mélange d'acte et de puissance revient encore au même, car l'acte est en lui ce par quoi il participe à l'essence, et la puissance ce par quoi il participe à la substance ; l'acte pur et la puissance pure ne sauraient se trouver nulle part dans la manifestation, puisqu'ils sont en définitive les équivalents de l'essence et de la substance universelles.

Cela étant bien compris, nous pouvons parler de l'essence et de la substance de notre monde, c'est-à-dire de celui qui est le domaine de l'être individuel humain, et nous dirons que, conformément aux conditions qui définissent proprement ce monde, ces deux principes y apparaissent respectivement sous les aspects de la qualité et de la quan-

---

[16] Ces mots traduisent d'une façon assez peu heureuse les termes grecs εἶδος et ὕλη employés dans le même sens par Aristote, et sur lesquels nous aurons à revenir par la suite.

tité. Cela peut déjà paraître évident en ce qui concerne la qualité, puisque l'essence est en somme la synthèse principielle de tous les attributs qui appartiennent à un être et qui font que cet être est ce qu'il est, et qu'attributs ou qualités sont au fond synonymes ; et l'on peut remarquer que la qualité, ainsi envisagée comme le contenu de l'essence, s'il est permis de s'exprimer ainsi, n'est pas restreinte exclusivement à notre monde, mais qu'elle est susceptible d'une transposition qui en universalise la signification, ce qui n'a d'ailleurs rien d'étonnant dès lors qu'elle représente ici le principe supérieur ; mais, dans une telle universalisation, la qualité cesse d'être le corrélatif de la quantité, car celle-ci, par contre, est strictement liée aux conditions spéciales de notre monde ; d'ailleurs, au point de vue théologique, ne rapporte-t-on pas en quelque sorte la qualité à Dieu même en parlant de Ses attributs, tandis qu'il serait manifestement inconcevable de prétendre transporter de même en Lui des déterminations quantitatives quelconques[17] ? On pourrait peut-être objecter à cela qu'Aristote range la qualité, aussi bien que la quantité, parmi les « catégories », qui ne sont que des modes spéciaux de l'être et ne lui sont pas coextensives ; mais c'est qu'alors il n'effectue pas la transposition dont nous venons de parler et que d'ailleurs il n'a pas à le faire, l'énumération des « catégories » ne se référant qu'à notre monde et à ses conditions, si bien que la qualité ne peut et ne doit réellement y être prise que dans le sens, plus immédiat pour nous dans notre état individuel, où elle se présente, ainsi que nous l'avons dit tout d'abord, comme un corrélatif de la quantité.

Il est intéressant de remarquer, d'autre part, que la « forme » des scolastiques est ce qu'Aristote appelle εἶδος, et que ce dernier mot est employé également pour désigner l'« espèce », laquelle est proprement une nature ou une essence commune à une multitude indéfinie d'individus ; or cette nature est d'ordre purement qualitatif, car elle est véritablement « innombrable », au sens strict de ce mot, c'est-à-dire indépendante de la quantité, étant indivisible et tout entière en chacun des individus qui appartiennent à cette espèce, de telle sorte qu'elle n'est aucunement affectée ou modifiée par le nombre de ceux-ci, et qu'elle n'est pas susceptible de « plus » ou de « moins ». De plus, εἶδος

---

[17] 2 On peut parler de *Brahma saguna* ou « qualifié », mais il ne saurait aucunement être question de *Brahma* « quantifié ».

est étymologiquement l'« idée », non pas au sens psychologique des modernes, mais en un sens ontologique plus proche de celui de Platon qu'on ne le pense d'ordinaire, car, quelles que soient les différences qui existent réellement à cet égard entre la conception de Platon et celle d'Aristote, ces différences, comme il arrive souvent, ont été grandement exagérées par leurs disciples et leurs commentateurs. Les idées platoniciennes sont aussi des essences ; Platon en montre surtout l'aspect transcendant et Aristote l'aspect immanent, ce qui ne s'exclut pas forcément, quoi qu'en puissent dire les esprits « systématiques », mais se rapporte seulement à des niveaux différents ; en tout cas, il s'agit toujours là des « archétypes » ou des principes essentiels des choses, qui représentent ce qu'on pourrait appeler le côté qualitatif de la manifestation. En outre, ces mêmes idées platoniciennes sont, sous un autre nom, et par une filiation directe, la même chose que les nombres pythagoriciens ; et cela montre bien que ces mêmes nombres pythagoriciens, ainsi que nous l'avons déjà indiqué précédemment, bien qu'appelés nombres analogiquement, ne sont nullement les nombres au sens quantitatif et ordinaire de ce mot, mais qu'ils sont au contraire purement qualitatifs, correspondant inversement, du côté de l'essence, à ce que sont les nombres quantitatifs du côté de la substance[18].

Par contre, quand saint Thomas d'Aquin dit que « *numerus stat ex parte materiæ* », c'est bien du nombre quantitatif qu'il s'agit, et il affirme précisément par-là que la quantité tient immédiatement au côté substantiel de la manifestation ; nous disons substantiel, car *materia*, au sens scolastique, n'est point la « matière » telle que l'entendent les physiciens modernes, mais bien la substance, soit dans son acception relative quand elle est mise en corrélation avec *forma* et rapportée aux êtres particuliers, soit aussi, lorsqu'il est question de *materia prima*, comme le principe passif de la manifestation universelle, c'est-à-dire la potentialité pure, qui est l'équivalent de *Prakriti* dans la doctrine hindoue. Cependant, dès qu'il est question de « matière », en quelque sens qu'on

---

[18] On peut remarquer aussi que le nom d'un être, en tant qu'expression de son essence, est proprement un nombre, entendu dans ce même sens qualitatif ; et ceci établit un lien étroit entre la conception des nombres pythagoriciens, et par suite celle des idées platoniciennes, et l'emploi du terme sanscrit *nâma* pour désigner le côté essentiel d'un être.

veuille l'entendre, tout devient particulièrement obscur et confus, et sans doute non sans raison [19]; aussi, tandis que nous avons pu montrer suffisamment le rapport de la qualité avec l'essence sans entrer dans de longs développements, nous devrons nous étendre davantage sur ce qui concerne le rapport de la quantité avec la substance, car il nous faut d'abord parvenir à élucider les différents aspects sous lesquels se présente ce que les Occidentaux ont appelé « matière », même avant la déviation moderne où ce mot était destiné à jouer un si grand rôle ; et cela est d'ailleurs d'autant plus nécessaire que cette question se trouve en quelque sorte à la racine même du sujet principal de notre étude.

---

[19] Signalons aussi, à propos de l'essence et de la substance, que les scolastiques rendent fréquemment par *substantia* le terme grec οὐσία, qui au contraire est proprement et littéralement « essence », ce qui ne contribue pas peu à augmenter la confusion du langage ; de là des expressions comme celle de « forme substantielle » par exemple, qui s'applique fort mal à ce qui constitue en réalité le côté essentiel d'un être, et non point son côté substantiel.

Chapitre II

Materia signata quantitate

Les scolastiques appellent *materia*, d'une façon générale, ce qu'Aristote avait appelé ὕλη ; cette *materia*, comme nous l'avons déjà dit, ne doit nullement être identifiée à la « matière » des modernes, dont la notion complexe, et contradictoire même par certains côtés, semble avoir été aussi étrangère aux anciens de l'Occident qu'elle l'est aux Orientaux ; même si l'on admettait qu'elle puisse devenir cette « matière » dans certains cas particuliers, ou plutôt, pour parler plus exactement, qu'on puisse y faire rentrer après coup cette conception plus récente, elle est aussi bien d'autres choses en même temps, et ce sont ces choses diverses qu'il nous faut avoir bien soin de distinguer tout d'abord ; mais, pour les désigner toutes ensemble par une dénomination commune comme celles de ὕλη et de *materia*, nous n'avons pas à notre disposition, dans les langues occidentales actuelles, de meilleur terme que celui de « substance ». Avant tout, la ὕλη, en tant que principe universel, est la puissance pure, où il n'y a rien de distingué ni d'« actualisé », et qui constitue le « support » passif de toute manifestation ; c'est donc bien, en ce sens, *Prakriti* ou la substance universelle, et tout ce que nous avons dit ailleurs au sujet de celle-ci s'applique également à la ὕλη ainsi entendue[20]. Quant à la substance prise dans un sens relatif, comme étant ce qui représente analogiquement le principe substantiel et en joue le rôle par rapport à un certain ordre d'existence plus ou moins étroitement délimité, c'est bien elle aussi qui est appelée secondairement ὕλη, notamment dans la corrélation de ce terme avec εἶδος pour désigner les deux faces essentielle et substantielle des existences particulières.

---

[20] Notons que le sens premier du mot ὕλη se rapporte au principe végétatif ; il y a là une allusion à la « racine » (en sanscrit *mûla*, terme appliqué à *Prakriti*) à partir de laquelle se développe la manifestation ; et l'on peut aussi y voir un certain rapport avec ce que la tradition hindoue dit de la nature « asurique » du végétal, qui plonge effectivement par ses racines dans ce qui constitue le support obscur de notre monde ; la substance est en quelque sorte le pôle ténébreux de l'existence, ainsi qu'on le verra mieux encore par la suite.

Les scolastiques, après Aristote, distinguent ces deux sens en parlant de *materia prima* et de *materia secunda* ; nous pouvons donc dire que leur *materia prima* est la substance universelle, et que leur *materia secunda* est la substance au sens relatif ; mais comme, dès qu'on entre dans le relatif, les termes deviennent susceptibles d'applications multiples à des degrés différents, il arrive que ce qui est *materia* à un certain niveau peut devenir *forma* à un autre niveau et inversement, suivant la hiérarchie des degrés plus ou moins particularisés que l'on considère dans l'existence manifestée. Dans tous les cas, une *materia secunda*, bien qu'elle constitue le côté potentiel d'un monde ou d'un être, n'est jamais puissance pure ; il n'y a de puissance pure que la substance universelle, qui ne se situe pas seulement au-dessous de notre monde (*substantia*, de *sub stare*, est littéralement « ce qui se tient dessous », ce que rendent aussi les idées de « support » et de « substratum »), mais au-dessous de l'ensemble de tous les mondes ou de tous les états qui sont compris dans la manifestation universelle. Ajoutons que, par là même qu'elle n'est que potentialité absolument « indistinguée » et indifférenciée, la substance universelle est le seul principe qui puisse être dit proprement « inintelligible », non pas parce que nous sommes incapables de la connaître, mais parce qu'il n'y a effectivement rien à connaître en elle ; quant aux substances relatives, en tant qu'elles participent de la potentialité de la substance universelle, elles participent aussi de son « inintelligibilité » dans une mesure correspondante. Ce n'est donc pas du côté substantiel qu'il faut chercher l'explication des choses, mais bien au contraire du côté essentiel, ce qu'on pourrait traduire en termes de symbolisme spatial en disant que toute explication doit procéder de haut en bas et non pas de bas en haut ; et cette remarque est particulièrement importante pour nous, car elle donne immédiatement la raison pour laquelle la science moderne est en réalité dépourvue de toute valeur explicative.

Avant d'aller plus loin, nous devons noter tout de suite que la « matière » des physiciens ne peut être en tout cas qu'une *materia secunda*, puisqu'ils la supposent douée de certaines propriétés, sur lesquelles ils ne s'accordent d'ailleurs pas entièrement, de sorte qu'il n'y a pas en elle que potentialité et « indistinction » ; du reste, comme leurs conceptions ne se rapportent qu'au seul monde sensible et ne vont pas au-delà, ils n'auraient que faire de la considération de la *materia prima*.

Cependant, par une étrange confusion, ils parlent à chaque instant de « matière inerte », sans s'apercevoir que, si elle était vraiment inerte, elle serait dénuée de toute propriété et ne se manifesterait en aucune façon, si bien qu'elle ne serait absolument rien de ce que leurs sens peuvent percevoir, tandis qu'au contraire ils déclarent « matière » tout ce qui tombe sous leurs sens ; en réalité, l'inertie ne peut convenir qu'à la seule *materia prima*, parce qu'elle est synonyme de passivité ou de potentialité pure. Parler de « propriétés de la matière » et affirmer en même temps que « la matière est inerte », c'est là une insoluble contradiction ; et, curieuse ironie des choses, le « scientisme » moderne, qui a la prétention d'éliminer tout « mystère », ne fait pourtant appel, dans ses vaines tentatives d'explication, qu'à ce qu'il y a de plus « mystérieux » au sens vulgaire de ce mot, c'est-à-dire de plus obscur et de moins intelligible !

Maintenant, on peut se demander si, en mettant de côté la prétendue « inertie de la matière » qui n'est au fond qu'une absurdité, cette même « matière », douée de qualités plus ou moins bien définies qui la rendraient susceptible de se manifester à nos sens, est la même chose que la *materia secunda* de notre monde telle que l'entendent les scolastiques. On peut déjà se douter qu'une telle assimilation serait inexacte si l'on remarque seulement que, pour jouer par rapport à notre monde un rôle analogue à celui de la *materia prima* ou de la substance universelle par rapport à toute manifestation, la *materia secunda* dont il s'agit ne doit aucunement être manifestée dans ce monde même, mais seulement servir de « support » ou de « racine » à ce qui s'y manifeste, et que, par conséquent, les qualités sensibles ne peuvent lui être inhérentes, mais procèdent au contraire de « formes » reçues en elle, ce qui revient encore à dire que tout ce qui est qualité doit en définitive être rapporté à l'essence. On voit donc apparaître ici une nouvelle confusion : les physiciens modernes, dans leur effort pour réduire la qualité à la quantité, en sont arrivés, par une sorte de « logique de l'erreur », à confondre l'une et l'autre, et par suite à attribuer la qualité elle-même à leur « matière » comme telle, en laquelle ils finissent ainsi par placer toute la réalité, ou du moins tout ce qu'ils sont capables de reconnaître comme réalité, ce qui constitue le « matérialisme » proprement dit *La materia secunda* de notre monde ne doit cependant pas être dépourvue de toute détermination, car, si elle l'était, elle se confondrait avec la *materia prima* elle-même dans sa complète « indistinction » ; et, d'autre part, elle ne peut pas être une *materia secunda* quelconque, mais elle doit être déterminée en accord avec les conditions spéciales de ce monde, et de telle façon que ce soit effectivement par rapport à celui-ci qu'elle soit apte à jouer le rôle de substance, et non pas par rapport à quoi que ce soit d'autre. Il faut donc préciser la nature de cette détermination, et c'est ce que fait saint Thomas d'Aquin en définissant cette *materia secunda* comme *materia signata quantitate* ; ce qui lui est inhérent et la fait être ce qu'elle est, ce n'est donc pas la qualité, même envisagée dans le seul ordre sensible, mais c'est au contraire la quantité, qui est bien ainsi *ex parte materiæ*. La quantité est une des conditions mêmes de l'existence dans le monde sensible ou corporel ; elle est même, parmi ces conditions, une de celles qui sont le plus exclusivement propres à celui-ci, et ainsi, comme on pouvait d'ailleurs s'y attendre, la définition de la *materia secunda* en question ne peut pas concerner autre chose que ce monde, mais elle le concerne tout entier, car tout ce qui y existe est nécessairement soumis à la quantité ; cette définition est donc pleinement suffisante, sans qu'il y ait lieu d'attribuer à cette *materia secunda*, comme on l'a fait pour la « matière » moderne, des propriétés qui ne peuvent aucunement lui appartenir en réalité. On peut dire que la quantité, constituant proprement le côté substantiel de notre monde, en est pour ainsi dire la condition « basique » ou fondamentale ; mais il faut bien se garder de lui donner pour cela une importance d'un autre ordre que celle qu'elle a réellement, et surtout de vouloir en tirer l'explication de ce monde, de même qu'il faut se garder de confondre le fondement d'un édifice avec son sommet : tant qu'il n'y a que le fondement, il n'y a pas encore d'édifice, bien que ce fondement lui soit indispensable, et de même, tant qu'il n'y a que la quantité, il n'y a pas encore de manifestation sensible, bien que celle-ci y ait sa racine même. La quantité, réduite à elle-même, n'est qu'une « présupposition » nécessaire, mais qui n'explique rien ; c'est bien une base, mais ce n'est rien d'autre, et l'on ne doit pas oublier que la base, par définition même, est ce qui est situé au niveau le plus inférieur ; aussi la réduction de la qualité à la quantité n'est-elle pas autre chose au fond que cette « réduction du supérieur à l'inférieur » par laquelle certains ont voulu très justement caractériser le matérialisme : prétendre faire sortir le « plus » du

« moins », c'est bien là, en effet, une des plus typiques de toutes les aberrations modernes !

Une autre question se pose encore : la quantité se présente à nous sous des modes divers, et, notamment, il y a la quantité discontinue, qui est proprement le nombre[21], et la quantité continue, qui est représentée principalement par les grandeurs d'ordre spatial et temporel ; quel est, parmi ces modes, celui qui constitue plus précisément ce qu'on peut appeler la quantité pure ? Cette question a aussi son importance, d'autant plus que Descartes, qui se trouve au point de départ d'une bonne partie des conceptions philosophiques et scientifiques spécifiquement modernes, a voulu définir la matière par l'étendue, et faire de cette définition même le principe d'une physique quantitative qui, si elle n'était pas encore du « matérialisme », était du moins du « mécanisme » ; on pourrait être tenté de conclure de là que c'est l'étendue qui, étant directement inhérente à la matière, représente le mode fondamental de la quantité. Par contre, saint Thomas d'Aquin, en disant que « *numerus stat ex parte materiæ* », semble plutôt suggérer que c'est le nombre qui constitue la base substantielle de ce monde, et que c'est lui, par conséquent, qui doit être regardé véritablement comme la quantité pure ; ce caractère « basique » du nombre s'accorde d'ailleurs parfaitement avec le fait que, dans la doctrine pythagoricienne, c'est lui qui, par analogie inverse, est pris comme symbole des principes essentiels des choses. Il faut d'ailleurs remarquer que la matière de Descartes n'est plus la *materia secunda* des scolastiques, mais qu'elle est déjà un exemple, et peut-être le premier en date, d'une « matière » de physicien moderne, bien qu'il n'ait pas encore mis dans cette notion tout ce que ses successeurs devaient y introduire peu à peu pour en arriver aux théories les plus récentes sur la « constitution de la matière ». Il y a donc lieu de

---

[21] La notion pure du nombre est essentiellement celle du nombre entier, et il est évident que la suite des nombres entiers constitue une série discontinue ; toutes les extensions que cette notion a reçues, et qui ont donné lieu à la considération des nombres fractionnaires et des nombres incommensurables, en sont de véritables altérations, et elles ne représentent en réalité que les efforts qui ont été faits pour réduire autant que possible les intervalles du discontinu numérique, afin de rendre moins imparfaite son application à la mesure des grandeurs continues.

soupçonner qu'il peut y avoir, dans la définition cartésienne de la matière, quelque erreur ou quelque confusion, et qu'il a dû déjà s'y glisser, peut-être à l'insu de son auteur, un élément qui n'est pas d'ordre purement quantitatif ; et en effet, comme nous le verrons par la suite, l'étendue, tout en ayant évidemment un caractère quantitatif, comme d'ailleurs tout ce qui appartient au monde sensible, ne saurait pourtant être regardée comme pure quantité. De plus, on peut remarquer aussi que les théories qui vont le plus loin dans le sens de la réduction au quantitatif sont généralement «atomistes», sous une forme ou sous une autre, c'est-à-dire qu'elles introduisent dans leur notion de matière une discontinuité qui la rapproche beaucoup plus de la nature du nombre que de celle de l'étendue ; et même le fait que la matière corporelle ne peut pas malgré tout être conçue autrement que comme étendue n'est pour tout «atomisme» qu'une source de contradictions.

Une autre cause de confusion en tout cela, et sur laquelle nous aurons à revenir, est l'habitude que l'on a prise de considérer «corps» et «matière» comme à peu près synonymes ; en réalité, les corps ne sont nullement la *materia secunda*, qui ne se rencontre nulle part dans les existences manifestées en ce monde, mais ils en procèdent seulement comme de leur principe substantiel. En définitive, c'est bien le nombre, qui, lui non plus, n'est jamais perçu directement et à l'état pur dans le monde corporel, qui doit être considéré en premier lieu dans le domaine de la quantité, comme en constituant le mode fondamental ; les autres modes ne sont que dérivés, c'est-à-dire qu'ils ne sont en quelque sorte quantité que par participation au nombre, ce qu'on reconnaît d'ailleurs implicitement quand on considère, comme il en est toujours en fait, que tout ce qui est quantitatif doit pouvoir s'exprimer numériquement. Dans ces autres modes, la quantité, même si elle est l'élément prédominant, apparaît toujours comme plus ou moins mélangée de qualité, et c'est ainsi que les conceptions de l'espace et du temps, en dépit de tous les efforts des mathématiciens modernes, ne pourront jamais être exclusivement quantitatives, à moins que l'on ne consente à les réduire à des notions entièrement vides, sans aucun contact avec une réalité quelconque ; mais, à vrai dire, la science actuelle n'est-elle pas faite en grande partie de ces notions vides, qui n'ont plus que le caractère de «conventions» sans la moindre portée effective ? Nous nous expliquerons plus complètement sur cette dernière question, surtout en ce qui concerne la nature de l'espace, car ce point a un rapport étroit avec les principes du symbolisme géométrique, et, en même temps, il fournit un excellent exemple de la dégénérescence qui conduit des conceptions traditionnelles aux conceptions profanes ; et nous y arriverons en examinant tout d'abord comment l'idée de la « mesure », sur laquelle repose la géométrie elle-même, est, traditionnellement, susceptible d'une transposition qui lui donne une tout autre signification que celle qu'elle a pour les savants modernes, qui n'y voient en somme que le moyen d'approcher le plus possible de leur « idéal » à rebours, c'est-à-dire d'opérer peu à peu la réduction de toutes choses à la quantité.

Chapitre III

Mesure et manifestation

Si nous estimons préférable d'éviter l'emploi du mot « matière » tant que nous n'avons pas à examiner spécialement les conceptions modernes, il doit être bien entendu que la raison en est dans les confusions qu'il fait naître inévitablement, car il est impossible qu'il n'évoque pas avant tout, et cela même chez ceux qui connaissent le sens différent qu'il avait pour les scolastiques, l'idée de ce que les physiciens modernes désignent ainsi, cette acception récente étant la seule qui s'attache à ce mot dans le langage courant. Or cette idée, comme nous l'avons déjà dit, ne se rencontre dans aucune doctrine traditionnelle, qu'elle soit orientale ou occidentale ; cela montre tout au moins que, même dans la mesure où il serait possible de l'admettre légitimement en la débarrassant de certains éléments hétéroclites ou même nettement contradictoires, une telle idée n'a rien de véritablement essentiel et ne se rapporte en réalité qu'à une façon très particulière d'envisager les choses. En même temps, puisqu'il ne s'agit là que d'une idée très récente, il va de soi qu'elle n'est pas impliquée dans le mot lui-même, qui lui est fort antérieur, et dont la signification originelle doit par conséquent en être entièrement indépendante ; mais il faut d'ailleurs reconnaître que ce mot est de ceux dont il est fort difficile de déterminer exactement la véritable dérivation étymologique, comme si une obscurité plus ou moins impénétrable devait décidément envelopper tout ce qui se rapporte à la « matière », et il n'est guère possible, à cet égard, de faire plus que de discerner certaines idées qui sont associées à sa racine, ce qui du reste n'est pas sans présenter un certain intérêt, même si l'on ne peut pas préciser quelle est, parmi ces idées, celle qui tient de plus près au sens primitif.

L'association qui semble avoir été le plus souvent remarquée est celle qui rattache *materia* à *mater*, et cela convient bien en effet à la substance, en tant que celle-ci est un principe passif, ou symboliquement « féminin » : on peut dire que *Prakriti* joue le rôle « maternel » par rapport à la manifestation, de même que *Purusha* joue le rôle « paternel » ; et il en est également ainsi à tous les degrés où l'on peut envisager analogiquement une corrélation d'essence et de substance[22]. D'autre part, il est possible aussi de rattacher le même mot *materia* au verbe latin *metiri*, «mesurer» (et nous allons voir qu'il existe ici en sanscrit une forme qui en est plus proche encore) ; mais qui dit «mesure» dit par là même détermination, et ceci ne s'applique plus à l'absolue indétermination de la substance universelle ou de la *materia prima*, mais doit plutôt se référer à quelque autre signification plus restreinte ; c'est là précisément le point que nous nous proposons d'examiner maintenant d'une façon plus particulière.

Comme le dit à ce sujet Ananda K. Coomaraswamy, «pour tout ce qui peut être conçu ou perçu (dans le monde manifesté), le sanscrit a seulement l'expression *nâma-rûpa*, dont les deux termes correspondent à l'"intelligible" et au "sensible" (considérés comme deux aspects complémentaires se référant respectivement à l'essence et à la substance des choses)[23]. Il est vrai que le mot *mâtrâ*, qui signifie littéralement "mesure", est l'équivalent étymologique de *materia* ; mais ce qui est ainsi "mesuré", ce n'est pas la "matière" des physiciens, ce sont les possibilités de manifestation qui sont inhérentes à l'esprit (*Âtmâ*)»[24]. Cette idée de «mesure», mise ainsi en rapport direct avec la manifestation elle-même, est fort importante, et d'ailleurs elle est bien loin d'être exclusivement propre à la seule tradition hindoue, que M. Coomaraswamy a ici plus

---

[22] Ceci s'accorde aussi avec le sens original du mot ὕλη, que nous avons indiqué plus haut : le végétal est pour ainsi dire la «mère» du fruit qui sort de lui et qu'il nourrit de sa substance, mais qui ne se développe et mûrit que sous l'influence vivifiante du soleil, lequel en est ainsi en quelque sorte le «père» ; et, par suite, le fruit lui-même s'assimile symboliquement au soleil par «coessentialité», s'il est permis de s'exprimer ainsi, comme on peut le voir dans ce que nous avons dit ailleurs au sujet du symbolisme des *Âdityas* et de diverses autres notions traditionnelles similaires.

[23] Ces deux termes d'«intelligible» et de «sensible», ainsi employés corrélativement, appartiennent proprement au langage platonicien ; on sait que le «monde intelligible» est, pour Platon, le domaine des «idées» ou des «archétypes», qui, comme nous l'avons déjà vu, sont effectivement les essences au sens propre de ce mot ; et, par rapport à ce monde intelligible, le monde sensible, qui est le domaine des éléments corporels et de ce qui procède de leurs combinaisons, se tient du côté substantiel de la manifestation.

[24] Notes on the Katha-Upanishad, 2ème partie.

spécialement en vue ; en fait, on pourrait dire qu'elle se retrouve, sous une forme ou sous une autre, dans toutes les doctrines traditionnelles, et, bien que naturellement nous ne puissions pas avoir la prétention d'indiquer présentement toutes les concordances qu'on pourrait relever à cet égard, nous tâcherons cependant d'en dire assez pour justifier cette assertion, tout en éclaircissant, autant qu'il nous sera possible de le faire, ce symbolisme de la « mesure » qui tient notamment une grande place dans certaines formes initiatiques.

La mesure, entendue dans son sens littéral, se rapporte principalement au domaine de la quantité continue, c'est-à-dire, de la façon la plus directe, aux choses qui possèdent un caractère spatial (car le temps lui-même, bien qu'également continu, ne peut être mesuré qu'indirectement, en le rattachant en quelque sorte à l'espace par l'intermédiaire du mouvement qui établit une relation entre l'un et l'autre) ; cela revient à dire qu'elle se rapporte en somme, soit à l'étendue elle-même, soit à ce qu'on est convenu d'appeler la « matière corporelle », en raison du caractère étendu que celle-ci possède nécessairement, ce qui d'ailleurs ne veut pas dire que sa nature, comme l'a prétendu Descartes, se réduise purement et simplement à l'étendue. Dans le premier cas, la mesure est plus proprement « géométrique » ; dans le second, on pourrait la dire plutôt « physique », au sens ordinaire de ce mot ; mais, en réalité, ce second cas se ramène au premier, puisque c'est en tant qu'ils se situent dans l'étendue et qu'ils en occupent une certaine portion définie que les corps sont immédiatement mesurables, tandis que leurs autres propriétés ne sont susceptibles de mesure 2 qu'autant qu'elles peuvent être rapportées d'une certaine façon à l'étendue. Nous sommes ici, comme nous l'avions prévu, bien loin de la *materia prima*, qui en effet, dans son « indistinction » absolue, ne peut ni être mesurée en aucune façon ni servir à mesurer quoi que ce soit ; mais nous devons nous demander si cette notion de la mesure ne se lie pas plus ou moins étroitement à ce qui constitue la *materia secunda* de notre monde, et, effectivement, ce lien existe du fait que celle-ci est *signata quantitate*. En effet, si la mesure concerne directement l'étendue et ce qui est contenu en elle, c'est par l'aspect quantitatif de cette étendue qu'elle est rendue possible ; mais la quantité continue n'est elle-même, comme nous l'avons expliqué, qu'un mode dérivé de la quantité, c'est-à-dire qu'elle n'est proprement quantité que par sa participation à la quantité pure, qui, elle, est inhérente à la *materia secunda* du monde corporel ; et, ajouterons-nous, c'est parce que le continu n'est pas la quantité pure que la mesure présente toujours une certaine imperfection dans son expression numérique, la discontinuité du nombre rendant impossible son application adéquate à la détermination des grandeurs continues. Le nombre est bien véritablement la base de toute mesure, mais, tant qu'on ne considère que le nombre, on ne peut pas parler de mesure, celle-ci étant l'application du nombre à quelque chose d'autre, application qui est toujours possible, dans certaines limites, c'est-à-dire en tenant compte de l'« inadéquation » que nous venons d'indiquer, pour tout ce qui est soumis à la condition quantitative, ou, en d'autres termes, pour tout ce qui appartient au domaine de la manifestation corporelle. Seulement, et nous revenons ici à l'idée exprimée par A. Coomaraswamy, il faut bien prendre garde que, en réalité, et en dépit de certains abus du langage ordinaire, la quantité n'est pas ce qui est mesuré, mais au contraire ce par quoi les choses sont mesurées ; et, en outre, on peut dire que la mesure est par rapport au nombre, en sens inversement analogique, ce qu'est la manifestation par rapport à son principe essentiel.

Maintenant, il est bien entendu que, pour étendre l'idée de la mesure au delà du monde corporel, il est nécessaire de la transposer analogiquement : l'espace étant le lieu de manifestation des possibilités d'ordre corporel, on pourra s'en servir pour représenter tout le domaine de la manifestation universelle, qui autrement ne serait pas « représentable » ; et ainsi l'idée de mesure, appliquée à celui-ci, appartient essentiellement à ce symbolisme spatial dont nous avons si souvent à signaler des exemples. Au fond, la mesure est alors une « assignation » ou une « détermination », nécessairement impliquée par toute manifestation, dans quelque ordre et sous quelque mode que ce soit ; cette détermination est naturellement conforme aux conditions de chaque état d'existence, et même, en un certain sens, elle s'identifie à ces conditions elles-mêmes ; elle n'est véritablement quantitative que dans notre monde, puisque la quantité n'est en définitive, aussi bien d'ailleurs que l'espace et le temps, qu'une des conditions spéciales de l'existence corporelle. Mais il y a, dans tous les mondes, une détermination qui peut être symbolisée pour nous par cette détermination quantitative qu'est la mesure, puisqu'elle est ce qui y correspond en tenant compte de la différence des conditions ; et l'on peut dire que c'est par cette détermination que ces mondes, avec tout ce qu'ils contiennent, sont réalisés ou « actualisés » comme tels, puisqu'elle ne fait qu'un avec le processus même de la manifestation. M. Coomaraswamy remarque que « le concept platonicien et néo-platonicien de "mesure" (μέτρον) concorde avec le concept indien : le "non-mesuré" est ce qui n'a pas encore été défini ; le "mesuré" est le contenu défini ou fini du "cosmos", c'est-à-dire de l'univers "ordonné" ; le "non-mesurable" est l'infini, qui est la source à la fois de l'indéfini et du fini, et qui demeure inaffecté par la définition de ce qui est définissable », c'est-à-dire par la réalisation des possibilités de manifestation qu'il porte en lui.

On voit ici que l'idée de mesure est en connexion intime avec celle d'« ordre » (en sanscrit *rita*), qui se rapporte à la production de l'univers manifesté, celle-ci étant, suivant le sens étymologique du mot grec κόσμος, une production de l'« ordre » à partir du « chaos » ; ce dernier est l'indéfini, au sens platonicien, et le « cosmos » est le défini[25]. Cette production est aussi assimilée par toutes les traditions à une « illumination » (le *Fiat Lux* de la Genèse), le « chaos » étant identifié symboliquement aux « ténèbres » : c'est la potentialité à partir de laquelle s'« actualisera » la manifestation, c'est-à-dire en somme le côté substantiel du monde, qui est ainsi décrit comme le pôle ténébreux de l'existence, tandis que l'essence en est le pôle lumineux, puisque c'est son influence qui effectivement illumine ce « chaos » pour en tirer le « cosmos » ; et, d'autre part, ceci s'accorde avec le rapprochement des différentes significations impliquées en sanscrit dans le mot *srishti*, qui désigne la production de la manifestation, et qui contient à la fois les idées d'« expression », de « conception » et de « rayonnement lumineux »[26]. Les rayons solaires font apparaître les choses qu'ils éclairent,

---

[25] Le mot sanscrit rita est apparenté par sa racine même au latin ordo, et il est à peine besoin de faire remarquer qu'il l'est plus étroitement encore au mot « rite » : le rite est, étymologiquement, ce qui est accompli conformément à l'« ordre », et qui, par suite, imite ou reproduit à son niveau le processus même de la manifestation ; et c'est pourquoi, dans une civilisation strictement traditionnelle, tout acte, quel qu'il soit, revêt un caractère essentiellement rituel.
[26] cf. A. K. Coomaraswamy, ibid.

les rendent visibles, donc peuvent être dits symboliquement les « manifester » ; si l'on considère un point central dans l'espace et les rayons émanés de ce centre, on pourra dire aussi que ces rayons « réalisent » l'espace, en le faisant passer de la virtualité à l'actualité, et que leur extension effective est, à chaque instant, la mesure de l'espace réalisé. Ces rayons correspondent aux directions de l'espace proprement dit (directions qui sont souvent représentées par le symbolisme des « cheveux », lequel se réfère en même temps aux rayons solaires) ; l'espace est défini et mesuré par la croix à trois dimensions, et, dans le symbolisme traditionnel des « sept rayons solaires », six de ces rayons, opposés deux à deux, forment cette croix, tandis que le « septième rayon », celui qui passe au travers de la « porte solaire », ne peut être représenté graphiquement que par le centre lui-même. Tout cela est donc parfaitement cohérent et s'enchaîne de la façon la plus rigoureuse ; et nous ajouterons encore que, dans la tradition hindoue, les « trois pas » de *Vishnu*, dont le caractère « solaire » est bien connu, mesurent les « trois mondes », ce qui revient à dire qu'ils « effectuent » la totalité de la manifestation universelle. On sait, d'autre part, que les trois éléments qui constituent le monosyllabe sacré *Om* sont désignés par le terme *mâtrâ*, ce qui indique qu'ils représentent aussi la mesure respective des « trois mondes » ; et, par la méditation de ces *mâtrâs*, l'être réalise en soi les états ou degrés correspondants de l'existence universelle et devient ainsi lui-même la « mesure de toutes choses »[27].

Le mot sanscrit *mâtrâ* a pour équivalent exact en hébreu le mot *middah* ; or, dans la Kabbale, les *middoth* sont assimilées aux attributs divins, et il est dit que c'est par elles que Dieu a créé les mondes, ce qui, en outre, est mis en rapport précisément avec le symbolisme du point central et des directions de l'espace[28]. On pourrait aussi rappeler, à ce propos, la parole biblique suivant laquelle Dieu a « disposé toutes choses en mesure, nombre et poids »[29] ; cette énumération, qui se réfère manifestement à des modes divers de la quantité, n'est, comme telle,

---

[27] cf. *L'Homme et son devenir selon le Vêdânta*, ch. XVII
[28] cf. *Le Symbolisme de la Croix*, ch. IV.
[29] « Omnia in mensura, numero et pondere disposuisti » (Sagesse, XI, 20).

applicable littéralement qu'au seul monde corporel, mais, par une transposition appropriée, on peut y voir encore une expression de l'« ordre » universel. Il en est d'ailleurs de même pour les nombres pythagoriciens ; mais, parmi tous les modes de la quantité, c'est celui auquel correspond proprement la mesure, c'est-à-dire l'étendue, qui est le plus souvent et le plus directement mis en rapport avec le processus même de la manifestation, en vertu d'une certaine prédominance naturelle du symbolisme spatial à cet égard, résultant du fait que c'est l'espace qui constitue le « champ » (au sens du sanscrit *kshêtra*) dans lequel se développe la manifestation corporelle, prise elle-même forcément comme symbole de toute la manifestation universelle.

L'idée de la mesure entraîne immédiatement celle de la « géométrie », car non seulement toute mesure est essentiellement « géométrique » comme nous l'avons déjà vu, mais on pourrait dire que la géométrie n'est pas autre chose que la science même de la mesure ; mais il va de soi qu'ici il s'agit d'une géométrie entendue avant tout au sens symbolique et initiatique, et dont la géométrie profane n'est plus qu'un simple vestige dégénéré, privé de la signification profonde qu'elle avait à l'origine et qui est entièrement perdue pour les mathématiciens modernes. C'est là-dessus que se basent essentiellement toutes les conceptions assimilant l'activité divine, en tant que productrice et ordonnatrice des mondes, à la « géométrie », et aussi, par suite, à l'« architecture » qui est inséparable de celle-ci [30]; et l'on sait que ces conceptions se sont conservées et transmises, d'une façon ininterrompue, depuis le Pythagorisme (qui d'ailleurs ne fut lui-même qu'une « adaptation » et non une véritable « origine ») jusqu'à ce qui subsiste encore des organisations initiatiques occidentales, si peu conscientes qu'elles soient actuellement dans ces dernières. C'est à quoi se rapporte notamment la parole de Platon : « Dieu géométrise toujours » (ἀεί ὁ Θεὸς γεωμετρεῖ : nous sommes obligé, pour traduire exactement, d'avoir recours à un néologisme, en l'absence d'un verbe usuel en français pour désigner l'opération du géomètre), parole à laquelle répondait l'inscription qu'il

---

[30] En arabe, le mot *hindesah*, dont le sens premier est celui de « mesure », sert à désigner à la fois la géométrie et l'architecture, la seconde étant en somme une application de la première.

avait fait placer, dit-on, sur la porte de son école : « Que nul n'entre ici s'il n'est géomètre », ce qui impliquait que son enseignement, dans son aspect ésotérique tout au moins, ne pouvait être compris véritablement et effectivement que par une « imitation » de l'activité divine elle-même. On en trouve comme un dernier écho, dans la philosophie moderne (quant à la date du moins, mais, à vrai dire, en réaction contre les idées spécifiquement modernes), avec Leibnitz disant que, « tandis que Dieu calcule et exerce sa cogitation (c'est-à-dire établit des plans), le monde se fait » (*dum Deus calculat et cogitationem exercet, fit mundus*) ; mais, pour les anciens, il y avait là un sens bien autrement précis, car, dans la tradition grecque, le « Dieu géomètre » était proprement l'Apollon hyperboréen, ce qui nous ramène encore au symbolisme « solaire », et en même temps à une dérivation assez directe de la tradition primordiale ; mais c'est là une autre question, que nous ne pourrions développer ici sans sortir entièrement de notre sujet, et nous devons nous contenter de donner, à mesure que l'occasion s'en présente, quelques aperçus de ces connaissances traditionnelles si complètement oubliées de nos contemporains[31].

---

[31] A. Coomaraswamy nous a signalé un curieux dessin symbolique de William Blake, représentant l'« Ancien des Jours » apparaissant dans l'orbe solaire, d'où il étend vers l'extérieur un compas qu'il tient à la main, ce qui est comme une illustration de cette parole du Rig-Vêda (VIII, 25, 18) : « Avec son rayon, il a mesuré (ou déterminé) les bornes du Ciel et de la Terre » (et parmi les symboles de certains grades maçonniques se trouve un compas dont la tête est formée par un soleil rayonnant). Il s'agit manifestement ici d'une figuration de cet aspect du Principe que les initiations occidentales appellent le « Grand Architecte de l'Univers », qui devient aussi, dans certains cas, le « Grand Géomètre de l'Univers », et qui est identique au Vishwakarma de la tradition hindoue, l'« Esprit de la Construction universelle » ; ses représentants terrestres, c'est-à-dire ceux qui « incarnent » en quelque sorte cet Esprit à l'égard des différentes formes traditionnelles, sont ce que nous avons désigné plus haut, pour cette raison même, comme les « Grands Architectes d'Orient et d'Occident ».

Chapitre IV

Quantité spatiale et espace qualifié

Nous avons déjà vu, dans ce qui précède, que l'étendue n'est pas purement et simplement un mode de la quantité, ou, en d'autres termes, que, si l'on peut assurément parler de quantité étendue ou spatiale, l'étendue elle-même ne se réduit pas pour cela exclusivement à la quantité ; mais nous devons insister encore sur ce point, d'autant plus qu'il est particulièrement important pour faire apparaître l'insuffisance du « mécanisme » cartésien et des autres théories physiques qui, dans la suite des temps modernes, en sont issues plus ou moins directement. Tout d'abord, on peut remarquer à cet égard que, pour que l'espace soit purement quantitatif, il faudrait qu'il soit entièrement homogène, et que ses parties ne puissent être distinguées entre elles par aucun caractère autre que leurs grandeurs respectives ; cela reviendrait à supposer qu'il n'est qu'un contenant sans contenu, c'est-à-dire quelque chose qui, en fait, ne peut pas exister isolément dans la manifestation, où le rapport du contenant et du contenu suppose nécessairement, par sa nature même de corrélation, la présence simultanée de ses deux termes. On peut se poser, tout au moins avec quelque apparence de raison, la question de savoir si l'espace géométrique est conçu comme présentant une telle homogénéité, mais, en tout cas, celle-ci ne saurait convenir à l'espace physique, c'est-à-dire à celui qui contient les corps, dont la présence seule suffit évidemment à déterminer une différence qualitative entre les portions de cet espace qu'ils occupent respectivement ; or c'est bien de l'espace physique que Descartes entend parler, ou autrement sa théorie même ne signifierait rien, puisqu'elle ne serait pas réellement applicable au monde dont elle prétend fournir l'explication[32]. Il ne servirait à rien d'objecter que ce qui est au point de départ

---

[32] Il est vrai que Descartes, au point de départ de sa physique, prétend seulement construire un monde hypothétique au moyen de certaines données, qui se ramènent à l'étendue et au mouvement ; mais, comme il s'efforce ensuite de montrer que les phénomènes qui se produiraient dans un tel monde sont précisément ceux-là mêmes que l'on constate dans le nôtre, il est clair que, malgré cette précaution toute verbale, il veut conclure de là que ce dernier est effectivement constitué comme celui qu'il avait supposé tout d'abord.

de cette théorie est un « espace vide », car, en premier lieu, cela nous ramènerait à la conception d'un contenant sans contenu, et d'ailleurs le vide ne saurait avoir aucune place dans le monde manifesté, car il n'est pas lui-même une possibilité de manifestation[33] ; et, en second lieu, puisque Descartes réduit la nature des corps tout entière à l'étendue, il doit dès lors supposer que leur présence n'ajoute rien effectivement à ce que l'étendue est déjà par elle-même, et, en effet, les propriétés diverses des corps ne sont pour lui que de simples modifications de l'étendue ; mais alors d'où peuvent venir ces propriétés si elles ne sont pas inhérentes de quelque façon à l'étendue elle-même, et comment pourraient-elles l'être si la nature de celle-ci était dépourvue d'éléments qualitatifs ? Il y aurait là quelque chose de contradictoire, et, à vrai dire, nous n'oserions pas affirmer que cette contradiction, comme bien d'autres d'ailleurs, ne se trouve pas implicitement chez Descartes ; celui-ci, comme les matérialistes plus récents qui auraient assurément plus d'un titre à se recommander de lui, semble bien en définitive vouloir tirer le « plus » du « moins ».

Au fond, dire qu'un corps n'est que de l'étendue, si on l'entend quantitativement, c'est dire que sa surface et son volume, qui mesurent la portion d'étendue qu'il occupe, sont le corps lui-même avec toutes ses propriétés, ce qui est manifestement absurde ; et, si on veut l'entendre autrement, il faut admettre que l'étendue elle-même est quelque chose de qualitatif, et alors elle ne peut plus servir de base à une théorie exclusivement « mécaniste ».

Maintenant, si ces considérations montrent que la physique cartésienne ne saurait être valable, elles ne suffisent cependant pas encore à établir nettement le caractère qualitatif de l'étendue ; en effet, on pourrait dire que, s'il n'est pas vrai que la nature des corps se réduise à l'étendue, c'est que précisément ils ne tiennent de celle-ci que leurs éléments quantitatifs. Mais ici se présente immédiatement cette observation : parmi les déterminations corporelles qui sont incontestablement d'ordre purement spatial, et qui, par conséquent, peuvent être regardées véritablement comme des modifications de l'étendue, il n'y a

---

[33] Ceci vaut également contre l'atomisme, car celui-ci, n'admettant par définition aucune autre existence positive que celle des atomes et de leurs combinaisons, est nécessairement amené par là même à supposer entre eux un vide dans lequel ils puissent se mouvoir

pas seulement la grandeur des corps, mais il y a aussi leur situation ; or celle-ci est-elle encore quelque chose de purement quantitatif ? Les partisans de la réduction à la quantité diront sans doute que la situation des divers corps est définie par leurs distances, et que la distance est bien une quantité : c'est la quantité d'étendue qui les sépare, de même que leur grandeur est la quantité d'étendue qu'ils occupent ; mais cette distance suffit-elle bien vraiment à définir la situation des corps dans l'espace ? Il y a autre chose dont il faut essentiellement tenir compte, et c'est la direction suivant laquelle cette distance doit être comptée ; mais, au point de vue quantitatif, la direction doit être indifférente, puisque, sous ce rapport, l'espace ne peut être considéré que comme homogène, ce qui implique que les différentes directions ne s'y distinguent en rien les unes des autres ; si donc la direction intervient effectivement dans la situation, et si elle est évidemment, tout aussi bien que la distance, un élément purement spatial, c'est donc qu'il y a dans la nature même de l'espace quelque chose de qualitatif.

Pour en être encore plus certain, nous laisserons de côté la considération de l'espace physique et celle des corps pour n'envisager que l'espace proprement géométrique, qui est bien assurément, si l'on peut dire, l'espace réduit à lui-même ; la géométrie, pour étudier cet espace, ne fait-elle réellement appel à rien d'autre qu'à des notions strictement quantitatives ? Cette fois, il s'agit simplement, bien entendu, de la géométrie profane des modernes, et, disons-le tout de suite, s'il y a jusque dans celle-ci quelque chose d'irréductible à la quantité, n'en résultera-t-il pas immédiatement que, dans le domaine des sciences physiques, il est encore bien plus impossible et plus illégitime de prétendre tout ramener à celle-ci ? Nous ne parlerons même pas ici de ce qui concerne la situation, parce que celle-ci ne joue un rôle suffisamment marqué que dans certaines branches spéciales de la géométrie, que l'on pourrait peut-être, à la rigueur, se refuser à regarder comme faisant partie intégrante de la géométrie pure [34] ; mais, dans la géométrie la plus élémentaire, il n'y a pas que la grandeur des figures à considérer, il y a aussi leur forme ; or le géomètre le plus pénétré des conceptions modernes oserait-il soutenir que, par exemple, un triangle et un carré dont

---

[34] Telle est, par exemple, la géométrie descriptive, et aussi ce que certains géomètres ont désigné par la dénomination d'*analysis situs*.

les surfaces sont égales ne sont qu'une seule et même chose ? Il dira seulement que ces deux figures sont « équivalentes », en sous-entendant évidemment « sous le rapport de la grandeur » ; mais il sera bien forcé de reconnaître que, sous un autre rapport, qui est celui de la forme, il y a quelque chose qui les différencie, et, si l'équivalence de la grandeur n'entraîne pas la similitude de la forme, c'est que cette dernière ne se laisse pas réduire à la quantité. Nous irons même plus loin : il y a toute une partie de la géométrie élémentaire à laquelle les considérations quantitatives sont étrangères, et c'est la théorie des figures semblables ; la similitude, en effet, se définit exclusivement par la forme et est entièrement indépendante de la grandeur des figures, ce qui revient à dire qu'elle est d'ordre purement qualitatif[35]. Si maintenant nous nous demandons ce qu'est essentiellement cette forme spatiale, nous remarquerons qu'elle peut être définie par un ensemble de tendances en direction : en chaque point d'une ligne, la tendance dont il s'agit est marquée par sa tangente, et l'ensemble des tangentes définit la forme de cette ligne ; dans la géométrie à trois dimensions, il en est de même pour les surfaces, en remplaçant la considération des droites tangentes par celle des plans tangents ; et il est d'ailleurs évident que ceci est tout aussi valable pour les corps eux-mêmes que pour les simples figures géométriques, car la forme d'un corps n'est pas autre chose que celle de la surface même par laquelle son volume est délimité. Nous en arrivons donc à cette conclusion, que ce que nous avons dit au sujet de la situation des corps nous permettait déjà de prévoir : c'est la notion de la direction qui représente en définitive le véritable élément qualitatif inhérent à la nature même de l'espace, comme la notion de la grandeur en représente l'élément quantitatif ; et ainsi l'espace, non point homogène, mais déterminé et différencié par ses directions, est ce que nous pouvons appeler l'espace « qualifié ».

Or, non seulement au point de vue physique, mais même au point de vue géométrique, comme nous venons de le voir, c'est bien cet espace « qualifié » qui est le véritable espace ; en effet, l'espace homogène n'a point d'existence à proprement parler, car il n'est rien de plus qu'une simple virtualité. Pour pouvoir être mesuré, c'est-à-dire, d'après

---

[35] C'est ce que Leibnitz a exprimé par cette formule : « *Æqualia sunt ejusdem quantitatis ; similia sunt ejusdem qualitatis* »

ce que nous avons expliqué précédemment, pour pouvoir être réalisé effectivement, l'espace doit nécessairement être rapporté à un ensemble de directions définies ; ces directions apparaissent d'ailleurs comme des rayons émanés d'un centre, à partir duquel elles forment la croix à trois dimensions, et nous n'avons pas besoin de rappeler une fois de plus le rôle considérable qu'elles jouent dans le symbolisme de toutes les doctrines traditionnelles[36]. Peut-être pourrait-on même suggérer que c'est en restituant à la considération des directions de l'espace son importance réelle qu'il serait possible de rendre à la géométrie, en grande partie tout au moins, le sens profond qu'elle a perdu ; mais il ne faut pas se dissimuler que cela même demanderait un travail qui pourrait aller très loin, comme on peut s'en convaincre aisément dès que l'on songe à l'influence effective que cette considération exerce à tant d'égards sur tout ce qui se rapporte à la constitution même des sociétés traditionnelles[37].

L'espace, ainsi que le temps, est une des conditions qui définissent l'existence corporelle, mais ces conditions sont différentes de la « matière » ou plutôt de la quantité, bien qu'elles se combinent naturellement avec celle-ci ; elles sont moins « substantielles », donc plus rapprochées de l'essence, et c'est en effet ce qu'implique l'existence en elles d'un

---

[36] On devra se reporter, pour tout ceci, aux considérations que nous avons exposées, avec tous les développements qu'elles comportent, dans *Le Symbolisme de la Croix*.

[37] Il faudrait envisager ici, notamment, toutes les questions d'ordre rituel se référant plus ou moins directement à l'« orientation » ; nous ne pouvons évidemment y insister, et nous mentionnerons seulement que c'est par là que sont déterminées traditionnellement, non seulement les conditions de la construction des édifices, qu'il s'agisse d'ailleurs de temples ou de maisons, mais celles mêmes de la fondation des cités. L'orientation des églises est le dernier vestige qui en ait subsisté en Occident jusqu'au début des temps modernes, le dernier du moins au point de vue « extérieur », car, pour ce qui est des formes initiatiques, les considérations de cet ordre, bien que généralement incomprises aujourd'hui, y ont toujours gardé leur place dans le symbolisme, même lorsque, dans l'état présent de dégénérescence de toutes choses, on a cru pouvoir se dispenser d'observer la réalisation effective des conditions qu'elles impliquent et se contenter à cet égard d'une représentation simplement « spéculative ».

aspect qualitatif ; nous venons de le voir pour l'espace, et nous le verrons aussi pour le temps. Avant d'en arriver là, nous indiquerons encore que l'inexistence d'un « espace vide » suffit pour montrer l'absurdité d'une des trop fameuses « antinomies » cosmologiques de Kant : se demander « si le monde est infini ou s'il est limité dans l'espace », c'est là une question qui n'a absolument aucun sens ; il est impossible que l'espace s'étende au-delà du monde pour le contenir, car alors c'est d'un espace vide qu'il s'agirait, et le vide ne peut contenir quoi que ce soit ; au contraire, c'est l'espace qui est dans le monde, c'est-à-dire dans la manifestation, et, si l'on se restreint à la considération du seul domaine de la manifestation corporelle, on pourra dire que l'espace est coextensif à ce monde, puisqu'il en est une des conditions ; mais ce monde n'est pas plus infini que l'espace lui-même, car, comme celui-ci, il ne contient pas toute possibilité, mais ne représente qu'un certain ordre de possibilités particulières, et il est limité par les déterminations qui constituent sa nature même. Nous dirons encore, pour n'avoir pas à y revenir, qu'il est également absurde de se demander « si le monde est éternel ou s'il a commencé dans le temps » ; pour des raisons toutes semblables, c'est en réalité le temps qui a commencé dans le monde, s'il s'agit de la manifestation universelle, ou avec le monde, s'il ne s'agit que de la manifestation corporelle ; mais le monde n'est nullement éternel pour cela, car il y a aussi des commencements intemporels ; le monde n'est pas éternel parce qu'il est contingent, ou, en d'autres termes, il a un commencement, aussi bien qu'une fin, parce qu'il n'est pas à lui-même son propre principe, ou qu'il ne contient pas celui-ci en lui-même, mais que ce principe lui est nécessairement transcendant. Il n'y a dans tout cela aucune difficulté, et c'est ainsi qu'une bonne partie des spéculations des philosophes modernes n'est faite que de questions mal posées, et par suite insolubles, donc susceptibles de donner lieu à des discussions indéfinies, mais qui s'évanouissent entièrement dès que, les examinant en dehors de tout préjugé, on les réduit à ce qu'elles sont en réalité, c'est-à-dire à de simples produits de la confusion qui caractérise la mentalité actuelle. Ce qui est le plus curieux, c'est que cette confusion même semble avoir aussi sa « logique », puisque, pendant plusieurs siècles, et à travers toutes les formes diverses qu'elle a revêtues, elle a toujours tendu constamment dans un même sens ; mais cette « logique », ce n'est au fond que la conformité avec la marche même du cycle humain, commandée à son tour par les conditions cosmiques elles-mêmes ; et ceci nous ramène directement aux considérations qui concernent la nature du temps et ce que, par opposition à la conception purement quantitative que s'en font les « mécanistes », nous pouvons appeler ses déterminations qualitatives.

Chapitre V

Les déterminations qualitatives du temps

Le temps apparaît comme plus éloigné encore que l'espace de la quantité pure : on peut parler de grandeurs temporelles comme de grandeurs spatiales, et les unes comme les autres relèvent de la quantité continue (car il n'y a pas lieu de s'arrêter à la conception bizarre de Descartes, suivant laquelle le temps serait constitué par une série d'instants discontinus, ce qui nécessite la supposition d'une « création » constamment renouvelée, sans laquelle le monde s'évanouirait à chaque instant dans les intervalles de ce discontinu) ; mais il y a cependant une grande distinction à faire entre les deux cas, du fait que, comme nous l'avons déjà indiqué, tandis qu'on peut mesurer l'espace directement, on ne peut au contraire mesurer le temps qu'en le ramenant pour ainsi dire à l'espace. Ce qu'on mesure réellement n'est jamais une durée, mais c'est l'espace parcouru pendant cette durée dans un certain mouvement dont on connaît la loi ; cette loi se présentant comme une relation entre le temps et l'espace, on peut, quand on connaît la grandeur de l'espace parcouru, en déduire celle du temps employé à le parcourir ; et, quelques artifices qu'on emploie, il n'y a en définitive aucun autre moyen que celui-là de déterminer les grandeurs temporelles.

Une autre remarque qui tend aussi à la même conclusion est celle-ci : les phénomènes proprement corporels sont les seuls qui se situent dans l'espace aussi bien que dans le temps ; les phénomènes d'ordre mental, ceux qu'étudie la « psychologie » au sens ordinaire de ce mot, n'ont aucun caractère spatial, mais, par contre, ils se déroulent également dans le temps ; or le mental, appartenant à la manifestation subtile, est nécessairement, dans le domaine individuel, plus proche de l'essence que le corporel ; si la nature du temps lui permet de s'étendre jusque-là et de conditionner les manifestations mentales elles-mêmes, c'est donc que cette nature doit être plus qualitative encore que celle de l'espace. Puisque nous parlons des phénomènes mentaux, nous ajouterons que, dès lors qu'ils sont du côté de ce qui représente l'essence dans l'individu, il est parfaitement vain d'y chercher des éléments quantitatifs, et à plus forte raison, car certains vont jusque-là, de vouloir les réduire à la quantité ; ce que les « psycho-physiologistes » déterminent quantitativement, ce ne sont point en réalité les phénomènes mentaux eux-mêmes comme ils se l'imaginent, mais seulement certains de leurs concomitants corporels ; et il n'y a là rien qui touche en quelque façon que ce soit à la nature propre du mental, ni par conséquent qui puisse servir à l'expliquer dans la moindre mesure ; l'idée absurde d'une psychologie quantitative représente vraiment le degré le plus accentué de l'aberration « scientiste » moderne !

D'après tout cela, si l'on peut parler d'espace « qualifié », on pourra davantage encore parler de temps « qualifié » ; nous voulons dire par là qu'il doit y avoir dans le temps moins de déterminations quantitatives et plus de déterminations qualitatives que dans l'espace. Le « temps vide » n'a d'ailleurs pas plus d'existence effective que l'« espace vide », et l'on pourrait à ce propos répéter tout ce que nous avons dit en parlant de l'espace ; il n'y a pas plus de temps que d'espace en dehors de notre monde, et, dans celui-ci, le temps réalisé contient toujours des événements, aussi bien que l'espace réalisé contient toujours des corps. À certains égards, il y a comme une symétrie entre l'espace et le temps, dont on peut souvent parler ainsi d'une façon en quelque sorte parallèle ; mais cette symétrie, qui ne se retrouve pas à l'égard des autres conditions de l'existence corporelle, tient peut-être plus à leur côté qualitatif qu'à leur côté quantitatif, comme tend à le montrer la différence que nous avons indiquée entre la détermination de grandeurs spatiales et celle des grandeurs temporelles, et aussi l'absence, en ce qui concerne le temps, d'une science quantitative au même degré que l'est la géométrie pour l'espace. Par contre, dans l'ordre qualitatif, la symétrie se traduit d'une façon particulièrement remarquable par la correspondance qui existe entre le symbolisme spatial et le symbolisme temporel, et dont nous avons eu assez souvent ailleurs l'occasion de donner des exemples ; dès lors qu'il s'agit de symbolisme, en effet, il va de soi que c'est la considération de la qualité qui intervient essentiellement, et non pas celle de la quantité.

Il est évident que les époques du temps sont différenciées qualitativement par les événements qui s'y déroulent, de même que les portions de l'espace le sont par les corps qu'elles contiennent, et qu'on ne peut en aucune façon regarder comme réellement équivalentes des durées quantitativement égales, mais remplies par des séries d'événements tout à fait différentes ; il est même d'observation courante que l'égalité quantitative, dans l'appréciation mentale de la durée, disparaît complètement devant la différence qualitative. Mais on dira peut-être que cette différence n'est pas inhérente à la durée elle-même, mais seulement à ce qui s'y passe ; il faut donc se demander s'il n'y a pas au contraire, dans la détermination qualitative des événements, quelque chose qui provient du temps lui-même ; et, à vrai dire, ne reconnaît-on pas au moins implicitement qu'il en est ainsi quand on parle par exemple, comme on le fait constamment même dans le langage ordinaire, des conditions particulières de telle ou telle époque ? Cela paraît en somme plus manifeste encore pour le temps que pour l'espace, bien que, comme nous l'avons expliqué, en ce qui concerne la situation des corps, les éléments qualitatifs soient loin aussi d'être négligeables ; et même, si l'on voulait aller jusqu'au fond des choses, on pourrait dire qu'un corps quelconque ne peut pas plus être situé indifféremment en n'importe quel lieu qu'un événement quelconque ne peut se produire indifféremment à n'importe quelle époque ; mais ici la symétrie n'est pourtant pas parfaite, parce que la situation d'un corps dans l'espace est susceptible de varier par le fait du mouvement, tandis que celle d'un événement dans le temps est strictement déterminée et proprement « unique », si bien que la nature essentielle des événements apparaît comme beaucoup plus strictement liée au temps que celle des corps ne l'est à l'espace, ce qui confirme encore que le temps doit avoir en lui-même un caractère plus largement qualitatif.

La vérité est que le temps n'est pas quelque chose qui se déroule uniformément, et, par suite, sa représentation géométrique par une ligne droite, telle que l'envisagent habituellement les mathématiciens modernes, n'en donne qu'une idée entièrement faussée par excès de simplification ; nous verrons plus loin que la tendance à la simplification abusive est encore un des caractères de l'esprit moderne, et que d'ailleurs elle accompagne inévitablement la tendance à tout ramener à la quantité. La véritable représentation du temps est celle qui est fournie par la conception traditionnelle des cycles, conception qui, bien entendu, est essentiellement celle d'un temps « qualifié » ; d'ailleurs, dès lors qu'il est question de représentation géométrique, qu'elle soit réalisée graphiquement ou simplement exprimée par la terminologie dont on fait usage, il est évident qu'il s'agit d'une application du symbolisme spatial, et ceci doit donner à penser qu'on pourra y trouver l'indication d'une certaine corrélation entre les déterminations qualitatives du temps et celles de l'espace. C'est bien ce qui arrive en effet : pour l'espace, ces déterminations résident essentiellement dans les directions ; or la représentation cyclique établit précisément une correspondance entre les phases d'un cycle temporel et les directions de l'espace ; il suffit, pour s'en convaincre, de considérer un exemple pris parmi les plus simples et les plus immédiatement accessibles, celui du cycle annuel, qui joue, comme on le sait, un rôle très important dans le symbolisme traditionnel[38], et dans lequel les quatre saisons sont mises en correspondance respective avec les quatre points cardinaux[39].

Nous n'avons pas à donner ici un exposé plus ou moins complet de la doctrine des cycles, bien que celle-ci soit naturellement impliquée au fond même de la présente étude ; pour rester dans les limites que nous devons nous imposer, nous nous contenterons pour le moment de formuler quelques remarques ayant un rapport plus immédiat avec notre sujet envisagé dans son ensemble, nous réservant de faire appel par la suite à d'autres considérations relevant de la même doctrine. La première de ces remarques, c'est que non seulement chaque phase d'un cycle temporel, quel qu'il soit d'ailleurs, a sa qualité propre qui influe

---

[38] Nous nous bornerons à rappeler ici, d'une part, la portée considérable du symbolisme du Zodiaque, surtout au point de vue proprement initiatique, et, d'autre part, les applications directes d'ordre rituel auxquelles le déroulement du cycle annuel donne lieu dans la plupart des formes traditionnelles.

[39] Nous tenons à mentionner, au sujet des déterminations qualitatives de l'espace et du temps et de leurs correspondances, un témoignage qui n'est certes pas suspect, car c'est celui d'un orientaliste « officiel », M. Marcel Granet, qui a consacré à ces notions traditionnelles toute une partie de son ouvrage intitulé *La Pensée chinoise* ; il va sans dire qu'il ne veut d'ailleurs voir dans tout cela que des singularités dont il s'efforce de donner une explication uniquement « psychologique » et « sociologique », mais nous n'avons évidemment pas à nous préoccuper de cette interprétation exigée par les préjugés modernes en général et universitaires en particulier, et c'est la constatation du fait lui-même qui nous importe seule ici ; à ce point de vue, on peut trouver dans le livre dont il s'agit un tableau frappant de l'antithèse qu'une civilisation traditionnelle (et ceci serait également vrai pour toute autre que la civilisation chinoise) présente avec la civilisation « quantitative » qui est celle de l'Occident moderne.

sur la détermination des événements, mais que même la vitesse avec laquelle ces événements se déroulent est quelque chose qui dépend aussi de ces phases, et qui, par conséquent, est d'ordre plus qualitatif que réellement quantitatif. Ainsi, quand on parle de cette vitesse des événements dans le temps, par analogie avec la vitesse d'un corps se déplaçant dans l'espace, il faut effectuer une certaine transposition de cette notion de vitesse, qui alors ne se laisse plus réduire à une expression quantitative comme celle qu'on donne de la vitesse proprement dite en mécanique. Ce que nous voulons dire, c'est que, suivant les différentes phases du cycle, des séries d'événements comparables entre elles ne s'y accomplissent pas dans des durées quantitativement égales ; cela apparaît surtout nettement quand il s'agit des grands cycles, d'ordre à la fois cosmique et humain, et on en trouve un des exemples les plus remarquables dans la proportion décroissante des durées respectives des quatre *Yugas* dont l'ensemble forme le *Manvantara*[40]. C'est précisément pour cette raison que les événements se déroulent actuellement avec une vitesse dont les époques antérieures n'offrent pas d'exemple, vitesse qui va sans cesse en s'accélérant et qui continuera à s'accélérer ainsi jusqu'à la fin du cycle ; il y a là comme une « contraction » progressive de la durée, dont la limite correspond au « point d'arrêt » auquel nous avons déjà fait allusion ; nous aurons plus tard à revenir spécialement sur ces considérations et à les expliquer plus complètement.

La seconde remarque porte sur la direction descendante de la marche du cycle, en tant que celui-ci est envisagé comme l'expression chronologique d'un processus de manifestation qui implique un éloignement graduel du principe ; mais nous en avons déjà parlé assez souvent pour nous dispenser d'y insister de nouveau. Si nous mentionnons encore ce point ici, c'est surtout parce que, en connexion avec ce qui vient d'être dit, il donne lieu à une analogie spatiale assez digne d'intérêt : l'accroissement de la vitesse des événements, à mesure qu'on approche de la fin du cycle, peut être comparée à l'accélération qui

---

[40] On sait que cette proportion est celle des nombres 4, 3, 2, 1, dont le total donne 10 pour l'ensemble du cycle ; on sait aussi que la durée même de la vie humaine est regardée comme allant en décroissant d'un âge à l'autre, ce qui revient à dire que cette vie s'écoule avec une rapidité toujours croissante du commencement du cycle à sa fin.

existe dans le mouvement de chute des corps pesants ; la marche de l'humanité actuelle ressemble véritablement à celle d'un mobile lancé sur une pente et allant d'autant plus vite qu'il est plus près du bas ; même si certaines réactions en sens contraire, dans la mesure où elles sont possibles, rendent les choses un peu plus complexes, ce n'en est pas moins là une image très exacte du mouvement cyclique pris dans sa généralité.

Enfin, une troisième remarque est celle-ci : la marche descendante de la manifestation, et par conséquent du cycle qui en est une expression, s'effectuant du pôle positif ou essentiel de l'existence vers son pôle négatif ou substantiel, il en résulte que toutes choses doivent prendre un aspect de moins en moins qualitatif et de plus en plus quantitatif ; et c'est pourquoi la dernière période du cycle doit tout particulièrement tendre à s'affirmer comme le « règne de la quantité ». Du reste, quand nous disons qu'il doit en être ainsi de toutes choses, nous ne l'entendons pas seulement de la façon dont elles sont envisagées au point de vue humain, mais aussi d'une modification réelle du « milieu » lui-même ; chaque période de l'histoire de l'humanité répondant proprement à un « moment cosmique » déterminé, il doit nécessairement y avoir une corrélation constante entre l'état même du monde, ou de ce qu'on appelle la « nature » au sens le plus usuel de ce mot, et plus spécialement de l'ensemble du milieu terrestre, et celui de l'humanité dont l'existence est évidemment conditionnée par ce milieu. Nous ajouterons que l'ignorance totale de ces modifications d'ordre cosmique n'est pas une des moindres causes de l'incompréhension de la science profane vis-à-vis de tout ce qui se trouve en dehors de certaines limites ; née elle-même des conditions très spéciales de l'époque actuelle, cette science est trop évidemment incapable de concevoir d'autres conditions différentes de celles-là, et même d'admettre simplement qu'il puisse en exister, et ainsi le point de vue même qui la définit établit dans le temps des « barrières » qu'il lui est aussi impossible de franchir qu'il est impossible à un myope de voir clairement au-delà d'une certaine distance ; et, en fait, la mentalité moderne et « scientiste » se caractérise bien effectivement, à tous égards, par une véritable « myopie intellectuelle ». Les développements auxquels nous serons amené par la suite permettront de mieux comprendre ce que peuvent être ces modifications du milieu, auxquelles nous ne pouvons faire présentement qu'une allusion d'ordre tout à fait général ; peut-être se rendra-t-on compte par-là que beaucoup de choses qui sont regardées aujourd'hui comme « fabuleuses » ne l'étaient nullement pour les anciens, et que même elles peuvent toujours ne l'être pas davantage pour ceux qui ont gardé, avec le dépôt de certaines connaissances traditionnelles, les notions permettant de reconstituer la figure d'un « monde perdu », aussi bien d'ailleurs que de prévoir ce que sera, tout au moins dans ses grands traits, celle d'un monde futur, car, en raison même des lois cycliques qui régissent la manifestation, le passé et l'avenir se correspondent analogiquement, si bien que, quoi qu'en puisse penser le vulgaire, de telles prévisions n'ont pas en réalité le moindre caractère « divinatoire », mais reposent entièrement sur ce que nous avons appelé les déterminations qualitatives du temps.

Chapitre VI

Le principe d'individuation

Nous pensons en avoir dit assez, en vue de ce que nous nous proposons, sur la nature de l'espace et du temps, mais il nous faut encore revenir à la « matière » pour examiner une autre question dont nous n'avons rien dit jusqu'ici, et qui est susceptible de jeter quelque nouvelle lumière sur certains aspects du monde moderne. Les scolastiques considèrent la *materia* comme constituant le *principium individuationis* ; quelle est la raison de cette façon d'envisager les choses, et jusqu'à quel point celle-ci est-elle justifiée ? Pour bien comprendre ce dont il s'agit, il suffit en somme, sans sortir aucunement des limites de notre monde (car ici il n'est fait appel à aucun principe d'ordre transcendant par rapport à celui-ci), d'envisager la relation des individus à l'espèce : l'espèce, dans cette relation, est du côté de la « forme » ou de l'essence, et les individus, ou plus précisément ce qui les distingue à l'intérieur de l'espèce, du côté de la « matière » ou de la substance[41]. Il n'y a pas lieu de s'en étonner, étant donné ce que nous avons dit plus haut sur le sens du mot εἶδος, qui est à la fois la « forme » et l'« espèce », et sur le caractère purement qualitatif de cette dernière ; mais il y a lieu de préciser encore davantage, et aussi, tout d'abord, de dissiper certaines équivoques qui pourraient être causées par la terminologie.

Nous avons déjà dit pourquoi le mot « matière » risque de donner lieu à des méprises ; le mot « forme » peut s'y prêter peut-être encore plus facilement, car son sens habituel est totalement différent de celui qu'il a dans le langage scolastique ; dans ce sens, qui est celui, par exemple, où

---

[41] Il convient de signaler qu'il se présente à ce propos une difficulté au moins apparente : dans la hiérarchie des genres, si l'on considère la relation d'un certain genre à un autre genre moins général qui en est une espèce, le premier joue le rôle de « matière » et le second celui de « forme » ; la relation semble donc, à première vue, être appliquée ici en sens contraire, mais, en réalité, elle n'est pas comparable à celle de l'espèce et des individus ; elle est d'ailleurs envisagée à un point de vue purement logique, comme celle d'un sujet et d'un attribut, le premier étant la désignation du genre et le second celle de la « différence spécifique ».

nous avons parlé précédemment de la considération de la forme en géométrie, il faudrait, si l'on se servait de la terminologie scolastique, dire « figure » et non pas « forme » ; mais cela serait par trop contraire à l'usage établi, dont on est bien forcé de tenir compte si l'on veut se faire comprendre, et c'est pourquoi, chaque fois que nous employons le mot « forme » sans référence spéciale à la scolastique, c'est dans son sens ordinaire que nous l'entendons. Il en est ainsi, notamment, quand nous disons que, parmi les conditions d'un état d'existence, c'est la forme qui caractérise proprement cet état comme individuel ; il va de soi, d'ailleurs, que cette forme, d'une façon générale, ne doit nullement être conçue comme revêtue d'un caractère spatial ; elle l'est seulement dans notre monde, parce qu'elle s'y combine avec une autre condition, l'espace, qui n'appartient proprement qu'au seul domaine de la manifestation corporelle. Mais alors la question qui se pose est celle-ci : parmi les conditions de ce monde, n'est-ce pas la forme ainsi entendue, et non pas la « matière », ou, si l'on préfère, la quantité, qui représente le véritable « principe d'individuation », puisque les individus sont tels en tant qu'ils sont conditionnés par elle ? Ce serait ne pas comprendre ce que les scolastiques veulent dire en fait quand ils parlent de « principe d'individuation » ; ils n'entendent aucunement par là ce qui définit un état d'existence comme individuel, et même ceci se rattache à un ordre de considérations qu'ils semblent n'avoir jamais abordé ; d'ailleurs, à ce point de vue, l'espèce elle-même doit être regardée comme étant d'ordre individuel, car elle n'est rien de transcendant par rapport à l'état ainsi défini, et nous pouvons même ajouter que, suivant la représentation géométrique des états d'existence que nous avons exposée ailleurs, toute la hiérarchie des genres doit être envisagée comme s'étendant horizontalement et non pas verticalement.

La question du « principe d'individuation » est d'une portée beaucoup plus restreinte, et elle se réduit en somme à celle-ci : les individus d'une même espèce participent tous d'une même nature, qui est proprement l'espèce même, et qui est également en chacun d'eux ; qu'est-ce qui fait que, malgré cette communauté de nature, ces individus sont des êtres distincts et même, pour mieux dire, séparés les uns des autres ? Il est bien entendu qu'il ne s'agit ici des individus qu'en tant qu'ils appartiennent à l'espèce, indépendamment de tout ce qu'il peut y avoir en eux sous d'autres rapports, de sorte qu'on pourrait encore formuler la question ainsi : de quel ordre est la détermination qui s'ajoute à la nature spécifique pour faire des individus, dans l'espèce même, des êtres séparés ? C'est cette détermination que les scolastiques rapportent à la « matière », c'est-à-dire au fond à la quantité, suivant leur définition de la *materia secunda* de notre monde ; et ainsi « matière » ou quantité apparaît proprement comme un principe de « séparativité ». On peut d'ailleurs bien dire en effet que la quantité est une détermination qui s'ajoute à l'espèce, puisque celle-ci est exclusivement qualitative, donc indépendante de la quantité, ce qui n'est pas le cas des individus, du fait même que ceux-ci sont « incorporés » ; et, à ce propos, il faut avoir le plus grand soin de remarquer que, contrairement à une opinion erronée qui n'est que trop répandue chez les modernes, l'espèce ne doit en aucune façon être conçue comme une « collectivité », celle-ci n'étant rien d'autre qu'une somme arithmétique d'individus, c'est-à-dire, au contraire de l'espèce, quelque chose de tout quantitatif ; la confusion du général et du collectif est encore une conséquence de la tendance qui porte les modernes à ne voir en toutes choses que la quantité, tendance que nous retrouvons ainsi constamment au fond de toutes les conceptions caractéristiques de leur mentalité particulière.

Nous arrivons maintenant à cette conclusion : dans les individus, la quantité prédominera d'autant plus sur la qualité qu'ils seront plus proches d'être réduits à n'être, si l'on peut dire, que de simples individus, et qu'ils seront par là même plus séparés les uns des autres, ce qui, bien entendu, ne veut pas dire plus différenciés, car il y a aussi une différenciation qualitative, qui est proprement à l'inverse de cette différenciation toute quantitative qu'est la séparation dont il s'agit. Cette séparation fait seulement des individus autant d'« unités » au sens inférieur du mot, et de leur ensemble une pure multiplicité quantitative ; à la limite, ces individus ne seraient plus que quelque chose de comparable aux prétendus « atomes » des physiciens, dépourvus de toute détermination qualitative ; et, quoique cette limite ne puisse jamais être atteinte en fait, tel est bien le sens dans lequel se dirige le monde actuel. Il n'y a qu'à jeter un regard autour de soi pour constater qu'on s'efforce partout de plus en plus de tout ramener à l'uniformité, qu'il s'agisse des hommes eux-mêmes ou des choses au milieu desquelles ils vivent, et il est évident qu'un tel résultat ne peut être obtenu qu'en supprimant autant que possible toute distinction qualitative ; mais ce qui est encore bien digne de remarque, c'est que, par une étrange illusion, certains prennent volontiers cette « uniformisation » pour une « unification », alors qu'elle en représente exactement l'inverse en réalité, ce qui peut du reste paraître évident dès lors qu'elle implique une accentuation de plus en plus marquée de la « séparativité ».

La quantité, insistons-y, ne peut que séparer et non pas unir ; tout ce qui procède de la « matière » ne produit, sous des formes diverses, qu'antagonisme entre les « unités » fragmentaires qui sont à l'extrême opposé de la véritable unité, ou qui du moins y tendent de tout le poids d'une quantité qui n'est plus équilibrée par la qualité ; mais cette « uniformisation » constitue un aspect du monde moderne trop important, et en même temps trop susceptible d'être faussement interprété, pour que nous n'y consacrions pas encore quelques autres développements.

Chapitre VII

L'uniformité contre l'Unité

Si nous considérons l'ensemble de ce domaine de manifestation qu'est notre monde, nous pouvons dire que, à mesure qu'elles s'éloignent de l'unité principielle, les existences y deviennent d'autant moins qualitatives et d'autant plus quantitatives ; en effet, cette unité, qui contient synthétiquement en elle-même toutes les déterminations qualitatives des possibilités de ce domaine, en est le pôle essentiel, tandis que le pôle substantiel, dont on s'approche évidemment dans la même mesure qu'on s'éloigne de l'autre, est représenté par la quantité pure, avec l'indéfinie multiplicité « atomique » qu'elle implique, à l'exclusion de toute distinction autre que numérique entre ses éléments. Cet éloignement graduel de l'unité essentielle peut d'ailleurs être envisagé sous un double point de vue, en simultanéité et en succession ; nous voulons dire qu'on peut l'envisager, d'une part, dans la constitution des êtres manifestés, où ces degrés déterminent, pour les éléments qui y entrent ou les modalités qui leur correspondent, une sorte de hiérarchie, et, d'autre part, dans la marche même de l'ensemble de la manifestation du commencement à la fin d'un cycle ; il va de soi que, ici, c'est au second de ces deux points de vue que nous devons nous référer plus particulièrement. Dans tous les cas, on pourrait, à cet égard, représenter géométriquement le domaine dont il s'agit par un triangle dont le sommet est le pôle essentiel, qui est qualité pure, tandis que la base est le pôle substantiel, c'est-à-dire, pour ce qui est de notre monde, la quantité pure, figurée par la multiplicité des points de cette base, en opposition avec le point unique qu'est le sommet ; si l'on trace des parallèles à la base pour représenter les différents degrés de l'éloignement dont nous venons de parler, il est évident que la multiplicité qui symbolise le quantitatif y sera d'autant plus marquée qu'on s'éloignera davantage du sommet pour s'approcher de la base. Seulement, pour que le symbole soit aussi exact que possible, il faudrait supposer que la base est indéfiniment éloignée du sommet, d'abord parce que ce domaine de manifestation est véritablement indéfini lui-même, et ensuite pour que la multiplicité des points de la base soit pour ainsi dire portée à son maximum ; en outre, on indiquerait par là que cette base, c'est-à-dire la quantité pure, ne peut jamais être atteinte dans le cours du processus de manifestation, bien que celui-ci y tende sans cesse de plus en plus, et que, à partir d'un certain niveau, le sommet, c'est-à-dire l'unité essentielle ou la qualité pure, soit en quelque sorte perdu de vue, ce qui correspond précisément à l'état actuel de notre monde.

Nous disions tout à l'heure que, dans la quantité pure, les « unités » ne sont distinguées entre elles que numériquement, et en effet il n'y a là aucun autre rapport sous lequel elles puissent l'être ; mais c'est effectivement ce qui montre que cette quantité pure est véritablement et nécessairement au-dessous de toute existence manifestée. Il y a lieu ici de faire appel à ce que Leibnitz a appelé le « principe des indiscernables », en vertu duquel il ne peut exister nulle part deux êtres identiques, c'est-à-dire semblables entre eux sous tous les rapports ; c'est là, comme nous l'avons montré ailleurs, une conséquence immédiate de l'illimitation de la possibilité universelle, qui entraîne l'absence de toute répétition dans les possibilités particulières ; et l'on peut dire encore que deux êtres supposés identiques ne seraient pas vraiment deux, mais que, coïncidant en tout, ils ne seraient en réalité qu'un seul et même être ; mais précisément, pour que les êtres ne soient pas identiques ou indiscernables, il faut qu'il y ait toujours entre eux quelque différence qualitative, donc que leurs déterminations ne soient jamais purement quantitatives. C'est ce que Leibnitz exprime en disant qu'il n'est jamais vrai que deux êtres, quels qu'ils soient, ne diffèrent que *solo numero*, et ceci, appliqué aux corps, vaut contre les conceptions « mécanistes » telles que celle de Descartes ; et il dit encore que, s'ils ne différaient pas qualitativement, « ce ne seraient pas même des êtres », mais quelque chose de comparable aux portions, toutes semblables entre elles, de l'espace et du temps homogènes, qui n'ont aucune existence réelle, mais sont seulement ce que les scolastiques appelaient *entia rationis*. Remarquons d'ailleurs, à ce propos, que lui-même ne semble pas avoir une idée suffisante de la vraie nature de l'espace et du temps, car, quand il définit simplement le premier comme un « ordre de coexistence ».

et le second comme un « ordre de succession », il ne les envisage qu'à un point de vue purement logique, qui les réduit précisément à des contenants homogènes sans aucune qualité, et par suite sans aucune existence effective, et qui ainsi ne rend nullement compte de leur nature ontologique, nous voulons dire de la nature réelle de l'espace et du temps manifestés dans notre monde, donc bien véritablement existants, en tant que conditions déterminantes de ce mode spécial d'existence qui est proprement l'existence corporelle.

La conclusion qui se dégage nettement de tout cela, c'est que l'uniformité, pour être possible, supposerait des êtres dépourvus de toutes qualités et réduits à n'être que de simples « unités » numériques ; et c'est aussi qu'une telle uniformité n'est jamais réalisable en fait, mais que tous les efforts faits pour la réaliser, notamment dans le domaine humain, ne peuvent avoir pour résultat que de dépouiller plus ou moins complètement les êtres de leurs qualités propres, et ainsi de faire d'eux quelque chose qui ressemble autant qu'il est possible à de simples machines, car la machine, produit typique du monde moderne, est bien ce qui représente, au plus haut degré qu'on ait encore pu atteindre, la prédominance de la quantité sur la qualité. C'est bien à cela que tendent, au point de vue proprement social, les conceptions « démocratiques » et « égalitaires », pour lesquelles tous les individus sont équivalents entre eux, ce qui entraîne cette supposition absurde que tous doivent être également aptes à n'importe quoi ; cette « égalité » est une chose dont la nature n'offre aucun exemple, pour les raisons mêmes que nous venons d'indiquer, puisqu'elle ne serait rien d'autre qu'une complète similitude entre les individus ; mais il est évident que, au nom de cette prétendue « égalité » qui est un des « idéaux » à rebours les plus chers au monde moderne, on rend effectivement les individus aussi semblables entre eux que la nature le permet, et cela tout d'abord en prétendant imposer à tous une éducation uniforme.

Il va de soi que, comme malgré tout on ne peut pas supprimer entièrement la différence des aptitudes, cette éducation ne donnera pas pour tous exactement les mêmes résultats ; mais il n'est pourtant que trop vrai que, si elle est incapable de donner à certains individus des qualités qu'ils n'ont pas, elle est par contre très susceptible d'étouffer chez les autres toutes les possibilités qui dépassent le niveau commun ; c'est ainsi que le « nivellement » s'opère toujours par en bas, et d'ailleurs il ne peut pas s'opérer autrement, puisqu'il n'est lui-même qu'une expression de la tendance vers le bas, c'est-à-dire vers la quantité pure qui se situe plus bas que toute manifestation corporelle, non seulement au-dessous du degré occupé par les êtres vivants les plus rudimentaires, mais encore au-dessous de ce que nos contemporains sont convenus d'appeler la « matière brute », et qui pourtant, puisqu'il se manifeste aux sens, est encore loin d'être entièrement dénué de toute qualité.

L'Occidental moderne ne se contente d'ailleurs pas d'imposer chez lui un tel genre d'éducation ; il veut aussi l'imposer aux autres, avec tout l'ensemble de ses habitudes mentales et corporelles, afin d'uniformiser le monde entier, dont, en même temps, il uniformise aussi jusqu'à l'aspect extérieur par la diffusion des produits de son industrie. La conséquence, paradoxale en apparence seulement, c'est que le monde est d'autant moins « unifié », au sens réel de ce mot, qu'il devient ainsi plus uniformisé ; cela est tout naturel au fond, puisque le sens où il est entraîné est, comme nous l'avons déjà dit, celui où la « séparativité » va en s'accentuant de plus en plus ; mais nous voyons apparaître ici le caractère « parodique » qui se rencontre si souvent dans tout ce qui est spécifiquement moderne. En effet, tout en allant directement à l'encontre de la véritable unité, puisqu'elle tend à réaliser ce qui en est le plus éloigné, cette uniformisation en présente comme une sorte de caricature, et cela en raison du rapport analogique par lequel, comme nous l'avons indiqué dès le début, l'unité elle-même se reflète inversement dans les « unités » qui constituent la quantité pure. C'est cette inversion même qui nous permettait de parler tout à l'heure d'« idéal » à rebours, et l'on voit qu'il faut l'entendre effectivement dans un sens très précis ; ce n'est pas, d'ailleurs, que nous éprouvions si peu que ce soit le besoin de réhabiliter ce mot d'« idéal », qui sert à peu près indifféremment à tout chez les modernes, et surtout à masquer l'absence de tout principe véritable, et dont on abuse tellement qu'il a fini par être complètement vide de sens ; mais du moins nous ne pouvons nous empêcher de remarquer que, suivant sa dérivation même, il devrait marquer une certaine tendance vers l'« idée » entendue dans une acception plus ou moins platonicienne, c'est-à-dire en somme vers l'essence et vers le qualitatif, si vaguement qu'on le conçoive, alors que le plus souvent, comme dans le cas dont il s'agit ici, il est pris en fait pour désigner ce qui en est exactement le contraire.

Nous disions qu'il y a tendance à uniformiser non seulement les individus humains, mais aussi les choses ; si les hommes de l'époque actuelle se vantent de modifier le monde dans une mesure de plus en plus large, et si effectivement tout y devient de plus en plus « artificiel », c'est surtout dans ce sens qu'ils entendent le modifier, en faisant porter toute leur activité sur un domaine aussi strictement quantitatif qu'il est possible. Du reste, dès lors qu'on a voulu constituer une science toute quantitative, il est inévitable que les applications pratiques qu'on tire de cette science revêtent aussi le même caractère ; ce sont ces applications dont l'ensemble est désigné, d'une façon générale, par le nom d'« industrie », et l'on peut bien dire que l'industrie moderne représente, à tous égards, le triomphe de la quantité, non seulement parce que ses procédés ne font appel qu'à des connaissances d'ordre quantitatif, et parce que les instruments dont elle fait usage, c'est-à-dire proprement les machines, sont établis d'une façon telle que les considérations qualitatives y interviennent aussi peu que possible, et que les hommes qui les mettent en œuvre sont réduits eux-mêmes à une activité toute mécanique, mais encore parce que, dans les productions mêmes de cette industrie, la qualité est entièrement sacrifiée à la quantité. Quelques remarques complémentaires sur ce sujet ne seront sans doute pas inutiles ; mais, avant d'y arriver, nous poserons encore une question sur laquelle nous aurons à revenir par la suite : quoi qu'on pense de la valeur des résultats de l'action que l'homme moderne exerce sur le monde, c'est un fait, indépendant de toute appréciation, que cette action réussit et que, au moins dans une certaine mesure, elle aboutit aux fins qu'elle se propose ; si les hommes d'une autre époque avaient agi de la même façon (supposition d'ailleurs toute « théorique » et invraisemblable en fait, étant données les différences mentales existant entre ces hommes et ceux d'aujourd'hui), les résultats obtenus auraient-ils été les mêmes ? En d'autres termes, pour que le milieu terrestre se prête à une telle action, ne faut-il pas qu'il y soit prédisposé en quelque sorte par les conditions cosmiques de la période cyclique où nous en sommes présentement, c'est-à-dire que, par rapport aux époques antérieures, il y ait dans la nature de ce milieu quelque chose de changé ? Au point où nous en sommes de notre exposé, il serait encore trop tôt pour préciser la nature de ce changement, et pour le caractériser autrement que comme devant être une sorte d'amoindrissement qualitatif, donnant plus de prise à tout ce qui est du ressort de la quantité ; mais ce que nous avons dit sur les déterminations qualitatives du temps permet tout au moins d'en concevoir déjà la possibilité, et de comprendre que les modifications artificielles du monde, pour pouvoir se réaliser, doivent présupposer des modifications naturelles auxquelles elles ne font que correspondre et se conformer en quelque manière, en vertu même de la corrélation qui existe constamment, dans la marche cyclique du temps, entre l'ordre cosmique et l'ordre humain.

Chapitre VIII

Métiers anciens et industrie moderne

L'opposition qui existe entre ce qu'étaient les métiers anciens et ce qu'est l'industrie moderne est encore, au fond, un cas particulier et comme une application de l'opposition des deux points de vue qualitatif et quantitatif, respectivement prédominants dans les uns et dans l'autre. Pour s'en rendre compte, il n'est pas inutile de noter tout d'abord que la distinction entre les arts et les métiers, ou entre « artiste » et « artisan », est elle-même quelque chose de spécifiquement moderne, comme si elle était née de la déviation et de la dégénérescence qui ont substitué, en toutes choses, la conception profane à la conception traditionnelle. L'artifex, pour les anciens, c'est, indifféremment, l'homme qui exerce un art ou un métier ; mais ce n'est, à vrai dire, ni l'artiste ni l'artisan au sens que ces mots ont aujourd'hui (et encore celui d'« artisan » tend-il de plus en plus à disparaître du langage contemporain) ; c'est quelque chose de plus que l'un et que l'autre, parce que, originairement tout au moins, son activité est rattachée à des principes d'un ordre beaucoup plus profond. Si les métiers comprenaient ainsi en quelque manière les arts proprement dits, qui ne s'en distinguaient par aucun caractère essentiel, c'est donc qu'ils étaient de nature véritablement qualitative, car personne ne saurait se refuser à reconnaître une telle nature à l'art, par définition en quelque sorte ; seulement, à cause de cela même, les modernes, dans la conception diminuée qu'ils se font de l'art, le relèguent dans une sorte de domaine fermé, qui n'a plus aucun rapport avec le reste de l'activité humaine, c'est-à-dire avec tout ce qu'ils regardent comme constituant le « réel », au sens très grossier que ce terme a pour eux ; et ils vont même jusqu'à qualifier volontiers cet art, ainsi dépouillé de toute portée pratique, d'« activité de luxe », expression qui est bien vraiment caractéristique de ce qu'on pourrait, sans aucune exagération, appeler la « sottise » de notre époque.

Dans toute civilisation traditionnelle, comme nous l'avons déjà dit bien souvent, toute activité de l'homme, quelle qu'elle soit, est toujours considérée comme dérivant essentiellement des principes ; cela, qui est notamment vrai pour les sciences, l'est tout autant pour les arts et les métiers, et d'ailleurs il y a alors une étroite connexion entre ceux-ci et celles-là, car, suivant la formule posée en axiome fondamental par les constructeurs du moyen âge, *ars sine scientia nihil*, par quoi il faut naturellement entendre la science traditionnelle, et non point la science profane, dont l'application ne peut donner naissance à rien d'autre qu'à l'industrie moderne.

Par ce rattachement aux principes, l'activité humaine est comme « transformée », pourrait-on dire, et, au lieu d'être réduite à ce qu'elle est en tant que simple manifestation extérieure (ce qui est en somme le point de vue profane), elle est intégrée à la tradition et constitue, pour celui qui l'accomplit, un moyen de participer effectivement à celle-ci, ce qui revient à dire qu'elle revêt un caractère proprement « sacré » et « rituel ». C'est pourquoi on a pu dire que, dans une telle civilisation, « chaque occupation est un sacerdoce »[42] ; pour éviter de donner à ce dernier terme une extension quelque peu impropre, sinon tout à fait abusive, nous dirions plutôt qu'elle possède en elle-même le caractère qui, lorsqu'on a fait une distinction de « sacré » et de « profane » qui n'existait aucunement à l'origine, n'a plus été conservé que par les seules fonctions sacerdotales.

Pour se rendre compte de ce caractère « sacré » de l'activité humaine tout entière, même au simple point de vue extérieur ou, si l'on veut, exotérique, si l'on envisage, par exemple, une civilisation telle que la civilisation islamique, ou la civilisation chrétienne du moyen âge, rien n'est plus facile que de constater que les actes les plus ordinaires de l'existence y ont toujours quelque chose de « religieux ». C'est que, là, la religion n'est point une chose restreinte et étroitement bornée qui occupe une place à part, sans aucune influence effective sur tout le reste, comme elle l'est pour les Occidentaux modernes (pour ceux du moins qui consentent encore à admettre une religion) ; au contraire, elle pénètre toute l'existence de l'être humain, ou, pour mieux dire, tout ce qui constitue cette existence, et en particulier la vie sociale proprement dite, se trouve comme englobé dans son domaine, si bien que, dans de telles conditions, il ne peut y avoir en réalité rien de « profane », sauf pour ceux qui, pour une raison ou pour une autre, sont en dehors

---

[42] A. M. Hocart, *Les Castes*, p. 27.

de la tradition, et dont le cas ne représente alors qu'une simple anomalie. Ailleurs, où le nom de « religion » ne peut plus proprement s'appliquer à la forme de la civilisation considérée, il n'y en a pas moins une législation traditionnelle et « sacrée » qui, tout en ayant des caractères différents, remplit exactement le même rôle ; ces considérations peuvent donc s'appliquer à toute civilisation traditionnelle sans exception. Mais il y a encore quelque chose de plus : si nous passons de l'exotérisme à l'ésotérisme (nous employons ici ces mots pour plus de commodité, bien qu'ils ne conviennent pas avec une égale rigueur à tous les cas), nous constatons, très généralement, l'existence d'une initiation liée aux métiers et prenant ceux-ci pour base ou pour « support »[43]; il faut donc que ces métiers soient encore susceptibles d'une signification supérieure et plus profonde, pour pouvoir effectivement fournir une voie d'accès au domaine initiatique, et c'est évidemment encore en raison de leur caractère essentiellement qualitatif qu'une telle chose est possible.

Ce qui permet le mieux de le comprendre, c'est la notion de ce que la doctrine hindoue appelle *swadharma*, notion toute qualitative elle-même, puisqu'elle est celle de l'accomplissement par chaque être d'une activité conforme à son essence ou à sa nature propre, et par là même éminemment conforme à l'« ordre » (*rita*) au sens que nous avons déjà expliqué ; et c'est aussi par cette même notion, ou plutôt par son absence, que se marque nettement le défaut de la conception profane et moderne. Dans celle-ci, en effet, un homme peut adopter une profession quelconque, et il peut même en changer à son gré, comme si cette profession était quelque chose de purement extérieur à lui, sans aucun lien réel avec ce qu'il est vraiment, avec ce qui fait qu'il est lui-même et non pas un autre. Dans la conception traditionnelle, au contraire, chacun doit normalement remplir la fonction à laquelle il est destiné par sa nature même, avec les aptitudes déterminées qu'elle implique essen-

---

[43] Nous pouvons même remarquer que tout ce qui subsiste encore d'organisations authentiquement initiatiques en Occident, dans quelque état de décadence qu'elles soient d'ailleurs actuellement, n'a pas d'autre origine que celle-là ; les initiations appartenant à d'autres catégories y ont complètement disparu depuis longtemps

tiellement [44] ; et il ne peut en remplir une autre sans qu'il y ait là un grave désordre, qui aura sa répercussion sur toute l'organisation sociale dont il fait partie ; bien plus, si un tel désordre vient à se généraliser, il en arrivera à avoir des effets sur le milieu cosmique lui-même, toutes choses étant liées entre elles par de rigoureuses correspondances.

Sans insister davantage pour le moment sur ce dernier point, qui pourrait encore trouver son application aux conditions de l'époque actuelle, nous résumerons ainsi ce qui vient d'être dit : dans la conception traditionnelle, ce sont les qualités essentielles des êtres qui déterminent leur activité ; dans la conception profane, au contraire, on ne tient plus compte de ces qualités, les individus n'étant plus considérés que comme des « unités » interchangeables et purement numériques. Cette dernière conception ne peut logiquement aboutir qu'à l'exercice d'une activité uniquement « mécanique », dans laquelle il ne subsiste plus rien de véritablement humain, et c'est bien là, en effet, ce que nous pouvons constater de nos jours ; il va de soi que ces métiers « mécaniques » des modernes, qui constituent toute l'industrie proprement dite, et qui ne sont qu'un produit de la déviation profane, ne sauraient offrir aucune possibilité d'ordre initiatique, et qu'ils ne peuvent même être que des empêchements au développement de toute spiritualité ; à vrai dire, du reste, ils ne peuvent même pas être considérés comme d'authentiques métiers, si l'on veut garder à ce mot la valeur que lui donne son sens traditionnel.

Si le métier est quelque chose de l'homme même, et comme une manifestation ou une expansion de sa propre nature, il est facile de comprendre qu'il puisse servir de base à une initiation, et même qu'il soit, dans la généralité des cas, ce qu'il y a de mieux adapté à cette fin. En effet, si l'initiation a essentiellement pour but de dépasser les possibilités de l'individu humain, il n'en est pas moins vrai qu'elle ne peut prendre pour point de départ que cet individu tel qu'il est, mais, bien entendu, en le prenant en quelque sorte par son côté supérieur, c'est-à-dire en s'appuyant sur ce qu'il y a en lui de plus proprement qualitatif ; de là la diversité des voies initiatiques, c'est-à-dire en somme des moyens mis en œuvre à titre de « supports », en conformité avec la dif-

---

[44] Il est à noter que le mot même de « métier », d'après sa dérivation étymologique du latin *ministerium*, signifie proprement « fonction ».

férence des natures individuelles, cette différence intervenant d'ailleurs d'autant moins, par la suite, que l'être avancera davantage dans sa voie et s'approchera ainsi du but qui est le même pour tous. Les moyens ainsi employés ne peuvent avoir d'efficacité que s'ils correspondent réellement à la nature même des êtres auxquels ils s'appliquent ; et, comme il faut nécessairement procéder du plus accessible au moins accessible, de l'extérieur à l'intérieur, il est normal de les prendre dans l'activité par laquelle cette nature se manifeste au dehors. Mais il va de soi que cette activité ne peut jouer un tel rôle qu'en tant qu'elle traduit effectivement la nature intérieure ; il y a donc là une véritable question de « qualification », au sens initiatique de ce terme ; et, dans des conditions normales, cette « qualification » devrait être requise pour l'exercice même du métier. Ceci touche en même temps à la différence fondamentale qui sépare l'enseignement initiatique, et même plus généralement tout enseignement traditionnel, de l'enseignement profane : ce qui est simplement « appris » de l'extérieur est ici sans aucune valeur, quelle que soit d'ailleurs la quantité des notions ainsi accumulées (car, en cela aussi, le caractère quantitatif apparaît nettement dans le « savoir » profane) ; ce dont il s'agit, c'est d'« éveiller » les possibilités latentes que l'être porte en lui-même (et c'est là, au fond, la véritable signification de la « réminiscence » platonicienne). [45]

On peut encore comprendre, par ces dernières considérations, comment l'initiation, prenant le métier pour « support », aura en même temps, et inversement en quelque sorte, une répercussion sur l'exercice de ce métier. L'être, en effet, ayant pleinement réalisé les possibilités dont son activité professionnelle n'est qu'une expression extérieure, et possédant ainsi la connaissance effective de ce qui est le principe même de cette activité, accomplira dès lors consciemment ce qui n'était d'abord qu'une conséquence tout « instinctive » de sa nature ; et ainsi, si la connaissance initiatique est, pour lui, née du métier, celui-ci, à son tour, deviendra le champ d'application de cette connaissance, dont il ne pourra plus être séparé. Il y aura alors correspondance parfaite entre l'intérieur et l'extérieur, et l'œuvre produite pourra être, non plus seulement l'expression à un degré quelconque et d'une façon plus ou moins superficielle, mais l'expression réellement adéquate de celui qui

---

[45] Voir notamment, à ce sujet, le *Ménon* de Platon.

l'aura conçue et exécutée, ce qui constituera le « chef-d'œuvre » au vrai sens de ce mot.

On voit sans peine par-là combien le véritable métier est loin de l'industrie moderne, au point que ce sont pour ainsi dire deux contraires, et combien il est malheureusement vrai, dans le « règne de la quantité », que le métier soit, comme le disent volontiers les partisans du « progrès », qui naturellement s'en félicitent, une « chose du passé ». Dans le travail industriel, l'ouvrier n'a rien à mettre de lui-même, et on aurait même grand soin de l'en empêcher s'il pouvait en avoir la moindre velléité ; mais cela même est impossible, puisque toute son activité ne consiste qu'à faire mouvoir une machine, et que d'ailleurs il est rendu parfaitement incapable d'initiative par la « formation » ou plutôt la déformation professionnelle qu'il a reçue, qui est comme l'antithèse de l'ancien apprentissage, et qui n'a pour but que de lui apprendre à exécuter certains mouvements « mécaniquement » et toujours de la même façon, sans avoir aucunement à en comprendre la raison ni à se préoccuper du résultat, car ce n'est pas lui, mais la machine, qui fabriquera en réalité l'objet ; serviteur de la machine, l'homme doit devenir machine lui-même, et son travail n'a plus rien de vraiment humain, car il n'implique plus la mise en œuvre d'aucune des qualités qui constituent proprement la nature humaine[46]. Tout cela aboutit à ce qu'on est convenu d'appeler, dans le jargon actuel, la fabrication « en série », dont le but n'est que de produire la plus grande quantité d'objets possible, et des objets aussi exactement semblables que possible entre eux, et destinés à l'usage d'hommes que l'on suppose tous semblables également ; c'est bien là le triomphe de la quantité, comme nous le disions plus haut, et c'est aussi, et par là même, celui de l'uniformité. Ces hommes réduits à de simples « unités » numériques, on veut les loger, nous ne dirons pas dans des maisons, car ce

---

[46] On peut remarquer que la machine est, en un certain sens, le contraire de l'outil, et non point un « outil perfectionné » comme beaucoup se l'imaginent, car l'outil est en quelque sorte un « prolongement » de l'homme lui-même, tandis que la machine réduit celui-ci à n'être plus que son serviteur ; et, si l'on a pu dire que « l'outil engendra le métier », il n'est pas moins vrai que la machine le tue ; les réactions instinctives des artisans contre les premières machines s'expliquent par-là d'elles-mêmes.

mot même serait impropre, mais dans des « ruches » dont les compartiments seront tous tracés sur le même modèle, et meublés avec ces objets fabriqués « en série », de façon à faire disparaître, du milieu où ils vivront, toute différence qualitative ; il suffit d'examiner les projets de certains architectes contemporains (qui qualifient eux-mêmes ces demeures de « machines à habiter ») pour voir que nous n'exagérons rien ; que sont devenus en tout cela l'art et la science traditionnels des anciens constructeurs, et les règles rituelles présidant à l'établissement des cités et des édifices dans les civilisations normales ? Il serait inutile d'y insister davantage, car il faudrait être aveugle pour ne pas se rendre compte de l'abîme qui sépare de celles-ci la civilisation moderne, et tout le monde s'accordera sans doute à reconnaître combien la différence est grande ; seulement, ce que l'immense majorité des hommes actuels célèbrent comme un « progrès », c'est là précisément ce qui nous apparaît tout au contraire comme une profonde déchéance, car ce ne sont manifestement que les effets du mouvement de chute, sans cesse accéléré, qui entraîne l'humanité moderne vers les « bas-fonds » où règne la quantité pure.

Chapitre IX

Le double sens de l'anonymat

À propos de la conception traditionnelle des métiers, qui ne fait qu'un avec celle des arts, nous devons encore signaler une autre question importante : les œuvres de l'art traditionnel, celles de l'art médiéval par exemple, sont généralement anonymes, et ce n'est même que très récemment que, par un effet de l'« individualisme » moderne, on a cherché à rattacher les quelques noms conservés par l'histoire à des chefs-d'œuvre connus, si bien que ces « attributions » sont souvent fort hypothétiques. Cet anonymat est tout à l'opposé de la préoccupation constante qu'ont les artistes modernes d'affirmer et de faire connaître avant tout leur individualité ; par contre, un observateur superficiel pourrait penser qu'il est comparable au caractère également anonyme des produits de l'industrie actuelle, bien que ceux-ci ne soient assurément à aucun titre des « œuvres d'art » ; mais la vérité est tout autre, car, s'il y a effectivement anonymat dans les deux cas, c'est pour des raisons exactement contraires. Il en est de l'anonymat comme de beaucoup d'autres choses qui, du fait de l'analogie inversée, peuvent être prises à la fois dans un sens supérieur et dans un sens inférieur : c'est ainsi, par exemple, que, dans une organisation sociale traditionnelle, un être peut être en dehors des castes de deux façons, soit parce qu'il est au-dessus d'elles (*ativarna*), soit parce qu'il est au-dessous (*avarna*), et il est évident que ce sont là deux extrêmes opposés. D'une façon semblable, ceux des modernes qui se considèrent comme en dehors de toute religion sont à l'extrême opposé des hommes qui, ayant pénétré l'unité principielle de toutes les traditions, ne sont plus liés exclusivement à une forme traditionnelle particulière[47]. Par rapport aux conditions de l'humanité normale et en quelque sorte « moyenne », les uns sont en deçà,

---

[47] Ceux-ci pourraient dire comme Mohyiddin ibn Arabi : « Mon cœur est devenu capable de toute forme : il est un pâturage pour les gazelles et un couvent pour les moines chrétiens, et un temple pour les idoles, et la *Kaabah* du pèlerin, et la table de la *Thorah* et le livre du *Qorân*. Je suis la religion de l'Amour, quelque route que prennent ses chameaux ; ma religion et ma foi sont la vraie religion. »

tandis que les autres sont au-delà ; on pourrait dire que les uns sont tombés dans l'« infra-humain », tandis que les autres se sont élevés au « suprahumain ». Or, précisément, l'anonymat peut aussi caractériser à la fois l'« infra-humain » et le « supra-humain » : le premier cas est celui de l'anonymat moderne, anonymat qui est celui de la foule ou de la « masse » au sens où on l'entend aujourd'hui (et ce mot tout quantitatif de « masse » est encore bien significatif), et le second est celui de l'anonymat traditionnel dans ses différentes applications, y compris celle qui concerne les œuvres d'art.

Pour bien comprendre ceci, il faut faire appel aux principes doctrinaux qui sont communs à toutes les traditions : l'être qui a atteint un état supra-individuel est, par là même, dégagé de toutes les conditions limitatives de l'individualité, c'est-à-dire qu'il est au-delà des déterminations de « nom et forme » (*nâma-rûpa*) qui constituent l'essence et la substance de cette individualité comme telle ; il est donc véritablement « anonyme », parce que, en lui, le « moi » s'est effacé et a complètement disparu devant le « Soi [48] ». Ceux qui n'ont pas atteint effectivement un tel état doivent du moins, dans la mesure de leurs moyens, s'efforcer d'y parvenir, et par suite, dans la même mesure, leur activité devra imiter cet anonymat et, pourrait-on dire, y participer en quelque sorte, ce qui fournira d'ailleurs un « support » à leur réalisation spirituelle à venir. Cela est particulièrement visible dans les institutions monastiques, qu'il s'agisse du Christianisme ou du Bouddhisme, où ce qu'on pourrait appeler la « pratique » de l'anonymat se maintient toujours, même si le sens profond en est trop souvent oublié ; mais il ne faudrait pas croire que le reflet de cet anonymat dans l'ordre social se borne à ce seul cas particulier, et ce serait là se laisser illusionner par l'habitude de faire une distinction entre « sacré » et « profane », distinction qui, redisons-le encore, n'existe pas et n'a même aucun sens dans les sociétés strictement traditionnelles. Ce que nous avons dit du caractère « rituel » qu'y revêt l'activité humaine tout entière l'explique suffisamment, et, en ce qui concerne notamment les métiers, nous avons vu que ce caractère y est tel qu'on a cru pouvoir parler à ce propos de « sacerdoce » ; il n'y a donc

---

[48] Sur ce sujet, voir A. K. Coomaraswamy, *Akimchanna : self-naughting*, dans *The New Indian Antiquary*, n° d'avril 1940.

rien d'étonnant à ce que l'anonymat y soit de règle, parce qu'il représente la véritable conformité à l'« ordre », que l'*artifex* doit s'appliquer à réaliser le plus parfaitement possible dans tout ce qu'il fait.

On pourrait soulever ici une objection : puisque le métier doit être conforme à la nature propre de celui qui l'exerce, l'œuvre produite, avons-nous dit, exprimera nécessairement cette nature, et elle pourra être regardée comme parfaite en son genre, ou comme constituant un « chef-d'œuvre », quand elle l'exprimera d'une façon adéquate ; or la nature dont il s'agit est l'aspect essentiel de l'individualité, c'est-à-dire ce qui est défini par le « nom » ; n'y a-t-il pas là quelque chose qui semble aller directement à l'encontre de l'anonymat ? Pour répondre à cela, il faut tout d'abord faire remarquer que, en dépit de toutes les fausses interprétations occidentales sur des notions telles que celles de *Moksha* et de *Nirvâna*, l'extinction du « moi » n'est en aucune façon une annihilation de l'être, mais qu'elle implique, tout au contraire, comme une « sublimation » de ses possibilités (sans quoi, notons-le en passant, l'idée même de « résurrection » n'aurait aucun sens) ; sans doute, l'*artifex* qui est encore dans l'état individuel humain ne peut que tendre vers une telle « sublimation », mais le fait de garder l'anonymat sera précisément pour lui le signe de cette tendance « transformante ». D'autre part, on peut dire encore que, par rapport à la société elle-même, ce n'est pas en tant qu'il est « un tel » que l'*artifex* produit son œuvre, mais en tant qu'il remplit une certaine « fonction », d'ordre proprement « organique » et non pas « mécanique » (ceci marquant la différence fondamentale avec l'industrie moderne), à laquelle il doit, dans son travail, s'identifier tout autant qu'il est possible ; et cette identification, en même temps qu'elle est le moyen de son « ascèse » propre, marque en quelque sorte la mesure de sa participation effective à l'organisation traditionnelle, puisque c'est par l'exercice même de son métier qu'il est incorporé à celle-ci et qu'il y occupe la place qui convient proprement à sa nature. Ainsi, de quelque façon qu'on envisage les choses, l'anonymat s'impose en quelque sorte normalement ; et, même si tout ce qu'il implique en principe ne peut être effectivement réalisé, il devra y avoir tout au moins un anonymat relatif, en ce sens que, là surtout où il y aura une initiation basée sur le métier, l'individualité profane ou « extérieure », désignée comme « un tel, fils d'un tel » (*nâma-gotra*), disparaîtra dans tout ce qui se rapporte à l'exercice de ce métier[49].

Si maintenant nous passons à l'autre extrême, celui qui est représenté par l'industrie moderne, nous voyons que l'ouvrier y est bien aussi anonyme, mais parce que ce qu'il produit n'exprime rien de lui-même et n'est pas même véritablement son œuvre, le rôle qu'il joue dans cette production étant purement « mécanique ». En somme, l'ouvrier comme tel n'a réellement pas de « nom », parce qu'il n'est, dans son travail, qu'une simple « unité » numérique sans qualités propres, qui pourrait être remplacée par toute autre « unité » équivalente, c'est-à-dire par un autre ouvrier quelconque, sans qu'il y ait rien de changé dans le produit de ce travail [50]; et ainsi, comme nous le disions plus haut, son activité n'a plus rien de proprement humain, mais, bien loin de traduire ou tout au moins de refléter quelque chose de « suprahumain », elle est au contraire réduite à l'« infra-humain », et elle tend même vers le plus bas degré de celui-ci, c'est-à-dire vers une modalité aussi complètement quantitative qu'il est possible de la réaliser dans le monde manifesté. Cette activité « mécanique » de l'ouvrier ne représente d'ailleurs qu'un cas particulier (le plus typique qu'on puisse constater en fait dans l'état actuel, parce que l'industrie est le domaine où les conceptions modernes ont réussi à s'exprimer le plus complètement) de ce que le singulier « idéal » de nos contemporains voudrait arriver à faire de tous les individus humains, et dans toutes les circonstances de leur existence ; c'est là une conséquence immédiate de la tendance dite « égalitaire », ou, en d'autres

---

[49] On comprendra facilement par-là pourquoi, dans des initiations de métier telles que le Compagnonnage, il est interdit, tout aussi bien que dans les ordres religieux, de désigner un individu par son nom profane ; il y a bien encore un nom, donc une individualité, mais c'est une individualité déjà « transformée », au moins virtuellement, par le fait même de l'initiation.

[50] Il pourrait seulement y avoir une différence quantitative, parce qu'un ouvrier peut travailler plus ou moins rapidement qu'un autre (et c'est dans cette rapidité que consiste au fond toute l'« habileté » qu'on demande de lui) ; mais, au point de vue qualitatif, le produit du travail serait toujours le même, puisqu'il est déterminé, non pas par la conception mentale de l'ouvrier, ni par son habileté manuelle à donner à celle-ci une forme extérieure, mais uniquement par l'action de la machine dont son rôle se borne à assurer le fonctionnement.

termes, de la tendance à l'uniformité, qui exige que ces individus ne soient traités que comme de simples « unités » numériques, réalisant ainsi l'« égalité » par en bas, puisque c'est là le seul sens où elle puisse être réalisée « à la limite », c'est-à-dire où il soit possible, sinon de l'atteindre tout à fait (car elle est contraire, comme nous l'avons vu, aux conditions mêmes de toute existence manifestée), du moins de s'en approcher de plus en plus et indéfiniment, jusqu'à ce qu'on soit parvenu au « point d'arrêt » qui marquera la fin du monde actuel.

Si nous nous demandons ce que devient l'individu dans de telles conditions, nous voyons que, en raison de la prédominance toujours plus accentuée en lui de la quantité sur la qualité, il est pour ainsi dire réduit à son seul aspect substantiel, à celui que la doctrine hindoue appelle *rûpa* (et, en fait, il ne peut jamais perdre la forme, qui est ce qui définit l'individualité comme telle, sans perdre par là même toute existence), ce qui revient à dire qu'il n'est plus guère que ce que le langage courant appellerait un « corps sans âme », et cela au sens le plus littéral de cette expression. Dans un tel individu, en effet, l'aspect qualitatif ou essentiel a presque entièrement disparu (nous disons presque, parce que la limite ne peut jamais être atteinte en réalité) ; et, comme cet aspect est précisément celui qui est désigné comme *nâma*, cet individu n'a véritablement plus de « nom » qui lui soit propre, parce qu'il est comme vidé des qualités que ce nom doit exprimer ; il est donc réellement « anonyme », mais au sens inférieur de ce mot. C'est là l'anonymat de la « masse » dont l'individu fait partie et dans laquelle il se perd, « masse » qui n'est qu'une collection de semblables individus, tous considérés comme autant d'« unités » arithmétiques pures et simples ; on peut bien compter de telles « unités », évaluant ainsi numériquement la collectivité qu'elles composent, et qui, par définition, n'est elle-même qu'une quantité ; mais on ne peut aucunement donner à chacune d'elles une dénomination impliquant qu'elle se distingue des autres par quelque différence qualitative.

Nous venons de dire que l'individu se perd dans la « masse », ou que du moins il tend de plus en plus à s'y perdre ; cette « confusion » dans la multiplicité quantitative correspond encore, par inversion, à la « fusion » dans l'unité principielle. Dans celle-ci, l'être possède toute la plénitude de ses possibilités « transformées », si bien qu'on pourrait dire que la distinction, entendue au sens qualitatif, y est portée à son suprême degré, en même temps que toute séparation a disparu [51]; dans la quantité pure, au contraire, la séparation est à son maximum, puisque c'est là que réside le principe même de la « séparativité », et l'être est d'ailleurs évidemment d'autant plus « séparé » et plus enfermé en lui-même que ses possibilités sont plus étroitement limitées, c'est-à-dire que son aspect essentiel comporte moins de qualités ; mais, en même temps, puisqu'il est d'autant moins distingué qualitativement au sein de la « masse », il tend bien véritablement à s'y confondre. Ce mot de « confusion » est ici d'autant mieux approprié qu'il évoque l'indistinction toute potentielle du « chaos », et c'est bien de cela qu'il s'agit en effet, puisque l'individu tend à se réduire à son seul aspect substantiel, c'est-à-dire à ce que les scolastiques appelleraient une « matière sans forme », où tout est en puissance et où rien n'est en acte, si bien que le terme ultime, s'il pouvait être atteint, serait une véritable « dissolution » de tout ce qu'il y a de réalité positive dans l'individualité ; et, en raison même de l'extrême opposition qui existe entre l'une et l'autre, cette confusion des êtres dans l'uniformité apparaît comme une sinistre et « satanique » parodie de leur fusion dans l'unité.

---

[51] C'est le sens de l'expression d'Eckhart, « fondu, mais non confondu », que M. Coomaraswamy, dans l'article mentionné plus haut, rapproche très justement de celui du terme sanscrit *bhêdâbhêda*, « distinction sans différence », c'est-à-dire sans séparation.

Chapitre X

L'illusion des statistiques

Revenons maintenant à la considération du point de vue plus proprement « scientifique », tel que les modernes l'entendent ; ce point de vue se caractérise avant tout par la prétention de réduire toutes choses à la quantité, et de ne tenir aucun compte de ce qui ne s'y laisse pas réduire, de le regarder en quelque sorte comme inexistant ; on en est arrivé à penser et à dire couramment que tout ce qui ne peut pas être « chiffré », c'est-à-dire exprimé en termes purement quantitatifs, est par là même dépourvu de toute valeur « scientifique » ; et cette prétention ne s'applique pas seulement à la « physique » au sens ordinaire de ce mot, mais à tout l'ensemble des sciences admises « officiellement » de nos jours, et, comme nous l'avons déjà vu, elle s'étend même jusqu'au domaine psychologique. Nous avons suffisamment expliqué, dans ce qui précède, que c'est là laisser échapper tout ce qu'il y a de véritablement essentiel, dans l'acception la plus stricte de ce terme, et que le « résidu » qui tombe seul sous les prises d'une telle science est tout à fait incapable d'expliquer quoi que ce soit en réalité ; mais nous insisterons encore quelque peu sur un aspect très caractéristique de cette science, qui montre d'une façon particulièrement nette combien elle s'illusionne sur ce qu'il est possible de tirer de simples évaluations numériques, et qui d'ailleurs se rattache assez directement à tout ce que nous avons exposé en dernier lieu.

En effet, la tendance à l'uniformité, qui s'applique dans le domaine « naturel » aussi bien que dans le domaine humain, conduit à admettre, et même à poser en quelque sorte en principe (nous devrions dire plutôt en « pseudo-principe »), qu'il existe des répétitions de phénomènes identiques, ce qui, en vertu du « principe des indiscernables », n'est en réalité qu'une impossibilité pure et simple. Cette idée se traduit notamment par l'affirmation courante que « les mêmes causes produisent toujours les mêmes effets », ce qui, énoncé sous cette forme, est proprement absurde, car, en fait, il ne peut jamais y avoir ni les mêmes causes ni les mêmes effets dans un ordre successif de manifestation ; et ne va-t-on pas même jusqu'à dire communément que « l'histoire se répète », alors que la vérité est qu'il y a seulement des correspondances analogiques entre certaines périodes et entre certains événements ? Ce qu'il faudrait dire, c'est que des causes comparables entre elles sous certains rapports produisent des effets également comparables sous les mêmes rapports ; mais, à côté des ressemblances qui sont, si l'on veut, comme une identité partielle, il y a aussi toujours et nécessairement des différences, du fait même que, par hypothèse, il s'agit de deux choses distinctes et non pas d'une seule et même chose. Il est vrai que ces différences, par là même qu'elles sont des distinctions qualitatives, sont d'autant moindres que ce que l'on considère appartient à un degré plus bas de la manifestation, et que, par conséquent, les ressemblances s'accentuent dans la même mesure, de sorte que, dans certains cas, une observation superficielle et incomplète pourra faire croire à une sorte d'identité ; mais, en réalité, les différences ne s'éliminent jamais complètement, sans quoi on serait au-dessous même de toute manifestation ; et, n'y eût-il même que celles qui résultent de l'influence des circonstances sans cesse changeantes de temps et de lieu, celles-là encore ne pourraient jamais être entièrement négligeables ; il est vrai que, pour le comprendre, il faut se rendre compte que l'espace et le temps réels, contrairement aux conceptions modernes, ne sont point seulement des contenants homogènes et des modes de la quantité pure et simple, mais qu'il y a aussi un aspect qualitatif des déterminations temporelles et spatiales. Quoi qu'il en soit, il est permis de se demander comment, en négligeant les différences et en se refusant en quelque sorte à les voir, on peut prétendre constituer une science « exacte » ; en fait et rigoureusement, il ne peut y avoir d'« exactes » que les mathématiques pures, parce qu'elles se rapportent vraiment au domaine de la quantité, et tout le reste de la science moderne n'est et ne peut être, dans de telles conditions, qu'un tissu d'approximations plus ou moins grossières, et cela non pas seulement dans les applications, où tout le monde est bien obligé de reconnaître l'imperfection inévitable des moyens d'observation et de mesure, mais encore au point de vue théorique lui-même ; les suppositions irréalisables qui sont presque tout le fond de la mécanique « classique », laquelle sert elle-même de base à toute la physique moderne, pourraient ici fournir une multitude d'exemples caractéristiques[52].

L'idée de fonder en quelque sorte une science sur la répétition trahit encore une autre illusion d'ordre quantitatif, celle qui consiste à croire que la seule accumulation d'un grand nombre de faits peut servir de « preuve » à une théorie ; il est pourtant évident, pour peu qu'on y réfléchisse, que les faits d'un même genre sont toujours en multitude indéfinie, de sorte qu'on ne peut jamais les constater tous, sans compter que les mêmes faits s'accordent généralement tout aussi bien avec plusieurs théories différentes. On dira que la constatation d'un plus grand nombre de faits donne tout au moins plus de « probabilité » à la théorie ; mais c'est là reconnaître qu'on ne peut jamais arriver de cette façon à une certitude quelconque, donc que les conclusions qu'on énonce n'ont jamais rien d'« exact » ; et c'est aussi avouer le caractère tout « empirique » de la science moderne, dont les partisans, par une étrange ironie, se plaisent pourtant à taxer d'« empirisme » les connaissances des anciens, alors que c'est précisément tout le contraire qui est vrai, car ces connaissances, dont ils ignorent totalement la véritable nature, partaient des principes et non point des constatations expérimentales, si bien qu'on pourrait dire que la science profane est construite exactement au rebours de la science traditionnelle. Encore, si insuffisant que soit l'« empirisme » en lui-même, celui de cette science moderne est-il bien loin d'être intégral, puisqu'elle néglige ou écarte une partie considérable des données de l'expérience, toutes celles en somme qui présentent un caractère proprement qualitatif ; l'expérience sensible, pas plus que tout autre genre d'expérience, ne peut jamais porter sur la quantité pure, et plus on s'approche de celle-ci, plus on s'éloigne par là même de la réalité qu'on prétend constater et expliquer ; et, en fait, il ne serait pas difficile de s'apercevoir que les théories les plus récentes sont aussi celles qui ont le moins de rapport avec cette réalité, et qui la remplacent le plus volontiers par des « conventions », nous ne dirons pas entièrement arbitraires (car une telle chose n'est encore qu'une impossi-

---

[52] Où a-t-on jamais vu, par exemple, un « point matériel pesant », un « solide parfaitement élastique », un « fil inextensible et sans poids », et autres « entités » non moins imaginaires dont est remplie cette science considérée comme « rationnelle » par excellence ?

bilité, et, pour faire une « convention » quelconque, il faut nécessairement avoir quelque raison de la faire), mais du moins aussi arbitraires que possible, c'est-à-dire n'ayant en quelque sorte qu'un minimum de fondement dans la véritable nature des choses.

Nous disions tout à l'heure que la science moderne, par là même qu'elle veut être toute quantitative, se refuse à tenir compte des différences entre les faits particuliers jusque dans les cas où ces différences sont le plus accentuées, et qui sont naturellement ceux où les éléments qualitatifs ont une plus grande prédominance sur les éléments quantitatifs ; et l'on pourrait dire que c'est là surtout que la partie la plus considérable de la réalité lui échappe, et que l'aspect partiel et inférieur de la vérité qu'elle peut saisir malgré tout (parce que l'erreur totale ne saurait avoir d'autre sens que celui d'une négation pure et simple) se trouve dès lors réduit à presque rien. Il en est surtout ainsi quand on en arrive à la considération des faits d'ordre humain, car ils sont les plus hautement qualitatifs de tous ceux que cette science entend comprendre dans son domaine, et pourtant elle s'efforce de les traiter exactement comme les autres, comme ceux qu'elle rapporte non seulement à la « matière organisée », mais même à la « matière brute », car elle n'a au fond qu'une seule méthode qu'elle applique uniformément aux objets les plus différents, précisément parce que, en raison même de son point de vue spécial, elle est incapable de voir ce qui en constitue les différences essentielles. Aussi est-ce dans cet ordre humain, qu'il s'agisse d'histoire, de « sociologie », de « psychologie » ou de tout autre genre d'études qu'on voudra supposer, qu'apparaît le plus complètement le caractère fallacieux des « statistiques » auxquelles les modernes attribuent une si grande importance ; là comme partout ailleurs, ces statistiques ne consistent, au fond, qu'à compter un plus ou moins grand nombre de faits que l'on suppose tous entièrement semblables entre eux, sans quoi leur addition même ne signifierait rien ; et il est évident qu'on n'obtient ainsi qu'une image d'autant plus déformée de la réalité que les faits dont il s'agit ne sont effectivement semblables ou comparables que dans une moindre mesure, c'est-à-dire que l'importance et la complexité des éléments qualitatifs qu'ils impliquent sont plus considérables. Seulement, en étalant ainsi des chiffres et des calculs, on se donne à soi-même, tout autant qu'on vise à donner aux autres, une certaine illusion d'« exactitude » qu'on pourrait qualifier de

« pseudo-mathématique » ; mais, en fait, sans même s'en apercevoir et en vertu d'idées préconçues, on tire indifféremment de ces chiffres à peu près tout ce qu'on veut, tellement ils sont dépourvus de signification par eux-mêmes ; la preuve en est que les mêmes statistiques, entre les mains de plusieurs savants pourtant adonnés à la même « spécialité », donnent souvent lieu, suivant leurs théories respectives, à des conclusions tout à fait différentes, pour ne pas dire même parfois diamétralement opposées. Dans ces conditions, les sciences soi-disant « exactes » des modernes, en tant qu'elles font intervenir les statistiques et qu'elles vont même jusqu'à prétendre en tirer des prévisions pour l'avenir (toujours en conséquence de l'identité supposée de tous les faits envisagés, qu'ils soient passés ou futurs), ne sont en réalité rien de plus que de simples sciences « conjecturales », suivant l'expression qu'emploient volontiers (en quoi ils reconnaissent d'ailleurs plus franchement que bien d'autres ce qu'il en est) les promoteurs d'une certaine astrologie moderne dite « scientifique », qui n'a assurément que des rapports très vagues et très lointains, si même elle en a encore autrement que par la terminologie, avec la véritable astrologie traditionnelle des anciens, aujourd'hui tout aussi entièrement perdue que les autres connaissances du même ordre ; cette « néo-astrologie », précisément, fait aussi un grand usage des statistiques dans ses efforts pour s'établir « empiriquement » et sans se rattacher à aucun principe, et elles y tiennent même une place prépondérante ; c'est pour cette raison même qu'on croit pouvoir la décorer de l'épithète de « scientifique » (ce qui implique d'ailleurs qu'on refuse ce caractère à la véritable astrologie, ainsi qu'à toutes les sciences traditionnelles constituées d'une façon similaire), et cela est encore bien significatif et bien caractéristique de la mentalité moderne.

La supposition d'une identité entre les faits qui ne sont en réalité que du même genre, c'est-à-dire comparables sous certains rapports seulement, en même temps qu'elle contribue, comme nous venons de l'expliquer, à donner l'illusion d'une science « exacte », satisfait aussi le besoin de simplification excessive qui est encore un autre caractère assez frappant de la mentalité moderne, à tel point qu'on pourrait, sans y mettre aucune intention ironique, qualifier proprement celle-ci de « simpliste », tant dans ses conceptions « scientifiques » que dans toutes ses autres manifestations. Tout cela se tient d'ailleurs, et ce besoin de simplification accompagne nécessairement la tendance à tout réduire au quantitatif et la renforce encore, car, évidemment, il ne saurait y avoir rien de plus simple que la quantité ; si l'on réussissait à dépouiller entièrement un être ou une chose de ses qualités propres, le « résidu » qu'on obtiendrait présenterait assurément le maximum de simplicité ; et, à la limite, cette extrême simplicité serait celle qui ne peut appartenir qu'à la quantité pure, c'est-à-dire celle des « unités », toutes semblables entre elles, qui constituent la multiplicité numérique ; mais ceci est assez important pour appeler encore quelques autres réflexions.

Chapitre XI

Unicité et simplicité

Le besoin de simplification, en ce qu'il a d'illégitime et d'abusif, est, venons-nous de dire, un trait distinctif de la mentalité moderne ; c'est en vertu de ce besoin, appliqué au domaine scientifique, que certains philosophes ont été jusqu'à poser, comme une sorte de « pseudo-principe » logique, l'affirmation que « la nature agit toujours par les voies les plus simples ». Ce n'est là qu'un postulat tout gratuit, car on ne voit pas ce qui pourrait obliger la nature à agir effectivement ainsi et non autrement ; bien d'autres conditions que celle de la simplicité peuvent intervenir dans ses opérations et l'emporter sur celle-là, de façon à la déterminer à agir par des voies qui, à notre point de vue du moins, apparaîtront souvent comme fort compliquées. À la vérité, ce « pseudo-principe » n'est rien de plus qu'un vœu exprimé par une sorte de « paresse mentale » : on souhaite que les choses soient aussi simples que possible, parce que, si elles l'étaient en effet, elles seraient par là même d'autant plus faciles à comprendre ; et, d'ailleurs, cela s'accorde bien avec la conception toute moderne et profane d'une science qui doit être « à la portée de tout le monde », ce qui n'est manifestement possible que si elle est simple jusqu'à en être « enfantine », et si toute considération d'ordre supérieur ou réellement profond en est rigoureusement exclue.

Déjà, un peu avant le début des temps modernes proprement dits, on trouve comme une première trace de cet état d'esprit exprimée par l'adage scolastique : « *entia non sunt multiplicanda præter necessitatem* [53] » ; s'il ne s'agit que de « spéculations » tout hypothétiques, nous

---

[53] Cet adage, comme celui suivant lequel « *nihil est in intellectu quod non prius fuerit in sensu* », première formulation de ce qui devait s'appeler plus tard le « sensualisme », est de ceux qu'on ne peut rapporter à aucun auteur défini, et il est vraisemblable qu'ils n'appartiennent qu'à la période de décadence de la scolastique, c'est-à-dire à une époque qui, en fait et malgré la « chronologie » courante, est moins la fin du moyen âge que le début même des temps modernes, si, comme nous l'avons expliqué ailleurs, il faut faire remonter ce début jusqu'au XIVe siècle.

le voulons bien, mais alors cela ne présente aucun intérêt ; ou, du moins, ce n'est que dans le seul domaine des mathématiques pures que l'homme peut valablement se borner à opérer sur des constructions mentales sans avoir à les comparer à quoi que ce soit d'autre, et, s'il peut alors « simplifier » à son gré, c'est parce qu'il n'a affaire qu'à la quantité, dont les combinaisons, en tant qu'on la suppose réduite à elle-même, ne sont point comprises dans l'ordre effectif de la manifestation. Par contre, dès qu'on a à tenir compte de certaines constatations de fait, il en va tout autrement, et l'on est bien forcé de reconnaître que souvent la « nature » elle-même semble vraiment s'ingénier à multiplier les êtres *præter necessitatem* ; quelle satisfaction logique l'homme peut-il bien éprouver, par exemple, à constater la multitude et la variété prodigieuses des espèces animales et végétales dont les représentants vivent autour de lui ? Assurément, cela est fort loin de la simplicité postulée par les philosophes qui voudraient plier la réalité à la commodité de leur propre compréhension et de celle de la « moyenne » de leurs semblables ; et, s'il en est ainsi dans le monde corporel, qui n'est pourtant qu'un domaine d'existence très limité, combien, à plus forte raison, ne doit-il pas en être de même dans les autres mondes, et cela, pourrait-on dire, dans des proportions encore indéfiniment agrandies [54] ? D'ailleurs, pour couper court à toute discussion là-dessus, il suffit de rappeler que, comme nous l'avons expliqué ailleurs, tout ce qui est possible est par là même réel dans son ordre et selon son mode propre, et que, la possibilité universelle étant nécessairement infinie, il y a place en elle pour tout ce qui n'est pas une impossibilité pure et simple ; mais, précisément, n'est-ce pas encore le même besoin de simplification abusive qui pousse les philosophes, pour constituer leurs « systèmes », à

---

[54] On pourrait opposer à cet égard, à l'adage scolastique de la décadence, les conceptions de saint Thomas d'Aquin lui-même sur le monde angélique, « *ubi omne individuum est species infima* », c'est-à-dire que les différences entre les anges ne sont pas l'analogue des « différences individuelles » dans notre monde (le terme *individuum* lui-même est donc impropre ici en réalité, et il s'agit effectivement d'états supra-individuels), mais celui des « différences spécifiques » ; la raison véritable en est que chaque ange représente en quelque sorte l'expression d'un attribut divin, comme on le voit d'ailleurs clairement par la constitution des noms dans l'angélologie hébraïque.

vouloir toujours limiter d'une façon ou d'une autre la possibilité universelle [55]?

Ce qui est particulièrement curieux, c'est que la tendance à la simplicité ainsi entendue, aussi bien que la tendance à l'uniformité qui lui est en quelque sorte parallèle, est prise, par ceux qui en sont affectés, pour un effort d'« unification » ; mais c'est là proprement une « unification » à rebours, comme tout ce qui est dirigé vers le domaine de la quantité pure ou vers le pôle substantiel et inférieur de l'existence, et nous retrouvons encore ici cette sorte de caricature de l'unité que nous avons eue déjà à envisager à d'autres points de vue. Si l'unité véritable peut aussi être dite « simple », c'est en un sens tout différent de celui-là, et seulement en ce qu'elle est essentiellement indivisible, ce qui exclut nécessairement toute « composition » et implique qu'elle ne saurait aucunement être conçue comme formée de parties quelconques ; il y a d'ailleurs aussi comme une parodie de cette indivisibilité dans celle que certains philosophes et physiciens attribuent à leurs « atomes », sans s'apercevoir qu'elle est incompatible avec la nature corporelle, car, l'étendue étant indéfiniment divisible, un corps, qui est quelque chose d'étendu par définition même, est forcément toujours composé de parties, et, si petit qu'il soit ou qu'on veuille le supposer, cela n'y change rien, de sorte que la notion de corpuscules indivisibles est contradictoire en elle-même ; mais, évidemment, une telle notion s'accorde bien avec la recherche d'une simplicité poussée si loin qu'elle ne peut plus correspondre à la moindre réalité.

D'autre part, si l'unité principielle est absolument indivisible, elle n'en est pas moins, pourrait-on dire, d'une extrême complexité, puisqu'elle contient « éminemment » tout ce qui, en descendant pour ainsi dire aux degrés inférieurs, constitue l'essence ou le côté qualitatif des êtres manifestés ; il suffit de se reporter à ce que nous avons expliqué plus haut sur le véritable sens où doit être entendue l'« extinction

---

[55] C'est pourquoi Leibnitz disait que « tout système est vrai en ce qu'il affirme et faux en ce qu'il nie », c'est-à-dire qu'il contient une part de vérité proportionnelle à ce qu'il admet de réalité positive, et une part d'erreur correspondant à ce qu'il exclut de cette même réalité ; mais il convient d'ajouter que c'est justement le côté négatif ou limitatif qui constitue proprement le « système » comme tel.

du moi » pour comprendre que c'est là que toute qualité « transformée » se trouve dans sa plénitude, et que la distinction, affranchie de toute limitation « séparative », y est véritablement portée à son suprême degré. Dès qu'on entre dans l'existence manifestée, la limitation apparaît sous la forme des conditions mêmes qui déterminent chaque état ou chaque mode de manifestation ; quand on descend à des niveaux de plus en plus bas de cette existence, la limitation devient de plus en plus étroite, et les possibilités inhérentes à la nature des êtres sont de plus en plus restreintes, ce qui revient à dire que l'essence de ces êtres va en se simplifiant dans la même mesure ; et cette simplification se poursuit ainsi graduellement jusqu'au-dessous de l'existence même, c'est-à-dire jusqu'au domaine de la quantité pure, où elle est finalement portée à son maximum par la suppression complète de toute détermination qualitative.

On voit par-là que la simplification suit strictement la marche descendante qui, dans le langage actuel inspiré du « dualisme » cartésien, serait décrite comme allant de l'« esprit » vers la « matière » ; si inadéquats que soient ces deux termes comme substituts de ceux d'« essence » et de « substance », il n'est peut-être pas inutile de les employer ici pour nous faire mieux comprendre. En effet, il n'en est que plus extraordinaire qu'on veuille appliquer cette simplification à ce qui se rapporte au domaine « spirituel » lui-même, ou du moins à ce qu'on est encore capable d'en concevoir, en l'étendant aux conceptions religieuses tout aussi bien qu'aux conceptions philosophiques et scientifiques ; l'exemple le plus typique est ici celui du Protestantisme, où cette simplification se traduit à la fois par la suppression presque complète des rites et par la prédominance accordée à la morale sur la doctrine, cette dernière étant, elle aussi, de plus en plus simplifiée et amoindrie jusqu'à ce qu'elle se réduise à presque rien, à quelques formules rudimentaires que chacun peut entendre comme bon lui semble ; et le Protestantisme, sous ses formes multiples, est d'ailleurs la seule production religieuse de l'esprit moderne, alors que celui-ci n'en était pas encore arrivé à rejeter toute religion, mais que pourtant il s'y acheminait déjà en vertu des tendances antitraditionnelles qui lui sont inhérentes et qui même le constituent proprement. À la limite de cette « évolution », comme on dirait aujourd'hui, la religion est remplacée par la « religiosité », c'est-à-dire par une vague sentimentalité sans aucune portée réelle ; c'est là ce qu'on se plaît à considérer comme un « progrès », et ce qui montre bien comment, pour la mentalité moderne, tous les rapports normaux sont renversés, c'est qu'on veut y voir une « spiritualisation » de la religion, comme si l'« esprit » n'était qu'un cadre vide ou un « idéal » aussi nébuleux qu'insignifiant ; c'est ce que certains de nos contemporains appellent encore une « religion épurée », et elle l'est en effet tellement qu'elle se trouve vidée de tout contenu positif et n'a plus le moindre rapport avec une réalité quelconque !

Ce qui mérite encore d'être noté, c'est que tous les soi-disant « réformateurs » affichent constamment la prétention de revenir à une « simplicité primitive » qui n'a sans doute jamais existé que dans leur imagination ; ce n'est peut-être là qu'un moyen assez commode de dissimuler le véritable caractère de leurs innovations, mais ce peut être aussi, bien souvent, une illusion dont ils sont eux-mêmes les jouets, car il est fort difficile de déterminer jusqu'à quel point les promoteurs apparents de l'esprit antitraditionnel sont réellement conscients du rôle qu'ils jouent, ce rôle même supposant forcément chez eux une mentalité faussée ; au surplus, on ne voit pas comment la prétention dont il s'agit peut se concilier avec l'idée d'un « progrès » dont ils se vantent généralement en même temps d'être les agents, et cette seule contradiction suffit à indiquer qu'il y a là quelque chose de vraiment anormal. Quoi qu'il en soit, et pour nous en tenir à l'idée même de la « simplicité primitive », on ne comprend pas du tout pourquoi les choses devraient toujours commencer par être simples et aller ensuite en se compliquant ; au contraire, si l'on réfléchit que le germe d'un être quelconque doit nécessairement contenir la virtualité de tout ce que cet être sera par la suite, c'est-à-dire que toutes les possibilités qui se développeront au cours de son existence y sont déjà incluses, on est amené à penser que l'origine de toutes choses doit en réalité être extrêmement complexe, et c'est là, précisément, la complexité qualitative de l'essence ; le germe n'est petit que sous le rapport de la quantité ou de la substance, et, en transposant symboliquement l'idée de « grandeur », on peut dire que, en raison de l'analogie inverse, ce qui est le plus petit en quantité doit être le plus grand en qualité[56]. Semblablement, toute tradition contient dès son origine la doctrine tout entière, comprenant en principe la totalité des développements et des adaptations qui pourront en procéder légitimement dans la suite des temps, ainsi que celle des applications auxquelles elle peut donner lieu dans tous les domaines ; aussi les interventions purement humaines ne peuvent-elles que la restreindre et l'amoindrir, sinon la dénaturer tout à fait, et c'est bien là, en effet, ce en quoi consiste réellement l'œuvre de tous les « réformateurs ».

Ce qui est encore singulier, c'est que les « modernistes » de tout genre (et ici nous n'entendons pas parler seulement de ceux de l'Occident, mais aussi de ceux de l'Orient, qui ne sont d'ailleurs que des « occidentalisés »), en vantant la simplicité doctrinale comme un « progrès » dans l'ordre religieux, parlent souvent comme si la religion devait être faite pour des sots, ou tout au moins comme s'ils supposaient que ceux à qui ils s'adressent doivent forcément être des sots ; croit-on, en effet, que c'est en affirmant à tort ou à raison qu'une doctrine est simple qu'on donnera à un homme tant soit peu intelligent une raison valable de l'adopter ? Ce n'est là, au fond, qu'une manifestation de l'idée « démocratique » en vertu de laquelle, comme nous le disions plus haut, on veut aussi mettre la science « à la portée de tout le monde » ; et il est à peine besoin de faire remarquer que ces mêmes « modernistes » sont aussi toujours, et par une conséquence nécessaire de leur attitude, les adversaires déclarés de tout. ésotérisme ; il va de soi que l'ésotérisme, qui par définition ne s'adresse qu'à l'élite, n'a pas à être simple, de sorte que sa négation se présente comme la première étape obligée de toute tentative de simplification. Quant à la religion proprement dite, ou plus généralement à la partie extérieure de toute tradition, elle doit assurément être telle que chacun puisse en comprendre quelque chose, suivant la mesure de ses capacités, et c'est en ce sens qu'elle s'adresse à tous ; mais ce n'est pas à dire pour cela qu'elle doive se réduire à ce

---

[56] Nous rappellerons ici la parabole évangélique du « grain de sénevé » et les textes similaires des *Upanishads* que nous avons cités ailleurs (*L'Homme et son devenir selon le Vêdânta*, ch. III) ; et nous ajouterons encore, à ce propos, que le Messie lui-même est appelé « germe » dans un assez grand nombre de passages bibliques.

minimum que le plus ignorant (nous ne l'entendons pas sous le rapport de l'instruction profane, qui n'importe aucunement ici) ou le moins intelligent peut en saisir ; bien au contraire, il doit y avoir en elle quelque chose qui soit pour ainsi dire au niveau des possibilités de tous les individus, si élevées qu'elles soient, et ce n'est d'ailleurs que par là qu'elle peut fournir un « support » approprié à l'aspect intérieur qui, dans toute tradition non mutilée, en est le complément nécessaire, et qui relève de l'ordre proprement initiatique. Mais les « modernistes », rejetant précisément l'ésotérisme et l'initiation, nient par là même que les doctrines religieuses portent en elles-mêmes aucune signification profonde ; et ainsi, tout en prétendant « spiritualiser » la religion, ils tombent au contraire dans le « littéralisme » le plus étroit et le plus grossier, dans celui dont l'esprit est le plus complètement absent, montrant ainsi, par un exemple frappant, qu'il n'est souvent que trop vrai que, comme le disait Pascal, « qui veut faire l'ange fait la bête » !

Nous n'en avons pourtant pas encore tout à fait fini avec la « simplicité primitive », car il y a tout au moins un sens où cette expression pourrait trouver réellement à s'appliquer : c'est celui où il s'agit de l'indistinction du « chaos », qui est bien « primitif » d'une certaine façon, puisqu'il est aussi « au commencement » ; mais il n'y est pas seul, puisque toute manifestation présuppose nécessairement, à la fois et corrélativement, l'essence et la substance, et que le « chaos » en représente seulement la base substantielle. Si c'était là ce que veulent entendre les partisans de la « simplicité primitive », nous ne nous y opposerions certes pas, car c'est bien à cette indistinction qu'aboutirait finalement la tendance à la simplification si elle pouvait se réaliser jusqu'à ses dernières conséquences ; mais encore faut-il remarquer que cette simplicité ultime, étant au-dessous de la manifestation et non en elle, ne correspondrait nullement à un véritable « retour à l'origine ». À ce sujet, et pour résoudre une apparente antinomie, il est nécessaire de faire une distinction nette entre les deux points de vue qui se rapportent respectivement aux deux pôles de l'existence : si l'on dit que le monde a été formé à partir du « chaos », c'est qu'on l'envisage uniquement au point de vue substantiel, et alors il faut d'ailleurs considérer ce commencement comme intemporel, car, évidemment, le temps n'existe pas dans le « chaos », mais seulement dans le « cosmos ». Si donc on veut se référer à l'ordre de développement de la manifestation, qui, dans le domaine de l'existence corporelle et du fait des conditions qui définissent celle-ci, se traduit par un ordre de succession temporelle, ce n'est pas de ce côté qu'il faut partir, mais au contraire de celui du pôle essentiel, dont la manifestation, conformément aux lois cycliques, s'éloigne constamment pour descendre vers le pôle substantiel. La « création », en tant que résolution du « chaos », est en quelque sorte « instantanée », et c'est proprement le *Fiat Lux* biblique ; mais ce qui est véritablement à l'origine même du « cosmos », c'est la Lumière primordiale elle-même, c'est-à-dire l'« esprit pur » en lequel sont les essences de toutes choses ; et, à partir de là, le monde manifesté ne peut effectivement qu'aller en s'abaissant de plus en plus vers la « matérialité ».

Chapitre XII

La haine du secret

Il nous faut encore insister sur un point que nous n'avons abordé qu'incidemment dans ce qui précède : c'est ce qu'on pourrait appeler la tendance à la « vulgarisation » (et ce mot est encore un de ceux qui sont particulièrement significatifs pour dépeindre la mentalité moderne), c'est-à-dire cette prétention de tout mettre « à la portée de tout le monde » que nous avons déjà signalée comme une conséquence des conceptions « démocratiques », et qui revient en somme à vouloir abaisser la connaissance jusqu'au niveau des intelligences les plus inférieures. Il ne serait que trop facile de montrer les inconvénients multiples que présente, d'une façon générale, la diffusion inconsidérée d'une instruction qu'on prétend distribuer également à tous, sous des formes et par des méthodes identiques, ce qui ne peut aboutir, comme nous l'avons déjà dit, qu'à une sorte de nivellement par en bas : là comme partout, la qualité est sacrifiée à la quantité. Il est vrai, d'ailleurs, que l'instruction profane dont il s'agit ne représente en somme aucune connaissance au véritable sens de ce mot, et qu'elle ne contient absolument rien d'un ordre tant soit peu profond ; mais, à part son insignifiance et son inefficacité, ce qui la rend réellement néfaste, c'est surtout qu'elle se fait prendre pour ce qu'elle n'est pas, qu'elle tend à nier tout ce qui la dépasse, et qu'ainsi elle étouffe toutes les possibilités se rapportant à un domaine plus élevé ; il peut même sembler qu'elle soit faite expressément pour cela, car l'« uniformisation » moderne implique nécessairement la haine de toute supériorité.

Une chose plus étonnante, c'est que certains, à notre époque, croient pouvoir exposer des doctrines traditionnelles en prenant en quelque sorte modèle sur cette même instruction profane, et sans tenir le moindre compte de la nature même de ces doctrines et des différences essentielles qui existent entre elles et tout ce qui est désigné aujourd'hui sous les noms de « science » et de « philosophie », et qui les en séparent par un véritable abîme ; ou ils doivent forcément, en agissant ainsi, déformer entièrement ces doctrines par simplification et n'en laisser apparaître que le sens le plus extérieur, ou leur prétention est complètement injustifiée. En tout cas, il y a là une pénétration de l'esprit moderne jusque dans ce à quoi il s'oppose radicalement par définition même, et il n'est pas difficile de comprendre quelles peuvent en être les conséquences dissolvantes, même à l'insu de ceux qui se font, souvent de bonne foi et sans intention définie, les instruments d'une semblable pénétration; la décadence de la doctrine religieuse en Occident, et la perte totale de l'ésotérisme correspondant, montrent assez quel peut en être l'aboutissement si une pareille façon de voir vient quelque jour à se généraliser jusqu'en Orient même; il y a là un danger assez grave pour qu'il soit bon de le signaler pendant qu'il en est encore temps.

Mais le plus incroyable, c'est l'argument principal mis en avant, pour motiver leur attitude, par ces «propagandistes» d'un nouveau genre: l'un d'eux écrivait récemment que, s'il est vrai que des restrictions étaient apportées autrefois à la diffusion de certaines connaissances, il n'y a plus lieu d'en tenir compte aujourd'hui, car (et nous tenons à citer cette phrase textuellement, afin qu'on ne puisse nous soupçonner d'aucune exagération) «le niveau moyen de la culture s'est élevé et les esprits ont été préparés à recevoir l'enseignement intégral». C'est ici qu'apparaît aussi nettement que possible la confusion avec l'instruction profane, désignée par ce terme de «culture» qui est devenu de nos jours une de ses dénominations les plus habituelles; c'est là quelque chose qui n'a pas le moindre rapport avec l'enseignement traditionnel ni avec l'aptitude à le recevoir; et au surplus, comme la soi-disant élévation du «niveau moyen» a pour contrepartie inévitable la disparition de l'élite intellectuelle, on peut bien dire que cette «culture» représente très exactement le contraire d'une préparation à ce dont il s'agit. On se demande d'ailleurs comment un Hindou (car c'est un Hindou que nous citons ici) peut ignorer complètement à quel point du *Kali-Yuga* nous en sommes présentement, allant jusqu'à dire que «les temps sont venus où le système entier du *Védânta* peut être exposé publiquement», alors que la moindre connaissance des lois cycliques oblige au contraire à dire qu'ils y sont moins favorables que jamais; et, s'il n'a jamais pu être «mis à la portée du commun des hommes», pour lequel il n'est d'ailleurs pas fait, ce n'est certes pas aujourd'hui qu'il le pourra, car il n'est que trop évident que ce «commun des hommes» n'a jamais été aussi totalement incompréhensif. Du reste, la vérité est que, pour cette raison même, tout ce qui représente une connaissance traditionnelle d'ordre vraiment profond, et qui correspond par là à ce que doit impliquer un « enseignement intégral » (car, si cette expression a vraiment un sens, l'enseignement proprement initiatique doit aussi y être compris), se fait de plus en plus difficilement accessible, et cela partout ; devant l'envahissement de l'esprit moderne et profane, il est bien clair qu'il ne saurait en être autrement ; comment donc peut-on méconnaître la réalité au point d'affirmer tout l'opposé, et avec autant de tranquillité que si l'on énonçait la plus incontestable des vérités ?

Les raisons qu'on fait valoir, dans le cas que nous citons à titre d'exemple typique servant à « illustrer » une certaine mentalité, pour expliquer l'intérêt spécial qu'il peut y avoir actuellement à répandre l'enseignement vêdântique, ne sont pas moins extraordinaires : on invoque en premier lieu, à cet égard, « le développement des idées sociales et des institutions politiques » ; même si c'est vraiment un « développement » (et il faudrait en tout cas préciser en quel sens), c'est encore là quelque chose qui n'a pas plus de rapport avec la compréhension d'une doctrine métaphysique que n'en a la diffusion de l'instruction profane ; il suffit d'ailleurs de voir, dans n'importe quel pays d'Orient, combien les préoccupations politiques, là où elles se sont introduites, nuisent à la connaissance des vérités traditionnelles, pour penser qu'il serait plus justifié de parler d'une incompatibilité, tout au moins de fait, que d'un accord possible entre ces deux « développements ». Nous ne voyons vraiment pas quel lien la « vie sociale », au sens purement profane où la conçoivent les modernes, pourrait bien avoir avec la spiritualité, à laquelle elle n'apporte au contraire que des empêchements ; elle en avait manifestement, par contre, quand elle s'intégrait à une civilisation traditionnelle, mais c'est précisément l'esprit moderne qui les a détruits, ou qui vise à les détruire là où ils subsistent encore ; alors, que peut-on bien attendre d'un « développement » dont le trait le plus caractéristique est d'aller proprement à l'encontre de toute spiritualité ?

Le même auteur invoque encore une autre raison : « Par ailleurs, dit-il, il en est pour le *Vêdânta* comme pour les vérités de la science ; il n'existe plus aujourd'hui de secret scientifique ; la science n'hésite pas à publier les découvertes les plus récentes. » En effet, cette science profane n'est faite que pour le « grand public », et, depuis qu'elle existe, c'est là en somme toute sa raison d'être ; il est trop évident qu'elle n'est réellement rien de plus que ce qu'elle paraît être, puisque, nous ne pouvons dire par principe, mais plutôt par absence de principe, elle se tient exclusivement à la surface des choses ; assurément, il n'y a là-dedans rien qui vaille la peine d'être tenu secret, ou, pour parler plus exactement, qui mérite d'être réservé à l'usage d'une élite, et d'ailleurs celle-ci n'en aurait que faire. Seulement, quelle assimilation peut-on bien vouloir établir entre les prétendues vérités et les « plus récentes découvertes » de la science profane et les enseignements d'une doctrine telle que le *Vêdânta*, ou de toute autre doctrine traditionnelle, fût-elle même d'un ordre plus extérieur ? C'est toujours la même confusion, et il est permis de se demander jusqu'à quel point quelqu'un qui la commet avec cette insistance peut avoir la compréhension de la doctrine qu'il veut enseigner ; entre l'esprit traditionnel et l'esprit moderne, il ne saurait en réalité y avoir aucun accommodement, et toute concession faite au second est nécessairement aux dépens du premier, puisque, au fond, l'esprit moderne n'est que la négation même de tout ce qui constitue l'esprit traditionnel.

La vérité est que cet esprit moderne, chez tous ceux qui en sont affectés à un degré quelconque, implique une véritable haine du secret et de tout ce qui y ressemble de près ou de loin, dans quelque domaine que ce soit ; et nous profiterons de cette occasion pour nous expliquer nettement sur cette question. On ne peut même pas dire strictement que la « vulgarisation » des doctrines soit dangereuse, du moins tant qu'il ne s'agit que de leur côté théorique ; elle serait plutôt simplement inutile, si toutefois elle était possible ; mais, en réalité, les vérités d'un certain ordre résistent par leur nature même à toute « vulgarisation » : si clairement qu'on les expose (à la condition, bien entendu, de les exposer telles qu'elles sont dans leur véritable signification et sans leur faire subir aucune déformation), ne les comprennent que ceux qui sont qualifiés pour les comprendre, et, pour les autres, elles sont comme si elles n'existaient pas. Nous ne parlons pas ici de la « réalisation » et de ses moyens propres, car, à cet égard, il n'y a absolument rien qui puisse avoir une valeur effective si ce n'est à l'intérieur d'une organisation initiatique régulière ; mais, au point de vue théorique, une réserve ne peut être justifiée que par des considérations de simple opportunité, donc par des raisons purement contingentes, ce qui ne veut pas dire forcément négligeables en fait. Au fond, le véritable secret, et d'ailleurs le seul qui ne puisse jamais être trahi d'aucune façon, réside uniquement dans l'inexprimable, qui est par là même incommunicable, et il y a nécessairement une part d'inexprimable dans toute vérité d'ordre transcendant ; c'est en cela que réside essentiellement, en réalité, la signification profonde du secret initiatique ; un secret extérieur quelconque ne peut jamais avoir que la valeur d'une image ou d'un symbole de celui-là, et aussi, parfois, celle d'une « discipline » qui peut n'être pas sans profit. Mais, bien entendu, ce sont là des choses dont le sens et la portée échappent entièrement à la mentalité moderne, et à l'égard desquelles l'incompréhension engendre tout naturellement l'hostilité ; du reste, le vulgaire éprouve toujours une peur instinctive de tout ce qu'il ne comprend pas, et la peur n'engendre que trop facilement la haine, même quand on s'efforce en même temps d'y échapper par la négation pure et simple de la vérité incomprise ; il y a d'ailleurs des négations qui ressemblent elles-mêmes à de véritables cris de rage, comme par exemple celles des soi-disant « libres-penseurs » à l'égard de tout ce qui se rapporte à la religion.

La mentalité moderne est donc ainsi faite qu'elle ne peut souffrir aucun secret ni même aucune réserve ; de telles choses, puisqu'elle en ignore les raisons, ne lui apparaissent d'ailleurs que comme des « privilèges » établis au profit de quelques-uns, et elle ne peut non plus souffrir aucune supériorité ; si on voulait entreprendre de lui expliquer que ces soi-disant « privilèges » ont en réalité leur fondement dans la nature même des êtres, ce serait peine perdue, car c'est précisément là ce que nie obstinément son « égalitarisme ». Non seulement elle se vante, bien à tort d'ailleurs, de supprimer tout « mystère » par sa science et sa philosophie exclusivement « rationnelles » et mises « à la portée de tout le monde » ; mais encore cette horreur du « mystère » va si loin, dans tous les domaines, qu'elle s'étend même jusqu'à ce qu'on est convenu d'appeler la « vie ordinaire ». Pourtant, un monde où tout serait devenu « public » aurait un caractère proprement monstrueux ; nous disons « serait », car, en fait, nous n'en sommes pas encore tout à fait là malgré tout, et peut-être même cela ne sera-t-il jamais complètement réalisable, car il s'agit encore ici d'une « limite » ; mais il est incontestable que, de tous les côtés, on vise actuellement à obtenir un tel résultat, et, à cet égard, on peut remarquer que nombre d'adversaires apparents de la « démocratie » ne font en somme qu'en pousser encore plus loin les conséquences s'il est possible, parce qu'ils sont, au fond, tout aussi pénétrés de l'esprit moderne que ceux-là mêmes à qui ils veulent s'opposer. Pour amener les hommes à vivre entièrement « en public », on ne se contente pas de les rassembler en « masse » à toute occasion et sous n'importe quel prétexte ; on veut encore les loger, non pas seulement dans des « ruches » comme nous le disions précédemment, mais littéralement dans des « ruches de verre », disposées d'ailleurs de telle façon qu'il ne leur sera possible d'y prendre leurs repas qu'« en commun » ; les hommes qui sont capables de se soumettre à une telle existence sont vraiment tombés à un niveau « infra-humain », au niveau, si l'on veut, d'insectes tels que les abeilles et les fourmis ; et on s'efforce du reste, par tous les moyens, de les « dresser » à n'être pas plus différents entre eux que ne le sont les individus de ces espèces animales, si ce n'est même moins encore.

Comme nous n'avons nullement l'intention d'entrer dans le détail de certaines « anticipations » qui ne seraient peut-être que trop faciles et même trop vite dépassées par les événements, nous ne nous étendrons pas davantage sur ce sujet, et il nous suffit, en somme, d'avoir marqué, avec l'état auquel les choses en sont arrivées présentement, la tendance qu'elles ne peuvent pas manquer de continuer à suivre, au moins pendant un certain temps encore. La haine du secret, au fond, n'est pas autre chose qu'une des formes de la haine pour tout ce qui dépasse le niveau « moyen », et aussi pour tout ce qui s'écarte de l'uniformité qu'on veut imposer à tous ; et pourtant il y a, dans le monde moderne lui-même, un secret qui est mieux gardé que tout autre : c'est celui de la formidable entreprise de suggestion qui a produit et qui entretient la mentalité actuelle, et qui l'a constituée et, pourrait-on dire, « fabriquée » de telle façon qu'elle ne peut qu'en nier l'existence et même la possibilité, ce qui, assurément, est bien le meilleur moyen, et un moyen d'une habileté vraiment « diabolique », pour que ce secret ne puisse jamais être découvert.

Chapitre XIII

Les postulats du rationalisme

Nous venons de dire que c'est au nom d'une science et d'une philosophie qualifiées de « rationnelles » que les modernes prétendent exclure tout « mystère » du monde tel qu'ils se le représentent, et, en fait, on pourrait dire que plus une conception est étroitement bornée, plus elle est regardée comme strictement « rationnelle » ; d'ailleurs, on sait assez que, depuis les « encyclopédistes » du XVIIIe siècle, les plus acharnés négateurs de toute réalité suprasensible aiment particulièrement à invoquer la « raison » à tout propos et à se proclamer « rationalistes ». Quelque différence qu'il y ait entre ce « rationalisme » vulgaire et le « rationalisme » proprement philosophique, ce n'est pourtant en somme qu'une différence de degré ; l'un et l'autre correspondent bien aux mêmes tendances, qui n'ont fait qu'aller en s'exagérant, et en même temps en se « vulgarisant », pendant tout le cours des temps modernes. Nous avons déjà eu si souvent ailleurs l'occasion de parler du « rationalisme » et d'en définir les principaux caractères, que nous pourrions presque nous contenter de renvoyer sur ce sujet à quelques-uns de nos précédents ouvrages [57] ; cependant, il est tellement lié à la conception même d'une science quantitative que nous ne pouvons-nous dispenser d'en dire encore au moins quelques mots ici.

Nous rappellerons donc que le rationalisme proprement dit remonte à Descartes, et il est à noter qu'il se trouve ainsi, dès son origine, associé directement à l'idée d'une physique « mécaniste » ; le Protestantisme lui avait d'ailleurs préparé la voie, en introduisant dans la religion, avec le « libre examen », une sorte de rationalisme, bien qu'alors le mot n'existât pas encore, n'ayant été inventé que lorsque la même tendance s'affirma plus explicitement dans le domaine philosophique. Le rationalisme sous toutes ses formes se définit essentiellement par la croyance à la suprématie de la raison, proclamée comme un véritable « dogme », et impliquant la négation de tout ce qui est d'ordre supra-individuel, notamment de l'intuition intellectuelle pure, ce qui entraîne

---

[57] Voir surtout *Orient et Occident* et *La Crise du Monde moderne*.

logiquement l'exclusion de toute connaissance métaphysique véritable ; la même négation a aussi pour conséquence, dans un autre ordre, le rejet de toute autorité spirituelle, celle-ci étant nécessairement de source « suprahumaine » ; rationalisme et individualisme sont donc si étroitement solidaires que, en fait, ils se confondent le plus souvent, sauf pourtant dans le cas de quelques théories philosophiques récentes qui, pour n'être pas rationalistes, n'en sont cependant pas moins exclusivement individualistes. Nous pouvons remarquer dès maintenant combien ce rationalisme s'accorde avec la tendance moderne à la simplification : celle-ci, qui naturellement procède toujours par réduction des choses à leurs éléments les plus inférieurs, s'affirme en effet avant tout par la suppression de tout le domaine supra-individuel, en attendant qu'elle en arrive plus tard à vouloir ramener ce qui reste, c'est-à-dire tout ce qui est d'ordre individuel, à la seule modalité sensible ou corporelle, et finalement celle-ci à un simple agrégat de déterminations quantitatives ; on voit sans peine comment tout cela s'enchaîne rigoureusement, constituant comme autant d'étapes nécessaires d'une même « dégradation » des conceptions que l'homme se fait de lui-même et du monde.

Il y a encore un autre genre de simplification qui est inhérent au rationalisme cartésien, et qui se manifeste tout d'abord par la réduction de la nature tout entière de l'esprit à la « pensée » et de celle du corps à l'« étendue » ; sous ce dernier rapport, c'est d'ailleurs là, comme nous l'avons déjà vu, le fondement même de la physique « mécaniste » et, pourrait-on dire, le point de départ de l'idée d'une science toute quantitative[58]. Mais ce n'est pas tout : du côté de la « pensée », une autre simplification abusive s'opère du fait même de la façon dont Descartes envisage la raison, qu'il appelle aussi le « bon sens » (ce qui, si l'on songe à l'acception courante de la même expression, évoque une notion d'un niveau singulièrement médiocre), et qu'il déclare être « la chose du monde la mieux partagée », ce qui implique déjà une sorte d'idée « égalitaire », et ce qui n'est d'ailleurs que trop manifestement faux ; en cela,

---

[58] Il est à noter aussi, quant à la conception que Descartes se fait de la science, qu'il prétend qu'on peut arriver à avoir de toutes choses des idées « claires et distinctes », c'est-à-dire semblables aux idées mathématiques, et à obtenir ainsi une « évidence » qui n'est également possible que dans les seules mathématiques.

il confond purement et simplement la raison « en acte » avec la « rationalité », en tant que cette dernière est proprement un caractère spécifique de l'être humain comme tel[59]. Assurément, la nature humaine est bien tout entière en chaque individu, mais elle s'y manifeste de manières fort diverses, suivant les qualités propres qui appartiennent respectivement à ces individus, et qui s'unissent en eux à cette nature spécifique pour constituer l'intégralité de leur essence ; penser autrement, c'est penser que les individus humains sont tous semblables entre eux et ne diffèrent guère que *solo numero*. De là sont venues directement toutes ces considérations sur l'« unité de l'esprit humain », que les modernes invoquent sans cesse pour expliquer toute sorte de choses, dont certaines mêmes ne sont nullement d'ordre « psychologique », comme, par exemple, le fait que les mêmes symboles traditionnels se rencontrent dans tous les temps et dans tous les lieux ; outre que ce n'est point de l'« esprit » qu'il s'agit réellement pour eux, mais simplement du « mental », il ne peut y avoir là qu'une fausse unité, car la véritable unité ne saurait appartenir au domaine individuel, qui est le seul qu'aient en vue ceux qui parlent ainsi, et d'ailleurs aussi, plus généralement, tous ceux qui croient pouvoir parler d'« esprit humain », comme si l'esprit pouvait être affecté d'un caractère spécifique ; et, en tout cas, la communauté de nature des individus dans l'espèce ne peut avoir que des manifestations d'ordre très général, et elle est parfaitement incapable de rendre compte de similitudes portant au contraire sur des détails très précis ; mais comment faire comprendre à ces modernes que l'unité fondamentale de toutes les traditions ne s'explique véritablement que par ce qu'il y a en elles de « supra-humain » ? D'autre

---

[59] Si l'on prend la définition classique de l'être humain comme « animal raisonnable », la « rationalité » y représente la « différence spécifique » par laquelle l'homme se distingue de toutes les autres espèces du genre animal ; elle n'est d'ailleurs applicable qu'à l'intérieur de ce genre, ou, en d'autres termes, elle n'est proprement que ce que les scolastiques appelaient une *differentia animalis* ; on ne peut donc parler de « rationalité » en ce qui concerne les êtres appartenant à d'autres états d'existence, notamment aux états supra-individuels, comme les anges par exemple ; et cela est bien d'accord avec le fait que la raison est une faculté d'ordre exclusivement individuel, qui ne saurait aucunement dépasser les limites du domaine humain.

part, et pour en revenir à ce qui n'est effectivement qu'humain, c'est évidemment en s'inspirant de la conception cartésienne que Locke, le fondateur de la psychologie moderne, a cru pouvoir déclarer que, pour savoir ce qu'ont pensé autrefois les Grecs et les Romains (car son horizon ne s'étendait pas plus loin que l'antiquité « classique » occidentale), il n'y a qu'à rechercher ce que pensent les Anglais et les Français de nos jours car « l'homme est partout et toujours le même »; rien ne saurait être plus faux, et pourtant les psychologues en sont toujours restés là, car, tandis qu'ils s'imaginent parler de l'homme en général, la plus grande partie de ce qu'ils disent ne s'applique en réalité qu'à l'Européen moderne; n'est-ce pas là croire déjà réalisée cette uniformité qu'on tend en effet actuellement à imposer à tous les individus humains ? Il est vrai que, en raison même des efforts qui sont faits en ce sens, les différences vont en s'atténuant, et qu'ainsi l'hypothèse des psychologues est moins complètement fausse aujourd'hui qu'elle ne l'était au temps de Locke (à la condition toutefois, bien entendu, qu'on se garde soigneusement de vouloir en reporter comme lui l'application au passé); mais, malgré tout, la limite, comme nous l'avons dit plus haut, ne pourra jamais être atteinte, et, tant que ce monde durera, il y aura toujours des différences irréductibles; et enfin, par surcroît, est-ce bien le moyen de connaître vraiment la nature humaine que de prendre pour type un « idéal » qui, en toute rigueur, ne saurait être qualifié que d'« infra-humain » ?

Cela étant dit, il reste encore à expliquer pourquoi le rationalisme est lié à l'idée d'une science exclusivement quantitative, ou, pour mieux dire, pourquoi celle-ci procède de celui-là; et, à cet égard, il faut reconnaître qu'il y a une part notable de vérité dans les critiques que Bergson adresse à ce qu'il appelle à tort l'« intelligence », et qui n'est en réalité que la raison, et même, plus précisément, un certain usage de la raison basé sur la conception cartésienne, car c'est en définitive de cette conception que sont sorties toutes les formes du rationalisme moderne. Du reste, il est à remarquer que les philosophes disent souvent des choses beaucoup plus justes quand ils argumentent contre d'autres philosophes que quand ils en viennent à exposer leurs propres vues, et, chacun voyant généralement assez bien les défauts des autres, ils se détruisent en quelque sorte mutuellement; c'est ainsi que Bergson, si l'on prend la peine de rectifier ses erreurs de terminologie, montre bien les défauts du rationalisme (qui, bien loin de se confondre avec le véritable « intellectualisme », en est au contraire la négation) et les insuffisances de la raison, mais il n'en a pas moins tort à son tour quand, pour suppléer à celles-ci, il cherche dans l'« infra-rationnel » au lieu de s'élever au « supra-rationnel » (et c'est pourquoi sa philosophie est tout aussi individualiste et ignore aussi complètement l'ordre supra-individuel que celle de ses adversaires). Donc, quand il reproche à la raison, à laquelle nous n'avons qu'à restituer ici son véritable nom, de « découper artificiellement le réel », nous n'avons nullement besoin d'adopter sa propre idée du « réel », fût-ce à titre purement hypothétique et provisoire, pour comprendre ce qu'il veut dire au fond : il s'agit manifestement de la réduction de toutes choses à des éléments supposés homogènes ou identiques entre eux, ce qui n'est rien d'autre que la réduction au quantitatif, car ce n'est qu'à ce seul point de vue que de tels éléments sont concevables ; et ce « découpement » évoque même assez clairement les efforts faits pour introduire une discontinuité qui n'appartient proprement qu'à la quantité pure ou numérique, c'est-à-dire en somme la tendance, dont nous avons parlé plus haut, à ne vouloir admettre comme « scientifique » que ce qui est susceptible d'être « chiffré [60] ». De même, quand il dit que la raison n'est à son aise que lorsqu'elle s'applique au « solide », que c'est là en quelque sorte son domaine propre, il paraît se rendre compte de la tendance qu'elle a inévitablement, quand elle est réduite à elle-même, à tout « matérialiser », au sens ordinaire de ce mot, c'est-à-dire à ne considérer en toutes choses que leurs modalités les plus grossières, parce que ce sont celles où la qualité est le plus diminuée au profit de la quantité ; seulement, il semble envisager plutôt l'aboutissement de cette tendance que son point de départ, ce qui pourrait le faire accuser d'une certaine exagération, car il y a évidemment des degrés dans cette « matérialisation » ; mais, si l'on se réfère à l'état présent des conceptions scientifiques (ou plutôt, comme nous le verrons par la suite, à un état déjà quelque peu passé maintenant), il est bien certain qu'elles sont aussi près que possible d'en représenter le dernier ou le plus bas degré, celui où la « solidité » ainsi entendue a atteint son maximum, et cela même est un

---

[60] Sous ce rapport, on pourrait dire que, de tous les sens qui étaient inclus dans le mot latin *ratio*, on n'en a plus gardé qu'un seul, celui de « calcul », dans l'usage « scientifique » qui est fait actuellement de la raison.

signe particulièrement caractéristique de la période à laquelle nous sommes arrivés. Bien entendu, nous ne prétendons pas que Bergson lui-même ait compris ces choses d'une façon aussi nette que celle qui résulte de cette « traduction » de son langage, et cela semble même assez peu probable, étant données les multiples confusions qu'il commet constamment ; mais il n'en est pas moins vrai que, en fait, ces vues lui ont été suggérées par la constatation de ce qu'est la science actuelle, et que, à ce titre, ce témoignage d'un homme qui est lui-même un incontestable représentant de l'esprit moderne ne saurait être tenu pour négligeable ; quant à ce que représentent exactement ses propres théories, c'est dans une autre partie de cette étude que nous en trouverons la signification, et tout ce que nous pouvons en dire pour le moment, c'est qu'elles correspondent à un aspect différent et en quelque sorte à une autre étape de cette déviation dont l'ensemble constitue proprement le monde moderne.

Pour résumer ce qui précède, nous pouvons dire encore ceci : le rationalisme, étant la négation de tout principe supérieur à la raison, entraîne comme conséquence « pratique » l'usage exclusif de cette même raison aveuglée, si l'on peut dire, par là même qu'elle est ainsi isolée de l'intellect pur et transcendant dont, normalement et légitimement, elle ne peut que réfléchir la lumière dans le domaine individuel. Dès lors qu'elle a perdu toute communication effective avec cet intellect supra-individuel, la raison ne peut plus que tendre vers le bas, c'est-à-dire vers le pôle inférieur de l'existence, et s'enfoncer de plus en plus dans la « matérialité » le ; dans la même mesure, elle perd peu à peu jusqu'à l'idée même de la vérité, et elle en arrive à ne rechercher que la plus grande commodité pour sa compréhension bornée, en quoi elle trouve d'ailleurs une satisfaction immédiate du fait de sa tendance même vers le bas, puisque celle-ci la conduit dans le sens de la simplification et de l'uniformisation de toutes choses ; elle obéit donc d'autant plus facilement et plus vite à cette tendance que les effets de celle-ci sont conformes à ses vœux, et cette descente de plus en plus rapide ne peut aboutir finalement qu'à ce que nous avons appelé le « règne de la quantité ».

Chapitre XIV

Mécanisme et matérialisme

Le premier produit du rationalisme, dans l'ordre dit « scientifique », fut le mécanisme cartésien ; le matérialisme ne devait venir que plus tard, puisque, comme nous l'avons expliqué ailleurs, le mot et la chose ne datent proprement que du XVIIIe siècle ; d'ailleurs, quelles qu'aient pu être les intentions de Descartes lui-même (et, en fait, on a pu tirer des idées de celui-ci, en poussant jusqu'au bout leurs conséquences logiques, des théories fort contradictoires entre elles), il n'y en a pas moins, de l'un à l'autre, une filiation directe. À ce propos, il n'est pas inutile de rappeler que, si l'on peut qualifier de mécanistes les anciennes conceptions atomistes telles que celles de Démocrite et surtout d'Épicure, qui sont sans doute en cela, dans l'antiquité, les seuls « précurseurs » dont les modernes puissent se recommander avec quelque raison, c'est à tort qu'on veut souvent les considérer comme une première forme du matérialisme, car celui-ci implique avant tout la notion de la « matière » des physiciens modernes, notion qui, à cette époque, était encore fort loin d'avoir pris naissance. La vérité est que le matérialisme représente simplement l'une des deux moitiés du dualisme cartésien, celle précisément à laquelle son auteur avait appliqué la conception mécaniste ; il suffisait dès lors de négliger ou de nier l'autre moitié, ou, ce qui revient au même, de prétendre réduire à celle-là la réalité tout entière, pour en arriver tout naturellement au matérialisme.

Leibnitz a fort bien montré, contre Descartes et ses disciples, l'insuffisance d'une physique mécaniste, qui, par sa nature même, ne peut rendre compte que de l'apparence extérieure des choses et est incapable d'expliquer quoi que ce soit de leur véritable essence ; ainsi, pourrait-on dire, le mécanisme n'a qu'une valeur uniquement « représentative » et nullement explicative ; et, au fond, n'est-ce pas là exactement le cas de toute la science moderne ? Il en est ainsi même dans un exemple aussi simple que celui du mouvement, qui est pourtant ce que l'on regarde d'ordinaire comme étant, par excellence, susceptible d'être expliqué mécaniquement ; une telle explication ne vaut, dit Leibnitz, qu'autant qu'on n'envisage dans le mouvement rien de plus qu'un changement de situation, et, à cet égard, lorsque la situation respective de deux corps change, il est indifférent de dire que le premier se meut par rapport au second ou le second par rapport au premier, car il y a en cela une parfaite réciprocité ; mais il en va tout autrement dès que l'on prend en considération la raison du mouvement, et, cette raison se trouvant dans l'un des deux corps, c'est celui-là seul qui sera dit se mouvoir, tandis que l'autre ne joue dans le changement intervenu qu'un rôle purement passif ; mais c'est là quelque chose qui échappe entièrement aux considérations d'ordre mécanique et quantitatif. Le mécanisme se borne donc en somme à donner une simple description du mouvement, tel qu'il est dans ses apparences extérieures, et il est impuissant à en saisir la raison, donc à exprimer cet aspect essentiel ou qualitatif du mouvement qui seul peut en donner l'explication réelle ; et à plus forte raison en sera-t-il de même pour toute autre chose d'un caractère plus complexe et dans laquelle la qualité prédominera davantage sur la quantité ; une science ainsi constituée ne pourra donc véritablement avoir aucune valeur de connaissance effective, même en ce qui concerne le domaine relatif et limité dans lequel elle est enfermée.

C'est pourtant une conception aussi notoirement insuffisante que Descartes a voulu appliquer à tous les phénomènes du monde corporel, par là même qu'il réduisait la nature tout entière des corps à l'étendue, et que d'ailleurs il n'envisageait celle-ci qu'à un point de vue purement quantitatif ; et déjà, tout comme les mécanistes plus récents et les matérialistes, il ne faisait à cet égard aucune différence entre les corps dits « inorganiques » et les êtres vivants. Nous disons les êtres vivants, et non pas seulement les corps organisés, parce que l'être lui-même se trouve ici effectivement réduit au corps, en raison de la trop fameuse théorie cartésienne des « animaux-machines », qui est bien une des plus étonnantes absurdités que l'esprit de système ait jamais engendrées ; c'est seulement quand il en vient à considérer l'être humain que Descartes, dans sa physique, se croit obligé de spécifier que ce dont il entend parler n'est que le « corps de l'homme » ; et que vaut au juste cette restriction, dès lors que, par hypothèse, tout ce qui se passe dans ce corps serait exactement le même si l'« esprit » était absent ? En effet, l'être humain, du fait même du dualisme, se trouve comme coupé en deux parties qui n'arrivent plus à se rejoindre et qui ne peuvent former un composé réel, puisque, étant supposées absolument hétérogènes, elles ne peuvent entrer en communication par aucun moyen, de sorte que toute action effective de l'une sur l'autre est par là même rendue impossible. De plus, on a prétendu d'autre part expliquer mécaniquement tous les phénomènes qui se produisent chez les animaux, y compris les manifestations dont le caractère est le plus évidemment psychique ; on peut donc se demander pourquoi il n'en serait pas de même chez l'homme, et s'il n'est pas permis de négliger l'autre côté du dualisme comme ne concourant en rien à l'explication des choses ; de là à le regarder comme une complication inutile et à le traiter en fait comme inexistant, puis à le nier purement et simplement, il n'y a pas très loin, surtout pour des hommes dont toute l'attention est constamment tournée vers le domaine sensible, comme c'est le cas des Occidentaux modernes ; et c'est ainsi que la physique mécaniste de Descartes devait inévitablement préparer la voie au matérialisme.

La réduction au quantitatif était déjà opérée théoriquement pour tout ce qui appartient proprement à l'ordre corporel, en ce sens que la constitution même de la physique cartésienne impliquait la possibilité de cette réduction ; il ne restait plus qu'à étendre cette conception à l'ensemble de la réalité telle qu'on la comprenait, réalité qui, en vertu des postulats du rationalisme, se trouvait d'ailleurs restreinte au seul domaine de l'existence individuelle. En partant du dualisme, cette réduction devait nécessairement se présenter comme une réduction de l'« esprit » à la « matière », consistant à mettre dans celle-ci exclusivement tout ce que Descartes avait mis dans l'un et l'autre des deux termes, afin de pouvoir tout ramener également à la quantité ; et, après avoir en quelque sorte relégué « au-delà des nuages » l'aspect essentiel des choses, c'était bien là le supprimer complètement pour ne plus vouloir envisager et admettre que leur aspect substantiel, puisque c'est à ces deux aspects que correspondent respectivement l'« esprit » et la « matière », bien qu'ils n'en offrent à vrai dire qu'une image fort amoindrie et déformée. Descartes avait fait entrer dans le domaine quantitatif la moitié du monde tel qu'il le concevait, et même sans doute la moitié la plus importante à ses yeux, car, dans le fond de sa pensée et quelles que fussent les apparences, il voulait être avant tout un physicien ; le matérialisme, à son tour, prétendit y faire entrer le monde tout entier ; il n'y avait plus alors qu'à s'efforcer d'élaborer effectivement cette réduction au moyen de théories de mieux en mieux appropriées à cette fin, et c'est à cette tâche que devait s'appliquer toute la science moderne, même quand elle ne se déclarait pas ouvertement matérialiste.

Outre le matérialisme explicite et formel, il y a en effet aussi ce qu'on peut appeler un matérialisme de fait, dont l'influence s'étend beaucoup plus loin, car bien des gens qui ne se croient nullement matérialistes se comportent pourtant pratiquement comme tels en toutes circonstances ; il y a en somme, entre ces deux matérialismes, une relation assez semblable à celle qui existe, comme nous le disions plus haut, entre le rationalisme philosophique et le rationalisme vulgaire, sauf que le simple matérialiste de fait ne revendique généralement pas cette qualité, et souvent même protesterait si on la lui appliquait, tandis que le rationaliste vulgaire, fût-il l'homme le plus ignorant de toute philosophie, est au contraire le plus empressé à se proclamer tel, en même temps qu'il se pare fièrement du titre plutôt ironique de « libre-penseur », alors qu'il n'est en réalité que l'esclave de tous les préjugés courants de son époque. Quoi qu'il en soit, de même que le rationalisme vulgaire est le produit de la diffusion du rationalisme philosophique dans le « grand public », avec tout ce que comporte forcément sa « mise à la portée de tout le monde », c'est aussi le matérialisme proprement dit qui est au point de départ du matérialisme de fait, en ce sens qu'il a rendu possible cet état d'esprit général et qu'il a contribué effectivement à sa formation ; mais, bien entendu, le tout s'explique toujours en définitive par le développement des mêmes tendances, qui constituent le fond même de l'esprit moderne. Il va de soi qu'un savant, au sens actuel de ce mot, même s'il ne fait pas profession de matérialisme, en sera d'autant plus fortement influencé que toute son éducation spéciale est dirigée dans ce sens ; et, même si, comme il arrive parfois, ce savant croit n'être pas dénué d'« esprit religieux », il trouvera le moyen de séparer si complètement sa religion de son activité scientifique que son œuvre ne se distinguera en rien de celle du plus avéré matérialiste, et qu'ainsi il jouera son rôle, tout aussi bien que celui-ci, dans la construction « progressive » de la science la plus exclusivement quantitative et la plus grossièrement matérielle qu'il soit possible de concevoir ; et c'est ainsi que l'action antitraditionnelle réussit à utiliser à son profit jusqu'à ceux qui devraient au contraire être logiquement ses adversaires, si la déviation de la mentalité moderne n'avait formé des êtres pleins de contradictions et incapables même de s'en apercevoir. En cela encore, la tendance à l'uniformité trouve sa réalisation, puisque tous les hommes en arrivent pratiquement à penser et à agir de la même façon, et que ce en quoi ils sont encore différents malgré tout n'a plus qu'un minimum d'influence effective et ne se traduit extérieurement en rien de réel ; c'est ainsi que, dans un tel monde, et sauf de bien rares exceptions, un homme qui se déclare chrétien ne manque pas de se comporter en fait comme s'il n'y avait aucune réalité en dehors de la seule existence corporelle, et un prêtre qui fait « de la science » ne diffère pas sensiblement d'un universitaire matérialiste ; quand on en est là, les choses peuvent-elles encore aller beaucoup plus loin avant que le point le plus bas de la « descente » soit finalement atteint ?

Chapitre XV

L'illusion de la « vie ordinaire »

L'attitude matérialiste, qu'il s'agisse de matérialisme explicite et formel ou de simple matérialisme « pratique », apporte nécessairement, dans toute la constitution « psycho-physiologique » de l'être humain, une modification réelle et fort importante ; cela est facile à comprendre, et, en fait il n'y a qu'à regarder autour de soi pour constater que l'homme moderne est devenu véritablement imperméable à toute influence autre que celle de ce qui tombe sous ses sens ; non seulement ses facultés de compréhension sont devenues de plus en plus bornées, mais le champ même de sa perception s'est également restreint. Il en résulte une sorte de renforcement du point de vue profane, puisque, si ce point de vue est né tout d'abord d'un défaut de compréhension, donc d'une limitation des facultés humaines, cette même limitation, en s'accentuant et en s'étendant à tous les domaines, semble ensuite le justifier, du moins aux yeux de ceux qui en sont affectés ; quelle raison pourraient-ils bien avoir encore, en effet, d'admettre l'existence de ce qu'ils ne peuvent plus réellement ni concevoir ni percevoir, c'est-à-dire de tout ce qui pourrait leur montrer l'insuffisance et la fausseté du point de vue profane lui-même ?

De là provient l'idée de ce qu'on désigne communément comme la « vie ordinaire » ou la « vie courante » ; ce qu'on entend par là, en effet, c'est bien, avant tout, quelque chose où, par l'exclusion de tout caractère sacré, rituel ou symbolique (qu'on l'envisage au sens spécialement religieux ou suivant toute autre modalité traditionnelle, peu importe ici, puisque c'est également d'une action effective des « influences spirituelles » qu'il s'agit dans tous les cas), rien qui ne soit purement humain ne saurait intervenir en aucune façon ; et ces désignations mêmes impliquent en outre que tout ce qui dépasse une telle conception, même quand il n'est pas encore nié expressément, est tout au moins relégué dans un domaine « extraordinaire », considéré comme exceptionnel, étrange et inaccoutumé ; il y a donc là, à proprement parler, un renversement de l'ordre normal, tel qu'il est représenté par les civilisations intégralement traditionnelles où le point de vue profane n'existe en aucune façon, et ce renversement ne peut aboutir logiquement qu'à l'ignorance ou à la négation complète du « supra-humain ». Aussi certains vont-ils jusqu'à employer également, dans le même sens, l'expression de « vie réelle », ce qui, au fond, est d'une singulière ironie, car la vérité est que ce qu'ils nomment ainsi n'est au contraire que la pire des illusions ; nous ne voulons pas dire par là que les choses dont il s'agit soient, en elles-mêmes, dépourvues de toute réalité, encore que cette réalité, qui est en somme celle même de l'ordre sensible, soit au degré le plus bas de tous, et qu'au-dessous d'elle il n'y ait plus que ce qui est proprement au-dessous même de toute existence manifestée ; mais c'est la façon dont elles sont envisagées qui est entièrement fausse, et qui, en les séparant de tout principe supérieur, leur dénie précisément ce qui fait toute leur réalité ; c'est pourquoi, en toute rigueur, il n'existe pas réellement de domaine profane, mais seulement un point de vue profane, qui se fait toujours de plus en plus envahissant, jusqu'à englober finalement l'existence humaine tout entière.

On voit aisément par là comment, dans cette conception de la « vie ordinaire », on passe presque insensiblement d'un stade à un autre, la dégénérescence allant en s'accentuant progressivement : on commence par admettre que certaines choses soient soustraites à toute influence traditionnelle, puis ce sont ces choses qu'on en vient à considérer comme normales ; de là, on n'arrive que trop facilement à les considérer comme les seules « réelles », ce qui revient à écarter comme « irréel » tout le « supra-humain », et même, le domaine de l'humain étant conçu d'une façon de plus en plus étroitement limitée, jusqu'à le réduire à la seule modalité corporelle, tout ce qui est simplement d'ordre suprasensible ; il n'y a qu'à remarquer comment nos contemporains emploient constamment, et sans même y penser, le mot « réel » comme synonyme de « sensible », pour se rendre compte que c'est bien à ce dernier point qu'ils en sont effectivement, et que cette manière de voir s'est tellement incorporée à leur nature même, si l'on peut dire, qu'elle est devenue chez eux comme instinctive. La philosophie moderne, qui n'est en somme tout d'abord qu'une expression « systématisée » de la mentalité générale, avant de réagir à son tour sur celle-ci dans une certaine mesure, a suivi une marche parallèle à celle-là : cela a commencé avec l'éloge cartésien du « bon sens » dont nous parlions plus haut, et qui est bien caractéristique à cet égard, car la « vie ordinaire » est assurément, par excellence, le domaine de ce soi-disant « bon sens », dit aussi « sens commun », aussi borné qu'elle et de la même façon ; puis, du rationalisme, qui n'est au fond qu'un aspect plus spécialement philosophique de l'« humanisme », c'est-à-dire de la réduction de toutes choses à un point de vue exclusivement humain, on arrive peu à peu au matérialisme ou au positivisme : qu'on nie expressément, comme le premier, tout ce qui est au-delà du monde sensible, ou qu'on se contente, comme le second (qui pour cette raison aime à s'intituler aussi « agnosticisme », se faisant ainsi un titre de gloire de ce qui n'est en réalité que l'aveu d'une incurable ignorance), de refuser de s'en occuper en le déclarant « inaccessible » ou « inconnaissable », le résultat, en fait, est exactement le même dans les deux cas, et il est bien celui-là même que nous venons de décrire.

Nous redirons encore ici que, chez la plupart, il ne s'agit naturellement que de ce qu'on peut appeler un matérialisme ou un positivisme « pratique », indépendant de toute théorie philosophique, qui est en effet et sera toujours chose fort étrangère à la majorité ; mais cela même n'en est que plus grave, non seulement parce qu'un tel état d'esprit acquiert par là une diffusion incomparablement plus grande, mais aussi parce qu'il est d'autant plus irrémédiable qu'il est plus irréfléchi et moins clairement conscient, car cela prouve qu'il a vraiment pénétré et comme imprégné toute la nature de l'individu. Ce que nous avons déjà dit du matérialisme de fait et de la façon dont s'en accommodent des gens qui se croient pourtant « religieux » le montre assez ; et, en même temps, on voit par cet exemple que, au fond, la philosophie proprement dite n'a pas toute l'importance que certains voudraient lui attribuer, ou que du moins elle en a surtout en tant qu'elle peut être considérée comme « représentative » d'une certaine mentalité, plutôt que comme agissant effectivement et directement sur celle-ci ; du reste, une conception philosophique quelconque pourrait-elle avoir le moindre succès si elle ne répondait à quelques-unes des tendances prédominantes de l'époque où elle est formulée ? Nous ne voulons pas dire par là que les philosophes ne jouent pas, tout comme d'autres, leur rôle dans la déviation moderne ce qui serait certainement exagéré, mais seulement que ce rôle est plus restreint en fait qu'on ne serait tenté de le supposer à première vue, et assez différent de ce qu'il peut sembler extérieurement ; d'ailleurs, d'une façon tout à fait générale, ce qui est le plus apparent est toujours, suivant les lois mêmes qui régissent la manifestation, une conséquence plutôt qu'une cause, un aboutissement plutôt qu'un point de départ[61], et, en tout cas, ce n'est jamais là qu'il faut chercher ce qui agit de manière vraiment efficace dans un ordre plus profond, qu'il s'agisse en cela d'une action s'exerçant dans un sens normal et légitime, ou bien du contraire comme dans le cas dont nous parlons présentement.

Le mécanisme et le matérialisme eux-mêmes n'ont pu acquérir une influence généralisée qu'en passant du domaine philosophique au domaine scientifique ; ce qui se rapporte à ce dernier, ou ce qui se présente à tort ou à raison comme revêtu de ce caractère « scientifique », a en effet très certainement, pour des raisons diverses, beaucoup plus d'action que les théories philosophiques sur la mentalité commune, en laquelle il y a toujours une croyance au moins implicite à la vérité d'une « science » dont le caractère hypothétique lui échappe inévitablement, tandis que tout ce qui se qualifie de « philosophie » la laisse plus ou moins indifférente ; l'existence d'applications pratiques et utilitaires dans un cas, et leur absence dans l'autre, n'y est d'ailleurs sans doute pas entièrement étrangère. Ceci nous ramène justement encore à l'idée de la « vie ordinaire », dans laquelle il entre effectivement une assez forte dose de « pragmatisme » ; et ce que nous disons là est encore, bien entendu, tout à fait indépendant du fait que certains de nos contemporains ont voulu ériger le « pragmatisme » en système philosophique, ce qui n'a été rendu possible qu'en raison même de la tournure utilitaire qui est inhérente à la mentalité moderne et profane en général, et aussi parce que, dans l'état présent de déchéance intellectuelle, on en est arrivé à perdre complètement de vue la notion même de vérité, si bien que celle d'utilité ou de commodité a fini par s'y substituer entièrement. Quoi qu'il en soit, dès lors qu'il est convenu que la « réalité » consiste exclusivement en ce qui tombe sous les sens, il est tout naturel que la valeur qu'on attribue à une chose quelconque ait en quelque sorte pour

---

[61] On pourrait dire encore, si l'on veut, que c'est un « fruit » plutôt qu'un « germe » ; le fait que le fruit lui-même contient de nouveaux germes indique que la conséquence peut à son tour jouer le rôle de cause à un autre niveau, conformément au caractère cyclique de la manifestation ; mais encore faut-il pour cela qu'elle passe en quelque sorte de l'« apparent » au « caché ».

mesure sa capacité de produire des effets d'ordre sensible ; or il est évident que la « science », considérée, à la façon moderne, comme essentiellement solidaire de l'industrie, sinon même confondue plus ou moins complètement avec celle-ci, doit à cet égard occuper le premier rang, et que par-là elle se trouve mêlée aussi étroitement que possible à cette « vie ordinaire » dont elle devient même ainsi un des principaux facteurs ; par contrecoup, les hypothèses sur lesquelles elle prétend se fonder, si gratuites et si injustifiées qu'elles puissent être, bénéficieront elles-mêmes de cette situation privilégiée aux yeux du vulgaire. Il va de soi que, en réalité, les applications pratiques ne dépendent en rien de la vérité de ces hypothèses, et l'on peut d'ailleurs se demander ce que deviendrait une telle science, si nulle en tant que connaissance proprement dite, si on la séparait des applications auxquelles elle donne lieu ; mais, telle qu'elle est, c'est un fait que cette science « réussit », et, pour l'esprit instinctivement utilitariste du « public » moderne, la « réussite » ou le « succès » devient comme une sorte de « critérium de la vérité », si tant est qu'on puisse encore parler ici de vérité en un sens quelconque.

Qu'il s'agisse d'ailleurs de n'importe quel point de vue, philosophique, scientifique ou simplement « pratique », il est évident que tout cela, au fond, ne représente qu'autant d'aspects divers d'une seule et même tendance, et aussi que cette tendance, comme toutes celles qui sont, au même titre, constitutives de l'esprit moderne, n'a certes pas pu se développer spontanément ; nous avons déjà eu assez souvent l'occasion de nous expliquer sur ce dernier point, mais ce sont là des choses sur lesquelles on ne saurait jamais trop insister, et nous aurons encore à revenir dans la suite sur la place plus précise qu'occupe le matérialisme dans l'ensemble du « plan » suivant lequel s'effectue la déviation du monde moderne. Bien entendu, les matérialistes eux-mêmes sont, plus que quiconque, parfaitement incapables de se rendre compte de ces choses et même d'en concevoir la possibilité, aveuglés qu'ils sont par leurs idées préconçues, qui leur ferment toute issue hors du domaine étroit où ils sont habitués à se mouvoir ; et sans doute en seraient-ils tout aussi étonnés qu'ils le seraient de savoir qu'il a existé et qu'il existe même encore des hommes pour lesquels ce qu'ils appellent la « vie ordinaire » serait bien la chose la plus extraordinaire qu'on puisse imaginer, puisqu'elle ne correspond à rien de ce qui se produit réellement dans leur existence. C'est pourtant ainsi, et, qui plus est, ce sont ces hommes qui doivent être regardés comme véritablement « normaux », tandis que les matérialistes, avec tout leur « bon sens » tant vanté et tout le « progrès » dont ils se considèrent fièrement comme les produits les plus achevés et les représentants les plus « avancés », ne sont, au fond, que des êtres en qui certaines facultés se sont atrophiées au point d'être complètement abolies. C'est d'ailleurs à cette condition seulement que le monde sensible peut leur apparaître comme un « système clos » à l'intérieur duquel ils se sentent en parfaite sécurité ; il nous reste à voir comment cette illusion peut, en un certain sens et dans une certaine mesure, être « réalisée » du fait du matérialisme lui-même ; mais nous verrons aussi plus loin comment, malgré cela, elle ne représente en quelque sorte qu'un état d'équilibre éminemment instable, et comment, au point même où les choses en sont actuellement, cette sécurité de la « vie ordinaire », sur laquelle a reposé jusqu'ici toute l'organisation extérieure du monde moderne, risque fort d'être troublée par des « interférences » inattendues.

Chapitre XVI

La dégénérescence de la monnaie

Arrivé à ce point de notre exposé, il ne sera peut-être pas inutile de nous en écarter quelque peu, du moins en apparence, pour donner, ne fût-ce qu'assez sommairement, quelques indications sur une question qui peut sembler ne se rapporter qu'à un fait d'un genre très particulier, mais qui constitue un exemple frappant des résultats de la conception de la « vie ordinaire », en même temps qu'une excellente « illustration » de la façon dont celle-ci est liée au point de vue exclusivement quantitatif, et qui, par ce dernier côté surtout, se rattache en réalité très directement à notre sujet. La question dont il s'agit est celle de la monnaie, et assurément, si l'on s'en tient au simple point de vue « économique » tel qu'on l'entend aujourd'hui, il semble bien que celle-ci soit quelque chose qui appartient aussi complètement que possible au « règne de la quantité » ; c'est d'ailleurs à ce titre qu'elle joue, dans la société moderne, le rôle prépondérant que l'on ne connaît que trop et sur lequel il serait évidemment superflu d'insister ; mais la vérité est que le point de vue « économique » lui-même et la conception exclusivement quantitative de la monnaie qui lui est inhérente ne sont que le produit d'une dégénérescence somme toute assez récente, et que la monnaie a eu à son origine et a conservé pendant longtemps un caractère tout différent et une valeur proprement qualitative, si étonnant que cela puisse paraître à la généralité de nos contemporains.

Il est une remarque qu'il est bien facile de faire, pour peu qu'on ait seulement « des yeux pour voir » : c'est que les monnaies anciennes sont littéralement couvertes de symboles traditionnels, pris même souvent parmi ceux qui présentent un sens plus particulièrement profond ; c'est ainsi qu'on a remarqué notamment que, chez les Celtes, les symboles figurant sur les monnaies ne peuvent s'expliquer que si on les rapporte à des connaissances doctrinales qui étaient propres aux Druides, ce qui implique d'ailleurs une intervention directe de ceux-ci dans ce domaine ; et, bien entendu, ce qui est vrai sous ce rapport pour les Celtes l'est également pour les autres peuples de l'antiquité, en tenant compte naturellement des modalités propres de leurs organisations traditionnelles respectives. Cela s'accorde très exactement avec l'inexistence du point de vue profane dans les civilisations strictement traditionnelles : la monnaie, là où elle existait, ne pouvait elle-même pas être la chose profane qu'elle est devenue plus tard ; et, si elle l'avait été, comment s'expliquerait ici l'intervention d'une autorité spirituelle qui évidemment n'aurait rien eu à y voir, et comment aussi pourrait-on comprendre que diverses traditions parlent de la monnaie comme de quelque chose qui est véritablement chargé d'une « influence spirituelle », dont l'action pouvait effectivement s'exercer par le moyen des symboles qui en constituaient le « support » normal ? Ajoutons que, jusqu'en des temps très récents, on pouvait encore trouver un dernier vestige de cette notion dans des devises de caractère religieux, qui n'avaient assurément plus de valeur proprement symbolique, mais qui étaient du moins comme un rappel de l'idée traditionnelle désormais plus ou moins incomprise ; mais, après avoir été, en certains pays, reléguées autour de la « tranche » des monnaies, ces devises mêmes ont fini par disparaître complètement, et, en effet, elles n'avaient aucune raison d'être dès lors que la monnaie ne représentait plus rien d'autre qu'un signe d'ordre uniquement « matériel » et quantitatif.

Le contrôle de l'autorité spirituelle sur la monnaie, sous quelque forme qu'il se soit exercé, n'est d'ailleurs pas un fait limité exclusivement à l'antiquité, et, sans sortir du monde occidental, il y a bien des indices qui montrent qu'il a dû s'y perpétuer jusque vers la fin du moyen âge, c'est-à-dire tant que ce monde a possédé une civilisation traditionnelle. On ne pourrait en effet s'expliquer autrement que certains souverains, à cette époque, aient été accusés d'avoir « altéré les monnaies » ; si leurs contemporains leur en firent un crime, il faut conclure de là qu'ils n'avaient pas la libre disposition du titre de la monnaie et que, en le changeant de leur propre initiative, ils dépassaient les droits reconnus au pouvoir temporel[62]. Dans tout autre cas, une telle accusa-

---

[62] Voir *Autorité spirituelle et pouvoir temporel*, p. 111, où nous nous sommes référé plus spécialement au cas de Philippe le Bel, et où nous avons suggéré la possibilité d'un rapport assez étroit entre la destruction de l'Ordre du Temple et l'altération des monnaies, ce qui se comprendrait sans peine si l'on admettait, comme au moins très vraisemblable, que l'Ordre du Temple avait alors, entre autres fonctions, celle d'exercer le contrôle spirituel dans ce domaine ; nous n'y insisterons pas davantage, mais nous rappellerons que c'est précisément à ce moment que nous estimons pouvoir faire remonter les débuts de la déviation moderne proprement dite.

tion aurait été évidemment dépourvue de sens ; le titre de la monnaie n'aurait d'ailleurs eu alors qu'une importance toute conventionnelle, et, en somme, peu aurait importé qu'elle fût constituée par un métal quelconque et variable, ou même remplacée par un simple papier comme elle l'est en grande partie de nos jours, car cela n'aurait pas empêché qu'on pût continuer à en faire exactement le même usage « matériel ». Il fallait donc qu'il y eût là quelque chose d'un autre ordre, et nous pouvons dire d'un ordre supérieur, car ce n'est que par là que cette altération pouvait revêtir un caractère de si exceptionnelle gravité qu'elle allait jusqu'à compromettre la stabilité même de la puissance royale, parce que, en agissant ainsi, celle-ci usurpait les prérogatives de l'autorité spirituelle qui est, en définitive, l'unique source authentique de toute légitimité ; et c'est ainsi que ces faits, que les historiens profanes ne semblent guère comprendre, concourent encore à indiquer très nettement que la question de la monnaie avait, au moyen âge aussi bien que dans l'antiquité, des aspects tout à fait ignorés des modernes.

Il est donc arrivé là ce qui est arrivé généralement pour toutes les choses qui jouent, à un titre ou à un autre, un rôle dans l'existence humaine : ces choses ont été dépouillées peu à peu de tout caractère « sacré » ou traditionnel, et c'est ainsi que cette existence même, dans son ensemble, est devenue toute profane et s'est trouvée finalement réduite à la basse médiocrité de la « vie ordinaire » telle qu'elle se présente aujourd'hui. En même temps, l'exemple de la monnaie montre bien que cette « profanisation », s'il est permis d'employer un tel néologisme, s'opère principalement par la réduction des choses à leur seul aspect quantitatif ; en fait, on a fini par ne plus même pouvoir concevoir que la monnaie soit autre chose que la représentation d'une quantité pure et simple ; mais, si ce cas est particulièrement net à cet égard, parce qu'il est en quelque sorte poussé jusqu'à l'extrême exagération, il est bien loin d'être le seul où une telle réduction apparaisse comme contribuant à enfermer l'existence dans l'horizon borné du point de vue profane. Ce que nous avons dit du caractère quantitatif par excellence de l'industrie moderne et de tout ce qui s'y rapporte permet de le comprendre suffisamment : en entourant constamment l'homme des produits de cette industrie, en ne lui permettant pour ainsi dire plus de voir autre chose (sauf, comme dans les musées par exemple, à titre de simples « curiosités » n'ayant aucun rapport avec les circonstances « réelles » de sa vie, ni par conséquent aucune influence effective sur celle-ci), on le contraint véritablement à s'enfermer dans le cercle étroit de la « vie ordinaire » comme dans une prison sans issue. Dans une civilisation traditionnelle, au contraire, chaque objet, en même temps qu'il était aussi parfaitement approprié que possible à l'usage auquel il était immédiatement destiné, était fait de telle façon qu'il pouvait à chaque instant, et du fait même qu'on en faisait réellement usage (au lieu de le traiter en quelque sorte comme une chose morte ainsi que le font les modernes pour tout ce qu'ils considèrent comme des « œuvres d'art »), servir de « support » de méditation reliant l'individu à quelque chose d'autre que la simple modalité corporelle, et aidant ainsi chacun à s'élever à un état supérieur selon la mesure de ses capacités [63]; quel abîme entre ces deux conceptions de l'existence humaine !

Cette dégénérescence qualitative de toutes choses est d'ailleurs étroitement liée à celle de la monnaie, comme le montre le fait qu'on en est arrivé à n'« estimer » couramment un objet que par son prix, considéré uniquement comme un « chiffre », une « somme » ou une quantité numérique de monnaie ; en fait, chez la plupart de nos contemporains, tout jugement porté sur un objet se base presque toujours exclusivement sur ce qu'il coûte. Nous avons souligné le mot « estimer », en raison de ce qu'il a en lui-même un double sens qualitatif et quantitatif ; aujourd'hui, on a perdu de vue le premier sens, ou, ce qui revient au même, on a trouvé moyen de le réduire au second, et c'est ainsi que non seulement on « estime » un objet d'après son prix, mais aussi un homme d'après sa richesse[64]. La même chose est arrivée aussi, tout naturellement, pour le mot « valeur » et, remarquons-le en passant, c'est là-dessus que se fonde le curieux abus qu'en font certains philosophes récents, qui ont même été jusqu'à inventer, pour caractériser

---

[63] On pourra, sur ce sujet, consulter de nombreuses études de A. K. Coomaraswamy, qui l'a abondamment développé et « illustré » sous toutes ses faces et avec toutes les précisions nécessaires.

[64] Les Américains sont allés si loin en ce sens qu'ils disent communément qu'un homme « vaut » telle somme, voulant indiquer par là le chiffre auquel s'élève sa fortune ; ils disent aussi, non pas qu'un homme réussit dans ses affaires, mais qu'il « est un succès », ce qui revient à identifier complètement l'individu à ses gains matériels !

leurs théories, l'expression de « philosophie des valeurs »; au fond de leur pensée, il y a l'idée que toute chose, à quelque ordre qu'elle se rapporte, est susceptible d'être conçue quantitativement et exprimée numériquement ; et le « moralisme », qui est d'autre part leur préoccupation dominante, se trouve par-là associé directement au point de vue quantitatif[65]. Ces exemples montrent aussi qu'il y a une véritable dégénérescence du langage, accompagnant ou suivant inévitablement celle de toutes choses ; en effet, dans un monde où l'on s'efforce de tout réduire à la quantité, il faut évidemment se servir d'un langage qui lui-même n'évoque plus que des idées purement quantitatives.

Pour en revenir plus spécialement à la question de la monnaie, nous devons encore ajouter qu'il s'est produit à cet égard un phénomène qui est bien digne de remarque : c'est que, depuis que la monnaie a perdu toute garantie d'ordre supérieur, elle a vu sa valeur quantitative elle-même, ou ce que le jargon des « économistes » appelle son « pouvoir d'achat », aller sans cesse en diminuant, si bien qu'on peut concevoir que, à une limite dont on s'approche de plus en plus, elle aura perdu toute raison d'être, même simplement « pratique » ou « matérielle », et elle devra disparaître comme d'elle-même de l'existence humaine. On conviendra qu'il y a là un étrange retour des choses, qui se comprend d'ailleurs sans peine par ce que nous avons exposé précédemment : la quantité pure étant proprement au-dessous de toute existence, on ne peut, quand on pousse la réduction à l'extrême comme dans le cas de la monnaie (plus frappant que tout autre parce qu'on y est déjà presque arrivé à la limite), aboutir qu'à une véritable dissolution. Cela peut déjà servir à montrer que, comme nous le disions plus haut, la sécurité de la « vie ordinaire » est en réalité quelque chose de bien précaire, et nous verrons aussi par la suite qu'elle l'est encore à beaucoup d'autres égards ; mais la conclusion qui s'en dégagera sera toujours la même en définitive : le terme réel de la tendance qui entraîne les hommes et les choses vers la quantité pure ne peut être que la dissolution finale du monde actuel.

---

[65] Cette association n'est d'ailleurs pas une chose entièrement nouvelle, car elle remonte en fait jusqu'à l'« arithmétique morale » de Bentham, qui date de la fin du XVIIIe siècle.

Chapitre XVII

Solidification du monde

Revenons maintenant à l'explication de la façon dont se réalise effectivement, à l'époque moderne, un monde conforme, dans la mesure du possible, à la conception matérialiste ; pour le comprendre, il faut avant tout se souvenir que, comme nous l'avons déjà dit bien des fois, l'ordre humain et l'ordre cosmique, en réalité, ne sont point séparés comme on se l'imagine trop facilement de nos jours, mais qu'ils sont au contraire étroitement liés, de telle sorte que chacun d'eux réagit constamment sur l'autre et qu'il y a toujours une correspondance entre leurs états respectifs. Cette considération est essentiellement impliquée dans toute la doctrine des cycles, et, sans elle, les données traditionnelles qui se rapportent à celle-ci seraient à peu près entièrement inintelligibles ; la relation qui existe entre certaines phases critiques de l'histoire de l'humanité et certains cataclysmes se produisant suivant des périodes astronomiques déterminées en est peut-être l'exemple le plus frappant, mais il va de soi que ce n'est là qu'un cas extrême de ces correspondances, qui existent en réalité d'une façon continue, bien qu'elles soient sans doute moins apparentes tant que les choses ne se modifient que graduellement et presque insensiblement.

Cela étant, il est tout naturel que, dans le cours du développement cyclique, la manifestation cosmique tout entière, et la mentalité humaine, qui d'ailleurs y est nécessairement incluse, suivent à la fois une même marche descendante, dans le sens que nous avons déjà précisé, et qui est celui d'un éloignement graduel du principe, donc de la spiritualité première qui est inhérente au pôle essentiel de la manifestation.

Cette marche peut donc être décrite, en acceptant ici les termes du langage courant, qui d'ailleurs font ressortir nettement la corrélation que nous envisageons, comme une sorte de « matérialisation » progressive du milieu cosmique lui-même, et ce n'est que quand cette « matérialisation » a atteint un certain degré, déjà très fortement accentué, que peut apparaître corrélativement, chez l'homme, la conception matérialiste, ainsi que l'attitude générale qui lui correspond pratiquement et qui se conforme, comme nous l'avons dit, à la représentation de ce qu'on appelle la « vie ordinaire » ; d'ailleurs, sans cette « matérialisation » effective, tout cela n'aurait pas même le moindre semblant de justification, car la réalité ambiante lui apporterait à chaque instant des démentis trop manifestes. L'idée même de matière, telle que les modernes l'entendent, ne pouvait véritablement prendre naissance que dans ces conditions ; ce qu'elle exprime plus ou moins confusément n'est d'ailleurs, en tout cas, qu'une limite qui, dans le cours de la descente dont il s'agit, ne peut jamais être atteinte en fait, d'abord parce qu'elle est considérée comme étant, en elle-même, quelque chose de purement quantitatif, et ensuite parce qu'elle est supposée « inerte », et qu'un monde où il y aurait quelque chose de vraiment « inerte » cesserait aussitôt d'exister par là même ; cette idée est donc bien la plus illusoire qui puisse être, puisqu'elle ne répond absolument à aucune réalité, si bas que celle-ci soit située dans la hiérarchie de l'existence manifestée. On pourrait dire encore, en d'autres termes, que la « matérialisation » existe comme tendance, mais que la « matérialité », qui serait l'aboutissement complet de cette tendance, est un état irréalisable ; de là vient, entre autres conséquences, que les lois mécaniques formulées théoriquement par la science moderne ne sont jamais susceptibles d'une application exacte et rigoureuse aux conditions de l'expérience, où il subsiste toujours des éléments qui leur échappent nécessairement, même dans la phase où le rôle de ces éléments se trouve en quelque sorte réduit au minimum. Il ne s'agit donc jamais là que d'une approximation, qui, dans cette phase, et sous la réserve de cas devenus alors exceptionnels, peut être suffisante pour les besoins pratiques immédiats, mais qui n'en implique pas moins une simplification très grossière, ce qui lui enlève non seulement toute prétendue « exactitude », mais même toute valeur de « science » au vrai sens de ce mot ; et c'est aussi avec cette même approximation que le monde sensible peut prendre l'apparence d'un « système clos », tant aux yeux des physiciens que dans le courant des événements qui constituent la « vie ordinaire ».

Au lieu de parler de « matérialisation » comme nous venons de le faire, on pourrait aussi, en un sens qui est au fond le même, et d'une façon peut-être plus précise et même plus « réelle », parler de « solidification » ; les corps solides, en effet, sont bien, par leur densité et leur impénétrabilité, ce qui donne plus que toute autre chose l'illusion de la « matérialité ». En même temps, ceci nous rappelle la manière dont

Bergson, ainsi que nous l'avons signalé plus haut, parle du « solide » comme constituant en quelque sorte le domaine propre de la raison, en quoi il est d'ailleurs évident que, consciemment ou non (et sans doute peu consciemment, puisque non seulement il généralise et n'apporte aucune restriction, mais que même il croit pouvoir parler en cela d'« intelligence », comme il le fait toujours, alors que ce qu'il dit ne peut s'appliquer réellement qu'à la raison), il se réfère plus spécialement à ce qu'il voit autour de lui, c'est-à-dire à l'usage « scientifique » qui est fait actuellement de cette raison. Nous ajouterons que cette « solidification » effective est précisément la véritable cause pour laquelle la science moderne « réussit », non pas certes dans ses théories qui n'en sont pas moins fausses pour cela, et qui d'ailleurs changent à chaque instant, mais dans ses applications pratiques ; en d'autres époques où cette « solidification » n'était pas encore aussi accentuée, non seulement l'homme n'aurait pas pu songer à l'industrie telle qu'on l'entend aujourd'hui, mais encore cette industrie aurait été réellement tout à fait impossible, aussi bien que tout l'ensemble de la « vie ordinaire » où elle tient une place si importante. Ceci, notons-le incidemment, suffit pour couper court à toutes les rêveries de soi-disant « clairvoyants » qui, imaginant le passé sur le modèle du présent, attribuent à certaines civilisations « préhistoriques » et de date fort reculée quelque chose de tout à fait semblable au « machinisme » contemporain ; ce n'est là qu'une des formes de l'erreur qui fait dire vulgairement que « l'histoire se répète », et qui implique une complète ignorance de ce que nous avons appelé les déterminations qualitatives du temps.

Pour en arriver au point que nous avons décrit, il faut que l'homme, du fait même de cette « matérialisation » ou de cette « solidification » qui s'opère naturellement en lui tout aussi bien que dans le reste de la manifestation cosmique dont il fait partie, et qui modifie notablement sa constitution « psycho-physiologique », ait perdu l'usage des facultés qui lui permettraient normalement de dépasser les limites du monde sensible, car, même si celui-ci est très réellement entouré de cloisons plus épaisses, pourrait-on dire, qu'il ne l'était dans ses états antérieurs, il n'en est pas moins vrai qu'il ne saurait jamais y avoir nulle part une séparation absolue entre différents ordres d'existence ; une telle séparation aurait pour effet de retrancher de la réalité même le domaine qu'elle enfermerait, si bien que, là encore, l'existence de ce domaine, c'est-à-dire du monde sensible dans le cas dont il s'agit, s'évanouirait immédiatement. On pourrait d'ailleurs légitimement se demander comment une atrophie aussi complète et aussi générale de certaines facultés a bien pu se produire effectivement ; il a fallu pour cela que l'homme soit tout d'abord amené à porter toute son attention sur les choses sensibles exclusivement, et c'est par là qu'a dû nécessairement commencer cette œuvre de déviation qu'on pourrait appeler la « fabrication » du monde moderne, et qui, bien entendu, ne pouvait « réussir », elle aussi, que précisément à cette phase du cycle et en utilisant, en mode « diabolique », les conditions présentes du milieu lui-même.

Quoi qu'il en soit de ce dernier point, sur lequel nous ne voulons pas insister davantage pour le moment, on ne saurait trop admirer la solennelle niaiserie de certaines déclamations chères aux « vulgarisateurs » scientifiques (nous devrions dire plutôt « scientistes »), qui se plaisent à affirmer à tout propos que la science moderne recule sans cesse les limites du monde connu, ce qui, en fait, est exactement le contraire de la vérité : jamais ces limites n'ont été aussi étroites qu'elles le sont dans les conceptions admises par cette prétendue science profane, et jamais le monde ni l'homme ne s'étaient trouvés ainsi rapetissés, au point d'être réduits à de simples entités corporelles, privées, par hypothèse, de la moindre possibilité de communication avec tout autre ordre de réalité !

Il y a d'ailleurs encore un autre aspect de la question, réciproque et complémentaire de celui que nous avons envisagé jusqu'ici : l'homme n'est pas réduit, en tout cela, au rôle passif d'un simple spectateur, qui devrait se borner à se faire une idée plus ou moins vraie, ou plus ou moins fausse, de ce qui se passe autour de lui ; il est lui-même un des facteurs qui interviennent activement dans les modifications du monde où il vit ; et nous devons ajouter qu'il en est même un facteur particulièrement important, en raison de la position proprement « centrale » qu'il se trouve occuper dans ce monde. En parlant de cette intervention humaine, nous n'entendons pas faire allusion simplement aux modifications artificielles que l'industrie fait subir au milieu terrestre, et qui sont d'ailleurs trop évidentes pour qu'il y ait lieu de s'y étendre ; c'est là une chose dont il convient assurément de tenir compte, mais ce n'est pas tout, et ce dont il s'agit surtout, au point de vue où nous nous plaçons en ce moment, est quelque chose de tout autre, qui n'est pas voulu par l'homme, du moins expressément et consciemment, mais qui va cependant beaucoup plus loin en réalité. En effet, la vérité est que la conception matérialiste, une fois qu'elle a été formée et répandue d'une façon quelconque, ne peut que concourir à renforcer encore cette « solidification » du monde qui l'a tout d'abord rendue possible, et toutes les conséquences qui dérivent directement ou indirectement de cette conception, y compris la notion courante de la « vie ordinaire », ne font que tendre à cette même fin, car les réactions générales du milieu cosmique lui-même changent effectivement suivant l'attitude adoptée par l'homme à son égard. On peut dire véritablement que certains aspects de la réalité se cachent à quiconque l'envisage en profane et en matérialiste, et se rendent inaccessibles à son observation ; ce n'est pas là une simple façon de parler plus ou moins « imagée », comme certains pourraient être tentés de le croire, mais bien l'expression pure et simple d'un fait, de même que c'est un fait que les animaux fuient spontanément et instinctivement devant quelqu'un qui leur témoigne une attitude hostile. C'est pourquoi il est des choses qui ne pourront jamais être constatées par des « savants » matérialistes ou positivistes, ce qui, naturellement, les confirme encore dans leur croyance à la validité de leurs conceptions, en paraissant leur en donner comme une sorte de preuve négative, alors que ce n'est pourtant rien de plus ni d'autre qu'un simple effet de ces conceptions elles-mêmes ; ce n'est pas, bien entendu, que ces choses aient aucunement cessé d'exister pour cela depuis la naissance du matérialisme et du positivisme, mais elles se « retranchent » véritablement hors du domaine qui est à la portée de l'expérience des savants profanes, s'abstenant d'y pénétrer en aucune façon qui puisse laisser soupçonner leur action ou leur existence même, tout comme, dans un autre ordre qui n'est d'ailleurs pas sans rapport avec celui-là, le dépôt des connaissances traditionnelles se dérobe et se ferme de plus en plus strictement devant l'envahissement de l'esprit moderne. C'est là, en quelque sorte, la « contrepartie » de la limitation des facultés de l'être humain à celles qui se rapportent proprement à la seule modalité corporelle : par cette limitation, il devient, disons-nous, incapable de sortir du monde sensible ; par ce dont il s'agit maintenant, il perd en outre toute occasion de constater une intervention manifeste d'éléments suprasensibles dans le monde sensible lui-même. Ainsi se trouve complétée pour lui, autant qu'il est possible, la « clôture » de ce monde, devenu ainsi d'autant plus « solide » qu'il est plus isolé de tout autre ordre de réalité, même de ceux qui sont le plus proches de lui et qui constituent simplement des modalités différentes d'un même domaine individuel ; à l'intérieur d'un tel monde, il peut sembler que la « vie ordinaire » n'ait plus désormais qu'à se dérouler sans trouble et sans accidents imprévus, à la façon des mouvements d'une « mécanique » parfaitement réglée ; l'homme moderne, après avoir « mécanisé » le monde qui l'entoure, ne vise-t-il pas à se « mécaniser » lui-même de son mieux, dans tous les modes d'activité qui restent encore ouverts à sa nature étroitement bornée ?

Cependant, la « solidification » du monde, si loin qu'elle soit poussée effectivement, ne peut jamais être complète, et il y a des limites au delà desquelles elle ne saurait aller, puisque, comme nous l'avons dit, son extrême aboutissement serait incompatible avec toute existence réelle, fût-elle du degré le plus bas ; et même, à mesure que cette « solidification » avance, elle n'en devient toujours que plus précaire, car la réalité la plus inférieure est aussi la plus instable ; la rapidité sans cesse croissante des changements du monde actuel n'en témoigne d'ailleurs que d'une façon trop éloquente. Rien ne peut faire qu'il n'y ait des « fissures » dans ce prétendu « système clos », qui a du reste, par son caractère « mécanique », quelque chose d'artificiel (il va de soi que nous prenons ici ce mot en un sens beaucoup plus large que celui où il ne s'applique proprement qu'aux simples productions industrielles) qui n'est guère de nature à inspirer confiance en sa durée ; et, actuellement même, il y a déjà de multiples indices qui montrent précisément que son équilibre instable est en quelque sorte sur le point d'être rompu. Il en est si bien ainsi que ce que nous disons du matérialisme et du mécanisme de l'époque moderne pourrait presque, en un certain sens, être mis déjà au passé ; cela ne veut certes pas dire que ses conséquences pratiques ne peuvent pas continuer à se développer pendant quelque temps encore, ou que son influence sur la mentalité générale ne persistera pas plus ou moins longtemps, ne serait-ce que du fait de la « vulgarisation » sous ses formes diverses, y compris l'enseignement scolaire à tous ses degrés, où traînent toujours de nombreuses « survivances » de ce genre (et nous allons tout à l'heure y revenir plus amplement) ; mais il n'en est pas moins vrai que, au moment où nous en sommes, la notion même de la « matière », si péniblement constituée à travers tant de théories diverses, semble être en train de s'évanouir ; seulement, il n'y a peut-être pas lieu de s'en féliciter outre mesure, car, ainsi qu'on le verra plus clairement par la suite, ce ne peut être là, en fait, qu'un pas de plus vers la dissolution finale.

Chapitre XVIII

Mythologie scientifique et vulgarisation

Puisque nous avons été amenés à faire allusion aux « survivances » que laissent, dans la mentalité commune, des théories auxquelles les savants eux-mêmes ne croient plus, et qui ainsi n'en continuent pas moins d'exercer leur influence sur l'attitude de la généralité des hommes, il sera bon d'y insister un peu plus, car il y a là quelque chose qui peut encore contribuer à expliquer certains aspects de l'époque actuelle. À cet égard, il convient de rappeler tout d'abord qu'un des principaux caractères de la science profane, quand elle quitte le domaine de la simple observation des faits et veut essayer de tirer quelque chose de l'accumulation indéfinie de détails particuliers qui en est l'unique résultat immédiat, c'est l'édification plus ou moins laborieuse de théories purement hypothétiques, et qui nécessairement ne peuvent être rien de plus, étant donné leur point de départ tout empirique, car les faits, qui en eux-mêmes sont toujours susceptibles d'explications diverses, n'ont jamais pu et ne pourront jamais garantir la vérité d'aucune théorie, et, comme nous l'avons dit plus haut, leur plus ou moins grande multiplicité n'y fait rien ; aussi de telles hypothèses sont-elles, au fond, bien moins inspirées par les constatations de l'expérience que par certaines idées préconçues et par certaines des tendances prédominantes de la mentalité moderne. On sait d'ailleurs avec quelle rapidité toujours croissante ces hypothèses, à notre époque, sont abandonnées et remplacées par d'autres, et ces changements continuels suffisent trop évidemment à montrer leur peu de solidité et l'impossibilité de leur reconnaître une valeur en tant que connaissance réelle ; aussi prennent-elles de plus en plus, dans la pensée des savants eux-mêmes, un caractère conventionnel, donc en somme irréel, et nous pouvons encore noter là un symptôme de l'acheminement vers la dissolution finale. En effet, ces savants, et notamment les physiciens, ne peuvent guère être entièrement dupes de semblables constructions, dont, aujourd'hui plus que jamais, ils ne connaissent que trop bien la fragilité ; non seulement elles sont vite « usées », mais, dès leur début, ceux mêmes qui les édifient n'y croient que dans une certaine mesure, sans doute assez limitée, et à titre en quelque sorte « provisoire » ; et, bien souvent, ils semblent même les considérer moins comme de véritables tentatives d'explication que comme de simples « représentations » et comme des « façons de parler » ; c'est bien tout ce qu'elles sont en effet, et nous avons vu que Leibnitz avait déjà montré que le mécanisme cartésien ne pouvait pas être autre chose qu'une « représentation » des apparences extérieures, dénuée de toute valeur proprement explicative. Dans ces conditions, le moins qu'on en puisse dire est qu'il y a là quelque chose d'assez vain, et c'est assurément une étrange conception de la science que celle dont procède un semblable travail ; mais le danger de ces théories illusoires réside surtout dans l'influence que, par cela seul qu'elles s'intitulent « scientifiques », elles sont susceptibles d'exercer sur le « grand public », qui, lui, les prend tout à fait au sérieux et les accepte aveuglément comme des « dogmes », et cela non pas seulement tant qu'elles durent (elles n'ont même souvent eu alors qu'à peine le temps de parvenir à sa connaissance), mais même et surtout quand les savants les ont déjà abandonnées et bien longtemps après, du fait de leur persistance, dont nous parlions plus haut, dans l'enseignement élémentaire et dans les ouvrages de « vulgarisation », où elles sont d'ailleurs toujours présentées sous une forme « simpliste » et résolument affirmative, et non point comme les simples hypothèses qu'elles étaient en réalité pour ceux-là mêmes qui les élaborèrent. Ce n'est pas sans raison que nous venons de parler de « dogmes », car, pour l'esprit antitraditionnel moderne, il s'agit bien là de quelque chose qui doit s'opposer et se substituer aux dogmes religieux ; un exemple comme celui des théories « évolutionnistes », entre autres, ne peut laisser aucun doute à cet égard ; et ce qui est encore bien significatif, c'est l'habitude qu'ont la plupart des « vulgarisateurs » de parsemer leurs écrits de déclamations plus ou moins violentes contre toute idée traditionnelle, ce qui ne montre que trop clairement quel rôle ils sont chargés de jouer, fût-ce inconsciemment dans bien des cas, dans la subversion intellectuelle de notre époque.

Il est arrivé à se constituer ainsi, dans la mentalité « scientiste » qui, pour les raisons d'ordre en grande partie utilitaire que nous avons indiquées, est, à un degré ou à un autre, celle de la grande majorité de nos contemporains, une véritable « mythologie », non pas certes au sens originel et transcendant des vrais « mythes » traditionnels, mais tout simplement dans l'acception « péjorative » que ce mot a prise dans le langage courant. On pourrait en citer d'innombrables exemples ; un des plus frappants et des plus « actuels », si l'on peut dire, est celui de l'« imagerie » des atomes et des multiples éléments d'espèces variées en lesquels ils ont fini par se dissocier dans les théories physiques récentes (ce qui fait d'ailleurs qu'ils ne sont plus aucunement des atomes, c'est-à-dire littéralement des « indivisibles », bien qu'on persiste à leur en donner le nom en dépit de toute logique) ; « imagerie », disons-nous, car ce n'est sans doute que cela dans la pensée des physiciens ; mais le « grand public » croit fermement qu'il s'agit d'« entités » réelles, qui pourraient être vues et touchées par quelqu'un dont les sens seraient suffisamment développés ou qui disposerait d'instruments d'observation assez puissants ; n'est-ce pas là de la « mythologie » de la sorte la plus naïve ? Cela n'empêche pas ce même public de se moquer à tout propos des conceptions des anciens, dont, bien entendu, il ne comprend pas le moindre mot ; même en admettant qu'il ait pu y avoir de tout temps des déformations « populaires » (encore une expression qu'aujourd'hui on aime fort à employer à tort et à travers, sans doute à cause de l'importance grandissante accordée à la « masse »), il est permis de douter qu'elles aient jamais été aussi grossièrement matérielles et en même temps aussi généralisées qu'elles le sont présentement, grâce tout à la fois aux tendances inhérentes à la mentalité actuelle et à la diffusion tant vantée de l'« instruction obligatoire », profane et rudimentaire !

Nous ne voulons pas nous étendre outre mesure sur un sujet qui se prêterait à des développements presque indéfinis, mais s'écartant trop de ce que nous avons principalement en vue ; il serait facile de montrer, par exemple, que, en raison de la « survivance » des hypothèses, des éléments appartenant en réalité à des théories différentes se superposent et s'entremêlent de telle sorte dans les représentations vulgaires qu'ils forment parfois les combinaisons les plus hétéroclites ; d'ailleurs, en conséquence du désordre inextricable qui règne partout, la mentalité contemporaine est ainsi faite qu'elle accepte volontiers les plus étranges contradictions. Nous préférons insister seulement encore sur un des aspects de la question, qui, à vrai dire, anticipera quelque peu sur les considérations qui auront à prendre place dans la suite, car il se réfère à des choses qui appartiennent plus proprement à une autre phase que celle que nous avons envisagée jusqu'ici ; mais tout cela, en fait, ne peut pas être séparé entièrement, ce qui ne donnerait qu'une figuration par trop « schématique » de notre époque, et, en même temps, on pourra déjà entrevoir par-là comment les tendances vers la « solidification » et vers la dissolution, bien qu'apparemment opposées à certains égards, s'associent cependant du fait même qu'elles agissent simultanément pour aboutir en définitive à la catastrophe finale. Ce dont nous voulons parler, c'est le caractère plus particulièrement extravagant que revêtent les représentations dont il s'agit quand elles sont transportées dans un domaine autre que celui auquel elles étaient primitivement destinées à s'appliquer ; c'est de là que dérivent, en effet, la plupart des fantasmagories de ce que nous avons appelé le « néo-spiritualisme » sous ses différentes formes, et ce sont précisément ces emprunts à des conceptions relevant essentiellement de l'ordre sensible qui expliquent cette sorte de « matérialisation » du suprasensible qui constitue un de leurs traits les plus généraux[66]. Sans chercher pour le moment à déterminer plus exactement la nature et la qualité du suprasensible auquel on a effectivement affaire ici, il n'est pas inutile de remarquer à quel point ceux mêmes qui l'admettent encore et qui pensent en constater l'action sont, au fond, pénétrés de l'influence matérialiste : s'ils ne nient pas toute réalité extracorporelle comme la majorité de leurs contemporains, c'est parce qu'ils s'en font une idée qui leur permet de la ramener en quelque sorte au type des choses sensibles, ce qui assurément ne vaut guère mieux. On ne saurait d'ailleurs s'en étonner quand on voit combien toutes les écoles occultistes, théosophistes et autres de ce genre, aiment à chercher constamment des points de rapprochement avec les théories scientifiques modernes, dont elles s'inspirent même souvent plus directement qu'elles ne veulent bien le dire ; le résultat

---

[66] C'est surtout dans le spiritisme que les représentations de ce genre se présentent sous les formes les plus grossières, et nous avons eu l'occasion d'en donner de nombreux exemples dans *L'Erreur spirite*.

n'est en somme que ce qu'il doit être logiquement dans de telles conditions ; et on pourrait même remarquer que, du fait des variations successives de ces théories scientifiques, la similitude des conceptions de telle école avec telle théorie spéciale permettrait en quelque sorte de « dater » cette école en l'absence de tout renseignement plus précis sur son histoire et sur ses origines.

Cet état de choses a commencé dès que l'étude et le maniement de certaines influences psychiques sont, si l'on peut s'exprimer ainsi, tombés dans le domaine profane, ce qui marque en quelque sorte le début de la phase plus proprement « dissolvante » de la déviation moderne ; et l'on peut en somme le faire remonter au XVIIIe siècle, de sorte qu'il se trouve être exactement contemporain du matérialisme lui-même, ce qui montre bien que ces deux choses, contraires en apparence seulement, devaient s'accompagner en fait ; il ne semble pas que des faits similaires se soient produits antérieurement, sans doute parce que la déviation n'avait pas encore atteint le degré de développement qui devait les rendre possibles. Le trait principal de la « mythologie » scientifique de cette époque, c'est la conception des « fluides » divers sous la forme desquels on se représentait alors toutes les forces physiques ; et c'est précisément cette conception qui fut transportée de l'ordre corporel dans l'ordre subtil avec la théorie du « magnétisme animal » ; si l'on se reporte à l'idée de la « solidification » du monde, on dira peut-être qu'un « fluide » est, par définition, l'opposé d'un « solide », mais il n'en est pas moins vrai que, dans ce cas, il joue exactement le même rôle, puisque cette conception a pour effet de « corporiser » des choses qui relèvent en réalité de la manifestation subtile. Les magnétiseurs furent en quelque sorte les précurseurs directs du « néo-spiritualisme », sinon proprement ses premiers représentants ; leurs théories et leurs pratiques influencèrent dans une plus ou moins large mesure toutes les écoles qui prirent naissance par la suite, qu'elles soient ouvertement profanes comme le spiritisme, ou qu'elles aient des prétentions « pseudo-initiatiques » comme les multiples variétés de l'occultisme. Cette influence persistante est même d'autant plus étrange qu'elle semble tout à fait disproportionnée avec l'importance des phénomènes psychiques, somme toute fort élémentaires, qui constituent le champ d'expériences du magnétisme ; mais ce qui est peut-être encore plus étonnant, c'est le rôle que joua ce même magnétisme, dès son apparition, pour détourner de tout travail sérieux des organisations initiatiques qui avaient encore conservé jusque-là, sinon une connaissance effective allant très loin, du moins la conscience de ce qu'elles avaient perdu à cet égard et la volonté de s'efforcer de le retrouver ; et il est permis de penser que ce n'est pas là la moindre des raisons pour lesquelles le magnétisme fut « lancé » au moment voulu, même si, comme il arrive presque toujours en pareil cas, ses promoteurs apparents ne furent en cela que des instruments plus ou moins inconscients.

La conception « fluidique » survécut dans la mentalité générale, sinon dans les théories des physiciens, au moins jusque vers le milieu du XIXe siècle (on continua même plus longtemps à employer communément des expressions comme celle de « fluide électrique », mais d'une façon plutôt machinale et sans plus y attacher une représentation précise) ; le spiritisme, qui vit le jour à cette époque, en hérita d'autant plus naturellement qu'il y était prédisposé par sa connexion originelle avec le magnétisme, connexion qui est même beaucoup plus étroite qu'on ne le supposerait à première vue, car il est fort probable que le spiritisme n'aurait jamais pu prendre un bien grand développement sans les divagations des somnambules, et que c'est l'existence des « sujets » magnétiques qui prépara et rendit possible celle des « médiums » spirites. Aujourd'hui encore, la plupart des magnétiseurs et des spirites continuent à parler de « fluides » et, qui plus est, à y croire sérieusement ; cet « anachronisme » est d'autant plus curieux que tous ces gens sont, en général, des partisans fanatiques du « progrès », ce qui s'accorde mal avec une conception qui, exclue depuis si longtemps du domaine scientifique, devrait, à leurs yeux, paraître fort « rétrograde ». Dans la « mythologie » actuelle, les « fluides » ont été remplacés par les « ondes » et les « radiations » ; celles-ci, bien entendu, ne manquent pas de jouer à leur tour le même rôle dans les théories les plus récemment inventées pour essayer d'expliquer l'action de certaines influences subtiles ; il nous suffira de mentionner la « radiesthésie », qui est aussi « représentative » que possible à cet égard. Il va de soi que, s'il ne s'agissait en cela que de simples images, de comparaisons fondées sur une certaine analogie (et non pas une identité) avec des phénomènes d'ordre sensible, la chose n'aurait pas de très graves inconvénients, et pourrait même se justifier jusqu'à un certain point ; mais il n'en est pas ainsi, et c'est très littéralement que les « radiesthésistes » croient que les influences psychiques auxquelles ils ont affaire sont des « ondes » ou des « radiations » se propageant dans l'espace d'une façon aussi « corporelle » qu'il est possible de l'imaginer ; la « pensée » elle-même, du reste, n'échappe pas à ce mode de représentation. C'est donc bien toujours la même « matérialisation » qui continue à s'affirmer sous une forme nouvelle, peut-être plus insidieuse que celle des « fluides » parce qu'elle peut paraître moins grossière, bien que, au fond, tout cela soit exactement du même ordre et ne fasse en somme qu'exprimer les limitations mêmes qui sont inhérentes à la mentalité moderne, son incapacité à concevoir quoi que ce soit en dehors du domaine de l'imagination sensible[67].

Il est à peine besoin de noter que les « clairvoyants », suivant les écoles auxquelles ils se rattachent, ne manquent pas de voir des « fluides » ou des « radiations », de même qu'il en est aussi, notamment parmi les théosophistes, qui voient des atomes et des électrons ; en cela comme en bien d'autres choses, ce qu'ils voient en fait, ce sont leurs propres images mentales, qui, naturellement, sont toujours conformes aux théories particulières auxquelles ils croient. Il en est aussi qui voient la « quatrième dimension », et même encore d'autres dimensions supplémentaires de l'espace ; et ceci nous amène à dire quelques mots, pour terminer, d'un autre cas relevant également de la « mythologie » scientifique, et qui est ce que nous appellerions volontiers le « délire de la quatrième dimension ». Il faut convenir que l'« hypergéométrie » était bien faite pour frapper l'imagination de gens ne possédant pas de connaissances mathématiques suffisantes pour se rendre compte du véritable caractère d'une construction algébrique exprimée en termes de géométrie, car il ne s'agit pas d'autre chose en réalité ; et, remarquons-le en passant, c'est encore là un exemple des dangers de la « vulgarisation ». Aussi, bien avant que les physiciens n'aient songé à

---

[67] C'est en vertu de cette même incapacité et de la confusion qui en résulte que, dans l'ordre philosophique, Kant n'hésitait pas à déclarer « inconcevable » tout ce qui est simplement « inimaginable » ; et d'ailleurs, plus généralement, ce sont toujours les mêmes limitations qui, au fond, donnent naissance à toutes les variétés de l'« agnosticisme ».

faire intervenir la « quatrième dimension » dans leurs hypothèses (devenues d'ailleurs beaucoup plus mathématiques que vraiment physiques, en raison de leur caractère de plus en plus quantitatif et « conventionnel » tout à la fois), les « psychistes » (on ne disait pas encore « métapsychistes » en ce temps-là) s'en servaient déjà pour expliquer les phénomènes dans lesquels un corps solide semble passer au travers d'un autre ; et, là encore, ce n'était pas pour eux une simple image « illustrant » d'une certaine façon ce qu'on peut appeler les « interférences » entre des domaines ou des états différents, ce qui eût été acceptable, mais c'est très réellement, pensaient-ils, que le corps en question était passé par la « quatrième dimension ». Ce n'était d'ailleurs là qu'un début, et, en ces dernières années, on a vu, sous l'influence de la physique nouvelle, des écoles occultistes aller jusqu'à édifier la plus grande partie de leurs théories sur cette même conception de la « quatrième dimension » ; on peut d'ailleurs remarquer, à ce propos, qu'occultisme et science moderne tendent de plus en plus à se rejoindre à mesure que la « désintégration » s'avance peu à peu, parce que tous deux s'y acheminent par des voies différentes.

Nous aurons encore plus loin à reparler de la « quatrième dimension » à un autre point de vue ; mais, pour le moment, nous en avons assez dit sur tout cela, et il est temps d'en venir à d'autres considérations qui se rapportent plus directement à la question de la « solidification » du monde.

Chapitre XIX

Les limites de l'histoire et de la géographie

Nous avons dit précédemment que, en raison des différences qualitatives qui existent entre les diverses périodes du temps, par exemple entre les diverses phases d'un cycle tel que notre *Manvantara* (et il est évident que, au-delà des limites de la durée de la présente humanité, les conditions doivent être encore plus différentes), il se produit dans le milieu cosmique en général, et plus spécialement dans le milieu terrestre qui nous concerne d'une façon plus directe, des changements dont la science profane, avec son horizon borné au seul monde moderne où elle a pris naissance, ne peut se faire aucune idée, si bien que, quelque époque qu'elle veuille envisager, elle se représente toujours un monde dont les conditions auraient été semblables à ce qu'elles sont actuellement. Nous avons vu, d'autre part, que les psychologues s'imaginent que l'homme a toujours été mentalement tel qu'il est aujourd'hui ; et ce qui est vrai des psychologues à cet égard l'est tout autant des historiens, qui apprécient les actions des hommes de l'antiquité ou du moyen âge exactement comme ils apprécieraient celles de leurs contemporains, leur attribuant les mêmes motifs et les mêmes intentions ; qu'il s'agisse donc de l'homme ou du milieu, il y a évidemment là une application de ces conceptions simplifiées et « uniformisantes » qui correspondent si bien aux tendances actuelles ; quant à savoir comment cette « uniformisation » du passé peut se concilier par ailleurs avec les théories « progressistes » et « évolutionnistes » admises en même temps par les mêmes individus, c'est là un problème que nous ne nous chargerons certes pas de résoudre, et ce n'est sans doute qu'un exemple de plus des innombrables contradictions de la mentalité moderne.

Quand nous parlons de changements du milieu, nous n'entendons pas faire allusion seulement aux cataclysmes plus ou moins étendus qui marquent en quelque sorte les « points critiques » du cycle ; ce sont là des changements brusques correspondant à de véritables ruptures d'équilibre, et, même dans les cas où il ne s'agit par exemple que de la disparition d'un seul continent (cas qui sont ceux qui se rencontreraient en fait au cours de l'histoire de la présente humanité), il est facile de concevoir que tout l'ensemble du milieu terrestre n'en doit pas moins être affecté par ses répercussions, et qu'ainsi la « figure du monde », si l'on peut dire, doit en être notablement changée. Mais il y a aussi des modifications continues et insensibles qui, à l'intérieur d'une période où ne se produit aucun cataclysme, finissent cependant peu à peu par avoir des résultats presque aussi considérables ; il va de soi qu'il ne s'agit pas là de simples modifications « géologiques », au sens où l'entend la science profane, et c'est d'ailleurs une erreur de ne considérer les cataclysmes eux-mêmes qu'à ce point de vue exclusif, qui, comme toujours, se limite à ce qu'il y a de plus extérieur ; nous avons en vue quelque chose d'un ordre beaucoup plus profond, qui porte sur les conditions mêmes du milieu, si bien que, même si l'on ne prenait pas en considération les phénomènes géologiques qui ne sont plus ici que des détails d'importance secondaire, les êtres et les choses n'en seraient pas moins véritablement changés. Quant aux modifications artificielles produites par l'intervention de l'homme, elles ne sont en somme que des conséquences, en ce sens que, comme nous l'avons déjà expliqué, ce sont précisément les conditions spéciales de telle ou telle époque qui les rendent possibles ; si l'homme peut cependant agir d'une façon plus profonde sur l'ambiance, c'est plutôt psychiquement que corporellement, et ce que nous avons dit des effets de l'attitude matérialiste peut déjà le faire suffisamment comprendre.

Par tout ce que nous avons exposé jusqu'ici, il est facile de se rendre compte maintenant du sens général dans lequel s'effectuent ces changements : ce sens est celui que nous avons caractérisé comme la « solidification » du monde, qui donne à toutes choses un aspect répondant d'une façon toujours plus approchée (quoique pourtant toujours inexacte en réalité) à la manière dont les envisagent les conceptions quantitatives, mécanistes ou matérialistes ; c'est pour cela, avons-nous dit, que la science moderne réussit dans ses applications pratiques, et c'est pour cela aussi que la réalité ambiante ne semble pas lui infliger de démentis trop éclatants. Il n'aurait pas pu en être de même à des époques antérieures, où le monde n'était pas aussi « solide » qu'il l'est devenu aujourd'hui, et où la modalité corporelle et les modalités subtiles du domaine individuel n'étaient pas aussi complètement séparées (bien que, comme nous le verrons plus loin, il y ait, même dans l'état présent, certaines réserves à faire en ce qui concerne cette séparation). Non seulement l'homme, parce que ses facultés étaient beaucoup moins étroitement limitées, ne voyait pas le monde avec les mêmes yeux qu'aujourd'hui, et y percevait bien des choses qui lui échappent désormais entièrement ; mais, corrélativement, le monde même, en tant qu'ensemble cosmique, était vraiment différent qualitativement, parce que des possibilités d'un autre ordre se reflétaient dans le domaine corporel et le « transfiguraient » en quelque sorte ; et c'est ainsi que, quand certaines « légendes » disent par exemple qu'il y eut un temps où les pierres précieuses étaient aussi communes que le sont maintenant les cailloux les plus grossiers, cela ne doit peut-être pas être pris seulement en un sens tout symbolique. Bien entendu, ce sens symbolique existe toujours en pareil cas, mais ce n'est pas à dire qu'il soit le seul, car toute chose manifestée est nécessairement elle-même un symbole par rapport à une réalité supérieure ; nous ne pensons d'ailleurs pas avoir besoin d'y insister, car nous avons eu ailleurs assez d'occasions de nous expliquer là-dessus, soit d'une façon générale, soit en ce qui concerne des cas plus particuliers tels que la valeur symbolique des faits historiques et géographiques.

Nous préviendrons sans plus tarder une objection qui pourrait être soulevée au sujet de ces changements qualitatifs dans la « figure du monde » : on dira peut-être que, s'il en était ainsi, les vestiges des époques disparues que l'on découvre à chaque instant devraient en témoigner, et que, sans parler des époques « géologiques » et pour s'en tenir à ce qui touche à l'histoire humaine, les archéologues et même les « préhistoriens » ne trouvent jamais rien de tel, si loin que les résultats de leurs fouilles les reportent dans le passé. La réponse est au fond bien simple : d'abord, ces vestiges, dans l'état où ils se présentent aujourd'hui, et en tant qu'ils font par conséquent partie du milieu actuel, ont forcément participé, comme tout le reste, à la « solidification » du monde ; s'ils n'y avaient pas participé, leur existence n'étant plus en accord avec les conditions générales, ils auraient entièrement disparu, et sans doute en a-t-il été ainsi en fait pour beaucoup de choses dont on ne peut plus retrouver la moindre trace. Ensuite, les archéologues examinent ces vestiges mêmes avec des yeux de modernes, qui ne saisissent que la modalité la plus grossière de la manifestation, de sorte que, si même quelque chose de plus subtil y est encore resté attaché malgré tout, ils sont certainement fort incapables de s'en apercevoir, et ils les traitent en somme comme les physiciens mécanistes traitent les choses auxquelles ils ont affaire, parce que leur mentalité est la même et que leurs facultés sont pareillement bornées. On dit que, quand un trésor est cherché par quelqu'un à qui, pour une raison quelconque, il n'est pas destiné, l'or et les pierres précieuses se changent pour lui en charbon et en cailloux vulgaires ; les modernes amateurs de fouilles pourraient faire leur profit de cette autre « légende » !

Quoi qu'il en soit, il est très certain que, du fait même que les historiens entreprennent toutes leurs recherches en se plaçant à un point de vue moderne et profane, ils rencontrent dans le temps certaines « barrières » plus ou moins complètement infranchissables ; et, comme nous l'avons dit ailleurs, la première de ces « barrières » se trouve placée vers le VIe siècle avant l'ère chrétienne, où commence ce qu'on peut, avec les conceptions actuelles, appeler l'histoire proprement dite, si bien que l'antiquité que celle-ci envisage n'est, somme toute, qu'une antiquité fort relative. On dira sans doute que les fouilles récentes ont permis de remonter beaucoup plus haut, en mettant au jour des restes d'une antiquité bien plus reculée que celle-là, et cela est vrai jusqu'à un certain point ; seulement, ce qui est assez remarquable, c'est qu'il n'y a plus alors aucune chronologie certaine, si bien que les divergences dans l'estimation des dates des objets et des événements portent sur des siècles et parfois même sur des millénaires entiers ; en outre, on n'arrive à se faire aucune idée tant soit peu nette des civilisations de ces époques plus lointaines, parce qu'on ne peut plus trouver, avec ce qui existe actuellement, les termes de comparaison qui se rencontrent encore quand il ne s'agit que de l'antiquité « classique », ce qui ne veut pas dire que celle-ci, de même que le moyen âge qui est pourtant encore plus proche de nous dans le temps, ne soit pas fort défigurée dans les représentations qu'en donnent les historiens modernes. D'ailleurs, la vérité est que tout ce que les fouilles archéologiques ont fait connaître de plus ancien jusqu'ici ne remonte qu'aux environs du début du *Kali-Yuga*, où se trouve naturellement placée une seconde « barrière » ; et, si l'on pouvait arriver à franchir celle-ci par un moyen quelconque, il y en aurait encore une troisième correspondant à l'époque du dernier grand cataclysme terrestre, c'est-à-dire de celui qui est désigné traditionnellement comme la disparition de l'Atlantide ; il serait évidemment tout à fait inutile de vouloir remonter encore plus loin, car, avant que les historiens ne soient parvenus à ce point, le monde moderne aura eu grandement le temps de disparaître à son tour !

Ces quelques indications suffisent pour faire comprendre combien sont vaines toutes les discussions auxquelles les profanes (et par ce mot nous devons entendre ici tous ceux qui sont affectés de l'esprit moderne) peuvent essayer de se livrer sur ce qui se rapporte aux premières périodes du *Manvantara*, aux temps de l'« âge d'or » et de la « tradition primordiale », et même à des faits beaucoup moins reculés comme le « déluge » biblique, si l'on ne prend celui-ci que dans le sens le plus immédiatement littéral où il se réfère au cataclysme de l'Atlantide ; ces choses sont de celles qui sont et seront toujours entièrement hors de leur portée. C'est d'ailleurs pourquoi ils les nient, comme ils nient indistinctement tout ce qui les dépasse d'une façon quelconque, car toutes leurs études et toutes leurs recherches, entreprises en partant d'un point de vue faux et borné, ne peuvent aboutir en définitive qu'à la négation de tout ce qui n'est pas inclus dans ce point de vue ; et, au surplus, ces gens sont tellement persuadés de leur « supériorité » qu'ils ne peuvent admettre l'existence ou la possibilité de quoi que ce soit qui échappe à leurs investigations ; assurément, des aveugles seraient tout aussi bien fondés à nier l'existence de la lumière et à en tirer prétexte pour se vanter d'être supérieurs aux hommes normaux !

Ce que nous venons de dire des limites de l'histoire, envisagée suivant la conception profane, peut s'appliquer également à celles de la géographie, car, là aussi, il y a bien des choses qui ont complètement disparu de l'horizon des modernes ; que l'on compare les descriptions des géographes anciens à celles des géographes modernes, et l'on sera souvent amené à se demander s'il est vraiment possible que les unes et les autres se rapportent à un même pays. Pourtant, les anciens dont il s'agit ne le sont qu'en un sens très relatif, et même, pour constater des choses de ce genre, il n'y a pas besoin de remonter au delà du moyen âge ; il n'y a donc certainement eu, dans l'intervalle qui les sépare de nous, aucun cataclysme notable ; le monde, malgré cela, a-t-il pu changer de figure à un tel point et aussi rapidement ?

Nous savons bien que les modernes diront que les anciens ont mal vu, ou qu'ils ont mal rapporté ce qu'ils ont vu ; mais cette explication, qui reviendrait en somme à supposer que, avant notre époque, tous les hommes étaient atteints de troubles sensoriels ou mentaux, est vraiment par trop « simpliste » et négative ; et, si l'on veut examiner la question en toute impartialité, pourquoi, au contraire, ne seraient-ce pas les modernes qui voient mal, et qui même ne voient pas du tout certaines choses ? Ils proclament triomphalement que « la terre est maintenant entièrement découverte », ce qui n'est peut-être pas aussi vrai qu'ils le croient, et ils s'imaginent que, par contre, elle était inconnue aux anciens dans sa plus grande partie, en quoi on peut se demander de quels anciens ils veulent parler au juste, et s'ils pensent que, avant eux, il n'y eut pas d'autres hommes que les Occidentaux de l'époque « classique », et que le monde habité se réduisait à une petite portion de l'Europe et de l'Asie Mineure ; ils ajoutent que « cet inconnu, parce qu'inconnu, ne pouvait être que mystérieux » ; mais où ont-ils vu que les anciens aient dit qu'il y avait là des choses « mystérieuses », et n'est-ce pas tout simplement eux qui les déclarent telles parce qu'ils ne les comprennent plus ? Au début, disent-ils encore, on vit des « merveilles », puis, plus tard, il y eut seulement des « curiosités » ou des « singularités », et enfin « on s'aperçut que ces singularités se pliaient à des lois générales, que les savants cherchaient à fixer » ; mais ce qu'ils décrivent ainsi tant bien que mal, n'est-ce pas précisément la succession des étapes de la limitation des facultés humaines, étapes dont la dernière correspond à ce qu'on peut appeler proprement la manie des explications rationnelles, avec tout ce qu'elles ont de grossièrement insuffisant ? En fait, cette dernière façon de voir les choses, d'où procède la géographie moderne, ne date véritablement que des XVIIe et XVIIIe siècles, c'est-à-dire de l'époque même qui vit la naissance et la diffusion de la mentalité spécialement rationaliste, ce qui confirme bien notre interprétation ; à partir de ce moment, les facultés de conception et de perception qui permettaient à l'homme d'atteindre autre chose que le mode le plus grossier et le plus inférieur de la réalité étaient totalement atrophiées, en même temps que le monde lui-même était irrémédiablement « solidifié ».

En envisageant ainsi les choses, on en arrive finalement à ceci : ou bien on voyait autrefois ce qu'on ne voit plus maintenant, parce qu'il y a eu des changements considérables dans le milieu terrestre ou dans les facultés humaines, ou plutôt dans les deux à la fois, ces changements étant d'ailleurs d'autant plus rapides qu'on s'approche davantage de notre époque ; ou bien ce qu'on appelle la « géographie » avait anciennement une tout autre signification que celle qu'elle a aujourd'hui. En fait, les deux termes de cette alternative ne s'excluent point, et chacun d'eux exprime un côté de la vérité, la conception qu'on se fait d'une science dépendant naturellement à la fois du point de vue où l'on considère son objet et de la mesure dans laquelle on est capable de saisir effectivement les réalités qui y sont impliquées : par ces deux côtés à la fois, une science traditionnelle et une science profane, même si elles portent le même nom (ce qui indique généralement que la seconde est comme un « résidu » de la première), sont si profondément différentes qu'elles sont réellement séparées par un abîme. Or il y a bien réellement une « géographie sacrée » ou traditionnelle, que les modernes ignorent aussi complètement que toutes les autres connaissances du même genre ; il y a un symbolisme géographique aussi bien qu'un symbolisme historique, et c'est la valeur symbolique des choses qui leur donne leur signification profonde, parce que c'est par là qu'est établie leur correspondance avec des réalités d'ordre supérieur ; mais, pour déterminer effectivement cette correspondance, il faut être capable, d'une façon ou d'une autre, de percevoir dans les choses mêmes le reflet de ces réalités. C'est ainsi qu'il y a des lieux qui sont plus particulièrement aptes à servir de « support » à l'action des « influences spirituelles », et c'est là-dessus qu'a toujours reposé l'établissement de certains « centres » traditionnels principaux ou secondaires, dont les « oracles » de l'antiquité et les lieux de pèlerinage fournissent les exemples les plus apparents extérieurement ; il y a aussi d'autres lieux qui sont non moins particulièrement favorables à la manifestation d'« influences » d'un caractère tout opposé, appartenant aux plus basses régions du domaine subtil ; mais que peut bien faire à un Occidental moderne qu'il y ait par exemple en tel lieu une « porte des Cieux » ou en tel autre une « bouche des Enfers », puisque l'« épaisseur » de sa constitution « psycho-physiologique » est telle que, ni dans l'un ni dans l'autre, il ne peut éprouver absolument rien de spécial ? Ces choses sont donc littéralement inexistantes pour lui, ce qui, bien entendu, ne veut point dire qu'elles aient réellement cessé d'exister ; mais il est d'ailleurs vrai que, les communications du domaine corporel avec le domaine subtil s'étant réduites en quelque sorte au minimum, il faut, pour pouvoir les constater, un plus grand développement des mêmes facultés qu'autrefois, et ce sont justement ces facultés qui, bien loin de se développer, ont été au contraire en s'affaiblissant généralement et ont fini par disparaître chez la

« moyenne » des individus humains, si bien que la difficulté et la rareté des perceptions de cet ordre en ont été doublement accrues, et c'est ce qui permet aux modernes de tourner en dérision les récits des anciens.

À ce propos, nous ajouterons encore une remarque concernant certaines descriptions d'êtres étranges qui se rencontrent dans ces récits : comme ces descriptions datent naturellement tout au plus de l'antiquité « classique », dans laquelle il s'était déjà produit une incontestable dégénérescence au point de vue traditionnel, il est fort possible qu'il s'y soit introduit des confusions de plus d'une sorte ; ainsi, une partie de ces descriptions peut en réalité provenir des « survivances » d'un symbolisme qui n'était plus compris[68], tandis qu'une autre peut se référer aux apparences revêtues par les manifestations de certaines « entités » ou « influences » appartenant au domaine subtil, et qu'une autre encore, mais qui n'est sans doute pas la plus importante, peut être réellement la description d'êtres ayant eu une existence corporelle en des temps plus ou moins éloignés, mais appartenant à des espèces disparues depuis lors ou n'ayant subsisté que dans des conditions exceptionnelles et par de très rares représentants, ce qui peut même encore se rencontrer aujourd'hui, quoi qu'en pensent ceux qui s'imaginent qu'il n'y a plus en ce monde rien d'inconnu pour eux. On voit que, pour discerner ce qu'il y a au fond de tout cela, il faudrait un travail assez long et difficile, et d'autant plus que les « sources » dont on dispose sont plus loin de représenter de pures données traditionnelles ; il est évidemment plus simple et plus commode de tout rejeter en bloc comme le font les modernes, qui d'ailleurs ne comprendraient pas mieux les véritables données traditionnelles elles-mêmes et n'y verraient encore que d'indéchiffrables énigmes, et qui persisteront naturellement dans cette attitude négative jusqu'à ce que de nouveaux changements dans la « figure du monde » viennent finalement détruire leur trompeuse sécurité.

---

[68] *L'Histoire naturelle* de Pline, notamment, semble être une « source » presque inépuisable d'exemples se rapportant à des cas de ce genre, et c'est d'ailleurs une source à laquelle tous ceux qui sont venus après lui ont puisé fort abondamment.

Chapitre XX

De la sphère au cube

Après avoir donné quelques « illustrations » de ce que nous avons désigné comme la « solidification » du monde, il nous reste encore à parler de sa représentation dans le symbolisme géométrique, où elle peut être figurée par un passage graduel de la sphère au cube ; et en effet, tout d'abord, la sphère est proprement la forme primordiale, parce qu'elle est la moins « spécifiée » de toutes, étant semblable à elle-même dans toutes les directions, de sorte que, dans un mouvement de rotation quelconque autour de son centre, toutes ses positions successives sont toujours rigoureusement superposables les unes aux autres[69]. C'est donc là, pourrait-on dire, la forme la plus universelle de toutes, contenant en quelque façon toutes les autres, qui en sortiront par des différenciations s'effectuant suivant certaines directions particulières ; et c'est pourquoi cette forme sphérique est, dans toutes les traditions, celle de l'« Œuf du Monde », c'est-à-dire de ce qui représente l'ensemble « global », dans leur état premier et « embryonnaire », de toutes les possibilités qui se développeront au cours d'un cycle de manifestation[70]. Il y a d'ailleurs lieu de remarquer que cet état premier, en ce qui concerne notre monde, appartient proprement au domaine de la manifestation subtile, en tant que celle-ci précède nécessairement la manifestation grossière et en est comme le principe immédiat ; et c'est pourquoi, en fait, la forme sphérique parfaite, ou la forme circulaire qui lui correspond dans la géométrie plane (comme section de la sphère

---

[69] Voir *Le Symbolisme de la Croix*, ch. VI et XX.
[70] Cette même forme se retrouve aussi au début de l'existence embryonnaire de chaque individu inclus dans ce développement cyclique, l'embryon individuel (*pinda*) étant l'analogue microcosmique de ce qu'est l'« Œuf du Monde » (*Brahmânda*) dans l'ordre macrocosmique.

par un plan de direction quelconque) ne se trouve jamais réalisée dans le monde corporel[71].

D'autre part, le cube est au contraire la forme la plus « arrêtée » de toutes, si l'on peut s'exprimer ainsi, c'est-à-dire celle qui correspond au maximum de « spécification »; aussi cette forme est-elle celle qui est rapportée, parmi les éléments corporels, à la terre, en tant que celle-ci constitue l'« élément terminant et final » de la manifestation dans cet état corporel [72]; et, par suite, elle correspond aussi à la fin du cycle de manifestation, ou à ce que nous avons appelé le « point d'arrêt » du mouvement cyclique. Cette forme est donc en quelque sorte celle du « solide » par excellence[73], et elle symbolise la « stabilité », en tant que celle-ci implique l'arrêt de tout mouvement; il est d'ailleurs évident qu'un cube reposant sur une de ses faces est, en fait, le corps dont l'équilibre présente le maximum de stabilité. Il importe de remarquer que cette stabilité, au terme du mouvement descendant, n'est et ne peut être rien d'autre que l'immobilité pure et simple, dont l'image la plus approchée, dans le monde corporel, nous est donnée par le minéral; et cette immobilité, si elle pouvait être entièrement réalisée, serait proprement, au point le plus bas, le reflet inversé de ce qu'est, au point le plus haut, l'immutabilité principielle. L'immobilité ou la stabilité ainsi entendue, représentée par le cube, se réfère donc au pôle substantiel de la manifestation, de même que l'immutabilité, dans laquelle sont com-

---

[71] On peut donner ici comme exemple le mouvement des corps célestes, qui n'est pas rigoureusement circulaire, mais elliptique; l'ellipse constitue comme une première « spécification » du cercle, par dédoublement du centre en deux pôles ou « foyers », suivant un certain diamètre qui joue dès lors un rôle « axial » particulier, en même temps que tous les autres diamètres se différencient entre eux quant à leur longueur. Nous ajouterons incidemment à ce propos que, les planètes décrivant des ellipses dont le soleil occupe un des foyers, on pourrait se demander à quoi correspond l'autre foyer; comme il ne s'y trouve effectivement rien de corporel, il doit y avoir là quelque chose qui ne peut se référer qu'à l'ordre subtil; mais ce n'est pas ici le lieu d'examiner davantage cette question, qui serait tout à fait en dehors de notre sujet
[72] *Voir Fabre D'Olivet*, La Langue hébraïque restituée.
[73] Ce n'est pas que la terre, en tant qu'élément, s'assimile purement et simplement à l'état solide comme certains le croient à tort, mais elle est plutôt le principe même de la « solidité ».

prises toutes les possibilités à l'état « global » représenté par la sphère, se réfère à son pôle essentiel [74]; et c'est pourquoi le cube symbolise encore l'idée de « base » ou de « fondement », qui correspond précisément à ce pôle substantiel[75]. Nous signalerons aussi dès maintenant que les faces du cube peuvent être regardées comme respectivement orientées deux à deux suivant les trois dimensions de l'espace, c'est-à-dire comme parallèles aux trois plans déterminés par les axes formant le système de coordonnées auquel cet espace est rapporté et qui permet de le « mesurer », c'est-à-dire de le réaliser effectivement dans son intégralité ; comme, suivant ce que nous avons expliqué ailleurs, les trois axes formant la croix à trois dimensions doivent être considérés comme tracés à partir du centre d'une sphère dont l'expansion indéfinie remplit l'espace tout entier (et les trois plans que déterminent ces axes passent aussi nécessairement par ce centre, qui est l'« origine » de tout le système de coordonnées), ceci établit la relation qui existe entre ces deux formes extrêmes de la sphère et du cube, relation dans laquelle ce qui était intérieur et central dans la sphère se trouve en quelque sorte « retourné » pour constituer la surface ou l'extériorité du cube[76].

---

[74] C'est pourquoi la forme sphérique, suivant la tradition islamique, se rapporte à l'« Esprit » (*Er-Rûh*) ou à la Lumière primordiale.
[75] Dans la Kabbale hébraïque, la forme cubique correspond, parmi les *Sephiroth*, à *Iesod*, qui est en effet le « fondement » (et, si l'on objectait à cet égard que *Iesod* n'est cependant pas la dernière *Sephirah*, il faudrait répondre à cela qu'il n'y a plus après elle que *Malkuth*, qui est proprement la « synthétisation » finale dans laquelle toutes choses sont ramenées à un état qui correspond, à un autre niveau, à l'unité principielle de *Kether*) ; dans la constitution subtile de l'individualité humaine selon la tradition hindoue, cette forme se rapporte au *chakra* « basique » ou *mûlâdhâra* ; ceci est également en relation avec les mystères de la *Kaabah* dans la tradition islamique ; et, dans le symbolisme architectural, le cube est proprement la forme de la « première pierre » d'un édifice, c'est-à-dire de la « pierre fondamentale », posée au niveau le plus bas, sur laquelle reposera toute la structure de cet édifice et qui en assurera ainsi la stabilité.
[76] Dans la géométrie plane, on a manifestement une relation similaire en considérant les côtés du carré comme parallèles à deux diamètres rectangulaires du cercle, et le symbolisme de cette relation est en rapport direct avec ce que la tradition hermétique désigne comme la « quadrature du cercle », dont nous dirons quelques mots plus loin.

Le cube représente d'ailleurs la terre dans toutes les acceptions traditionnelles de ce mot, c'est-à-dire non pas seulement la terre en tant qu'élément corporel ainsi que nous l'avons dit tout à l'heure, mais aussi un principe d'ordre beaucoup plus universel, celui que la tradition extrême-orientale désigne comme la Terre (*Ti*) en corrélation avec le Ciel (*Tien*) : les formes sphériques ou circulaires sont rapportées au Ciel, et les formes cubiques ou carrées à la Terre ; comme ces deux termes complémentaires sont les équivalents de *Purusha* et de *Prakriti* dans la doctrine hindoue, c'est-à-dire qu'ils ne sont qu'une autre expression de l'essence et de la substance entendues au sens universel, on arrive encore ici exactement à la même conclusion que précédemment ; et il est du reste évident que, comme les notions même d'essence et de substance, le même symbolisme est toujours susceptible de s'appliquer à des niveaux différents, c'est-à-dire aussi bien aux principes d'un état particulier d'existence qu'à ceux de l'ensemble de la manifestation universelle. En même temps que ces formes géométriques, on rapporte aussi au Ciel et à la Terre les instruments qui servent à les tracer respectivement, c'est-à-dire le compas et l'équerre, dans le symbolisme de la tradition extrême-orientale aussi bien que dans celui des traditions initiatiques occidentales [77] ; et les correspondances de ces formes donnent naturellement lieu, en diverses circonstances, à de multiples applications symboliques et rituelles[78].

Un autre cas où la relation de ces mêmes formes géométriques est encore mise en évidence, c'est le symbolisme du « Paradis terrestre » et

---

[77] Dans certaines figurations symboliques, le compas et l'équerre sont placés respectivement dans les mains de Fo-hi et de sa sœur Niu-koua, de même que, dans les figures alchimiques de Basile Valentin, ils sont placés dans les mains des deux moitiés masculine et féminine du *Rebis* ou Androgyne hermétique ; on voit par là que Fo-hi et Niu-koua sont en quelque sorte assimilés analogiquement, dans leurs rôles respectifs, au principe essentiel ou masculin et au principe substantiel ou féminin de la manifestation.

[78] C'est ainsi, par exemple, que les vêtements rituels des anciens souverains, en Chine, devaient être de forme ronde par le haut et carrée par le bas ; le souverain représentait alors le type même de l'Homme (*Jen*) dans son rôle cosmique, c'est-à-dire le troisième terme de la « Grande Triade », exerçant la fonction d'intermédiaire entre le Ciel et la Terre et unissant en lui les puissances de l'un et de l'autre.

de la « Jérusalem céleste », dont nous avons eu déjà l'occasion de parler ailleurs [79] ; et ce cas est particulièrement important au point de vue où nous nous plaçons présentement, puisqu'il s'agit là précisément des deux extrémités du cycle actuel. Or la forme du « Paradis terrestre » qui correspond au début de ce cycle, est circulaire, tandis que celle de la « Jérusalem céleste », qui correspond à sa fin, est carrée [80] ; et l'enceinte circulaire du « Paradis terrestre » n'est autre chose que la coupe horizontale de l'« Œuf du Monde », c'est-à-dire de la forme sphérique universelle et primordiale[81]. On pourrait dire que c'est ce cercle même qui se change finalement en un carré, puisque les deux extrémités doivent se rejoindre ou plutôt (le cycle n'étant jamais réellement fermé, ce qui impliquerait une répétition impossible) se correspondre exactement ; la présence du même « Arbre de Vie » au centre dans les deux cas indique bien qu'il ne s'agit en effet que de deux états d'une même chose ; et le carré figure ici l'achèvement des possibilités de ce cycle, qui étaient en germe dans l'« enceinte organique » circulaire du début, et qui sont alors fixées et stabilisées dans un état en quelque sorte définitif, tout au moins par rapport à ce cycle lui-même. Ce résultat final peut encore être représenté comme une « cristallisation », ce qui répond toujours à la forme cubique (ou carrée dans sa section plane) : on a alors une « ville » avec un symbolisme minéral, tandis que, au début, on avait un « jardin » avec un symbolisme végétal, la végétation représen-

---

[79] Voir *Le Roi du Monde*, pp. 128-130, et aussi *Le Symbolisme de la Croix*, ch. IX.
[80] Si l'on rapproche ceci des correspondances que nous avons indiquées tout à l'heure, il peut sembler qu'il y ait là une inversion dans l'emploi des deux mots « céleste » et « terrestre », et, en fait, ils ne conviennent ici que sous un certain rapport : au début du cycle, ce monde n'était pas tel qu'il est actuellement, et le « Paradis terrestre » y constituait la projection directe, alors manifestée visiblement, de la forme proprement céleste et principielle (il était d'ailleurs situé en quelque sorte aux confins du ciel et de la terre, puisqu'il est dit qu'il touchait la « sphère de la Lune », c'est-à-dire le « premier ciel ») ; à la fin, la « Jérusalem céleste » descend « du ciel en terre », et c'est seulement au terme de cette descente qu'elle apparaît sous la forme carrée, parce qu'alors le mouvement cyclique se trouve arrêté
[81] Il est bon de remarquer que ce cercle est divisé par la croix formée par les quatre fleuves qui partent de son centre, donnant ainsi exactement la figure dont nous avons parlé au sujet de la relation du cercle et du carré.

tant l'élaboration des germes dans la sphère de l'assimilation vitale[82]. Nous rappellerons ce que nous avons dit plus haut sur l'immobilité du minéral, comme image du terme vers lequel tend la « solidification » du monde ; mais il y a lieu d'ajouter qu'ici il s'agit du minéral considéré dans un état déjà « transformé » ou « sublimé », car ce sont des pierres précieuses qui figurent dans la description de la « Jérusalem céleste » ; c'est pourquoi la fixation n'est réellement définitive que par rapport au cycle actuel, et, au-delà du « point d'arrêt », cette même « Jérusalem céleste » doit, en vertu de l'enchaînement causal qui n'admet aucune discontinuité effective, devenir le « Paradis terrestre » du cycle futur, le commencement de celui-ci et la fin de celui qui le précède n'étant proprement qu'un seul et même moment vu de deux côtés opposés[83].

Il n'en est pas moins vrai que, si l'on se borne à la considération du cycle actuel, il arrive finalement un moment où « la roue cesse de tourner », et, ici comme toujours, le symbolisme est parfaitement cohérent : en effet, une roue est encore une figure circulaire, et, si elle se déformait de façon à devenir finalement carrée, il est évident qu'elle ne pourrait alors que s'arrêter. C'est pourquoi le moment dont il s'agit apparaît comme une « fin du temps » ; et c'est alors que, suivant la tradition hindoue, les « douze Soleils » brilleront simultanément, car le temps est mesuré effectivement par le parcours du Soleil à travers les douze signes du Zodiaque, constituant le cycle annuel, et, la rotation étant arrêtée, les douze aspects correspondants se fondront pour ainsi dire en un seul, rentrant ainsi dans l'unité essentielle et primordiale de leur nature commune, puisqu'ils ne diffèrent que sous le rapport de la manifestation cyclique qui sera alors terminée [84]. D'autre part, le

---

[82] Voir *L'Ésotérisme de Dante*, pp. 91-92.

[83] Ce moment est représenté aussi comme celui du « renversement des pôles », ou comme le jour où « les astres se lèveront à l'Occident et se coucheront à l'Orient », car un mouvement de rotation, suivant qu'on le voit d'un côté ou de l'autre, paraît s'effectuer en deux sens contraires, bien que ce ne soit pourtant toujours en réalité que le même mouvement qui se continue sous un autre point de vue, correspondant à la marche d'un nouveau cycle

[84] Voir *Le Roi du Monde*, p. 48. — Les douze signes du Zodiaque, au lieu d'être disposés circulairement, deviennent les douze portes de la « Jérusalem céleste », dont trois sont situées sur chaque côté du carré, et les « douze Soleils » apparaissent au centre de la « ville » comme les douze fruits de l'« Arbre de Vie ».

changement du cercle en un carré équivalent [85] est ce qu'on désigne comme la « quadrature du cercle » ; ceux qui déclarent que celle-ci est un problème insoluble, bien qu'ils en ignorent totalement la signification symbolique, se trouvent donc avoir raison en fait, puisque cette « quadrature », entendue dans son vrai sens, ne pourra être réalisée qu'à la fin même du cycle[86].

Il résulte encore de tout cela que la « solidification » du monde se présente en quelque sorte avec un double sens : considérée en elle-même, au cours du cycle, comme la conséquence d'un mouvement descendant vers la quantité et la « matérialité », elle a évidemment une signification « défavorable » et même « sinistre », opposée à la spiritualité ; mais, d'un autre côté, elle n'en est pas moins nécessaire pour préparer, bien que d'une façon qu'on pourrait dire « négative », la fixation ultime des résultats du cycle sous la forme de la « Jérusalem céleste », où ces résultats deviendront aussitôt les germes des possibilités du cycle futur. Seulement, il va de soi que, dans cette fixation ultime elle-même, et pour qu'elle soit ainsi véritablement une restauration de l'« état primordial », il faut une intervention immédiate d'un principe transcendant, sans quoi rien ne pourrait être sauvé et le « cosmos » s'évanouirait purement et simplement dans le « chaos » ; c'est cette intervention qui produit le « retournement » final, déjà figuré par la « transmutation » du minéral dans la « Jérusalem céleste », et amenant ensuite la réapparition du « Paradis terrestre » dans le monde visible, où il y aura désormais « de nouveaux cieux et une nouvelle terre », puisque ce sera le début d'un autre *Manvantara* et de l'existence d'une autre humanité.

---

[85] C'est-à-dire de même surface si l'on se place au point de vue quantitatif, mais celui-ci n'est qu'une expression tout extérieure de ce dont il s'agit en réalité.

[86] La formule numérique correspondante est celle de la *Tétraktys* pythagoricienne : $1 + 2 + 3 + 4 = 10$; si l'on prend les nombres en sens inverse : $4 + 3 + 2 + 1$, on a les proportions des quatre *Yugas*, dont la somme forme le dénaire, c'est-à-dire le cycle complet et achevé.

Chapitre XXI
Caïn et Abel

La « solidification » du monde a encore, dans l'ordre humain et social, d'autres conséquences dont nous n'avons pas parlé jusqu'ici : elle engendre, à cet égard, un état de choses dans lequel tout est compté, enregistré et réglementé, ce qui n'est d'ailleurs, au fond, qu'un autre genre de « mécanisation » ; il n'est que trop facile de constater partout, à notre époque, des faits symptomatiques tels que, par exemple, la manie des recensements (qui du reste se relie directement à l'importance attribuée aux statistiques)[87], et, d'une façon générale, la multiplication incessante des interventions administratives dans toutes les circonstances de la vie, interventions qui doivent naturellement avoir pour effet d'assurer une uniformité aussi complète que possible entre les individus, d'autant plus que c'est en quelque sorte un « principe » de toute administration moderne de traiter ces individus comme de simples unités numériques toutes semblables entre elles, c'est-à-dire d'agir comme si, par hypothèse, l'uniformité « idéale » était déjà réalisée, et de contraindre ainsi tous les hommes à s'ajuster, si l'on peut dire, à une même mesure « moyenne ». D'autre part, cette réglementation de plus en plus excessive se trouve avoir une conséquence fort paradoxale : c'est que, alors qu'on vante la rapidité et la facilité croissantes des communications entre les pays les plus éloignés, grâce aux inventions de l'industrie moderne, on apporte en même temps tous les obstacles possibles à la liberté de ces communications, si bien qu'il est souvent pratiquement

---

[87] Il y aurait beaucoup à dire sur les interdictions formulées dans certaines traditions contre les recensements, sauf dans quelques cas exceptionnels ; si l'on disait que ces opérations et toutes celles de ce qu'on appelle l'« état civil » ont, entre autres inconvénients, celui de contribuer à abréger la durée de la vie humaine (ce qui est d'ailleurs conforme à la marche même du cycle, surtout dans ses dernières périodes), on ne serait sans doute pas cru, et pourtant, dans certains pays, les paysans les plus ignorants savent fort bien, comme un fait d'expérience courante, que, si l'on compte trop souvent les animaux, il en meurt beaucoup plus que si l'on s'en abstient ; mais évidemment, aux yeux des modernes soi-disant « éclairés », ce ne peuvent être là que des « superstitions » !

impossible de passer d'un pays à un autre, et qu'en tout cas cela est devenu beaucoup plus difficile qu'au temps où il n'existait aucun moyen mécanique de transport. C'est encore là un aspect particulier de la « solidification » : dans un tel monde, il n'y a plus de place pour les peuples nomades qui jusqu'ici subsistaient encore dans des conditions diverses, car ils en arrivent peu à peu à ne plus trouver devant eux aucun espace libre, et d'ailleurs on s'efforce par tous les moyens de les amener à la vie sédentaire[88], de sorte que, sous ce rapport aussi, le moment ne semble plus très éloigné où « la roue cessera de tourner » ; par surcroît, dans cette vie sédentaire, les villes, qui représentent en quelque sorte le dernier degré de la « fixation », prennent une importance prépondérante et tendent de plus en plus à tout absorber [89]; et c'est ainsi que, vers la fin du cycle, Caïn achève véritablement de tuer Abel.

En effet, dans le symbolisme biblique, Caïn est représenté avant tout comme agriculteur, Abel comme pasteur, et ils sont ainsi les types des deux sortes de peuples qui ont existé dès les origines de la présente humanité, ou du moins dès qu'il s'y est produit une première différenciation : les sédentaires, adonnés à la culture de la terre ; les nomades, à l'élevage des troupeaux[90]. Ce sont là, il faut y insister, les occupations essentielles et primordiales de ces deux types humains ; le reste n'est qu'accidentel, dérivé ou surajouté, et parler de peuples chasseurs ou

---

[88] On peut citer ici, comme exemples particulièrement significatifs, les projets « sionistes » en ce qui concerne les Juifs, et aussi les tentatives faites récemment pour fixer les Bohémiens dans certaines contrées de l'Europe orientale.

[89] Il faut d'ailleurs rappeler à ce propos que la « Jérusalem céleste » elle-même est symboliquement une « ville », ce qui montre que, là encore, il y a lieu d'envisager, comme nous le disions plus haut, un double sens de la « solidification ».

[90] On pourrait ajouter que, Caïn étant désigné comme l'aîné, l'agriculture semble avoir par là une certaine antériorité, et, en fait, Adam lui-même, dès avant la « chute », est représenté comme ayant pour fonction de « cultiver le jardin », ce qui d'ailleurs se réfère proprement à la prédominance du symbolisme végétal dans la figuration du début du cycle (d'où une « agriculture » symbolique et même initiatique, celle-là même que Saturne, chez les Latins, était dit aussi avoir enseignée aux hommes de l'« âge d'or ») ; mais, quoi qu'il en soit, nous n'avons à envisager ici que l'état symbolisé par l'opposition (qui est en même temps un complémentarisme) de Caïn et d'Abel, c'est-à-dire celui où la distinction des peuples en agriculteurs et pasteurs est déjà un fait accompli.

pêcheurs, par exemple, comme le font communément les ethnologues modernes, c'est, ou prendre l'accidentel pour l'essentiel, ou se référer uniquement à des cas plus ou moins tardifs d'anomalie et de dégénérescence, comme on peut en rencontrer en fait chez certains sauvages (et les peuples principalement commerçants ou industriels de l'Occident moderne ne sont d'ailleurs pas moins anormaux, quoique d'une autre façon)[91]. Chacune de ces deux catégories avait naturellement sa loi traditionnelle propre, différente de celle de l'autre, et adaptée à son genre de vie et à la nature de ses occupations ; cette différence se manifestait notamment dans les rites sacrificiels, d'où la mention spéciale qui est faite des offrandes végétales de Caïn et des offrandes animales d'Abel dans le récit de la Genèse[92]. Puisque nous faisons plus particulièrement appel ici au symbolisme biblique, il est bon de remarquer tout de suite, à ce propos, que la *Thorah* hébraïque se rattache proprement au type de la loi des peuples nomades : de là la façon dont est présentée l'histoire de Caïn et d'Abel, qui, au point de vue des peuples sédentaires, apparaîtrait sous un autre jour et serait susceptible d'une autre interprétation ; mais d'ailleurs, bien entendu, les aspects correspondant à ces deux points de vue sont inclus l'un et l'autre dans son sens profond, et ce n'est là en somme qu'une application du double sens des symboles, application à laquelle nous avons du reste fait une allusion partielle à propos de la « solidification », puisque cette question, comme on le verra peut-être mieux encore par la suite, se lie étroitement au symbolisme du meurtre d'Abel par Caïn. Du caractère spécial de la tradition hébraïque vient aussi la réprobation qui y est attachée à certains

---

[91] Les dénominations d'*Iran* et de *Turan*, dont on a voulu faire des désignations de races, représentent en réalité respectivement les peuples sédentaires et les peuples nomades ; *Iran* ou *Airyana* vient du mot *arya* (d'où *ârya* par allongement), qui signifie « laboureur » (dérivé de la racine *ar*, qui se retrouve dans le latin *arare, arator*, et aussi *arvum*, « champ ») ; et l'emploi du mot *ârya* comme désignation honorifique (pour les castes supérieures) est, par suite, caractéristique de la tradition des peuples agriculteurs.
[92] Sur l'importance toute particulière du sacrifice et des rites qui s'y rapportent dans les différentes formes traditionnelles, voir Frithjof Schuon, *Du Sacrifice*, dans la revue *Études Traditionnelles*, n° d'avril 1938, et A. K. *Coomaraswamy*, Atmayajna : Self-sacrifice, dans le *Harvard Journal of Asiatic Studies*, n° de février 1942

arts ou à certains métiers qui conviennent proprement aux sédentaires, et notamment à tout ce qui se rapporte à la construction d'habitations fixes ; du moins en fut-il effectivement ainsi jusqu'à l'époque où précisément Israël cessa d'être nomade, tout au moins pour plusieurs siècles, c'est-à-dire jusqu'au temps de David et de Salomon, et l'on sait que, pour construire le Temple de Jérusalem, il fallut encore faire appel à des ouvriers étrangers[93].

Ce sont naturellement les peuples agriculteurs qui, par là même qu'ils sont sédentaires, en viennent tôt ou tard à construire des villes ; et, en fait, il est dit que la première ville fut fondée par Caïn lui-même ; cette fondation n'a d'ailleurs lieu que bien après qu'il a été fait mention de ses occupations agricoles, ce qui montre bien qu'il y a là comme deux phases successives dans le « sédentarisme », la seconde représentant, par rapport à la première, un degré plus accentué de fixité et de « resserrement » spatial. D'une façon générale, les œuvres des peuples sédentaires sont, pourrait-on dire, des œuvres du temps : fixés dans l'espace à un domaine strictement délimité, ils développent leur activité dans une continuité temporelle qui leur apparaît comme indéfinie. Par contre, les peuples nomades et pasteurs n'édifient rien de durable, et ne travaillent pas en vue d'un avenir qui leur échappe ; mais ils ont devant eux l'espace, qui ne leur oppose aucune limitation, mais leur ouvre au contraire constamment de nouvelles possibilités. On retrouve ainsi la correspondance des principes cosmiques auxquels se rapporte, dans un autre ordre, le symbolisme de Caïn et d'Abel : le principe de compression, représenté par le temps ; le principe d'expansion, par l'espace[94]. À vrai dire, l'un et l'autre de ces deux principes se manifestent à la fois dans le temps et dans l'espace, comme en toutes choses, et il est nécessaire d'en faire la remarque pour éviter des identifications ou des assimilations trop « simplifiées », ainsi que pour résoudre parfois certaines oppositions apparentes ; mais il n'en est pas moins certain que l'action du premier prédomine dans la condition temporelle, et celle du

---

[93] La fixation du peuple hébreu dépendait d'ailleurs essentiellement de l'existence même du Temple de Jérusalem ; dès que celui-ci est détruit, le nomadisme reparaît sous la forme spéciale de la « dispersion ».

[94] Sur cette signification cosmologique, nous renverrons aux travaux de Fabre d'Olivet.

second dans la condition spatiale. Or le temps use l'espace, si l'on peut dire, affirmant ainsi son rôle de « dévorateur » ; et de même, au cours des âges, les sédentaires absorbent peu à peu les nomades : c'est là, comme nous l'indiquions plus haut, un sens social et historique du meurtre d'Abel par Caïn.

L'activité des nomades s'exerce spécialement sur le règne animal, mobile comme eux ; celle des sédentaires prend au contraire pour objets directs les deux règnes fixes, le végétal et le minéral[95]. D'autre part, par la force des choses, les sédentaires en arrivent à se constituer des symboles visuels, images faites de diverses substances, mais qui, au point de vue de leur signification essentielle, se ramènent toujours plus ou moins directement au schématisme géométrique, origine et base de toute formation spatiale. Les nomades, par contre, à qui les images sont interdites comme tout ce qui tendrait à les attacher en un lieu déterminé, se constituent des symboles sonores, seuls compatibles avec leur état de continuelle migration[96]. Mais il y a ceci de remarquable, que, parmi les facultés sensibles, la vue a un rapport direct avec l'espace, et l'ouïe avec le temps : les éléments du symbole visuel s'expriment en simultanéité, ceux du symbole sonore en succession ; il s'opère donc dans cet ordre une sorte de renversement des relations que nous avons envisagées précédemment, renversement qui est d'ailleurs nécessaire pour établir un certain équilibre entre les deux principes contraires dont nous avons parlé, et pour maintenir leurs actions respectives dans les limites compatibles avec l'existence humaine normale. Ainsi, les sé-

---

[95] L'utilisation des éléments minéraux comprend notamment la construction et la métallurgie ; nous aurons à revenir sur cette dernière, dont le symbolisme biblique rapporte l'origine à Tubalcaïn, c'est-à-dire à un descendant direct de Caïn, dont le nom se retrouve même comme un des éléments entrant dans la formation du sien, ce qui indique qu'il existe entre eux un rapport particulièrement étroit.

[96] La distinction de ces deux catégories fondamentales de symboles est, dans la tradition hindoue, celle du *yantra*, symbole figuré, et du *mantra*, symbole sonore ; elle entraîne naturellement une distinction correspondante dans les rites où ces éléments symboliques sont employés respectivement, bien qu'il n'y ait pas toujours une séparation aussi nette que celle qu'on peut envisager théoriquement, et que, en fait, toutes les combinaisons en proportions diverses soient ici possibles.

dentaires créent les arts plastiques (architecture, sculpture, peinture), c'est-à-dire les arts des formes qui se déploient dans l'espace ; les nomades créent les arts phonétiques (musique, poésie), c'est-à-dire les arts des formes qui se déroulent dans le temps ; car, redisons-le encore une fois de plus à cette occasion, tout art, à ses origines, est essentiellement symbolique et rituel, et ce n'est que par une dégénérescence ultérieure, voire même très récente en réalité, qu'il perd ce caractère sacré pour devenir finalement le « jeu » purement profane auquel il se réduit chez nos contemporains[97].

Voici donc où se manifeste le complémentarisme des conditions d'existence : ceux qui travaillent pour le temps sont stabilisés dans l'espace ; ceux qui errent dans l'espace se modifient sans cesse avec le temps. Et voici où apparaît l'antinomie du « sens inverse » : ceux qui vivent selon le temps, élément changeant et destructeur, se fixent et conservent ; ceux qui vivent selon l'espace, élément fixe et permanent, se dispersent et changent incessamment. Il faut qu'il en soit ainsi pour que l'existence des uns et des autres demeure possible, par l'équilibre au moins relatif qui s'établit entre les termes représentatifs des deux tendances contraires ; si l'une ou l'autre seulement de ces deux tendances compressive et expansive était en action, la fin viendrait bientôt, soit par « cristallisation », soit par « volatilisation », s'il est permis d'employer à cet égard des expressions symboliques qui doivent évoquer la « coagulation » et la « solution » alchimiques, et qui correspondent d'ailleurs effectivement, dans le monde actuel, à deux phases dont nous aurons encore à préciser dans la suite la signification respective[98]. Nous sommes ici, en effet, dans un domaine où s'affirment avec une particulière netteté toutes les conséquences des dualités cosmiques, images ou reflets plus ou moins lointains de la première dualité, celle même de

---

[97] Il est à peine besoin de faire remarquer que, dans toutes les considérations exposées ici, on voit apparaître nettement le caractère corrélatif et en quelque sorte symétrique des deux conditions spatiale et temporelle envisagées sous leur aspect qualitatif.

[98] C'est pourquoi le nomadisme, sous son aspect « maléfique » et dévié, exerce facilement une action « dissolvante » sur tout ce avec quoi il entre en contact ; de son côté, le sédentarisme, sous le même aspect, ne peut mener en définitive qu'aux formes les plus grossières d'un matérialisme sans issue

l'essence et de la substance, du Ciel et de la Terre, de *Purusha* et de *Prakriti*, qui génère et régit toute manifestation.

Mais, pour en revenir au symbolisme biblique, le sacrifice animal est fatal à Abel[99], et l'offrande végétale de Caïn n'est pas agréée [100]; celui qui est béni meurt, celui qui vit est maudit. L'équilibre, de part et d'autre, est donc rompu ; comment le rétablir, sinon par des échanges tels que chacun ait sa part des productions de l'autre ? C'est ainsi que le mouvement associe le temps et l'espace, étant en quelque sorte une résultante de leur combinaison, et concilie en eux les deux tendances opposées dont il a été question tout à l'heure [101]; le mouvement n'est lui-même encore qu'une série de déséquilibres, mais la somme de ceux-ci constitue l'équilibre relatif compatible avec la loi de la manifestation ou du « devenir », c'est-à-dire avec l'existence contingente elle-même. Tout échange entre les êtres soumis aux conditions temporelle et spatiale est en somme un mouvement, ou plutôt un ensemble de deux mouvements inverses et réciproques, qui s'harmonisent et se compen-

---

[99] Comme Abel a versé le sang des animaux, son sang est versé par Caïn ; il y a là comme l'expression d'une « loi de compensation », en vertu de laquelle les déséquilibres partiels, en quoi consiste au fond toute manifestation, s'intègrent dans l'équilibre total.

[100] Il importe de remarquer que la Bible hébraïque admet cependant la validité du sacrifice non sanglant considéré en lui-même : tel est le cas du sacrifice de Melchisédech, consistant en l'offrande essentiellement végétale du pain et du vin ; mais ceci se rapporte en réalité au rite du *Soma* vêdique et à la perpétuation directe de la « tradition primordiale », au-delà de la forme spécialisée de la tradition hébraïque et « abrahamique », et même, beaucoup plus loin encore, au-delà de la distinction de la loi des peuples sédentaires et de celle des peuples nomades ; et il y a là encore un rappel de l'association du symbolisme végétal avec le « Paradis terrestre », c'est-à-dire avec l'« état primordial » de notre humanité. — L'acceptation du sacrifice d'Abel et le rejet de celui de Caïn sont parfois figurés sous une forme symbolique assez curieuse : la fumée du premier s'élève verticalement vers le ciel, tandis que celle du second se répand horizontalement à la surface de la terre ; elles tracent ainsi respectivement la hauteur et la base d'un triangle représentant le domaine de la manifestation humaine.

[101] Ces deux tendances se manifestent d'ailleurs encore dans le mouvement lui-même, sous les formes respectives du mouvement centripète et du mouvement centrifuge.

sent l'un l'autre ; ici, l'équilibre se réalise donc directement par le fait même de cette compensation[102]. Le mouvement alternatif des échanges peut d'ailleurs porter sur les trois domaines spirituel (ou intellectuel pur), psychique et corporel, en correspondance avec les « trois mondes » : échange des principes, des symboles et des offrandes, telle est, dans la véritable histoire traditionnelle de l'humanité terrestre, la triple base sur laquelle repose le mystère des pactes, des alliances et des bénédictions, c'est-à-dire, au fond, la répartition même des « influences spirituelles » en action dans notre monde ; mais nous ne pouvons insister davantage sur ces dernières considérations, qui se rapportent évidemment à un état normal dont nous sommes actuellement fort éloignés à tous égards, et dont le monde moderne comme tel n'est même proprement que la négation pure et simple[103].

---

[102] Équilibre, harmonie, justice, ne sont en réalité que trois formes ou trois aspects d'une seule et même chose ; on pourrait d'ailleurs, en un certain sens, les faire correspondre respectivement aux trois domaines dont nous parlons ensuite, à la condition, bien entendu, de restreindre ici la justice à son sens le plus immédiat, dont la simple « honnêteté » dans les transactions commerciales représente, chez les modernes, l'expression amoindrie et dégénérée par la réduction de toutes choses au point de vue profane et à l'étroite banalité de la « vie ordinaire ».

[103] L'intervention de l'autorité spirituelle en ce qui concerne la monnaie, dans les civilisations traditionnelles, se rattache immédiatement à ce dont nous venons de parler ici ; la monnaie elle-même, en effet, est en quelque sorte la représentation même de l'échange, et l'on peut comprendre par là, d'une façon plus précise, quel était le rôle effectif des symboles qu'elle portait et qui circulaient ainsi avec elle, donnant à l'échange une signification tout autre que ce qui n'en constitue que la simple « matérialité », et qui est tout ce qu'il en reste dans les conditions profanes qui régissent, dans le monde moderne, les relations des peuples comme celles des individus.

Chapitre XXII

Signification de la métallurgie

Nous avons dit que les arts ou les métiers qui impliquent une activité s'exerçant sur le règne minéral appartiennent proprement aux peuples sédentaires, et que, comme tels, ils étaient interdits par la loi traditionnelle des peuples nomades, dont la loi hébraïque représente l'exemple le plus généralement connu ; il est évident, en effet, que ces arts tendent directement à la « solidification », qui, dans le monde corporel tel qu'il se présente à nous, atteint effectivement son degré le plus accentué dans le minéral lui-même. D'ailleurs, ce minéral, sous sa forme la plus commune qui est celle de la pierre, sert avant tout à la construction d'édifices stables [104]; une ville surtout, par l'ensemble des édifices qui la composent, apparaît en quelque sorte comme une agglomération artificielle de minéraux ; et, comme nous l'avons déjà dit, la vie dans les villes correspond à un sédentarisme encore plus complet que la vie agricole, de même que le minéral est plus fixe et plus « solide » que le végétal. Mais il y a encore autre chose : les arts ayant pour objet le minéral comprennent aussi la métallurgie sous toutes ses formes ; or, si l'on observe que, à notre époque, le métal tend de plus en plus à se substituer à la pierre elle-même dans la construction, comme la pierre s'était autrefois substituée au bois, on est tenté de penser qu'il doit y avoir là un symptôme caractéristique d'une phase plus « avancée » dans la marche descendante du cycle ; et cela est confirmé par le fait que, d'une façon générale, le métal joue un rôle toujours grandissant dans la civilisation moderne « industrialisée » et « mécanisée », et cela aussi bien au point de vue destructif, si l'on peut dire, qu'au point de vue constructif, car la consommation de métal qu'entraînent les guerres contemporaines est véritablement prodigieuse.

---

[104] Il est vrai que, chez beaucoup de peuples, les constructions des époques les plus anciennes étaient en bois, mais, évidemment, de tels édifices n'étaient ni aussi durables, ni par conséquent aussi fixes, que des édifices en pierre ; l'emploi du minéral dans la construction implique donc en tout cas un plus grand degré de « solidité » dans tous les sens de ce mot.

Cette remarque s'accorde d'ailleurs avec une particularité qu'on rencontre dans la tradition hébraïque : dès le début, quand l'emploi des pierres était permis dans certains cas tels que la construction d'un autel, il était néanmoins spécifié que ces pierres devaient être « entières » et « non touchées par le fer [105] » ; d'après les termes mêmes de ce passage, l'insistance porte moins sur le fait de ne pas travailler la pierre que sur celui de ne pas y employer le métal ; l'interdiction concernant le métal était donc plus rigoureuse, surtout pour tout ce qui était destiné à un usage plus spécialement rituel[106]. Il subsista même des traces de cette interdiction quand Israël eut cessé d'être nomade et construisit ou fit construire des édifices stables : quand on bâtit le Temple de Jérusalem, « les pierres furent amenées toutes telles qu'elles devaient être, de sorte que, en bâtissant la maison, on n'entendît ni marteau, ni hache, ni aucun outil de fer [107] ». Ce fait n'a d'ailleurs en réalité rien d'exceptionnel, et on pourrait trouver, en ce sens, une foule d'indices concordants : ainsi, dans bien des pays, une sorte d'exclusion partielle de la communauté, ou tout au moins de « mise à l'écart », a existé et existe même encore contre les ouvriers travaillant les métaux, surtout les forgerons, dont le métier s'associe du reste souvent avec la pratique d'une magie inférieure et dangereuse, dégénérée finalement, dans la plupart des cas, en sorcellerie pure et simple. Pourtant, d'un autre côté, la métallurgie, dans certaines formes traditionnelles, a été au contraire particulièrement exaltée et a même servi de base à des organisations initiatiques fort importantes ; nous nous contenterons de citer à cet égard l'exemple des Mystères kabiriques, sans pouvoir d'ailleurs insister ici sur ce sujet très complexe et qui nous entraînerait beaucoup trop loin ; ce qu'il faut en retenir pour le moment, c'est que la métallurgie a à la fois un aspect « sacré » et un aspect

---

[105] Deutéronome, XXVII, 5-6.
[106] De là aussi l'emploi persistant des couteaux de pierre pour le rite de la circoncision.
[107] *I Rois*, VI, 7. — Le Temple de Jérusalem contenait cependant une grande quantité d'objets métalliques, mais l'usage de ceux-ci se rapporte à l'autre aspect du symbolisme des métaux, qui est en effet double comme nous le dirons tout à l'heure ; il semble d'ailleurs que l'interdiction ait fini par être en quelque sorte « localisée » principalement sur l'emploi du fer, qui est précisément, de tous les métaux, celui dont le rôle est le plus important à l'époque moderne.

« exécré », et, au fond, ces deux aspects procèdent d'un double symbolisme inhérent aux métaux eux-mêmes.

Pour comprendre ceci, il faut avant tout se souvenir que les métaux, en raison de leurs correspondances astrales, sont en quelque sorte les « planètes du monde inférieur » ; ils doivent donc naturellement avoir, comme les planètes elles-mêmes dont ils reçoivent et condensent pour ainsi dire les influences dans le milieu terrestre, un aspect « bénéfique » et un aspect « maléfique [108] ». De plus, puisqu'il s'agit en somme d'un reflet inférieur, ce que représente nettement la situation même des mines métalliques à l'intérieur de la terre, le côté « maléfique » doit facilement devenir prédominant ; il ne faut pas oublier que, au point de vue traditionnel, les métaux et la métallurgie sont en relation directe avec le « feu souterrain », dont l'idée s'associe sous bien des rapports à celle du « monde infernal [109] ». Bien entendu, les influences métalliques, si on les prend par le côté « bénéfique » en les utilisant d'une façon vraiment « rituelle » au sens le plus complet de ce mot, sont susceptibles d'être « transmuées » et « sublimées », et elles peuvent même d'autant mieux devenir alors un « support » spirituel que ce qui est au niveau le plus bas correspond, par analogie inverse, à ce qui est au niveau le plus élevé ; tout le symbolisme minéral de l'alchimie est en définitive fondé

---

[108] Dans la tradition zoroastrienne, il semble que les planètes soient envisagées presque exclusivement comme « maléfiques » ; ceci peut résulter d'un point de vue particulier à cette tradition, mais d'ailleurs ce qui est connu comme subsistant actuellement de celle-ci n'en représente que des fragments trop mutilés pour qu'il soit possible de se prononcer exactement sur des questions de ce genre.

[109] En ce qui concerne cette relation avec le « feu souterrain », la ressemblance manifeste du nom de Vulcain avec celui du Tubalcaïn biblique est particulièrement significative ; tous deux sont d'ailleurs représentés également comme des forgerons ; et, précisément au sujet des forgerons, nous ajouterons que cette association avec le « monde infernal » explique suffisamment ce que nous disions plus haut sur le côté « sinistre » de leur métier. — Les Kabires, d'autre part, tout en étant aussi des forgerons, avaient un double aspect terrestre et céleste, les mettant en rapport à la fois avec les métaux et avec les planètes correspondantes.

là-dessus, aussi bien que celui des anciennes initiations kabiriques[110]. Par contre, quand il ne s'agit que d'un usage profane des métaux, et étant donné que le point de vue profane lui-même a nécessairement pour effet de couper toute communication avec les principes supérieurs, il n'y a plus guère que le côté « maléfique » des influences correspondantes qui puisse agir effectivement, et qui se développera d'ailleurs d'autant plus qu'il se trouvera ainsi isolé de tout ce qui pourrait le restreindre et lui faire équilibre ; et ce cas d'un usage exclusivement profane est évidemment celui qui, dans le monde moderne, se réalise dans toute son ampleur[111]. Nous nous sommes surtout placé jusqu'ici au point de vue de la « solidification » du monde, qui est d'ailleurs celui qui aboutit proprement au « règne de la quantité », dont l'usage actuel des métaux n'est encore qu'un aspect ; ce point de vue est, en fait, celui qui s'est manifesté en toutes choses de la façon la plus apparente jusqu'au point où le monde en est arrivé présentement. Mais les choses peuvent aller plus loin encore, et les métaux, du fait des influences subtiles qui y sont attachées, peuvent aussi jouer un rôle dans une phase ultérieure tendant plus immédiatement vers la dissolution finale ; assurément, ces influences subtiles, dans tout le cours de la période qu'on peut qualifier de matérialiste, sont en quelque sorte passées à l'état latent, comme tout ce qui est en dehors de l'ordre corporel pur et simple ; mais cela ne veut point dire qu'elles aient cessé d'exister, ni même qu'elles aient cessé entièrement d'agir, quoique d'une façon dissimulée, dont le

---

[110] Il convient de dire que l'alchimie proprement dite s'arrêtait au « monde intermédiaire » et s'en tenait au point de vue qu'on peut appeler « cosmologique » ; mais son symbolisme n'en était pas moins susceptible d'une transposition lui donnant une valeur véritablement spirituelle et initiatique.

[111] Le cas de la monnaie, telle qu'elle est actuellement, peut encore servir ici d'exemple caractéristique : dépouillée de tout ce qui pouvait, dans des civilisations traditionnelles, en faire comme un véhicule d'« influences spirituelles », non seulement elle est réduite à n'être plus, en elle-même, qu'un simple signe « matériel » et quantitatif, mais encore elle ne peut plus jouer qu'un rôle véritablement néfaste et « satanique », qu'il n'est que trop facile de constater effectivement à notre époque.

côté « satanique » qui existe dans le « machinisme » lui-même, surtout (mais non pas uniquement) dans ses applications destructives, n'est en somme qu'une manifestation, quoique les matérialistes soient naturellement incapables d'en rien soupçonner. Ces mêmes influences peuvent donc n'attendre qu'une occasion favorable pour affirmer leur action plus ouvertement, et, naturellement, toujours dans le même sens « maléfique », puisque, pour ce qui est des influences d'ordre « bénéfique », ce monde leur a été pour ainsi dire fermé par l'attitude profane de l'humanité moderne ; or cette occasion peut même n'être plus très éloignée, car l'instabilité qui va actuellement en croissant dans tous les domaines montre bien que le point correspondant à la plus grande prédominance effective de la « solidité » et de la « matérialité » a été déjà dépassé.

On comprendra peut-être mieux ce que nous venons de dire si l'on remarque que les métaux, suivant le symbolisme traditionnel, sont en relation non seulement avec le « feu souterrain » comme nous l'avons indiqué, mais encore avec les « trésors cachés », tout cela étant d'ailleurs assez étroitement connexe, pour des raisons que nous ne pouvons songer à développer davantage en ce moment, mais qui peuvent notamment aider à l'explication de la façon dont des interventions humaines sont susceptibles de provoquer ou plus exactement de « déclencher » certains cataclysmes naturels. Quoi qu'il en soit, toutes les « légendes » (pour parler le langage actuel) qui se rapportent à ces « trésors » montrent clairement que leurs « gardiens », c'est-à-dire précisément les influences subtiles qui y sont attachées, sont des « entités » psychiques qu'il est fort dangereux d'approcher sans posséder les « qualifications » requises et sans prendre les précautions voulues ; mais, en fait, quelles précautions des modernes, qui sont complètement ignorants de ces choses, pourraient-ils bien prendre à cet égard ? Ils sont trop évidemment dépourvus de toute « qualification », ainsi que de tout moyen d'action dans ce domaine, qui leur échappe en conséquence de l'attitude même qu'ils ont prise vis-à-vis de toutes choses ; il est vrai qu'ils se vantent constamment de « dompter les forces de la nature », mais ils sont certes bien loin de se douter que, derrière ces forces mêmes, qu'ils envisagent en un sens exclusivement corporel, il y a quelque chose d'un autre ordre, dont elles ne sont réellement que le véhicule et comme l'apparence extérieure ; et c'est cela qui pourrait bien quelque jour se révolter et se retourner finalement contre ceux qui l'ont méconnu.

À ce propos, nous ajouterons incidemment une autre remarque qui ne semblera peut-être que singulière ou curieuse, mais que nous aurons l'occasion de retrouver par la suite : les « gardiens des trésors cachés », qui sont en même temps les forgerons travaillant dans le « feu souterrain », sont, dans les « légendes », représentés à la fois, et suivant les cas, comme des géants et comme des nains. Quelque chose de semblable existait aussi pour les Kabires, ce qui indique que tout ce symbolisme est encore susceptible de recevoir une application se référant à un ordre supérieur ; mais, si l'on s'en tient au point de vue où, du fait des conditions mêmes de notre époque, nous devons nous placer présentement, on ne peut en voir que la face en quelque sorte « infernale », c'est-à-dire qu'il n'y a là, dans ces conditions, qu'une expression d'influences appartenant au côté inférieur et « ténébreux » de ce qu'on peut appeler le « psychisme cosmique » ; et, comme nous le verrons mieux en poursuivant notre étude, ce sont effectivement les influences de cette sorte qui, sous leurs formes multiples, menacent aujourd'hui la « solidité » du monde.

Pour compléter cet aperçu, nous noterons encore, comme se rapportant évidemment au côté « maléfique » de l'influence des métaux, l'interdiction fréquente de porter sur soi des objets métalliques pendant l'accomplissement de certains rites, soit dans le cas de rites exotériques[112], soit dans celui de rites proprement initiatiques[113]. Sans doute,

---

[112] Cette interdiction existe notamment, du moins en principe, pour les rites islamiques du pèlerinage, bien que, en fait, elle ne soit plus rigoureusement observée aujourd'hui ; de plus, celui qui a accompli entièrement ces rites, y compris ce qui en constitue le côté le plus « intérieur », doit s'abstenir désormais de tout travail où le feu est mis en œuvre, ce qui exclut en particulier les forgerons et autres métallurgistes.

[113] Dans les initiations occidentales, ceci se traduit, dans la préparation rituelle du récipiendaire, par ce qui est désigné comme le « dépouillement des métaux ». On pourrait dire que, dans un cas comme celui-là, les métaux, outre qu'ils peuvent nuire effectivement à la transmission des « influences spirituelles », sont pris comme représentant en quelque sorte ce que la Kabbale hébraïque appelle les « écorces » ou les « coquilles » (*qlippoth*), c'est-à-dire ce qu'il y a de plus inférieur dans le domaine subtil, constituant, s'il est permis de s'exprimer ainsi, les « bas-fonds » infra-corporels de notre monde.

toutes les prescriptions de ce genre ont avant tout un caractère symbolique, et c'est même ce qui en fait la valeur profonde ; mais ce dont il faut bien se rendre compte, c'est que le véritable symbolisme traditionnel (qu'on doit bien se garder de confondre avec les contrefaçons et les fausses interprétations auxquelles les modernes appliquent parfois abusivement le même nom) [114]a toujours une portée effective, et que ses applications rituelles, en particulier, ont des effets parfaitement réels, bien que les facultés étroitement limitées de l'homme moderne ne puissent généralement les percevoir. Il ne s'agit point là de choses vaguement « idéales », mais, bien au contraire, de choses dont la réalité se manifeste parfois d'une façon en quelque sorte « tangible » ; s'il en était autrement, comment pourrait-on expliquer, par exemple, le fait qu'il y a des hommes qui, dans certains états spirituels, ne peuvent souffrir le moindre contact même indirect des métaux, et cela même si ce contact a été opéré à leur insu et dans des conditions telles qu'il leur soit impossible de s'en apercevoir par le moyen de leurs sens corporels, ce qui exclut forcément l'explication psychologique et « simpliste » par l'« autosuggestion »[115]? Si nous ajoutons que ce contact peut aller, en pareil cas, jusqu'à produire extérieurement les effets physiologiques d'une véritable brûlure, on conviendra que de tels faits devraient donner à réfléchir si les modernes en étaient encore capables ; mais l'attitude profane et matérialiste et le parti pris qui en résulte les ont plongés dans un incurable aveuglement.

---

[114] Ainsi, les « historiens des religions », dans la première moitié du XIXe siècle, avaient inventé quelque chose à quoi ils avaient donné le nom de « symbolique », et qui était un système d'interprétation n'ayant avec le vrai symbolisme que des rapports extrêmement lointains ; quant aux abus simplement « littéraires » du mot « symbolisme », il est évident qu'il ne vaut même pas la peine d'en parler.
[115] Nous pouvons citer ici, comme exemple connu, le cas de Shrî Râmakrishna.

Chapitre XXIII

Le temps changé en espace

Comme nous l'avons dit précédemment, le temps use en quelque sorte l'espace, par un effet de la puissance de contraction qu'il représente et qui tend à réduire de plus en plus l'expansion spatiale à laquelle elle s'oppose ; mais, dans cette action contre le principe antagoniste, le temps lui-même se déroule avec une vitesse toujours croissante, car, loin d'être homogène comme le supposent ceux qui ne l'envisagent qu'au seul point de vue quantitatif, il est au contraire « qualifié » d'une façon différente à chaque instant par les conditions cycliques de la manifestation à laquelle il appartient. Cette accélération devient plus apparente que jamais à notre époque, parce qu'elle s'exagère dans les dernières périodes du cycle, mais, en fait, elle existe constamment du commencement à la fin de celui-ci ; on pourrait donc dire que le temps ne contracte pas seulement l'espace, mais qu'il se contracte aussi lui-même progressivement ; cette contraction s'exprime par la proportion décroissante des quatre *Yugas*, avec tout ce qu'elle implique, y compris la diminution correspondante de la durée de la vie humaine. On dit parfois, sans doute sans en comprendre la véritable raison, qu'aujourd'hui les hommes vivent plus vite qu'autrefois, et cela est littéralement vrai ; la hâte caractéristique que les modernes apportent en toutes choses n'est d'ailleurs, au fond, que la conséquence de l'impression qu'ils en éprouvent confusément.

À son degré le plus extrême, la contraction du temps aboutirait à le réduire finalement à un instant unique, et alors la durée aurait véritablement cessé d'exister, car il est évident que, dans l'instant, il ne peut plus y avoir aucune succession. C'est ainsi que « le temps dévorateur finit par se dévorer lui-même », de sorte que, à la « fin du monde », c'est-à-dire à la limite même de la manifestation cyclique, « il n'y a plus de temps » ; et c'est aussi pourquoi l'on dit que « la mort est le dernier être qui mourra », car, là où il n'y a plus de succession d'aucune sorte, il n'y a plus de mort possible[116]. Dès lors que la succession est arrêtée, ou que, en termes symboliques, « la roue a cessé de tourner », tout ce qui existe ne peut être qu'en parfaite simultanéité ; la succession se trouve donc en quelque sorte transmuée en simultanéité, ce qu'on peut encore exprimer en disant que « le temps s'est changé en espace ». [117]Ainsi, un « retournement » s'opère en dernier lieu contre le temps et au profit de l'espace : au moment même où le temps semblait achever de dévorer l'espace, c'est au contraire l'espace qui absorbe le temps ; et c'est là, pourrait-on dire en se référant au sens cosmologique du symbolisme biblique, la revanche finale d'Abel sur Caïn.

Une sorte de « préfiguration » de cette absorption du temps par l'espace, assurément fort inconsciente chez ses auteurs, se trouve dans les récentes théories physico-mathématiques qui traitent le complexe « espace-temps » comme constituant un ensemble unique et indivisible ; on donne d'ailleurs le plus souvent de ces théories une interprétation inexacte, en disant qu'elles considèrent le temps comme une « quatrième dimension » de l'espace. Il serait plus juste de dire qu'elles regardent le temps comme comparable à une « quatrième dimension », en ce sens que, dans les équations du mouvement, il joue le rôle d'une quatrième coordonnée s'adjoignant aux trois coordonnées qui représentent les trois dimensions de l'espace ; il est d'ailleurs bon de remarquer que ceci correspond à la représentation géométrique du

---

[116] Comme *Yama* est désigné d'autre part dans la tradition hindoue comme le « premier mort », et comme il est assimilé à la « Mort » elle-même (*Mrityu*), ou, si l'on préfère employer le langage de la tradition islamique, à l'« Ange de la Mort », on voit que, ici comme sous beaucoup d'autres rapports, le « premier » et le « dernier » se rejoignent et s'identifient en quelque sorte dans la correspondance des deux extrémités du cycle.

[117] Wagner a écrit dans *Parsifal* : « Ici, le temps se change en espace », et cela en relation avec Montsalvat qui représente le « centre du monde » (nous reviendrons sur ce point un peu plus loin) ; il est d'ailleurs peu probable qu'il en ait vraiment compris le sens profond, car il ne semble guère mériter la réputation d'« ésotériste » que certains lui ont faite ; tout ce qui se trouve de réellement ésotérique dans ses œuvres appartient en propre aux « légendes » qu'il a utilisées, et dont il n'a fait trop souvent qu'amoindrir le sens.

temps sous une forme rectiligne, dont nous avons signalé précédemment l'insuffisance, et il ne peut pas en être autrement, en raison du caractère purement quantitatif des théories dont il s'agit. Mais ce que nous venons de dire, tout en rectifiant jusqu'à un certain point l'interprétation «vulgarisée», est pourtant encore inexact : en réalité, ce qui joue le rôle d'une quatrième coordonnée n'est pas le temps, mais ce que les mathématiciens appellent le «temps imaginaire»; et cette expression, qui n'est en elle-même qu'une singularité de langage provenant de l'emploi d'une notation toute «conventionnelle», prend ici une signification assez inattendue. En effet, dire que le temps doit devenir «imaginaire» pour être assimilable à une «quatrième dimension» de l'espace, ce n'est pas autre chose, au fond, que de dire qu'il faut pour cela qu'il cesse d'exister réellement comme tel, c'est-à-dire que la transmutation du temps en espace n'est proprement réalisable qu'à la «fin du monde». [118]

On pourrait conclure de là qu'il est parfaitement inutile de chercher ce que peut être une «quatrième dimension» de l'espace dans les conditions du monde actuel, ce qui a tout au moins l'avantage de couper court à toutes les divagations «néo-spiritualistes» dont nous avons dit quelques mots plus haut; mais faut-il aussi en conclure que l'absorption du temps par l'espace doit se traduire effectivement par l'adjonction à celui-ci d'une dimension supplémentaire, ou n'est-ce là encore qu'une «façon de parler»? Tout ce qu'il est possible de dire à cet égard, c'est que, la tendance expansive de l'espace n'étant plus contrariée et restreinte par l'action de la tendance compressive du temps, l'espace doit naturellement en recevoir, d'une façon ou d'une autre, une dilatation portant en quelque sorte son indéfinité à une puissance supérieure [119]; mais il va de soi qu'il s'agit là de quelque chose qui ne saurait être représenté par au-

---

[118] Il est à remarquer que, si l'on parle communément de la «fin du monde» comme étant la «fin du temps», on n'en parle jamais comme de la «fin de l'espace»; cette observation, qui pourrait sembler insignifiante à ceux qui ne voient les choses que superficiellement, n'en est pas moins très significative en réalité.

[119] Sur les puissances successives de l'indéfini, voir *Le Symbolisme de la Croix*, ch. XII.

cune image empruntée au domaine corporel. En effet, le temps étant une des conditions déterminantes de l'existence corporelle, il est évident que, dès qu'il est supprimé, on est par là même hors de ce monde ; on est alors dans ce que nous avons appelé ailleurs un « prolongement » extra-corporel de ce même état d'existence individuelle dont le monde corporel ne représente qu'une simple modalité ; et cela montre d'ailleurs que la fin de ce monde corporel n'est nullement la fin de cet état envisagé dans son intégralité. Il faut même aller plus loin : la fin d'un cycle tel que celui de l'humanité actuelle n'est véritablement la fin du monde corporel lui-même qu'en un certain sens relatif, et seulement par rapport aux possibilités qui, étant incluses dans ce cycle, ont alors achevé leur développement en mode corporel ; mais, en réalité, le monde corporel n'est pas anéanti, mais « transmué », et il reçoit aussitôt une nouvelle existence, puisque, au-delà du « point d'arrêt » correspondant à cet instant unique où le temps n'est plus, « la roue recommence à tourner » pour le parcours d'un autre cycle.

Une autre conséquence importante à tirer de ces considérations, c'est que la fin du cycle est « intemporelle » aussi bien que son commencement, ce qui est d'ailleurs exigé par la rigoureuse correspondance analogique qui existe entre ces deux termes extrêmes ; et c'est ainsi que cette fin est effectivement, pour l'humanité de ce cycle, la restauration de l'« état primordial », ce qu'indique d'autre part la relation symbolique de la « Jérusalem céleste » avec le « Paradis terrestre ». C'est aussi le retour au « centre du monde », qui est manifesté extérieurement, aux deux extrémités du cycle, sous les formes respectives du « Paradis terrestre » et de la « Jérusalem céleste », avec l'arbre « axial » s'élevant également au milieu de l'un et de l'autre ; dans tout l'intervalle, c'est-à-dire dans le parcours même du cycle, ce centre est au contraire caché, et il l'est même de plus en plus, parce que l'humanité est allée en s'en éloignant graduellement, ce qui est, au fond, le véritable sens de la « chute ». Cet éloignement n'est d'ailleurs qu'une autre représentation de la marche descendante du cycle, car le centre d'un état tel que le nôtre, étant le point de communication directe avec les états supérieurs, est en même temps le pôle essentiel de l'existence dans cet état ; aller de l'essence vers la substance, c'est donc aller du centre vers la circonférence, de l'intérieur vers l'extérieur, et aussi, comme la représentation géométrique le montre clairement dans ce cas, de l'unité vers la multiplicité[120].

Le *Pardes*, en tant que « centre du monde », est, suivant le sens premier de son équivalent sanscrit *paradêsha*, la « région suprême » ; mais il est aussi, suivant une acception secondaire du même mot, la « région lointaine », depuis que, par la marche du processus cyclique, il est devenu effectivement inaccessible à l'humanité ordinaire. Il est en effet, en apparence tout au moins, ce qu'il y a de plus éloigné, étant situé à la « fin du monde » au double sens spatial (le sommet de la montagne du « Paradis terrestre » touchant à la sphère lunaire) et temporel (la « Jérusalem céleste » descendant sur la terre à la fin du cycle) ; cependant, il est toujours, en réalité, ce qu'il y a de plus proche, puisqu'il n'a jamais cessé d'être au centre de toutes choses[121], et ceci marque le rapport inverse du point de vue « extérieur » et du point de vue « intérieur ». Seulement, pour que cette proximité puisse être réalisée en fait, il faut nécessairement que la condition temporelle soit supprimée, puisque c'est le déroulement même du temps, conformément aux lois de la manifestation, qui a amené l'éloignement apparent, et que d'ailleurs le temps, par la définition même de la succession, ne peut pas remonter son cours ; l'affranchissement de cette condition est toujours possible pour certains êtres en particulier, mais, pour ce qui est de l'humanité (ou plus exactement d'une humanité) prise dans son ensemble, il implique évidemment que celle-ci a entièrement parcouru le cycle de sa manifestation corporelle, et ce n'est qu'alors qu'elle peut, avec tout l'ensemble du milieu terrestre qui dépend d'elle et participe à la même marche cyclique, être réintégrée véritablement dans l'« état primordial » ou, ce qui est la même chose, au « centre du monde ». C'est dans ce

---

[120] On peut encore déduire de là une autre signification du « renversement des pôles », puisque la marche du monde manifesté vers son pôle substantiel aboutit finalement à un « retournement » qui le ramène, par une « transmutation » instantanée, à son pôle essentiel ; ajoutons que, en raison de cette instantanéité, il ne peut y avoir, contrairement à certaines conceptions erronées du mouvement cyclique, aucune « remontée » d'ordre extérieur succédant à la « descente », la marche de la manifestation comme telle étant toujours descendante du commencement à la fin.

[121] C'est le « *Regnum Dei intra vos est* » de l'Évangile.

centre que « le temps se change en espace », parce que c'est là qu'est le reflet direct, dans notre état d'existence, de l'éternité principielle, ce qui exclut toute succession ; aussi la mort ne peut-elle y atteindre, et c'est donc proprement aussi le « séjour d'immortalité »[122]; toutes choses y apparaissent en parfaite simultanéité dans un immuable présent, par le pouvoir du « troisième œil », avec lequel l'homme a recouvré le « sens de l'éternité ». [123]

---

[122] Sur le « séjour d'immortalité » et sa correspondance dans l'être humain, voir *Le Roi du Monde*, pp. 87-89.
[123] Sur le symbolisme du « troisième œil », voir *L'Homme et son devenir selon le Védânta*, p. 203, et *Le Roi du Monde*, pp. 52-53.

Chapitre XXIV

Vers la dissolution

Après avoir envisagé la fin même du cycle, il nous faut maintenant revenir en arrière, en quelque sorte, pour examiner plus complètement ce qui, dans les conditions de l'époque actuelle, peut contribuer effectivement à mener l'humanité et le monde vers cette fin ; et, à cet égard, nous devons distinguer deux tendances qui s'expriment par des termes en apparence antinomiques : d'une part, la tendance vers ce que nous avons appelé la « solidification » du monde, dont nous avons surtout parlé jusqu'ici, et, d'autre part, la tendance vers sa dissolution, dont il nous reste encore à préciser l'action, car il ne faut pas oublier que toute fin se présente forcément, en définitive, comme une dissolution du manifesté comme tel. On peut d'ailleurs remarquer que, dès maintenant, la seconde de ces deux tendances semble commencer à devenir prédominante ; en effet, tout d'abord, le matérialisme proprement dit, qui correspond évidemment à la « solidification » sous sa forme la plus grossière (on pourrait presque dire à la « pétrification », par analogie avec ce que le minéral représente sous ce rapport), a déjà perdu beaucoup de terrain, du moins dans le domaine des théories scientifiques et philosophiques, sinon encore dans celui de la mentalité commune ; et cela est tellement vrai que, comme nous l'avons indiqué plus haut, la notion même de la « matière », dans ces théories, a commencé à s'évanouir et à se dissoudre. D'autre part, et corrélativement à ce changement, l'illusion de sécurité qui régnait au temps où le matérialisme avait atteint son maximum d'influence, et qui alors était en quelque sorte inséparable de l'idée qu'on se faisait de la « vie ordinaire », s'est en grande partie dissipée du fait même des événements et de la vitesse croissante avec laquelle ils se déroulent, si bien qu'aujourd'hui l'impression dominante est, au contraire, celle d'une instabilité qui s'étend à tous les domaines ; et, comme la « solidité » implique nécessairement la stabilité, cela montre bien encore que le point de plus grande « solidité » effective, dans les possibilités de notre monde, a été non seulement atteint, mais déjà dépassé, et que, par conséquent, c'est proprement vers la dissolution que ce monde s'achemine désormais.

L'accélération même du temps, en s'exagérant sans cesse et en rendant les changements toujours plus rapides, semble aller d'elle-même vers cette dissolution, et, à cet égard, on ne peut pas dire que la direction générale des événements ait été modifiée, car le mouvement du cycle continue bien à suivre sa même marche descendante. D'ailleurs, les théories physiques auxquelles nous faisions allusion tout à l'heure, tout en changeant aussi de plus en plus rapidement comme tout le reste, ne font que prendre un caractère de plus en plus exclusivement quantitatif, allant jusqu'à revêtir entièrement l'apparence de théories purement mathématiques, ce qui d'ailleurs, comme nous l'avons déjà remarqué, les éloigne toujours davantage de la réalité sensible qu'elles prétendent expliquer, pour les entraîner dans un domaine qui ne peut se situer qu'au dessous de cette réalité, suivant ce que nous avons dit en parlant de la quantité pure. Le « solide », du reste, même à son maximum concevable de densité et d'impénétrabilité, ne correspond nullement à la quantité pure, et il a toujours au moins un minimum d'éléments qualitatifs ; il est d'ailleurs quelque chose de corporel par définition, et même, en un sens, ce qu'il y a de plus corporel ; or la « corporéité » implique que l'espace, si « comprimé » qu'il puisse être dans la condition du « solide », lui est cependant nécessairement inhérent, et l'espace, rappelons-le encore, ne saurait aucunement être assimilé à la quantité pure. Si même, en se plaçant momentanément au point de vue de la science moderne, on voulait, d'une part, réduire la « corporéité » à l'étendue comme le faisait Descartes, et, d'autre part, ne considérer l'espace lui-même que comme un simple mode de la quantité, il resterait encore ceci, qu'on serait toujours dans le domaine de la quantité continue ; si l'on passe à celui de la quantité discontinue, c'est-à-dire du nombre, qui seul peut être regardé comme représentant la quantité pure, il est évident que, en raison même de cette discontinuité, on n'a plus aucunement affaire au « solide » ni à quoi que ce soit de corporel.

Il y a donc, dans la réduction graduelle de toutes choses au quantitatif, un point à partir duquel cette réduction ne tend plus à la « solidification », et ce point est en somme celui où l'on en arrive à vouloir ramener la quantité continue elle-même à la quantité discontinue ; les corps ne peuvent plus alors subsister comme tels, et ils se résolvent en une sorte de poussière « atomique » sans consistance ; on pourrait donc, à cet égard, parler d'une véritable « pulvérisation » du monde, ce qui est évidemment une des formes possibles de la dissolution cyclique[124]. Cependant, si cette dissolution peut être envisagée ainsi à un certain point de vue, elle apparaît aussi, à un autre point de vue, et suivant une expression que nous avons déjà employée précédemment, comme une « volatilisation » : la « pulvérisation », si complète qu'on la suppose, laisse toujours des « résidus », fussent-ils véritablement impalpables ; d'un autre côté, la fin du cycle, pour être pleinement effective, implique que tout ce qui est inclus dans ce cycle disparaît entièrement en tant que manifestation ; mais ces deux façons différentes de concevoir les choses représentent l'une et l'autre une certaine partie de la vérité. En effet, tandis que les résultats positifs de la manifestation cyclique sont « cristallisés » pour être ensuite « transmués » en germes des possibilités du cycle futur, ce qui constitue l'aboutissement de la « solidification » sous son aspect « bénéfique » (impliquant essentiellement la « sublimation » qui coïncide avec le « retournement » final), ce qui ne peut être utilisé ainsi, c'est-à-dire en somme tout ce qui ne constitue que des résultats négatifs de cette même manifestation, est « précipité » sous la forme d'un *caput mortuum*, au sens alchimique de ce terme, dans les « prolongements » les plus inférieurs de notre état d'existence, ou dans cette partie du domaine subtil qu'on peut véritablement qualifier d'« infra-corporelle » ; [125]mais, dans les deux cas, on est également passé dans des modalités extra-corporelles, supérieures pour l'un et inférieures pour l'autre, de sorte qu'on peut dire, en définitive, que la manifestation corporelle elle-même, en ce qui concerne le cycle dont il s'agit, s'est réellement évanouie ou « volatilisée » entièrement. On voit que, en tout cela et jusqu'au bout, il faut toujours considérer les deux termes qui correspondent à ce que l'hermétisme désigne respective-

---

[124] « *Solvet saeclum in favilla* », dit textuellement la liturgie catholique, qui invoque à la fois, à ce propos, le témoignage de David et celui de la Sibylle, ce qui est d'ailleurs, au fond, une façon d'affirmer l'accord unanime des différentes traditions

[125] C'est ce que la Kabbale hébraïque, ainsi que nous l'avons déjà dit, désigne comme le « monde des écorces » (*ôlam qlippoth*) ; c'est là que tombent les « anciens rois d'Edom », en tant qu'ils représentent les « résidus » inutilisables des *Manvantaras* écoulés.

ment comme « coagulation » et « solution », et cela des deux côtés à la fois : du côté « bénéfique », on a ainsi la « cristallisation » et la « sublimation » ; du côté « maléfique », on a la « précipitation » et le retour final à l'indistinction du « chaos ». [126]

Maintenant, nous devons nous poser cette question : pour arriver effectivement à la dissolution, suffit-il que le mouvement par lequel le « règne de la quantité » s'affirme et s'intensifie de plus en plus soit en quelque sorte laissé à lui-même et se poursuive purement et simplement jusqu'à son terme extrême ? La vérité est que cette possibilité, que nous avons d'ailleurs envisagée en partant de la considération des conceptions actuelles des physiciens et de la signification qu'elles comportent en quelque sorte inconsciemment (car il est évident que les « savants » modernes ne savent aucunement où ils vont), répond plutôt à une vue théorique des choses, vue « unilatérale » qui ne représente que d'une façon très partielle ce qui doit avoir lieu réellement ; en fait, pour délier les « nœuds » résultant de la « solidification » qui s'est poursuivie jusqu'ici (et nous employons intentionnellement ici ce mot de « nœuds », qui évoque les effets d'un certain genre de « coagulation », relevant surtout de l'ordre magique), il faut l'intervention, plus directement efficace à cet égard, de quelque chose qui n'appartient plus à ce domaine, somme toute fort restreint, auquel se réfère proprement le « règne de la quantité ». Il est facile de comprendre, par ce que nous avons déjà indiqué occasionnellement, qu'il s'agit là de l'action de certaines influences d'ordre subtil, action qui a d'ailleurs commencé depuis longtemps à s'exercer dans le monde moderne, quoique d'une façon assez peu apparente tout d'abord, et qui même a toujours coexisté avec le matérialisme depuis le moment même où celui-ci s'est constitué sous une forme nettement définie, ainsi que nous l'avons vu à propos du magnétisme et du spiritisme, en parlant des emprunts que ceux-ci ont faits à la « mythologie » scientifique de l'époque où ils ont pris naissance. Comme nous le disions aussi précédemment, s'il est vrai

---

[126] Il doit être clair que les deux côtés que nous appelons ici « bénéfique » et « maléfique » répondent exactement à ceux de la « droite » et de la « gauche » où sont rangés respectivement les « élus » et les « damnés » dans le « Jugement dernier », c'est-à-dire précisément, au fond, dans la « discrimination » finale des résultats de la manifestation cyclique.

que l'emprise du matérialisme diminue, il ne convient pourtant guère de s'en féliciter, car, la « descente » cyclique n'étant pas encore achevée, les « fissures » auxquelles nous faisions alors allusion, et sur la nature desquelles nous allons avoir bientôt à revenir, ne peuvent se produire que par le bas ; autrement dit, ce qui « interfère » par là avec le monde sensible ne peut être rien d'autre que le « psychisme cosmique » inférieur, dans ce qu'il a de plus destructif et de plus « désagrégeant », et il est d'ailleurs évident qu'il n'y a que les influences de cette sorte qui soient vraiment aptes à agir en vue de la dissolution ; dès lors, il n'est pas difficile de se rendre compte que tout ce qui tend à favoriser et à étendre ces « interférences » ne correspond, consciemment ou inconsciemment, qu'à une nouvelle phase de la déviation dont le matérialisme représentait en réalité un stade moins « avancé », quelles que puissent être les apparences extérieures, qui sont souvent fort trompeuses.

Nous devons en effet remarquer à ce propos que des « traditionalistes » mal avisés [127] se réjouissent inconsidérément de voir la science moderne, dans ses différentes branches, sortir quelque peu des limites étroites où ses conceptions s'enfermaient jusqu'ici, et prendre une attitude moins grossièrement matérialiste que celle qu'elle avait au siècle dernier ; ils s'imaginent même volontiers que, d'une certaine façon, la science profane finira par rejoindre ainsi la science traditionnelle (qu'ils ne connaissent guère et dont ils se font une idée singulièrement inexacte, basée surtout sur certaines déformations et « contrefaçons » modernes), ce qui, pour des raisons de principe sur lesquelles nous avons souvent insisté, est chose tout à fait impossible. Ces mêmes « traditionalistes » se réjouissent aussi, et peut-être même encore davantage, de voir certaines manifestations d'influences subtiles se produire de plus en plus ouvertement, sans songer aucunement à se demander quelle peut bien être au juste la « qualité » de ces influences (et peut-être ne soupçonnent-ils même pas qu'une telle question ait lieu de se poser) ; et ils fondent de grands espoirs sur ce qu'on appelle aujourd'hui la « métapsychique » pour apporter un remède aux maux du

---

[127] Le mot « traditionalisme », en effet, désigne seulement une tendance qui peut être plus ou moins vague et souvent mal appliquée, parce qu'elle n'implique aucune connaissance effective des vérités traditionnelles ; nous reviendrons d'ailleurs plus loin sur ce sujet

monde moderne, qu'ils se plaisent généralement à imputer exclusivement au seul matérialisme, ce qui est encore une assez fâcheuse illusion. Ce dont ils ne s'aperçoivent pas (et en cela ils sont beaucoup plus affectés qu'ils ne le croient par l'esprit moderne, avec toutes les insuffisances qui lui sont inhérentes), c'est que, dans tout cela, il s'agit en réalité d'une nouvelle étape dans le développement, parfaitement logique, mais d'une logique vraiment « diabolique », du « plan » suivant lequel s'accomplit la déviation progressive du monde moderne ; le matérialisme, bien entendu, y a joué son rôle, et un rôle incontestablement fort important, mais maintenant la négation pure et simple qu'il représente est devenue insuffisante ; elle a servi efficacement à interdire à l'homme l'accès des possibilités d'ordre supérieur, mais elle ne saurait déchaîner les forces inférieures qui seules peuvent mener à son dernier point l'œuvre de désordre et de dissolution.

L'attitude matérialiste, par sa limitation même, ne présente encore qu'un danger également limité ; son « épaisseur », si l'on peut dire, met celui qui s'y tient à l'abri de toutes les influences subtiles sans distinction, et lui donne à cet égard une sorte d'immunité assez comparable à celle du mollusque qui demeure strictement enfermé dans sa coquille, immunité d'où provient, chez le matérialiste, cette impression de sécurité dont nous avons parlé ; mais, si l'on fait à cette coquille, qui représente ici l'ensemble des conceptions scientifiques conventionnellement admises et des habitudes mentales correspondantes, avec l'« endurcissement » qui en résulte quant à la constitution « psycho-physiologique » de l'individu[128], une ouverture par le bas, comme nous le disions tout à l'heure, les influences subtiles destructives y pénétreront aussitôt, et d'autant plus facilement que, par suite du travail négatif accompli dans la phase précédente, aucun élément d'ordre supérieur ne pourra intervenir pour s'opposer à leur action. On pourrait dire encore que la période du matérialisme ne constitue qu'une sorte de préparation surtout théorique, tandis que celle du psychisme inférieur comporte une « pseudo-réalisation », dirigée proprement au rebours d'une véritable réalisation spirituelle ; nous aurons encore, par la suite, à nous

---

[128] Il est curieux de noter que le langage courant emploie volontiers l'expression de « matérialiste endurci », assurément sans se douter qu'elle n'est pas une simple image, mais qu'elle correspond à quelque chose de tout à fait réel.

expliquer plus amplement sur ce dernier point. La dérisoire sécurité de la « vie ordinaire », qui était l'inséparable accompagnement du matérialisme, est dès maintenant fortement menacée, certes, et l'on verra sans doute de plus en plus clairement, et aussi de plus en plus généralement, qu'elle n'était qu'une illusion ; mais quel avantage réel y a-t-il à cela, si ce n'est que pour tomber aussitôt dans une autre illusion pire que celle-là et plus dangereuse à tous les points de vue, parce qu'elle comporte des conséquences beaucoup plus étendues et plus profondes, illusion qui est celle d'une « spiritualité à rebours » dont les divers mouvements « néo-spiritualistes » que notre époque a vus naître et se développer jusqu'ici, y compris même ceux qui présentent déjà le caractère le plus nettement « subversif », ne sont encore que de bien faibles et médiocres précurseurs ?

Chapitre XXV

Les fissures de la Grande Muraille

Quelque loin qu'ait pu être poussée la « solidification » du monde sensible, elle ne peut jamais être telle que celui-ci soit réellement un « système clos » comme le croient les matérialistes ; elle a d'ailleurs des limites imposées par la nature même des choses, et plus elle approche de ces limites, plus l'état qu'elle représente est instable ; en fait, comme nous l'avons vu, le point correspondant à ce maximum de « solidité » est déjà dépassé, et cette apparence de « système clos » ne peut maintenant que devenir de plus en plus illusoire et inadéquate à la réalité. Aussi avons-nous parlé de « fissures » par lesquelles s'introduisent déjà et s'introduiront de plus en plus certaines forces destructives ; suivant le symbolisme traditionnel, ces « fissures » se produisent dans la « Grande Muraille » qui entoure ce monde et le protège contre l'intrusion des influences maléfiques du domaine subtil inférieur[129]. Pour bien comprendre ce symbolisme sous tous ses aspects, il importe d'ailleurs de remarquer qu'une muraille constitue à la fois une protection et une limitation ; en un certain sens, elle a donc, pourrait-on dire, des avantages et des inconvénients ; mais, en tant qu'elle est essentiellement destinée à assurer une défense contre les attaques venant d'en bas, les avantages l'emportent incomparablement, et mieux vaut en somme, pour ce qui se trouve contenu dans cette enceinte, être limité de ce côté inférieur que d'être incessamment exposé aux ravages de l'ennemi, sinon même à une destruction plus ou moins complète. Du reste, en réalité, une muraille n'est pas fermée par le haut et, par conséquent, n'empêche pas la communication avec les domaines supérieurs, et ceci correspond à l'état normal des choses ; à l'époque moderne, c'est la

---

[129] Dans le symbolisme de la tradition hindoue, cette « Grande Muraille » est la montagne circulaire *Lokâloka*, qui sépare le « cosmos » (*loka*) des « ténèbres extérieures » (*aloka*) ; il est d'ailleurs bien entendu que ceci est susceptible de s'appliquer analogiquement à des domaines plus ou moins étendus dans l'ensemble de la manifestation cosmique, d'où l'application particulière qui en est faite, dans ce que nous disons ici, par rapport au seul monde corporel

« coquille » sans issue construite par le matérialisme qui a fermé cette communication. Or, comme nous l'avons dit, la « descente » n'étant pas encore achevée, cette « coquille » ne peut que subsister intacte par le haut, c'est-à-dire du côté où précisément le monde n'a pas besoin de protection et ne peut au contraire que recevoir des influences bénéfiques ; les « fissures » ne se produisent que par le bas, donc dans la véritable muraille protectrice elle-même, et les forces inférieures qui s'introduisent par-là rencontrent d'autant moins de résistance que, dans ces conditions, aucune puissance d'ordre supérieur ne peut intervenir pour s'y opposer efficacement ; le monde se trouve donc livré sans défense à toutes les attaques de ses ennemis, et d'autant plus que, du fait même de la mentalité actuelle, il ignore complètement les dangers dont il est menacé.

Dans la tradition islamique, ces « fissures » sont celles par lesquelles pénétreront, aux approches de la fin du cycle, les hordes dévastatrices de Gog et Magog[130], qui font d'ailleurs des efforts incessants pour envahir notre monde ; ces « entités », qui représentent les influences inférieures dont il s'agit, et qui sont considérées comme menant actuellement une existence « souterraine », sont décrites à la fois comme des géants et comme des nains, ce qui, suivant ce que nous avons vu plus haut, les identifie, tout au moins sous un certain rapport, aux « gardiens des trésors cachés » et aux forgerons du « feu souterrain », qui ont aussi, rappelons-le, un aspect extrêmement maléfique ; au fond, c'est bien toujours du même ordre d'influences subtiles « infra-corporelles » qu'il s'agit en tout cela[131]. À vrai dire, les tentatives de ces « entités » pour s'insinuer dans le monde corporel et humain sont loin d'être une chose nouvelle, et elles remontent tout au moins jusque vers les débuts du *Kali-Yuga*, c'est-à-dire bien au-delà des temps de l'antiquité « classique » auxquels se limite l'horizon des historiens profanes. À ce sujet, la tra-

---

[130] Dans la tradition hindoue, ce sont les démons *Koka* et *Vikoka*, dont les noms sont évidemment similaires.

[131] Le symbolisme du « monde souterrain » est double, lui aussi, et il a également un sens supérieur, comme le montrent notamment certaines des considérations que nous avons exposées dans *Le Roi du Monde* ; mais ici il ne s'agit naturellement que de son sens inférieur, et même, peut-on dire, littéralement « infernal ».

dition chinoise rapporte, en termes symboliques, que « Niu-Koua (sœur et épouse de Fo-hi, et qui est dite avoir régné conjointement avec lui) fondit des pierres des cinq couleurs pour [132]réparer une déchirure qu'un géant avait faite dans le ciel » (apparemment, quoique ceci ne soit pas expliqué clairement, en un point situé sur l'horizon terrestre) [133]; et ceci se réfère à une époque qui, précisément, n'est postérieure que de quelques siècles au commencement du *Kali-Yuga*.

Seulement, si le *Kali-Yuga* tout entier est proprement une période d'obscuration, ce qui rendait dès lors possibles de telles « fissures », cette obscuration est bien loin d'avoir atteint tout de suite le degré que l'on peut constater dans ses dernières phases, et c'est pourquoi ces « fissures » pouvaient alors être réparées avec une relative facilité ; il n'en fallait d'ailleurs pas moins exercer pour cela une constante vigilance, ce qui rentrait naturellement dans les attributions des centres spirituels des différentes traditions. Il vint ensuite une époque où, par suite de l'excessive « solidification » du monde, ces mêmes « fissures » furent beaucoup moins à redouter, du moins temporairement ; cette époque correspond à la première partie des temps modernes, c'est-à-dire à ce qu'on peut définir comme la période spécialement mécaniste et matérialiste, où le « système clos » dont nous avons parlé était le plus près d'être réalisé, autant du moins que la chose est possible en fait. Maintenant, c'est-à-dire en ce qui concerne la période que nous pouvons désigner comme la seconde partie des temps modernes, et qui est déjà commencée, les conditions, par rapport à celles de toutes les époques antérieures, sont assurément bien changées : non seulement les « fissures » peuvent de nouveau se produire de plus en plus largement, et

---

[132] Ces cinq couleurs sont le blanc, le noir, le bleu, le rouge et le jaune, qui, dans la tradition extrême-orientale, correspondent aux cinq éléments, ainsi qu'aux quatre points cardinaux et au centre.

[133] Il est dit aussi que « Niu-koua coupa les quatre pieds de la tortue pour y poser les quatre extrémités du monde », afin de stabiliser la terre ; si l'on se reporte à ce que nous avons dit plus haut des correspondances analogiques respectives de Fo-hi et de Niu-koua, on peut se rendre compte que, d'après tout cela, la fonction d'assurer la stabilité et la « solidité » du monde appartient au côté substantiel de la manifestation, ce qui s'accorde exactement avec tout ce que nous avons exposé ici à cet égard

présenter un caractère bien plus grave que jamais en raison du chemin descendant qui a été parcouru dans l'intervalle, mais les possibilités de réparation ne sont plus les mêmes qu'autrefois ; en effet, l'action des centres spirituels s'est fermée de plus en plus, parce que les influences supérieures qu'ils transmettent normalement à notre monde ne peuvent plus se manifester à l'extérieur, étant arrêtées par cette « coquille » impénétrable dont nous parlions tout à l'heure ; où donc, dans un semblable état de l'ensemble humain et cosmique tout à la fois, pourrait-on bien trouver une défense tant soit peu efficace contre les « hordes de Gog et Magog » ?

Ce n'est pas tout encore : ce que nous venons de dire ne représente en quelque sorte que le côté négatif des difficultés croissantes que rencontre toute opposition à l'intrusion de ces influences maléfiques, et l'on peut y joindre aussi cette espèce d'inertie qui est due à l'ignorance générale de ces choses et aux « survivances » de la mentalité matérialiste et de l'attitude correspondante, ce qui peut persister d'autant plus longtemps que cette attitude est devenue pour ainsi dire instinctive chez les modernes et s'est comme incorporée à leur nature même. Bien entendu, bon nombre de « spiritualistes » et même de « traditionalistes », ou de ceux qui s'intitulent ainsi, sont, en fait tout aussi matérialistes que les autres sous ce rapport, car ce qui rend la situation encore plus irrémédiable, c'est que ceux qui voudraient le plus sincèrement combattre l'esprit moderne en sont eux-mêmes presque tous affectés à leur insu, si bien que tous leurs efforts sont par-là condamnés à demeurer sans aucun résultat appréciable ; ce sont là, en effet, des choses où la bonne volonté est loin d'être suffisante, et où il faut aussi, et même avant tout, une connaissance effective ; mais c'est précisément cette connaissance que l'influence de l'esprit moderne et de ses limitations rend tout à fait impossible, même chez ceux qui pourraient avoir à cet égard certaines capacités intellectuelles s'ils se trouvaient dans des conditions plus normales.

Mais, outre tous ces éléments négatifs, les difficultés dont nous parlons ont aussi un côté qu'on peut dire positif, et qui est représenté par tout ce qui, dans notre monde même, favorise activement l'intervention des influences subtiles inférieures, que ce soit d'ailleurs consciemment ou inconsciemment. Il y aurait lieu d'envisager ici, tout d'abord, le rôle en quelque sorte « déterminant » des agents mêmes de la déviation moderne tout entière, puisque cette intervention constitue proprement une nouvelle phase plus « avancée » de cette déviation, et répond exactement à la suite même du « plan » suivant lequel elle s'est effectuée ; c'est donc évidemment de ce côté qu'il faudrait chercher les auxiliaires conscients de ces forces maléfiques, quoique, là encore, il puisse y avoir dans cette conscience bien des degrés différents.

Quant aux autres auxiliaires, c'est-à-dire à tous ceux qui agissent de bonne foi et qui, ignorant la véritable nature de ces forces (grâce précisément encore à cette influence de l'esprit moderne que nous venons de signaler), ne jouent en somme qu'un simple rôle de dupes, ce qui ne les empêche pas d'être souvent d'autant plus actifs qu'ils sont plus sincères et plus aveuglés, ils sont déjà presque innombrables et peuvent se ranger en de multiples catégories, depuis les naïfs adhérents des organisations « néo-spiritualistes » de tout genre jusqu'aux philosophes « intuitionnistes », en passant par les savants « métapsychistes » et les psychologues des plus récentes écoles. Nous n'y insisterons d'ailleurs pas davantage en ce moment, car ce serait anticiper sur ce que nous aurons à dire un peu plus loin ; il nous faut encore, avant cela, donner quelques exemples de la façon dont certaines « fissures » peuvent se produire effectivement, ainsi que des « supports » que les influences subtiles ou psychiques d'ordre inférieur (car domaine subtil et domaine psychique sont pour nous, au fond, des termes synonymes) peuvent trouver dans le milieu cosmique lui-même pour exercer leur action et se répandre dans le monde humain.

Chapitre XXVI

Chamanisme et sorcellerie

L'époque actuelle, par là même qu'elle correspond aux dernières phases d'une manifestation cyclique, doit en épuiser les possibilités les plus inférieures ; c'est pourquoi elle utilise en quelque sorte tout ce qui avait été négligé par les époques antérieures : les sciences expérimentales et quantitatives des modernes et leurs applications industrielles, notamment, n'ont, au fond, pas d'autre caractère que celui-là ; de là vient que les sciences profanes, comme nous l'avons dit, constituent souvent, et cela même historiquement aussi bien qu'au point de vue de leur contenu, de véritables « résidus » de quelques-unes des anciennes sciences traditionnelles[134]. Un autre fait qui concorde encore avec ceux-là, pour peu qu'on en saisisse la véritable signification, c'est l'acharnement avec lequel les modernes ont entrepris d'exhumer les vestiges d'époques passées et de civilisations disparues, auxquels ils sont d'ailleurs incapables de rien comprendre en réalité ; et c'est même là un symptôme assez peu rassurant, à cause de la nature des influences subtiles qui restent attachées à ces vestiges et qui, sans que les investigateurs s'en doutent aucunement, sont ainsi ramenées au jour avec eux et mises pour ainsi dire en liberté par cette exhumation même. Pour que ceci puisse être mieux compris, nous allons être obligé de parler tout d'abord quelque peu de certaines choses qui, en elles-mêmes, sont, à vrai dire, tout à fait en dehors du monde moderne, mais qui n'en sont pas moins susceptibles d'être employées pour exercer, par rapport à celui-ci, une action particulièrement « désagrégeante » ; ce

---

[134] 1 Nous disons de quelques-unes, car il y a aussi d'autres sciences traditionnelles dont il n'est pas même resté dans le monde moderne la moindre trace, si déformée et déviée qu'elle puisse être. Il va de soi, d'autre part, que toutes les énumérations et classifications des philosophes ne concernent que les seules sciences profanes, et que les sciences traditionnelles ne sauraient aucunement rentrer dans ces cadres étroits et « systématiques » ; on peut assurément, mieux que jamais en d'autres temps, appliquer à notre époque le dicton arabe suivant lequel « il existe beaucoup de sciences, mais peu de savants » (*el-ulûm kathîr, walaken el-ulamâ balîl*).

que nous en dirons ne sera donc une digression qu'en apparence, et ce sera d'ailleurs, en même temps, une occasion d'élucider certaines questions trop peu connues.

Il nous faut ici, avant tout, dissiper encore une confusion et une erreur d'interprétation dues à la mentalité moderne : l'idée qu'il existe des choses purement « matérielles », conception exclusivement propre à celle-ci, n'est au fond, si on la débarrasse de toutes les complications secondaires qu'y ajoutent les théories spéciales des physiciens, rien d'autre que l'idée qu'il existe des êtres et des choses qui ne sont que corporels, et dont l'existence et la constitution n'impliquent aucun élément d'un ordre autre que celui-là. Cette idée est en somme liée directement au point de vue profane tel qu'il s'affirme, sous sa forme en quelque sorte la plus complète, dans les sciences actuelles, car, celles-ci se caractérisant par l'absence de tout rattachement à des principes d'ordre supérieur, les choses qu'elles prennent pour objet de leur étude doivent être elles-mêmes conçues comme dépourvues d'un tel rattachement (en quoi se montre du reste encore le caractère « résiduel » de ces sciences) ; c'est là, pourrait-on dire, une condition pour que la science soit adéquate à son objet, puisque, si elle admettait qu'il en fût autrement, elle devrait par là même reconnaître que la vraie nature de cet objet lui échappe. Peut-être ne faut-il pas chercher ailleurs la raison pour laquelle les « scientistes » se sont tant acharnés à discréditer toute conception autre que celle-là, en la présentant comme une « superstition » due à l'imagination des « primitifs », lesquels, pour eux, ne peuvent être autre chose que des sauvages ou des hommes de mentalité enfantine, comme le veulent les théories « évolutionnistes » ; et, que ce soit de leur part incompréhension pure et simple ou parti pris volontaire, ils réussissent en fait à en donner une idée suffisamment caricaturale pour qu'une telle appréciation paraisse entièrement justifiée à tous ceux qui les croient sur parole, c'est-à-dire à la grande majorité de nos contemporains. Il en est ainsi, en particulier, en ce qui concerne les théories des ethnologues sur ce qu'ils sont convenus d'appeler l'« animisme » ; un tel terme pourrait d'ailleurs, à la rigueur, avoir un sens acceptable, mais, bien entendu, à la condition de le comprendre tout autrement qu'ils ne le font et de n'y voir que ce qu'il peut signifier étymologiquement.

En effet, le monde corporel, en réalité, ne peut pas être considéré comme un tout se suffisant à lui-même, ni comme quelque chose d'isolé dans l'ensemble de la manifestation universelle ; au contraire, et quelles que puissent être les apparences dues actuellement à la « solidification », il procède tout entier de l'ordre subtil, dans lequel il a, peut-on dire, son principe immédiat, et par l'intermédiaire duquel il se rattache, de proche en proche, à la manifestation informelle, puis au non-manifesté ; s'il en était autrement, son existence ne pourrait être qu'une illusion pure et simple, une sorte de fantasmagorie derrière laquelle il n'y aurait rien, ce qui, en somme, revient à dire qu'il n'existerait en aucune façon. Dans ces conditions, il ne peut y avoir, dans ce monde corporel, aucune chose dont l'existence ne repose en définitive sur des éléments d'ordre subtil, et, au-delà de ceux-ci, sur un principe qui peut être dit « spirituel », et sans lequel nulle manifestation n'est possible, à quelque degré que ce soit. Si nous nous en tenons à la considération des éléments subtils, qui doivent être ainsi présents en toutes choses, mais qui y sont seulement plus ou moins cachés suivant les cas, nous pouvons dire qu'ils y correspondent à ce qui constitue proprement l'ordre « psychique » dans l'être humain ; on peut donc, par une extension toute naturelle et qui n'implique aucun « anthropomorphisme », mais seulement une analogie parfaitement légitime, les appeler aussi « psychiques » dans tous les cas (et c'est pourquoi nous avons déjà parlé précédemment de « psychisme cosmique »), ou encore « animiques », car ces deux mots, si l'on se reporte à leur sens premier, suivant leur dérivation respectivement grecque et latine, sont exactement synonymes au fond. Il résulte de là qu'il ne saurait exister réellement d'objets « inanimés », et c'est d'ailleurs pourquoi la « vie » est une des conditions auxquelles est soumise toute existence corporelle sans exception ; c'est aussi pourquoi personne n'a jamais pu arriver à définir d'une façon satisfaisante la distinction du « vivant » et du « non-vivant », cette question, comme tant d'autres dans la philosophie et la science modernes, n'étant insoluble que parce qu'elle n'a aucune raison de se poser vraiment, puisque le « non-vivant » n'a pas de place dans le domaine envisagé, et qu'en somme tout se réduit à cet égard à de simples différences de degrés.

On peut donc, si l'on veut, appeler « animisme » une telle façon d'envisager les choses, en n'entendant par ce mot rien de plus ni d'autre que l'affirmation qu'il y a dans celles-ci des éléments « animiques » ; et l'on voit que cet « animisme » s'oppose directement au mécanisme, comme la réalité même s'oppose à la simple apparence extérieure ; il est d'ailleurs évident que cette conception est « primitive », mais tout simplement parce qu'elle est vraie, ce qui est à peu près exactement le contraire de ce que les « évolutionnistes » veulent dire quand ils la qualifient ainsi. En même temps, et pour la même raison, cette conception est nécessairement commune à toutes les doctrines traditionnelles ; nous pourrions donc dire encore qu'elle est « normale », tandis que l'idée opposée, celle des choses « inanimées » (qui a trouvé une de ses expressions les plus extrêmes dans la théorie cartésienne des « animaux-machines »), représente une véritable anomalie, comme il en est du reste pour toutes les idées spécifiquement modernes et profanes. Mais il doit être bien entendu qu'il ne s'agit aucunement, en tout cela, d'une « personnification » des forces naturelles que les physiciens étudient à leur façon, et encore moins de leur « adoration », comme le prétendent ceux pour qui l'« animisme » constitue ce qu'ils croient pouvoir appeler la « religion primitive » ; en réalité, ce sont des considérations qui relèvent uniquement du domaine de la cosmologie, et qui peuvent trouver leur application dans diverses sciences traditionnelles. Il va de soi aussi que, quand il est question d'éléments « psychiques » inhérents aux choses, ou de forces de cet ordre s'exprimant et se manifestant à travers celles-ci, tout cela n'a absolument rien de « spirituel » ; la confusion de ces deux domaines est, elle encore, purement moderne, et elle n'est sans doute pas étrangère à l'idée de faire une « religion » de ce qui est science au sens le plus exact de ce mot ; en dépit de leur prétention aux « idées claires » (héritage direct, d'ailleurs, du mécanisme et du « mathématisme universel » de Descartes), nos contemporains mélangent de bien singulière façon les choses les plus hétérogènes et les plus essentiellement distinctes !

Maintenant, il importe, pour ce à quoi nous voulons en venir présentement, de remarquer que les ethnologues ont l'habitude de considérer comme « primitives » des formes qui, au contraire, sont dégénérées à un degré ou à un autre ; pourtant, bien souvent, elles ne sont pas réellement d'un niveau aussi bas que leurs interprétations le font supposer ; mais, quoi qu'il en soit, ceci explique que l'« animisme », qui ne constitue en somme qu'un point particulier d'une doctrine, ait pu être pris pour caractériser celle-ci tout entière. En effet, dans les cas de dégénérescence, c'est naturellement la partie supérieure de la doctrine, c'est-à-dire son côté métaphysique et « spirituel », qui disparaît toujours plus ou moins complètement ; par suite, ce qui n'était originairement que secondaire, et notamment le côté cosmologique et « psychique », auquel appartiennent proprement l'« animisme » et ses applications, prend inévitablement une importance prépondérante ; le reste, même s'il subsiste encore dans une certaine mesure, peut facilement échapper à l'observateur du dehors, d'autant plus que celui-ci, ignorant la signification profonde des rites et des symboles, est incapable d'y reconnaître ce qui relève d'un ordre supérieur (pas plus qu'il ne le reconnaît dans les vestiges des civilisations entièrement disparues), et croit pouvoir tout expliquer indistinctement en termes de « magie », voire même parfois de « sorcellerie » pure et simple.

On peut trouver un exemple très net de ce que nous venons d'indiquer dans un cas comme celui du « chamanisme », qui est généralement regardé comme une des formes typiques de l'« animisme » ; cette dénomination, dont la dérivation est d'ailleurs assez incertaine, désigne proprement l'ensemble des doctrines et des pratiques traditionnelles de certains peuples mongols de la Sibérie ; mais certains l'étendent à ce qui, ailleurs, présente des caractères plus ou moins similaires. Pour beaucoup, « chamanisme » est presque synonyme de sorcellerie, ce qui est certainement inexact, car il y a là bien autre chose ; ce mot a subi ainsi une déviation inverse de celle de « fétichisme », qui, lui, a bien étymologiquement le sens de sorcellerie, mais qui a été appliqué à des choses dans lesquelles il n'y a pas que cela non plus. Signalons, à ce propos, que la distinction que certains ont voulu établir entre « chamanisme » et « fétichisme », considérés comme deux variétés de l'« animisme », n'est peut-être pas aussi nette ni aussi importante qu'ils le pensent : que ce soient des êtres humains, comme dans le premier, ou des objets quelconques, comme dans le second, qui servent principalement de « supports » ou de « condensateurs », si l'on peut dire, à certaines influences subtiles, c'est là une simple différence de modalités « techniques », qui, en somme, n'a rien d'absolument essentiel[135].

---

[135] Nous empruntons, dans ce qui suit, un certain nombre d'indications concernant le « chamanisme » à un exposé intitulé *Shamanism of the Natives of Siberia*, par I. M. Casanowicz (extrait du *Smithsonian Report for 1924*), dont nous devons la communication à l'obligeance de A. K. Coomaraswamy.

Si l'on considère le « chamanisme » proprement dit, on y constate l'existence d'une cosmologie très développée, et qui pourrait donner lieu à des rapprochements avec celles d'autres traditions sur de nombreux points, à commencer par la division des « trois mondes » qui semble en constituer la base même. D'autre part, on y rencontre également des rites comparables à quelques-uns de ceux qui appartiennent à des traditions de l'ordre le plus élevé : certains, par exemple, rappellent d'une façon frappante des rites védiques, et qui sont même parmi ceux qui procèdent le plus manifestement de la tradition primordiale, comme ceux où les symboles de l'arbre et du cygne jouent le rôle principal. Il n'est donc pas douteux qu'il y ait là quelque chose qui, à ses origines tout au moins, constituait une forme traditionnelle régulière et normale ; il s'y est d'ailleurs conservé, jusqu'à l'époque actuelle, une certaine « transmission » des pouvoirs nécessaires à l'exercice des fonctions du « chamane » ; mais, quand on voit que celui-ci consacre surtout son activité aux sciences traditionnelles les plus inférieures, telles que la magie et la divination, on peut soupçonner par là qu'il y a une dégénérescence très réelle, et même se demander si parfois elle n'irait pas jusqu'à une véritable déviation, à laquelle les choses de cet ordre, lorsqu'elles prennent un développement aussi excessif, ne peuvent que trop facilement donner lieu. À vrai dire, il y a, à cet égard, des indices assez inquiétants : l'un d'eux est le lien établi entre le « chamane » et un animal, lien concernant exclusivement un individu, et qui, par conséquent, n'est aucunement assimilable au lien collectif qui constitue ce qu'on appelle à tort ou à raison le « totémisme ». Nous devons dire d'ailleurs que ce dont il s'agit ici pourrait, en soi-même, être susceptible d'une interprétation tout à fait légitime et n'ayant rien à voir avec la sorcellerie ; mais ce qui lui donne un caractère plus suspect, c'est que, chez certains peuples, sinon chez tous, l'animal est alors considéré en quelque sorte comme une forme du « chamane » lui-même ; et, d'une semblable identification à la « lycanthropie », telle qu'elle existe surtout chez des peuples de race noire[136], il n'y a peut-être pas extrêmement loin.

---

[136] D'après des témoins dignes de foi, il y a notamment, dans une région reculée du Soudan, toute une peuplade « lycanthrope » comprenant au moins une vingtaine de mille individus ; il y a aussi, dans d'autres contrées africaines, des organisations secrètes, telles que celle à laquelle on a donné le nom de « Société du Léopard », où certaines formes de « lycanthropie » jouent un rôle prédominant.

Mais il y a encore autre chose, et qui touche plus directement à notre sujet : les « chamanes », parmi les influences psychiques auxquelles ils ont affaire, en distinguent tout naturellement de deux sortes, les unes bénéfiques et les autres maléfiques, et, comme il n'y a évidemment rien à redouter des premières, c'est des secondes qu'ils s'occupent presque exclusivement ; tel paraît être du moins le cas le plus fréquent, car il se peut que le « chamanisme » comprenne des formes assez variées et entre lesquelles il y aurait des différences à faire sous ce rapport. Il ne s'agit d'ailleurs nullement d'un « culte » rendu à ces influences maléfiques, et qui serait une sorte de « satanisme » conscient, comme on l'a parfois supposé à tort ; il s'agit seulement, en principe, de les empêcher de nuire, de neutraliser ou de détourner leur action. La même remarque pourrait s'appliquer aussi à d'autres prétendus « adorateurs du diable » qui existent en diverses régions ; d'une façon générale, il n'est guère vraisemblable que le « satanisme » réel puisse être le fait de tout un peuple. Cependant, il n'en est pas moins vrai que, quelle qu'en puisse être l'intention première, le maniement d'influences de ce genre, sans qu'il soit fait aucun appel à des influences d'un ordre supérieur (et encore bien moins à des influences proprement spirituelles), en arrive, par la force même des choses, à constituer une véritable sorcellerie, bien différente d'ailleurs de celle des vulgaires « sorciers de campagne » occidentaux, qui ne représente plus que les derniers débris d'une connaissance magique aussi dégénérée et réduite que possible et sur le point de s'éteindre entièrement. La partie magique du « chamanisme », assurément, a une tout autre vitalité, et c'est pourquoi elle représente quelque chose de véritablement redoutable à plus d'un égard ; en effet, le contact pour ainsi dire constant avec ces forces psychiques inférieures est des plus dangereux, d'abord pour le « chamane » lui-même, cela va de soi, mais aussi à un autre point de vue dont l'intérêt est beaucoup moins étroitement « localisé ». En effet, il peut arriver que certains, opérant de façon plus consciente et avec des connaissances plus étendues, ce qui ne veut pas dire d'ordre plus élevé, utilisent ces mêmes forces pour de tout autres fins, à l'insu des « chamanes » ou de ceux qui agissent comme eux, et qui ne jouent plus en cela que le rôle de simples instruments pour l'accumulation des forces en question en des points déterminés. Nous savons qu'il y a ainsi, par le monde, un certain nombre de « réservoirs » d'influences dont la répartition n'a assûrement rien de « fortuit », et qui ne servent que trop bien aux desseins de certaines « puissances » responsables de toute la déviation moderne ; mais cela demande encore d'autres explications, car on pourrait, à première vue, s'étonner que les restes de ce qui fut autrefois une tradition authentique se prêtent à une « subversion » de ce genre.

Chapitre XXVII

Résidus psychiques

Pour comprendre ce que nous avons dit en dernier lieu à propos du « chamanisme », et qui est en somme la raison principale pour laquelle nous en avons donné ici cet aperçu, il faut remarquer que ce cas des vestiges qui subsistent d'une tradition dégénérée et dont la partie supérieure ou « spirituelle » a disparu est, au fond, tout à fait comparable à celui des restes psychiques qu'un être humain laisse derrière lui en passant à un autre état, et qui, dès qu'ils ont été ainsi abandonnés par l'« esprit », peuvent aussi servir à n'importe quoi ; qu'ils soient d'ailleurs utilisés consciemment par un magicien ou un sorcier, ou inconsciemment par des spirites, les effets plus ou moins maléfiques qui peuvent en résulter n'ont évidemment rien à voir avec la qualité propre de l'être auquel ces éléments ont appartenu antérieurement ; ce n'est plus qu'une catégorie spéciale d'« influences errantes », suivant l'expression employée par la tradition extrême-orientale, qui n'ont gardé tout au plus de cet être qu'une apparence purement illusoire. Ce dont il faut se rendre compte pour bien comprendre une telle similitude, c'est que les influences spirituelles elles-mêmes, pour entrer en action dans notre monde, doivent nécessairement prendre des « supports » appropriés, d'abord dans l'ordre psychique, puis dans l'ordre corporel lui-même, si bien qu'il y a là quelque chose d'analogue à la constitution d'un être humain. Si ces influences spirituelles se retirent par la suite, pour une raison quelconque, leurs anciens « supports » corporels, lieux ou objets (et, quand il s'agit de lieux, leur situation est naturellement en rapport avec la « géographie sacrée » dont nous avons parlé plus haut), n'en demeureront pas moins chargés d'éléments psychiques, et qui seront même d'autant plus forts et plus persistants qu'ils auront servi d'intermédiaires et d'instruments à une action plus puissante. On pourrait logiquement conclure de là que le cas où il s'agit de centres traditionnels et initiatiques importants, éteints depuis un temps plus ou moins long, est en somme celui qui présente les plus grands dangers à cet égard, soit que de simples imprudents provoquent des réactions violentes des « conglomérats » psychiques qui y subsistent, soit surtout que des « magiciens noirs », pour employer l'expression couramment admise, s'emparent de ceux-ci pour les manœuvrer à leur gré et en obtenir des effets conformes à leurs desseins.

Le premier des deux cas que nous venons d'indiquer suffit à expliquer, tout au moins pour une bonne part, le caractère nocif que présentent certains vestiges de civilisations disparues, lorsqu'ils viennent à être exhumés par des gens qui, comme les archéologues modernes, ignorant tout de ces choses, agissent forcément en imprudents par là même. Ce n'est pas à dire qu'il ne puisse pas parfois y avoir encore autre chose : ainsi, telle ou telle civilisation ancienne a pu, dans sa dernière période, dégénérer par un développement excessif de la magie[137], et ses restes en garderont alors naturellement l'empreinte, sous la forme d'influences psychiques d'un ordre très inférieur. Il se peut aussi que, même en dehors de toute dégénérescence de cette sorte, des lieux ou des objets aient été préparés spécialement en vue d'une action défensive contre ceux qui y toucheraient indûment, car de telles précautions n'ont en soi rien d'illégitime, bien que cependant le fait d'y attacher une trop grande importance ne soit pas un indice des plus favorables, puisqu'il témoigne de préoccupations assez éloignées de la pure spiritualité, et même peut-être d'une certaine méconnaissance de la puissance propre que celle-ci possède en elle-même et sans qu'il soit besoin d'avoir recours à de semblables « adjuvants ». Mais, tout cela mis à part, les influences psychiques subsistantes, dépourvues de l'« esprit » qui les dirigeait autrefois et réduites ainsi à une sorte d'état « larvaire », peuvent fort bien réagir d'elles-mêmes à une provocation quelconque, si involontaire soit-elle, d'une façon plus ou moins désordonnée et qui, en tout cas, n'a aucun rapport avec les intentions de ceux qui les employèrent jadis à une action d'un tout autre ordre, pas plus que les manifestations saugrenues des « cadavres » psychiques qui interviennent parfois dans les séances spirites n'ont de rapport avec ce qu'auraient pu faire ou vouloir faire, en n'importe quelle circonstance, les individualités dont ils constituèrent la forme subtile et dont ils simulent encore tant bien que mal l'« identité » posthume, au grand émerveillement des naïfs qui veulent bien les prendre pour des « esprits ».

---

[137] Il semble bien que ce cas ait été, en particulier, celui de l'Égypte ancienne.

Les influences en question peuvent donc, en bien des occasions, être déjà suffisamment malfaisantes lorsqu'elles sont simplement livrées à elles-mêmes ; c'est là un fait qui ne résulte de rien d'autre que de la nature même de ces forces du « monde intermédiaire », et auquel personne ne peut rien, pas plus qu'on ne peut empêcher l'action des forces « physiques », nous voulons dire de celles qui appartiennent à l'ordre corporel et dont s'occupent les physiciens, de causer aussi, dans certaines conditions, des accidents dont nulle volonté humaine ne saurait être rendue responsable ; seulement, on peut comprendre par-là la vraie signification des fouilles modernes et le rôle qu'elles jouent effectivement pour ouvrir certaines de ces « fissures » dont nous avons parlé. Mais, en outre, ces mêmes influences sont à la merci de quiconque saura les « capter », comme les forces « physiques » le sont également ; il va de soi que les unes et les autres pourront alors servir aux fins les plus diverses et même les plus opposées, suivant les intentions de celui qui s'en sera emparé et qui les dirigera comme il l'entend ; et, en ce qui concerne les influences subtiles, s'il se trouve que celui-là soit un « magicien noir », il est bien évident qu'il en fera un usage tout contraire à celui qu'ont pu en faire, à l'origine, les représentants qualifiés d'une tradition régulière.

Tout ce que nous avons dit jusqu'ici s'applique aux vestiges laissés par une tradition entièrement éteinte ; mais, à côté de ce cas, il y a lieu d'en envisager un autre : celui d'une ancienne civilisation traditionnelle qui se survit pour ainsi dire à elle-même, en ce sens que sa dégénérescence a été poussée à un tel point que l'« esprit » aura fini par s'en retirer totalement ; certaines connaissances, qui n'ont en elles-mêmes rien de « spirituel » et ne relèvent que de l'ordre des applications contingentes, pourront encore continuer à se transmettre, surtout les plus inférieures d'entre elles, mais, naturellement, elles seront dès lors susceptibles de toutes les déviations, car elles aussi ne représentent plus que des « résidus » d'une autre sorte, la doctrine pure dont elles devaient normalement dépendre ayant disparu. Dans un pareil cas de « survivance », les influences psychiques antérieurement mises en œuvre par les représentants de la tradition pourront encore être « captées », même à l'insu de leurs continuateurs apparents, mais désormais illégitimes et dépourvus de toute véritable autorité ; ceux qui s'en serviront réellement à travers eux auront ainsi l'avantage d'avoir à leur disposition, comme instruments inconscients de l'action qu'ils veulent exercer, non plus seulement des objets dits « inanimés », mais aussi des hommes vivants qui servent également de « supports » à ces influences, et dont l'existence actuelle confère naturellement à celles-ci une bien plus grande vitalité. C'est bien là exactement ce que nous avions en vue en considérant un exemple comme celui du « chamanisme », sous la réserve, bien entendu, que ceci peut ne pas s'appliquer indistinctement à tout ce qu'on a l'habitude de ranger sous cette désignation quelque peu conventionnelle, et qui, en fait, n'en est peut-être pas arrivé à un égal degré de déchéance.

Une tradition qui est ainsi déviée est véritablement morte comme telle, tout autant que celle pour laquelle il n'existe plus aucune apparence de continuation ; d'ailleurs, si elle était encore vivante, si peu que ce fût, une pareille « subversion », qui n'est en somme pas autre chose qu'un retournement de ce qui en subsiste pour le faire servir dans un sens antitraditionnel par définition même, ne pourrait évidemment avoir lieu en aucune façon. Il convient cependant d'ajouter que, avant même que les choses en soient à ce point, et dès que des organisations traditionnelles sont assez amoindries et affaiblies pour ne plus être capables d'une résistance suffisante, des agents plus ou moins directs de l'« adversaire »[138] peuvent déjà s'y introduire pour travailler à hâter le moment où la « subversion » deviendra possible ; il n'est pas certain qu'ils y réussissent dans tous les cas, car tout ce qui a encore quelque vie peut toujours se ressaisir ; mais, si la mort se produit, l'ennemi se trouvera ainsi dans la place, pourrait-on dire, tout prêt à en tirer parti et à utiliser aussitôt le « cadavre » à ses propres fins. Les représentants de tout ce qui, dans le monde occidental, possède encore actuellement un caractère traditionnel authentique, tant dans le domaine exotérique que dans le domaine initiatique, auraient, pensons-nous, le plus grand intérêt à faire leur profit de cette dernière observation pendant qu'il en est temps encore, car, autour d'eux, les signes menaçants que consti-

---

[138] On sait qu'« adversaire » est le sens littéral du mot hébreu *Shatan*, et il s'agit en effet ici de « puissances » dont le caractère est bien véritablement « satanique ».

tuent les « infiltrations » de ce genre ne font malheureusement pas défaut pour qui sait les apercevoir.

Une autre considération qui a encore son importance est celle-ci : si l'« adversaire » (dont nous essaierons de préciser un peu plus la nature par la suite) a avantage à s'emparer des lieux qui furent le siège d'anciens centres spirituels, toutes les fois qu'il le peut, ce n'est pas uniquement à cause des influences psychiques qui y sont accumulées et qui se trouvent en quelque sorte « disponibles » ; c'est aussi en raison même de la situation particulière de ces lieux, car il est bien entendu qu'ils ne furent point choisis arbitrairement pour le rôle qui leur fut assigné à une époque ou à une autre et par rapport à telle ou telle forme traditionnelle. La « géographie sacrée », dont la connaissance détermine un tel choix, est, comme toute autre science traditionnelle d'ordre contingent, susceptible d'être détournée de son usage légitime et appliquée « à rebours » : si un point est « privilégié » pour servir à l'émission et à la direction des influences psychiques quand celles-ci sont le véhicule d'une action spirituelle, il ne le sera pas moins quand ces mêmes influences psychiques seront utilisées d'une tout autre manière et pour des fins contraires à toute spiritualité. Ce danger de détournement de certaines connaissances, dont nous trouvons ici un exemple très net, explique d'ailleurs, notons-le en passant, bien des réserves qui sont chose toute naturelle dans une civilisation normale, mais que les modernes se montrent tout à fait incapables de comprendre, puisqu'ils attribuent communément à une volonté de « monopoliser » ces connaissances ce qui n'est en réalité qu'une mesure destinée à en empêcher l'abus autant qu'il est possible. À vrai dire, du reste, cette mesure ne cesse d'être efficace que dans le cas où les organisations dépositaires des connaissances en question laissent pénétrer dans leur sein des individus non qualifiés, voire même, comme nous venons de le dire, des agents de l'« adversaire », dont un des buts les plus immédiats sera précisément alors de découvrir ces secrets.

Tout cela n'a certes aucun rapport direct avec le véritable secret initiatique, qui, ainsi que nous l'avons dit plus haut, réside exclusivement dans l'« ineffable » et l'« incommunicable », et qui, évidemment, est par là même à l'abri de toute recherche indiscrète ; mais, bien qu'il ne s'agisse ici que de choses contingentes, on devra pourtant reconnaître que les précautions qui peuvent être prises dans cet ordre pour éviter toute déviation, et par suite toute action malfaisante qui est susceptible d'en résulter, sont loin de n'avoir pratiquement qu'un intérêt négligeable.

De toute façon, qu'il s'agisse des lieux eux-mêmes, des influences qui y demeurent attachées, ou encore des connaissances du genre de celles que nous venons de mentionner, on peut rappeler à cet égard l'adage ancien : « *corruptio optimi pessima* », qui s'applique peut-être plus exactement encore ici qu'en tout autre cas ; c'est bien de « corruption » qu'il convient de parler en effet, même au sens le plus littéral de ce mot, puisque les « résidus » qui sont ici en cause sont, comme nous le disions tout d'abord, comparables aux produits de la décomposition de ce qui fut un être vivant ; et, comme toute corruption est en quelque sorte contagieuse, ces produits de la dissolution des choses passées auront eux-mêmes, partout où ils seront « projetés », une action particulièrement dissolvante et désagrégeante, surtout s'ils sont utilisés par une volonté nettement consciente de ses fins. Il y a là, pourrait-on dire, une sorte de « nécromancie » qui met en œuvre des restes psychiques tout autres que ceux des individualités humaines, et ce n'est assurément pas la moins redoutable, car elle a par là des possibilités d'action bien autrement étendues que celles de la vulgaire sorcellerie, et il n'y a même aucune comparaison possible sous ce rapport ; il faut d'ailleurs, au point où en sont les choses aujourd'hui, que nos contemporains soient vraiment bien aveugles pour n'en avoir pas même le moindre soupçon !

Chapitre XXVIII

Les étapes de l'action antitraditionnelle

Après les considérations que nous avons exposées et les exemples que nous avons donnés jusqu'ici, on pourra mieux comprendre en quoi consistent exactement, d'une façon générale, les étapes de l'action antitraditionnelle qui a véritablement « fait » le monde moderne comme tel ; mais, avant tout, il faut bien se rendre compte que, toute action effective supposant nécessairement des agents, celle-là ne peut, pas plus qu'une autre, être une sorte de production spontanée et « fortuite », et que, s'exerçant spécialement dans le domaine humain, elle doit forcément impliquer l'intervention d'agents humains. Le fait que cette action concorde avec les caractères propres de la période cyclique où elle s'est produite explique qu'elle ait été possible et qu'elle ait réussi, mais il ne suffit pas à expliquer la façon dont elle a été réalisée et n'indique pas les moyens qui ont été mis en œuvre pour y parvenir. Du reste, il suffit, pour s'en convaincre, de réfléchir quelque peu à ceci : les influences spirituelles elles-mêmes, dans toute organisation traditionnelle, agissent toujours par l'intermédiaire d'êtres humains, qui sont les représentants autorisés de la tradition, bien que celle-ci soit réellement « supra-humaine » dans son essence ; à plus forte raison doit-il en être de même dans un cas où n'entrent en jeu que des influences psychiques, et même de l'ordre le plus inférieur, c'est-à-dire tout le contraire d'un pouvoir transcendant par rapport à notre monde, sans compter que le caractère de « contrefaçon » qui se manifeste partout dans ce domaine, et sur lequel nous aurons encore à revenir, exige encore plus rigoureusement qu'il en soit ainsi. D'autre part, comme l'initiation, sous quelque forme qu'elle se présente, est ce qui incarne véritablement l'« esprit » d'une tradition, et aussi ce qui permet la réalisation effective des états « supra-humains », il est évident que c'est à elle que doit s'opposer le plus directement (dans la mesure toutefois où une telle opposition est concevable) ce dont il s'agit ici, et qui tend au contraire, par tous les moyens, à entraîner les hommes vers l'« infra-humain » ; aussi le terme de « contre-initiation » est-il celui qui convient le mieux pour désigner ce à quoi se rattachent, dans leur ensemble et à des degrés divers (car, comme dans l'initiation encore, il y a forcément là des degrés), les agents humains par lesquels s'accomplit l'action antitraditionnelle ; et ce n'est pas là une simple dénomination conventionnelle employée pour parler plus commodément de ce qui n'a vraiment aucun nom, mais bien une expression qui correspond aussi exactement que possible à des réalités très précises.

Il est assez remarquable que, dans tout l'ensemble de ce qui constitue proprement la civilisation moderne, quel que soit le point de vue sous lequel on l'envisage, on ait toujours à constater que tout apparaît comme de plus en plus artificiel, dénaturé et falsifié ; beaucoup de ceux qui font aujourd'hui la critique de cette civilisation en sont d'ailleurs frappés, même lorsqu'ils ne savent pas aller plus loin et n'ont pas le moindre soupçon de ce qui se cache en réalité derrière tout cela. Il suffirait pourtant, nous semble-t-il, d'un peu de logique pour se dire que, si tout est ainsi devenu artificiel, la mentalité même à laquelle correspond cet état de choses ne doit pas l'être moins que le reste, qu'elle aussi doit être « fabriquée » et non point spontanée ; et, dès qu'on aurait fait cette simple réflexion, on ne pourrait plus manquer de voir les indices concordants en ce sens se multiplier de toutes parts et presque indéfiniment ; mais il faut croire qu'il est malheureusement bien difficile d'échapper aussi complètement aux « suggestions » auxquelles le monde moderne comme tel doit son existence même et sa durée, car ceux mêmes qui se déclarent le plus résolument « antimodernes » ne voient généralement rien de tout cela, et c'est d'ailleurs pourquoi leurs efforts sont si souvent dépensés en pure perte et à peu près dépourvus de toute portée réelle.

L'action antitraditionnelle devait nécessairement viser à la fois à changer la mentalité générale et à détruire toutes les institutions traditionnelles en Occident, puisque c'est là qu'elle s'est exercée tout d'abord et directement, en attendant de pouvoir chercher à s'étendre ensuite au monde entier par le moyen des Occidentaux ainsi préparés à devenir ses instruments. D'ailleurs, la mentalité étant changée, les institutions, qui dès lors ne lui correspondaient plus, devaient par là même être facilement détruites ; c'est donc le travail de déviation de la mentalité qui apparaît ici comme véritablement fondamental, comme ce dont tout le reste dépend en quelque façon, et, par conséquent, c'est là-dessus qu'il convient d'insister plus particulièrement. Ce travail, évidemment, ne pouvait pas être opéré d'un seul coup, quoique ce qu'il y a peut-être de plus étonnant soit la rapidité avec laquelle les Occidentaux ont pu être amenés à oublier tout ce qui, chez eux, avait été lié à l'existence d'une civilisation traditionnelle ; si l'on songe à l'incompréhension totale dont les XVIIe et XVIIIe siècles ont fait preuve à l'égard du moyen âge, et cela sous tous les rapports, il devrait être facile de comprendre qu'un changement aussi complet et aussi brusque n'a pas pu s'accomplir d'une façon naturelle et spontanée.

Quoi qu'il en soit, il fallait tout d'abord réduire en quelque sorte l'individu à lui-même, et ce fut là surtout, comme nous l'avons expliqué, l'œuvre du rationalisme, qui dénie à l'être la possession et l'usage de toute faculté d'ordre transcendant ; il va de soi, d'ailleurs, que le rationalisme a commencé à agir avant même de recevoir ce nom avec sa forme plus spécialement philosophique, ainsi que nous l'avons vu à propos du Protestantisme ; et, du reste, l'« humanisme » de la Renaissance n'était lui-même rien d'autre que le précurseur direct du rationalisme proprement dit, puisque qui dit « humanisme » dit prétention de ramener toutes choses à des éléments purement humains, donc (en fait tout au moins, sinon encore en vertu d'une théorie expressément formulée) exclusion de tout ce qui est d'ordre supra-individuel. Il fallait ensuite tourner entièrement l'attention de l'individu vers les choses extérieures et sensibles, afin de l'enfermer pour ainsi dire, non pas seulement dans le domaine humain, mais, par une limitation beaucoup plus étroite encore, dans le seul monde corporel ; c'est là le point de départ de toute la science moderne, qui, dirigée constamment dans ce sens, devait rendre cette limitation de plus en plus effective. La constitution des théories scientifiques, ou philosophico-scientifiques si l'on veut, dut aussi procéder graduellement ; et (nous n'avons, ici encore, qu'à rappeler sommairement ce que nous avons déjà exposé) le mécanisme prépara directement la voie au matérialisme, qui devait marquer, d'une façon en quelque sorte irrémédiable, la réduction de l'horizon mental au domaine corporel, considéré désormais comme la seule « réalité », et d'ailleurs dépouillé lui-même de tout ce qui ne pouvait pas être regardé comme simplement « matériel » ; naturellement, l'élaboration de la notion même de « matière » par les physiciens devait jouer ici un rôle important. On était dès lors entré proprement dans le « règne de la quantité » ; la science profane, toujours mécaniste depuis Descartes, et devenue plus spécialement matérialiste à partir de la seconde moitié du XVIIIe siècle, devait, dans ses théories successives, devenir de plus en plus exclusivement quantitative, en même temps que le matérialisme, s'insinuant dans la mentalité générale, arrivait à y déterminer cette attitude, indépendante de toute affirmation théorique, mais d'autant plus diffusée et passée finalement à l'état d'une sorte d'« instinct », que nous avons appelée le « matérialisme pratique », et cette attitude même devait être encore renforcée par les applications industrielles de la science quantitative, qui avaient pour effet d'attacher de plus en plus complètement les hommes aux seules réalisations « matérielles ».

L'homme « mécanisait » toutes choses, et finalement il en arrivait à se « mécaniser » lui-même, tombant peu à peu à l'état des fausses « unités » numériques perdues dans l'uniformité et l'indistinction de la « masse », c'est-à-dire en définitive dans la pure multiplicité ; c'est bien là, assurément, le triomphe le plus complet qu'on puisse imaginer de la quantité sur la qualité.

Cependant, en même temps que se poursuivait ce travail de « matérialisation » et de « quantification », qui du reste n'est pas encore achevé et ne peut même jamais l'être, puisque la réduction totale à la quantité pure est irréalisable dans la manifestation, un autre travail, contraire en apparence seulement, avait déjà commencé, et cela, rappelons-le, dès l'apparition même du matérialisme proprement dit. Cette seconde partie de l'action antitraditionnelle devait tendre, non plus à la « solidification », mais à la dissolution ; mais, bien loin de contrarier la première tendance, celle qui se caractérise par la réduction au quantitatif, elle devait l'aider lorsque le maximum de la « solidification » possible aurait été atteint, et que cette tendance, ayant dépassé son premier but en voulant aller jusqu'à ramener le continu au discontinu, serait devenue elle-même une tendance vers la dissolution. Aussi est-ce à ce moment que ce second travail, qui d'abord ne s'était effectué, à titre de préparation, que d'une façon plus ou moins cachée et en tout cas dans des milieux restreints, devait apparaître au jour et prendre à son tour une portée de plus en plus générale, en même temps que la science quantitative elle-même devenait moins strictement matérialiste, au sens propre du mot, et finissait même par cesser de s'appuyer sur la notion de « matière », rendue de plus en plus inconsistante et « fuyante » par la suite même de ses élaborations théoriques. C'est là l'état où nous en sommes présentement : le matérialisme ne fait plus que se survivre à lui-même, et il peut sans doute se survivre plus ou moins longtemps, surtout en tant que « matérialisme pratique » ; mais, en tout cas, il a désormais cessé de jouer le rôle principal dans l'action antitraditionnelle.

Après avoir fermé le monde corporel aussi complètement que possible, il fallait, tout en ne permettant le rétablissement d'aucune communication avec les domaines supérieurs, le rouvrir par le bas, afin d'y faire pénétrer les forces dissolvantes et destructives du domaine subtil inférieur ; c'est donc le « déchaînement » de ces forces, pourrait-on dire, et leur mise en œuvre pour achever la déviation de notre monde et le mener effectivement vers la dissolution finale, qui constituent cette seconde partie ou cette seconde phase dont nous venons de parler.

On peut bien dire, en effet, qu'il y a là deux phases distinctes, bien qu'elles aient été en partie simultanées, car, dans le « plan » d'ensemble de la déviation moderne, elles se suivent logiquement et n'ont que successivement leur plein effet ; du reste, dès que le matérialisme était constitué, la première était en quelque sorte virtuellement complète et n'avait plus qu'à se dérouler par le développement de ce qui était impliqué dans le matérialisme même ; et c'est précisément alors que commença la préparation de la seconde, dont on n'a encore vu actuellement que les premiers effets, mais pourtant des effets déjà assez apparents pour permettre de prévoir ce qui s'ensuivra, et pour qu'on puisse dire, sans aucune exagération, que c'est ce second aspect de l'action antitraditionnelle qui, dès maintenant, passe véritablement au premier plan dans les desseins de ce que nous avons d'abord désigné collectivement comme l'« adversaire », et que nous pouvons, avec plus de précision, nommer la « contre-initiation ».

Chapitre XXIX

Déviation et subversion

Nous avons considéré l'action antitraditionnelle, par laquelle a été en quelque sorte « fabriqué » le monde moderne, comme constituant dans son ensemble une œuvre de déviation par rapport à l'état normal qui est celui de toutes les civilisations traditionnelles, quelles que soient d'ailleurs leurs formes particulières ; cela est facile à comprendre et n'a pas besoin de plus amples commentaires. D'autre part, il y a une distinction à faire entre déviation et subversion : la déviation est susceptible de degrés indéfiniment multiples, pourrait-on dire, de sorte qu'elle peut s'opérer peu à peu et comme insensiblement ; nous en avons un exemple dans l'acheminement graduel de la mentalité moderne de l'« humanisme » et du rationalisme au mécanisme, puis au matérialisme, et aussi dans le processus suivant lequel la science profane a élaboré successivement des théories d'un caractère de plus en plus exclusivement quantitatif, ce qui permet de dire que toute cette déviation, depuis son début même, a constamment tendu à établir progressivement le « règne de la quantité ». Mais, quand la déviation arrive à son terme extrême, elle aboutit à un véritable « renversement », c'est-à-dire à un état qui est diamétralement opposé à l'ordre normal, et c'est alors qu'on peut parler proprement de « subversion », suivant le sens étymologique de ce mot ; bien entendu, cette « subversion » ne doit aucunement être confondue avec le « retournement » dont nous avons parlé à propos de l'instant final du cycle, et même elle en est exactement le contraire, puisque ce « retournement », venant précisément après la « subversion » et au moment même où celle-ci semble complète, est en réalité un « redressement » rétablissant l'ordre normal, et restaurant l'« état primordial » qui en représente la perfection dans le domaine humain.

On pourrait dire que la subversion, ainsi entendue, n'est en somme que le dernier degré et l'aboutissement même de la déviation, ou encore, ce qui revient au même, que la déviation tout entière ne tend en définitive qu'à amener la subversion, et cela est vrai en effet ; dans l'état présent des choses, bien qu'on ne puisse dire encore que la subversion soit complète, on en a déjà des signes très visibles dans tout ce qui présente le caractère de « contrefaçon » ou de « parodie » auquel nous avons plusieurs fois fait allusion, et sur lequel nous reviendrons plus amplement par la suite. Pour le moment, nous nous bornerons à faire remarquer, à cet égard, que ce caractère constitue, par lui-même, une marque très significative quant à l'origine réelle de ce qui en est affecté, et, par conséquent, de la déviation moderne elle-même, dont il met bien en évidence la nature véritablement « satanique » ; ce dernier mot, en effet, s'applique proprement à tout ce qui est négation et renversement de l'ordre, et c'est bien là, sans le moindre doute, ce dont nous pouvons constater les effets autour de nous ; le monde moderne lui-même est-il en somme autre chose que la négation pure et simple de toute vérité traditionnelle ? Mais, en même temps, cet esprit de négation est aussi, et en quelque sorte par nécessité, l'esprit de mensonge ; il revêt tous les déguisements, et souvent les plus inattendus, pour ne pas être reconnu pour ce qu'il est, pour se faire même passer pour tout le contraire, et c'est justement en cela qu'apparaît la contrefaçon ; c'est ici l'occasion de rappeler qu'on dit que « Satan est le singe de Dieu », et aussi qu'il « se transfigure en ange de lumière ». Au fond, cela revient à dire qu'il imite à sa façon, en l'altérant et en le faussant de manière à le faire toujours servir à ses fins, cela même à quoi il veut s'opposer : ainsi, il fera en sorte que le désordre prenne les apparences d'un faux ordre, il dissimulera la négation de tout principe sous l'affirmation de faux principes, et ainsi de suite. Naturellement, tout cela ne peut jamais être, en réalité, que simulacre et même caricature, mais assez habilement présenté pour que l'immense majorité des hommes s'y laisse tromper ; et comment s'en étonner quand on voit combien les supercheries, même grossières, réussissent facilement à en imposer à la foule, et combien, par contre, il est difficile d'arriver ensuite à détromper celle-ci ? « *Vulgus vult decipi* », disaient déjà les anciens de l'époque « classique » ; et il s'est sans doute toujours trouvé, bien qu'ils n'aient jamais été aussi nombreux que de nos jours, des gens disposés à ajouter : « *ergo decipiatur* » !

Pourtant, comme qui dit contrefaçon dit par là même parodie, car ce sont là presque des synonymes, il y a invariablement, dans toutes les choses de ce genre, un élément grotesque qui peut être plus ou moins apparent, mais qui, en tout cas, ne devrait pas échapper à des observateurs tant soit peu perspicaces, si toutefois les « suggestions » qu'ils subissent inconsciemment n'abolissaient à cet égard leur perspicacité naturelle. C'est là le côté par lequel le mensonge, si habile qu'il soit, ne peut faire autrement que de se trahir ; et, bien entendu, cela aussi est une « marque » d'origine, inséparable de la contrefaçon elle-même, et qui doit normalement permettre de la reconnaître comme telle. Si l'on voulait citer ici des exemples pris parmi les manifestations diverses de l'esprit moderne, on n'aurait assurément que l'embarras du choix, depuis les pseudo-rites « civiques » et « laïques » qui ont pris tant d'extension partout en ces dernières années, et qui visent à fournir à la « masse » un substitut purement humain des vrais rites religieux, jusqu'aux extravagances d'un soi-disant « naturisme » qui, en dépit de son nom, n'est pas moins artificiel, pour ne pas dire « anti-naturel », que les inutiles complications de l'existence contre lesquelles il a la prétention de réagir par une dérisoire comédie, dont le véritable propos est d'ailleurs de faire croire que l'« état de nature » se confond avec l'animalité ; et il n'est pas jusqu'au simple repos de l'être humain qui n'ait fini par être menacé de dénaturation par l'idée contradictoire en elle-même, mais très conforme à l'« égalitarisme » démocratique, d'une « organisation des loisirs »[139] ! Nous ne mentionnons ici, avec intention, que des faits qui sont connus de tout le monde, qui appartiennent incontestablement à ce qu'on peut appeler le « domaine public », et que chacun peut donc constater sans peine ; n'est-il pas incroyable que ceux qui en sentent, nous ne dirons pas le danger, mais simplement le ridicule, soient si rares qu'ils représentent de véritables exceptions ? « Pseudo-religion », devrait-on dire à ce propos, « pseudo-nature », « pseudo-repos », et ainsi pour tant d'autres choses ; si l'on voulait parler toujours strictement selon la vérité, il faudrait placer constamment ce mot « pseudo » devant la désignation de tous les produits spécifiques du monde moderne, y compris la science profane qui n'est elle-même qu'une « pseudo-science » ou un simulacre de connaissance, pour indiquer ce que tout cela est en réalité : des falsifications et rien d'autre, et des falsifications dont le but n'est que trop évident pour ceux qui sont encore capables de réfléchir.

---

[139] 1 Il y a lieu d'ajouter que cette « organisation des loisirs » fait partie intégrante des efforts faits, comme nous l'avons signalé plus haut, pour obliger les hommes à vivre « en commun » le plus possible.

Cela dit, revenons à des considérations d'un ordre plus général : qu'est-ce qui rend cette contrefaçon possible, et même d'autant plus possible et d'autant plus parfaite en son genre, s'il est permis de s'exprimer ainsi en un pareil cas, qu'on avance davantage dans la marche descendante du cycle ? La raison profonde en est dans le rapport d'analogie inverse qui existe, ainsi que nous l'avons expliqué, entre le point le plus haut et le point le plus bas ; c'est là ce qui permet notamment de réaliser, dans une mesure correspondant à celle où l'on s'approche du domaine de la quantité pure, ces sortes de contrefaçons de l'unité principielle qui se manifestent dans l'« uniformité » et la « simplicité » vers lesquelles tend l'esprit moderne, et qui sont comme l'expression la plus complète de son effort de réduction de toutes choses au point de vue quantitatif. C'est peut-être là ce qui montre le mieux que la déviation n'a pour ainsi dire qu'à se dérouler et à se poursuivre jusqu'au bout pour mener finalement à la subversion proprement dite, car, quand ce qu'il y a de plus inférieur (puisqu'il s'agit là de ce qui est même inférieur à toute existence possible) cherche ainsi à imiter et à contrefaire les principes supérieurs et transcendants, c'est bien de subversion qu'il y a lieu de parler effectivement. Cependant, il convient de rappeler que, par la nature même des choses, la tendance vers la quantité pure ne peut jamais arriver à produire son plein effet ; pour que la subversion puisse être complète en fait, il faut donc que quelque chose d'autre intervienne, et nous pourrions en somme répéter à ce propos, en nous plaçant seulement à un point de vue quelque peu différent, ce que nous avons dit précédemment au sujet de la dissolution ; dans les deux cas, d'ailleurs, il est évident qu'il s'agit également de ce qui se rapporte au terme final de la manifestation cyclique ; et c'est précisément pourquoi le « redressement » de l'instant ultime doit apparaître, de la façon la plus exacte, comme un renversement de toutes choses par rapport à l'état de subversion dans lequel elles se trouvaient immédiatement avant cet instant même.

En tenant compte de la dernière remarque que nous venons de faire, on pourrait encore dire ceci : la première des deux phases que nous avons distinguées dans l'action antitraditionnelle représente simplement une œuvre de déviation, dont l'aboutissement propre est le matérialisme le plus complet et le plus grossier ; quant à la seconde phase, elle pourrait être caractérisée plus spécialement comme une œuvre de subversion (car c'est bien là ce à quoi elle tend plus directement), devant aboutir à la constitution de ce que nous avons déjà appelé une « spiritualité à rebours », ainsi que la suite le montrera encore plus clairement. Les forces subtiles inférieures auxquelles il est fait appel dans cette seconde phase peuvent vraiment être qualifiées de forces « subversives » à tous les points de vue ; et nous avons pu aussi appliquer plus haut le mot de « subversion » à l'utilisation « à rebours » de ce qui reste des anciennes traditions que l'« esprit » a abandonnées ; du reste, c'est bien toujours de cas similaires qu'il s'agit en tout cela, car ces vestiges corrompus, dans de telles conditions, tombent nécessairement eux-mêmes dans les régions inférieures du domaine subtil. Nous allons donner un autre exemple particulièrement net de l'œuvre de subversion, qui est le renversement intentionnel du sens légitime et normal des symboles traditionnels ; ce sera d'ailleurs, en même temps, une occasion pour nous expliquer plus complètement sur la question du double sens que les symboles contiennent généralement en eux-mêmes, et sur lequel nous avons eu assez souvent à nous appuyer au cours du présent exposé pour qu'il ne soit pas hors de propos de donner là-dessus un peu plus de précisions.

Chapitre XXX

Le renversement des symboles

On s'étonne parfois qu'un même symbole puisse être pris en deux sens qui, apparemment tout au moins, sont directement opposés l'un à l'autre ; il ne s'agit pas simplement en cela, bien entendu, de la multiplicité des sens que, d'une façon générale, peut présenter tout symbole suivant le point de vue ou le niveau auquel on l'envisage, et qui fait d'ailleurs que le symbolisme ne peut jamais être « systématisé » en aucune façon, mais, plus spécialement, de deux aspects qui sont liés entre eux par un certain rapport de corrélation, prenant la forme d'une opposition, de telle sorte que l'un d'eux soit pour ainsi dire l'inverse ou le « négatif » de l'autre. Pour le comprendre, il faut partir de la considération de la dualité comme présupposée par toute manifestation, et, par suite, comme la conditionnant dans tous ses modes, où elle doit toujours se retrouver sous une forme ou sous une autre [140]; il est vrai que cette dualité est proprement un complémentarisme, et non pas une opposition ; mais deux termes qui sont en réalité complémentaires peuvent aussi, à un point de vue plus extérieur et plus contingent, apparaître comme opposés[141]. Toute opposition n'existe comme telle qu'à un certain niveau, car il n'en peut être aucune qui soit irréductible ; à un niveau plus élevé, elle se résout en un complémentarisme, dans lequel ses deux termes se trouvent déjà conciliés et harmonisés, avant de rentrer finalement dans l'unité du principe commun dont ils procèdent l'un et l'autre. On pourrait donc dire que le point de vue du complémentarisme est, en un certain sens, intermédiaire entre celui de

---

[140] Comme il est des erreurs de langage qui se produisent assez fréquemment et qui ne sont pas sans avoir de graves inconvénients, il n'est pas inutile de préciser que « dualité » et « dualisme » sont deux choses tout à fait différentes : le dualisme (dont la conception cartésienne de l'« esprit » et de la « matière » est un des exemples les plus connus) consiste proprement à considérer une dualité comme irréductible et à ne rien envisager au-delà, ce qui implique la négation du principe commun dont, en réalité, les deux termes de cette dualité procèdent par « polarisation ».

[141] *Voir* Le Symbolisme de la Croix, *ch. VII*

l'opposition et celui de l'unification ; et chacun de ces points de vue a sa raison d'être et sa valeur propre dans l'ordre auquel il s'applique, bien que, évidemment, ils ne se situent pas au même degré de réalité ; ce qui importe est donc de savoir mettre chaque aspect à sa place hiérarchique, et de ne pas prétendre le transporter dans un domaine où il n'aurait plus aucune signification acceptable.

Dans ces conditions, on peut comprendre que le fait d'envisager dans un symbole deux aspects contraires n'a, en lui-même, rien que de parfaitement légitime, et que d'ailleurs la considération d'un de ces aspects n'exclut nullement celle de l'autre, puisque chacun d'eux est également vrai sous un certain rapport, et que même, du fait de leur corrélation, leur existence est en quelque sorte solidaire. C'est donc une erreur, assez fréquente du reste, de penser que la considération respective de l'un et de l'autre de ces aspects doit être rapportée à des doctrines ou à des écoles se trouvant elles-mêmes en opposition [142]; ici, tout dépend seulement de la prédominance qui peut être attribuée à l'un par rapport à l'autre, ou parfois aussi de l'intention suivant laquelle le symbole peut être employé, par exemple, comme élément intervenant dans certains rites, ou encore comme moyen de reconnaissance pour les membres de certaines organisations ; mais c'est là un point sur lequel nous allons avoir à revenir. Ce qui montre bien que les deux aspects ne s'excluent point et sont susceptibles d'être envisagés simultanément, c'est qu'ils peuvent se trouver réunis dans une même figuration symbolique complexe ; à cet égard, il convient de remarquer, bien que nous ne puissions songer à développer ceci complètement, qu'une dualité, qui pourra être opposition ou complémentarisme suivant le point de vue auquel on se placera, peut, quant à la situation de ses termes l'un par rapport à l'autre, se disposer dans un sens vertical ou dans un sens horizontal ; ceci résulte immédiatement du schéma crucial du quaternaire, qui peut se décomposer en deux dualités, l'une verticale et l'autre horizontale. La dualité verticale peut être rapportée aux deux extrémités d'un axe, ou aux deux directions contraires suivant lesquelles cet axe peut être parcouru ; la dualité horizontale est celle de

---

[142] Nous avons eu à relever notamment une erreur de ce genre au sujet de la figuration du *swastika* avec les branches dirigées de façon à indiquer deux sens de rotation opposés (*Le Symbolisme de la Croix*, ch. X)

deux éléments qui se situent symétriquement de part et d'autre de ce même axe. On peut donner comme exemple du premier cas les deux triangles du sceau de Salomon (et aussi tous les autres symboles de l'analogie qui se disposent suivant un schéma géométrique similaire), et comme exemple du second les deux serpents du caducée ; et l'on remarquera que c'est seulement dans la dualité verticale que les deux termes se distinguent nettement l'un de l'autre par leur position inverse, tandis que, dans la dualité horizontale, ils peuvent paraître tout à fait semblables ou équivalents quand on les envisage séparément, alors que pourtant leur signification n'est pas moins réellement contraire dans ce cas que dans l'autre. On peut dire encore que, dans l'ordre spatial, la dualité verticale est celle du haut et du bas, et la dualité horizontale celle de la droite et de la gauche ; cette observation semblera peut-être trop évidente, mais elle n'en a pas moins son importance, parce que, symboliquement (et ceci nous ramène à la valeur proprement qualitative des directions de l'espace), ces deux couples de termes sont eux-mêmes susceptibles d'applications multiples, dont il ne serait pas difficile de découvrir des traces jusque dans le langage courant, ce qui indique bien qu'il s'agit là de choses d'une portée très générale.

Tout cela étant posé en principe, on pourra sans peine en déduire certaines conséquences concernant ce qu'on pourrait appeler l'usage pratique des symboles ; mais, à cet égard, il faut faire intervenir tout d'abord une considération d'un caractère plus particulier, celle du cas où les deux aspects contraires sont pris respectivement comme « bénéfique » et comme « maléfique ». Nous devons dire que nous employons ces deux expressions faute de mieux, comme nous l'avons déjà fait précédemment ; en effet, elles ont l'inconvénient de pouvoir faire supposer qu'il y a là quelque interprétation plus ou moins « morale », alors qu'en réalité il n'en est rien, et qu'elles doivent être entendues ici en un sens purement « technique ». De plus, il doit être bien compris aussi que la qualité « bénéfique » ou « maléfique » ne s'attache pas d'une façon absolue à l'un des deux aspects, puisqu'elle ne convient proprement qu'à une application spéciale, à laquelle il serait impossible de réduire indistinctement toute opposition quelle qu'elle soit, et qu'en tout cas elle disparaît nécessairement quand on passe du point de vue de l'opposition à celui du complémentarisme, auquel une telle considération est totalement étrangère. Dans ces limites et en tenant compte de ces réserves, c'est là un point de vue qui a normalement sa place parmi les autres ; mais c'est aussi de ce point de vue même, ou plutôt des abus auxquels il donne lieu, que peut résulter, dans l'interprétation et l'usage du symbolisme, la subversion dont nous voulons parler plus spécialement ici, subversion constituant une des « marques » caractéristiques de ce qui, consciemment ou non, relève du domaine de la « contre-initiation » ou se trouve plus ou moins directement soumis à son influence.

Cette subversion peut consister, soit à attribuer à l'aspect « maléfique », tout en le reconnaissant cependant comme tel, la place qui doit normalement revenir à l'aspect « bénéfique », voire même une sorte de suprématie sur celui-ci, soit à interpréter les symboles au rebours de leur sens légitime, en considérant comme « bénéfique » l'aspect qui est en réalité « maléfique » et inversement. Il faut d'ailleurs remarquer que, d'après ce que nous avons dit tout à l'heure, une telle subversion peut ne pas apparaître visiblement dans la représentation des symboles, puisqu'il en est pour lesquels les deux aspects opposés ne sont pas marqués par une différence extérieure, reconnaissable à première vue : ainsi, dans les figurations qui se rapportent à ce qu'on a coutume d'appeler, très improprement d'ailleurs, le « culte du serpent », il serait souvent impossible, du moins à ne considérer que le serpent lui-même, de dire *a priori* s'il s'agit de l'*Agathodaimôn* ou du *Kakodaimôn* ; de là de nombreuses méprises, surtout de la part de ceux qui, ignorant cette double signification, sont tentés de n'y voir partout et toujours qu'un symbole « maléfique », ce qui est, depuis assez longtemps déjà, le cas de la généralité des Occidentaux [143] ; et ce que nous disons ici du serpent pourrait s'appliquer pareillement à beaucoup d'autres animaux symboliques, pour lesquels on a pris communément l'habitude, quelles qu'en soient d'ailleurs les raisons, de ne plus envisager qu'un seul des deux aspects opposés qu'ils possèdent en réalité. Pour les symboles qui sont susceptibles de prendre deux positions inverses, et spécialement pour ceux qui se réduisent à des formes géométriques, il peut sembler que la différence doive apparaître beaucoup plus nettement ; et pourtant, en

---

[143] C'est pour cette raison que le dragon extrême-oriental lui-même, qui est en réalité un symbole du Verbe, a été souvent interprété comme un symbole « diabolique » par l'ignorance occidentale

fait, il n'en est pas toujours ainsi, puisque les deux positions du même symbole sont susceptibles d'avoir l'une et l'autre une signification légitime, et que d'ailleurs leur relation n'est pas forcément celle du « bénéfique » et du « maléfique », qui n'est, redisons-le encore, qu'une simple application particulière parmi toutes les autres. Ce qu'il importe de savoir en pareil cas, c'est s'il y a réellement une volonté de « renversement », pourrait-on dire, en contradiction formelle avec la valeur légitime et normale du symbole ; c'est pourquoi, par exemple, l'emploi du triangle inversé est bien loin d'être toujours un signe de « magie noire » comme certains le croient[144], quoiqu'il le soit effectivement dans certains cas, ceux où il s'y attache une intention de prendre le contre-pied de ce que représente le triangle dont le sommet est tourné vers le haut ; et, notons-le incidemment, un tel « renversement » intentionnel s'exerce aussi sur des mots ou des formules, de façon à former des sortes de *mantras* à rebours, comme on peut le constater dans certaines pratiques de sorcellerie, même dans la simple « sorcellerie des campagnes » telle qu'elle existe encore en Occident.

On voit donc que la question du renversement des symboles est assez complexe, et nous dirions volontiers assez subtile, car ce qu'il faut examiner pour savoir à quoi on a véritablement affaire dans tel ou tel cas, ce sont moins les figurations, prises dans ce qu'on pourrait appeler leur « matérialité », que les interprétations dont elles s'accompagnent et par lesquelles s'explique l'intention qui a présidé à leur adoption. Bien plus, la subversion la plus habile et la plus dangereuse est certainement celle qui ne se trahit pas par des singularités trop manifestes et que n'importe qui peut facilement apercevoir, mais qui déforme le sens des symboles ou renverse leur valeur sans rien changer à leurs apparences extérieures. Mais la ruse la plus diabolique de toutes est peut-être celle qui consiste à faire attribuer au symbolisme orthodoxe lui-même, tel qu'il existe dans les organisations véritablement traditionnelles, et plus particulièrement dans les organisations initiatiques, qui sont surtout visées en pareil cas, l'interprétation à rebours qui est proprement le fait de la « contre-initiation » ; et celle-ci ne se prive pas d'user de ce moyen pour provoquer les confusions et les équi-

---

[144] Nous en avons vu aller jusqu'à interpréter ainsi les triangles inversés qui figurent dans les symboles alchimiques des éléments !

voques dont elle a quelque profit à tirer. C'est là, au fond, tout le secret de certaines campagnes, encore bien significatives quant au caractère de l'époque contemporaine, menées, soit contre l'ésotérisme en général, soit contre telle ou telle forme initiatique en particulier, avec l'aide inconsciente de gens dont la plupart seraient fort étonnés, et même épouvantés, s'ils pouvaient se rendre compte de ce pour quoi on les utilise ; il arrive malheureusement parfois que ceux qui croient combattre le diable, quelque idée qu'ils s'en fassent d'ailleurs, se trouvent ainsi tout simplement, sans s'en douter le moins du monde, transformés en ses meilleurs serviteurs !

Chapitre XXXI

Tradition et traditionalisme

La falsification de toutes choses, qui est, comme nous l'avons dit, un des traits caractéristiques de notre époque, n'est pas encore la subversion à proprement parler, mais elle contribue assez directement à la préparer ; ce qui le montre peut-être le mieux, c'est ce qu'on peut appeler la falsification du langage, c'est-à-dire l'emploi abusif de certains mots détournés de leur véritable sens, emploi qui est en quelque sorte imposé par une suggestion constante de la part de tous ceux qui, à un titre ou à un autre, exercent une influence quelconque sur la mentalité publique. Il ne s'agit plus là seulement de cette dégénérescence à laquelle nous avons fait allusion plus haut, et par laquelle beaucoup de mots sont arrivés à perdre le sens qualitatif qu'ils avaient à l'origine, pour ne plus garder qu'un sens tout quantitatif ; il s'agit plutôt d'un « détournement » par lequel des mots sont appliqués à des choses auxquelles ils ne conviennent nullement, et qui sont même parfois opposées à celles qu'ils signifient normalement. Il y a là, avant tout, un symptôme évident de la confusion intellectuelle qui règne partout dans le monde actuel ; mais il ne faut pas oublier que cette confusion même est voulue par ce qui se cache derrière toute la déviation moderne ; cette réflexion s'impose notamment quand on voit surgir, de divers côtés à la fois, des tentatives d'utilisation illégitime de l'idée même de « tradition » par des gens qui voudraient assimiler indûment ce qu'elle implique à leurs propres conceptions dans un domaine quelconque. Bien entendu, il ne s'agit pas de suspecter en cela la bonne foi des uns ou des autres, car, dans bien des cas, il peut fort bien n'y avoir là qu'incompréhension pure et simple ; l'ignorance de la plupart de nos contemporains à l'égard de tout ce qui possède un caractère réellement traditionnel est si complète qu'il n'y a même pas lieu de s'en étonner ; mais, en même temps, on est forcé de reconnaître aussi que ces erreurs d'interprétation et ces méprises involontaires servent trop bien certains « plans » pour qu'il ne soit pas permis de se demander si leur diffusion croissante ne serait pas due à quelqu'une de ces « suggestions » qui dominent la mentalité moderne et qui, précisément, tendent toujours au fond à la destruction de tout ce qui est tradition au vrai sens de ce mot.

La mentalité moderne elle-même, dans tout ce qui la caractérise spécifiquement comme telle, n'est en somme, redisons-le encore une fois de plus (car ce sont là des choses sur lesquelles on ne saurait jamais trop insister), que le produit d'une vaste suggestion collective, qui, s'exerçant continuellement au cours de plusieurs siècles, a déterminé la formation et le développement progressif de l'esprit antitraditionnel, en lequel se résume en définitive tout l'ensemble des traits distinctifs de cette mentalité. Mais, si puissante et si habile que soit cette suggestion, il peut cependant arriver un moment où l'état de désordre et de déséquilibre qui en résulte devient si apparent que certains ne peuvent plus manquer de s'en apercevoir, et alors il risque de se produire une « réaction » compromettant ce résultat même ; il semble bien qu'aujourd'hui les choses en soient justement à ce point, et il est remarquable que ce moment coïncide précisément, par une sorte de « logique immanente », avec celui où se termine la phase purement et simplement négative de la déviation moderne, représentée par la domination complète et incontestée de la mentalité matérialiste. C'est là qu'intervient efficacement, pour détourner cette « réaction » du but vers lequel elle tend, la falsification de l'idée traditionnelle, rendue possible par l'ignorance dont nous parlions tout à l'heure, et qui n'est elle-même qu'un des effets de la phase négative : l'idée même de la tradition a été détruite à un tel point que ceux qui aspirent à la retrouver ne savent plus de quel côté se diriger, et qu'ils ne sont que trop prêts à accepter toutes les fausses idées qu'on leur présentera à sa place et sous son nom. Ceux-là se sont rendu compte, au moins jusqu'à un certain point, qu'ils avaient été trompés par les suggestions ouvertement antitraditionnelles, et que les croyances qui leur avaient été ainsi imposées ne représentaient qu'erreur et déception ; c'est là assurément quelque chose dans le sens de la « réaction » que nous venons de dire, mais, malgré tout, si les choses en restent là, aucun résultat effectif ne peut s'ensuivre. On s'en aperçoit bien en lisant les écrits, de moins en moins rares, où l'on trouve les plus justes critiques à l'égard de la « civilisation » actuelle, mais où, comme nous le disions déjà précédemment, les moyens envisagés pour remédier aux maux ainsi dénoncés ont un caractère étrangement disproportionné et insignifiant, enfantin même en quelque sorte : projets « scolaires » ou

« académiques », pourrait-on dire, mais rien de plus, et, surtout, rien qui témoigne de la moindre connaissance d'ordre profond. C'est à ce stade que l'effort, si louable et si méritoire qu'il soit, peut facilement se laisser détourner vers des activités qui, à leur façon et en dépit de certaines apparences, ne feront que contribuer finalement à accroître encore le désordre et la confusion de cette « civilisation » dont elles sont censées devoir opérer le redressement.

Ceux dont nous venons de parler sont ceux que l'on peut qualifier proprement de « traditionalistes », c'est-à-dire ceux qui ont seulement une sorte de tendance ou d'aspiration vers la tradition, sans aucune connaissance réelle de celle-ci ; on peut mesurer par là toute la distance qui sépare l'esprit « traditionaliste » du véritable esprit traditionnel, qui implique au contraire essentiellement une telle connaissance, et qui ne fait en quelque sorte qu'un avec cette connaissance même. En somme, le « traditionaliste » n'est et ne peut être qu'un simple « chercheur », et c'est bien pourquoi il est toujours en danger de s'égarer, n'étant pas en possession des principes qui seuls lui donneraient une direction infaillible ; et ce danger sera naturellement d'autant plus grand qu'il trouvera sur son chemin, comme autant d'embûches, toutes ces fausses idées suscitées par le pouvoir d'illusion qui a un intérêt capital à l'empêcher de parvenir au véritable terme de sa recherche. Il est évident, en effet, que ce pouvoir ne peut se maintenir et continuer à exercer son action qu'à la condition que toute restauration de l'idée traditionnelle soit rendue impossible, et cela plus que jamais au moment où il s'apprête à aller plus loin dans le sens de la subversion, ce qui constitue, comme nous l'avons expliqué, la seconde phase de cette action. Il est donc tout aussi important pour lui de faire dévier les recherches tendant vers la connaissance traditionnelle que, d'autre part, celles qui, portant sur les origines et les causes réelles de la déviation moderne, seraient susceptibles de dévoiler quelque chose de sa propre nature et de ses moyens d'influence ; il y a là, pour lui, deux nécessités en quelque sorte complémentaires l'une de l'autre, et qu'on pourrait même regarder, au fond, comme les deux aspects positif et négatif d'une même exigence fondamentale de sa domination.

Tous les emplois abusifs du mot « tradition » peuvent, à un degré ou à un autre, servir à cette fin, à commencer par le plus vulgaire de tous, celui qui le fait synonyme de « coutume » ou d'« usage », amenant par là une confusion de la tradition avec les choses les plus bassement humaines et les plus complètement dépourvues de tout sens profond. Mais il y a d'autres déformations plus subtiles, et par là même plus dangereuses ; toutes ont d'ailleurs pour caractère commun de faire descendre l'idée de tradition à un niveau purement humain, alors que, tout au contraire, il n'y a et ne peut y avoir de véritablement traditionnel que ce qui implique un élément d'ordre supra-humain. C'est là en effet le point essentiel, celui qui constitue en quelque sorte la définition même de la tradition et de tout ce qui s'y rattache ; et c'est là aussi, bien entendu, ce qu'il faut à tout prix empêcher de reconnaître pour maintenir la mentalité moderne dans ses illusions, et à plus forte raison pour lui en donner encore de nouvelles, qui, bien loin de s'accorder avec une restauration du supra-humain, devront au contraire diriger plus effectivement cette mentalité vers les pires modalités de l'infra-humain. D'ailleurs, pour se convaincre de l'importance qui est donnée à la négation du supra-humain par les agents conscients et inconscients de la déviation moderne, il n'y a qu'à voir combien tous ceux qui prétendent se faire les « historiens » des religions et des autres formes de la tradition (qu'ils confondent du reste généralement sous le même nom de « religions ») s'acharnent avant tout à les expliquer par des facteurs exclusivement humains ; peu importe que, suivant les écoles, ces facteurs soient psychologiques, sociaux ou autres, et même la multiplicité des explications ainsi présentées permet de séduire plus facilement un plus grand nombre ; ce qui est constant, c'est la volonté bien arrêtée de tout réduire à l'humain et de ne rien laisser subsister qui le dépasse ; et ceux qui croient à la valeur de cette « critique » destructive sont dès lors tout disposés à confondre la tradition avec n'importe quoi, puisqu'il n'y a plus en effet, dans l'idée qu'on leur en a inculquée, rien qui puisse la distinguer réellement de ce qui est dépourvu de tout caractère traditionnel.

Dès lors que tout ce qui est d'ordre purement humain ne saurait, pour cette raison même, être légitimement qualifié de traditionnel, il ne peut y avoir, par exemple, de « tradition philosophique », ni de « tradition scientifique » au sens moderne et profane de ce mot ; et, bien entendu, il ne peut y avoir non plus de « tradition politique », là du moins où toute organisation sociale traditionnelle fait défaut, ce qui est le cas du monde occidental actuel. Ce sont pourtant là quelques-unes des expressions qui sont employées couramment aujourd'hui, et qui constituent autant de dénaturations de l'idée de la tradition ; et il va de soi que, si les esprits « traditionalistes » dont nous parlions précédemment peuvent être amenés à laisser détourner leur activité vers l'un ou l'autre de ces domaines et à y limiter tous leurs efforts, leurs aspirations se trouveront ainsi « neutralisées » et rendues parfaitement inoffensives, si même elles ne sont parfois utilisées, à leur insu, dans un sens tout opposé à leurs intentions. Il arrive en effet qu'on va jusqu'à appliquer le nom de « tradition » à des choses qui, par leur nature même, sont aussi nettement antitraditionnelles que possible : c'est ainsi qu'on parle de « tradition humaniste », ou encore de « tradition nationale », alors que l'« humanisme » n'est pas autre chose que la négation même du supra-humain, et que la constitution des « nationalités » a été le moyen employé pour détruire l'organisation sociale traditionnelle du moyen âge. Il n'y aurait pas lieu de s'étonner, dans ces conditions, si l'on en venait quelque jour à parler tout aussi bien de « tradition protestante », voire même de « tradition laïque » ou de « tradition révolutionnaire », ou encore si les matérialistes eux-mêmes finissaient par se proclamer les défenseurs d'une « tradition », ne serait-ce qu'en qualité de représentants de quelque chose qui appartient déjà en grande partie au passé ! Au degré de confusion mentale où est parvenue la grande majorité de nos contemporains, les associations de mots les plus manifestement contradictoires n'ont plus rien qui puisse les faire reculer, ni même leur donner simplement à réfléchir.

Ceci nous conduit encore directement à une autre remarque importante : lorsque certains, s'étant aperçus du désordre moderne en constatant le degré trop visible où il en est actuellement (surtout depuis que le point correspondant au maximum de « solidification » a été dépassé), veulent « réagir » d'une façon ou d'une autre, le meilleur moyen de rendre inefficace ce besoin de « réaction » n'est-il pas de l'orienter vers quelqu'un des stades antérieurs et moins « avancés » de la même déviation, où ce désordre n'était pas encore devenu aussi apparent et se présentait, si l'on peut dire, sous des dehors plus acceptables pour qui n'a pas été complètement aveuglé par certaines suggestions ? Tout « traditionaliste » d'intention doit normalement s'affirmer « antimoderne », mais il peut n'en être pas moins affecté lui-même, sans s'en douter, par les idées modernes sous quelque forme plus ou moins atténuée, et par là même plus difficilement discernable, mais correspondant pourtant toujours en fait à l'une ou à l'autre des étapes que ces idées ont parcourues au cours de leur développement ; aucune concession, même involontaire ou inconsciente, n'est possible ici, car, de leur point de départ à leur aboutissement actuel, et même encore au-delà de celui-ci, tout se tient et s'enchaîne inexorablement. À ce propos, nous ajouterons encore ceci : le travail ayant pour but d'empêcher toute « réaction » de viser plus loin que le retour à un moindre désordre, en dissimulant d'ailleurs le caractère de celui-ci et en le faisant passer pour l'« ordre », rejoint très exactement celui qui est accompli, d'autre part, pour faire pénétrer l'esprit moderne à l'intérieur même de ce qui peut encore subsister, en Occident, des organisations traditionnelles de tout ordre ; le même effet de « neutralisation » des forces dont on pourrait avoir à redouter l'opposition est pareillement obtenu dans les deux cas. Ce n'est même pas assez de parler de « neutralisation », car, de la lutte qui doit inévitablement avoir lieu entre des éléments qui se trouvent ainsi ramenés pour ainsi dire au même niveau et sur le même terrain, et dont l'hostilité réciproque ne représente plus par là, au fond, que celle qui peut exister entre des productions diverses et apparemment contraires de la même déviation moderne, il ne pourra finalement sortir qu'un nouvel accroissement du désordre et de la confusion, et ce ne sera encore qu'un pas de plus vers la dissolution finale.

Entre toutes les choses plus ou moins incohérentes qui s'agitent et se heurtent présentement, entre tous les « mouvements » extérieurs de quelque genre que ce soit, il n'y a donc nullement, au point de vue traditionnel ou même simplement « traditionaliste », à « prendre parti », suivant l'expression employée communément, car ce serait être dupe, et, les mêmes influences s'exerçant en réalité derrière tout cela, ce serait proprement faire leur jeu que de se mêler aux luttes voulues et dirigées invisiblement par elles ; le seul fait de « prendre parti » dans ces conditions constituerait donc déjà en définitive, si inconsciemment que ce fût, une attitude véritablement antitraditionnelle. Nous ne voulons faire ici aucune application particulière, mais nous devons tout au moins constater, d'une façon tout à fait générale, que, en tout cela, les principes font également défaut partout, bien qu'on n'ait assurément jamais tant parlé de « principes » qu'on le fait aujourd'hui de tous les côtés, appliquant à peu près indistinctement cette désignation à tout ce qui la mérite le moins, et parfois même à ce qui implique au contraire la négation de tout véritable principe ; et cet autre abus d'un mot est encore bien significatif quant aux tendances réelles de cette falsification du langage dont le détournement du mot de « tradition » nous a fourni un exemple typique, et sur lequel nous devions insister plus particulièrement parce qu'il est le plus directement lié au sujet de notre étude, en tant que celle-ci doit donner une vue d'ensemble des dernières phases de la « descente » cyclique. Nous ne pouvons pas, en effet, nous arrêter au point qui représente proprement l'apogée du « règne de la quantité », car ce qui le suit se rattache trop étroitement à ce qui le précède pour pouvoir en être séparé autrement que d'une façon tout artificielle ; nous ne faisons pas d'« abstractions », ce qui n'est en somme qu'une autre forme de la « simplification » chère à la mentalité moderne, mais nous voulons au contraire envisager, autant qu'il est possible, la réalité telle qu'elle est, sans rien en retrancher d'essentiel pour la compréhension des conditions de l'époque actuelle.

Chapitre XXXII

Le néo-spiritualisme

Nous venons de parler de ceux qui, voulant réagir contre le désordre actuel, mais n'ayant pas les connaissances suffisantes pour pouvoir le faire d'une manière efficace, sont en quelque sorte « neutralisés » et dirigés vers des voies sans issue ; mais, à côté de ceux-là, il y a aussi ceux qu'il n'est que trop facile de pousser au contraire plus loin sur le chemin qui mène à la subversion. Le prétexte qui leur est donné, dans l'état présent des choses, est le plus souvent celui de « combattre le matérialisme », et, assurément, la plupart y croient sincèrement ; mais, tandis que les autres, s'ils veulent aussi agir dans ce sens, en arrivent simplement aux banalités d'une vague philosophie « spiritualiste » sans aucune portée réelle, mais du moins à peu près inoffensive, ceux-ci sont orientés vers le domaine des pires illusions psychiques, ce qui est bien autrement dangereux. En effet, alors que les premiers sont tous plus ou moins affectés à leur insu par l'esprit moderne, mais non pas assez profondément cependant pour être tout à fait aveuglés, ceux dont il s'agit maintenant en sont entièrement pénétrés et se font d'ailleurs généralement gloire d'être « modernes » ; la seule chose qui leur répugne, parmi les manifestations diverses de cet esprit, c'est le matérialisme, et ils sont tellement fascinés par cette idée unique qu'ils ne voient même pas que bien d'autres choses, comme la science et l'industrie qu'ils admirent, sont étroitement dépendantes, par leurs origines et par leur nature même, de ce matérialisme qui leur fait horreur. Il est dès lors facile de comprendre pourquoi une telle attitude doit maintenant être encouragée et diffusée : ceux-là sont les meilleurs auxiliaires inconscients qu'il soit possible de trouver pour la seconde phase de l'action antitraditionnelle ; le matérialisme ayant à peu près fini de jouer son rôle, ce sont eux qui répandront dans le monde ce qui doit lui succéder ; et ils seront même utilisés pour aider activement à ouvrir les « fissures » dont nous parlions précédemment, car, dans ce domaine, il ne s'agit plus seulement d'« idées » ou de théories quelconques, mais aussi, en même temps, d'une « pratique » qui les met en rapport direct avec les forces subtiles de l'ordre le plus inférieur ; ils s'y prêtent d'ailleurs d'autant plus volontiers qu'ils sont complètement illusionnés sur la véritable nature de ces forces, et qu'ils vont même jusqu'à leur attribuer un caractère « spirituel ».

C'est là ce que nous avons appelé, d'une façon générale, le « néo-spiritualisme », pour le distinguer du simple « spiritualisme » philosophique ; nous pourrions presque nous contenter de le mentionner ici « pour mémoire », puisque nous avons déjà consacré par ailleurs des études spéciales à deux de ses formes les plus répandues [145]; mais il constitue un élément trop important, parmi ceux qui sont spécialement caractéristiques de l'époque contemporaine, pour que nous puissions nous abstenir de rappeler au moins ses traits principaux, réservant d'ailleurs pour le moment l'aspect « pseudo-initiatique » que revêtent la plupart des écoles qui s'y rattachent (à l'exception toutefois des écoles spirites qui sont ouvertement profanes, ce qui est d'ailleurs exigé par les nécessités de leur extrême « vulgarisation »), car nous aurons à revenir particulièrement là-dessus un peu plus tard. Tout d'abord, il convient de remarquer qu'il ne s'agit point là d'un ensemble homogène, mais de quelque chose qui prend une multitude de formes diverses, bien que tout cela présente toujours assez de caractères communs pour pouvoir être réuni légitimement sous une même dénomination ; mais ce qui est le plus curieux, c'est que tous les groupements, écoles et « mouvements » de ce genre sont constamment en concurrence et même en lutte les uns avec les autres, à tel point qu'il serait difficile de trouver ailleurs, à moins que ce ne soit entre les « partis » politiques, des haines plus violentes que celles qui existent entre leurs adhérents respectifs, alors que pourtant, par une singulière ironie, tous ces gens ont la manie de prêcher la « fraternité » à tout propos et hors de propos ! Il y a là quelque chose de véritablement « chaotique », qui peut donner, même à des observateurs superficiels, l'impression du désordre poussé à l'extrême ; et, en fait, c'est bien là un indice que ce « néo-spiritualisme » représente une étape déjà assez avancée dans la voie de la dissolution.

D'autre part, le « néo-spiritualisme », en dépit de l'aversion qu'il témoigne à l'égard du matérialisme, lui ressemble cependant encore par

---

[145] *L'Erreur spirite* et *Le Théosophisme, histoire d'une pseudo-religion*

plus d'un côté, si bien qu'on a pu employer assez justement, à ce propos, l'expression de « matérialisme transposé », c'est-à-dire, en somme, étendu au-delà des limites du monde corporel ; ce qui le montre très nettement, ce sont ces représentations grossières du monde subtil et soi-disant « spirituel » auxquelles nous avons déjà fait allusion plus haut, et qui ne sont guère faites que d'images empruntées au domaine corporel. Ce même « néo-spiritualisme » tient aussi aux étapes antérieures de la déviation moderne, d'une façon plus effective, par ce qu'on peut appeler son côté « scientiste » ; cela encore, nous l'avons signalé en parlant de l'influence exercée sur ses diverses écoles par la « mythologie » scientifique du moment où elles ont pris naissance ; et il y a lieu de noter aussi tout spécialement le rôle considérable que jouent dans leurs conceptions, d'une façon tout à fait générale et sans aucune exception, les idées « progressistes » et « évolutionnistes », qui sont bien une des marques les plus typiques de la mentalité moderne, et qui suffiraient ainsi, à elles seules, à caractériser ces conceptions comme un des produits les plus incontestables de cette mentalité. Ajoutons que celles mêmes de ces écoles qui affectent de se donner une allure « archaïque » en utilisant à leur façon des fragments d'idées traditionnelles incomprises et déformées, ou en déguisant au besoin des idées modernes sous un vocabulaire emprunté à quelque forme traditionnelle orientale ou occidentale (toutes choses qui, soit dit en passant, sont en contradiction formelle avec leur croyance au « progrès » et à l'« évolution »), sont constamment préoccupées d'accorder ces idées anciennes ou prétendues telles avec les théories de la science moderne ; un tel travail est d'ailleurs sans cesse à refaire à mesure que ces théories changent, mais il faut dire que ceux qui s'y livrent ont leur besogne simplifiée par le fait qu'ils s'en tiennent presque toujours à ce qu'on peut trouver dans les ouvrages de « vulgarisation ».

Outre cela, le « néo-spiritualisme », par sa partie que nous avons qualifiée de « pratique », est encore très conforme aux tendances « expérimentales » de la mentalité moderne ; et c'est par là qu'il arrive à exercer peu à peu une influence sensible sur la science elle-même, et à s'y insinuer en quelque sorte au moyen de ce qu'on appelle la « métapsychique ». Sans doute, les phénomènes auxquels celle-ci se rapporte méritent, en eux-mêmes, d'être étudiés tout aussi bien que ceux de l'ordre corporel ; mais ce qui prête à objection, c'est la façon dont elle entend les étudier, en y appliquant le point de vue de la science profane ; des physiciens (qui s'entêtent à employer leurs méthodes quantitatives jusqu'à vouloir essayer de « peser l'âme » !) et même des psychologues, au sens « officiel » de ce mot, sont assurément aussi mal préparés que possible à une étude de ce genre, et, par là même, plus susceptibles que quiconque de se laisser illusionner de toutes les façons[146]. Il y a encore autre chose : en fait, les recherches « métapsychiques » ne sont presque jamais entreprises d'une façon indépendante de tout appui de la part des « néo-spiritualistes », et surtout des spirites, ce qui prouve que ceux-ci entendent bien, en définitive, les faire servir à leur « propagande » ; et ce qui est peut-être le plus grave sous ce rapport, c'est que les expérimentateurs sont mis dans de telles conditions qu'ils se trouvent obligés d'avoir recours aux « médiums » spirites, c'est-à-dire à des individus dont les idées préconçues modifient notablement les phénomènes en question et leur donnent, pourrait-on dire, une « teinte » spéciale, et qui d'ailleurs ont été dressés avec un soin tout particulier (puisqu'il existe même des « écoles de médiums ») à servir d'instruments et de « supports » passifs à certaines influences appartenant aux « bas-fonds » du monde subtil, influences qu'ils « véhiculent » partout avec eux, et qui ne manquent pas d'affecter dangereusement tous ceux, savants ou autres, qui viennent à leur contact et qui, par leur ignorance de ce qu'il y a au fond de tout cela, sont totalement incapables de s'en défendre. Nous n'y insisterons pas davantage, car nous nous sommes déjà suffisamment expliqué ailleurs sur tout cela, et nous n'avons en somme qu'à y renvoyer ceux qui souhaiteraient plus de développements à cet égard ; mais nous tenons à souligner, parce que c'est là encore quelque chose de tout à fait spécial à l'époque actuelle, l'étrangeté du rôle des « médiums » et de la prétendue nécessité de leur présence pour la production de phénomènes relevant de l'ordre subtil ; pourquoi rien de tel n'existait-il autrefois, ce qui n'empêchait nullement les forces de cet ordre de se manifester spontanément, dans certaines

---

[146] Nous ne voulons pas parler seulement, en cela, de la part plus ou moins grande qu'il y a lieu de faire à la fraude consciente et inconsciente, mais aussi des illusions portant sur la nature des forces qui interviennent dans la production réelle des phénomènes dits « métapsychiques »

circonstances, avec une tout autre ampleur qu'elles ne le font dans les séances spirites ou « métapsychiques » (et cela, bien souvent, dans des maisons inhabitées ou dans des lieux déserts, ce qui exclut l'hypothèse trop commode de la présence d'un « médium » inconscient de ses facultés) ? On peut se demander s'il n'y a pas réellement, depuis l'apparition du spiritisme, quelque chose de changé dans la façon même dont le monde subtil agit dans ses « interférences » avec le monde corporel, et ce ne serait là, au fond, qu'un nouvel exemple de ces modifications du milieu que nous avons déjà envisagées en ce qui concerne les effets du matérialisme ; mais ce qu'il y a de certain, en tout cas, c'est qu'il y a là quelque chose qui répond parfaitement aux exigences d'un « contrôle » exercé sur ces influences psychiques inférieures, déjà essentiellement « maléfiques » par elles-mêmes, pour les utiliser plus directement en vue de certaines fins déterminées, conformément au « plan » préétabli de l'œuvre de subversion pour laquelle elles sont maintenant « déchaînées » dans notre monde.

Chapitre XXXIII

L'intuitionnisme contemporain

Dans le domaine philosophique et psychologique, les tendances correspondant à la seconde phase de l'action antitraditionnelle se traduisent naturellement par l'appel au « subconscient » sous toutes ses formes, c'est-à-dire aux éléments psychiques les plus inférieurs de l'être humain ; cela apparaît notamment, en ce qui concerne la philosophie proprement dite, dans les théories de William James, ainsi que dans l'« intuitionnisme » bergsonien. Nous avons eu déjà l'occasion de parler de Bergson, dans ce qui précède, au sujet des critiques qu'il formule justement, bien que d'une façon peu claire et en termes équivoques, contre le rationalisme et ses conséquences ; mais ce qui caractérise proprement la partie « positive » (si l'on peut dire) de sa philosophie, c'est que, au lieu de chercher au-dessus de la raison ce qui doit remédier à ses insuffisances, il le cherche au contraire au-dessous d'elle ; et ainsi, au lieu de s'adresser à la véritable intuition intellectuelle qu'il ignore tout aussi complètement que les rationalistes, il invoque une prétendue « intuition » d'ordre uniquement sensitif et « vital », dans la notion extrêmement confuse de laquelle l'intuition sensible proprement dite se mêle aux forces les plus obscures de l'instinct et du sentiment. Ce n'est donc pas par une rencontre plus ou moins « fortuite » que cet « intuitionnisme » a des affinités manifestes, et particulièrement marquées dans ce qu'on pourrait appeler son « dernier état » (ce qui s'applique également à la philosophie de William James), avec le « néo-spiritualisme », mais c'est parce que ce ne sont là, au fond, que des expressions différentes des mêmes tendances : l'attitude de l'un par rapport au rationalisme est en quelque sorte parallèle à celle de l'autre par rapport au matérialisme ; l'un tend à l'« infra-rationnel » comme l'autre tend à l'« infra-corporel » (et sans doute tout aussi inconsciemment), de sorte que, dans les deux cas, il s'agit toujours, en définitive, d'une direction dans le sens de l'« infra-humain ».

Ce n'est pas ici le lieu d'examiner ces théories en détail, mais il nous faut du moins en signaler quelques traits qui ont un rapport plus direct avec notre sujet, et tout d'abord leur caractère aussi intégralement

« évolutionniste » qu'il est possible, puisqu'elles placent toute réalité dans le « devenir » exclusivement, ce qui est la négation formelle de tout principe immuable, et par conséquent de toute métaphysique ; de là leur allure « fuyante » et inconsistante, qui donne vraiment, en contraste avec la « solidification » rationaliste et matérialiste, comme une image anticipée de la dissolution de toutes choses dans le « chaos » final. On en trouve notamment un exemple significatif dans la façon dont la religion y est envisagée, et qui est exposée précisément dans un des ouvrages de Bergson qui représentent ce « dernier état » dont nous parlions tout à l'heure [147]; ce n'est pas, à vrai dire, qu'il y ait là quelque chose d'entièrement nouveau, car les origines de la thèse qui y est soutenue sont bien simples au fond : on sait que toutes les théories modernes, à cet égard, ont pour trait commun de vouloir réduire la religion à un fait purement humain, ce qui revient d'ailleurs à la nier, consciemment ou inconsciemment, puisque c'est refuser de tenir compte de ce qui en constitue l'essence même ; et la conception bergsonienne ne fait nullement exception sous ce rapport. Ces théories sur la religion peuvent, dans leur ensemble, se ramener à deux types principaux : l'un « psychologique », qui prétend l'expliquer par la nature de l'individu humain, et l'autre « sociologique », qui veut y voir un fait d'ordre exclusivement social, le produit d'une sorte de « conscience collective » qui dominerait les individus et s'imposerait à eux. L'originalité de Bergson est seulement d'avoir cherché à combiner ces deux genres d'explication, et cela d'une façon assez singulière : au lieu de les regarder comme plus ou moins exclusifs l'un de l'autre, ainsi que le font d'ordinaire leurs partisans respectifs, il les accepte tous les deux à la fois, mais en les rapportant à des choses différentes, désignées néanmoins par le même mot de « religion » ; les « deux sources » qu'il envisage pour celle-ci ne sont pas autre chose que cela en réalité[148]. Il y a donc pour lui deux sortes de religion, l'une « statique » et l'autre « dynamique », qu'il appelle aussi, plutôt bizarrement, « religion close » et « religion ouverte » ; la première est de nature sociale, la seconde de nature psychologique ; et, naturellement, c'est à celle-ci que vont ses

---

[147] *Les deux sources de la morale et de la religion.*
[148] En ce qui concerne la morale, qui ne nous intéresse pas spécialement ici, l'explication proposée est naturellement parallèle à celle de la religion.

préférences, c'est elle qu'il considère comme la forme supérieure de la religion ; naturellement, disons-nous, car il est bien évident que, dans une «philosophie du devenir» comme la sienne, il ne saurait en être autrement, puisque, pour elle, ce qui ne change point ne répond à rien de réel, et empêche même l'homme de saisir le réel tel qu'elle le conçoit. Mais, dira-t-on, une telle philosophie, pour laquelle il n'y a pas de «vérités éternelles» [149], doit logiquement refuser toute valeur, non seulement à la métaphysique, mais aussi à la religion ; c'est bien ce qui arrive en effet, car la religion au vrai sens de ce mot, c'est justement celle que Bergson appelle «religion statique», et dans laquelle il ne veut voir qu'une «fabulation» tout imaginaire ; et, quant à sa «religion dynamique», la vérité est que ce n'est pas du tout une religion.

Cette soi-disant «religion dynamique», en effet, ne possède aucun des éléments caractéristiques qui entrent dans la définition même de la religion : pas de dogmes, puisque c'est là quelque chose d'immuable et, comme dit Bergson, de «figé» ; pas de rites non plus, bien entendu, pour la même raison, et aussi à cause de leur caractère social ; les uns et les autres doivent être laissés à la «religion statique» ; et, pour ce qui est de la morale, Bergson a commencé par la mettre à part, comme quelque chose qui est en dehors de la religion telle qu'il l'entend. Alors, il ne reste plus rien, ou du moins il ne reste qu'une vague «religiosité», sorte d'aspiration confuse vers un «idéal» quelconque, assez proche en somme de celle des modernistes et des protestants libéraux, et qui rappelle aussi, à bien des égards, l'«expérience religieuse» de William James, car tout cela se tient évidemment de fort près. C'est cette «religiosité» que Bergson prend pour une religion supérieure, croyant ainsi, comme tous ceux qui obéissent aux mêmes tendances, «sublimer» la religion alors qu'il n'a fait que la vider de tout son contenu positif, parce qu'il n'y a effectivement, dans celui-ci, rien qui soit compatible avec ses conceptions ; et d'ailleurs c'est sans doute là tout ce qu'on peut faire sortir d'une théorie psychologique, car, en fait, nous n'avons jamais vu qu'une telle théorie se soit montrée capable d'aller plus loin que le

---

[149] Il est à remarquer que Bergson semble même éviter d'employer le mot de «vérité», et qu'il lui substitue presque toujours celui de «réalité», qui pour lui ne désigne que ce qui est soumis à un changement continuel

« sentiment religieux », qui, encore une fois, n'est pas la religion. Cette « religion dynamique », aux yeux de Bergson, trouve sa plus haute expression dans le « mysticisme », d'ailleurs assez mal compris et vu par son plus mauvais côté, car il ne l'exalte ainsi que pour ce qui s'y trouve d'« individuel », c'est-à-dire de vague, d'inconsistant, et en quelque sorte d'« anarchique », et dont les meilleurs exemples, bien qu'il ne les cite pas, se trouveraient dans certains « enseignements » d'inspiration occultiste et théosophiste ; au fond, ce qui lui plaît chez les mystiques, il faut le dire nettement, c'est la tendance à la « divagation », au sens étymologique du mot, qu'ils ne manifestent que trop facilement lorsqu'ils sont livrés à eux-mêmes. Quant à ce qui fait la base même du mysticisme proprement dit, en laissant de côté ses déviations plus ou moins anormales ou « excentriques », c'est-à-dire, qu'on le veuille ou non, son rattachement à une « religion statique », il le tient visiblement pour négligeable ; on sent d'ailleurs qu'il y a là quelque chose qui le gêne, car ses explications sur ce point sont plutôt embarrassées ; mais ceci, si nous voulions l'examiner de plus près, nous écarterait trop de ce qui est pour nous l'essentiel de la question.

Si nous revenons à la « religion statique », nous voyons que Bergson accepte de confiance, sur ses prétendues origines, tous les racontars de la trop fameuse « école sociologique », y compris les plus sujets à caution : « magie », « totémisme », « tabou », « mana », « culte des animaux », « culte des esprits », « mentalité primitive », rien n'y manque de tout le jargon convenu et de tout le « bric-à-brac » habituel, s'il est permis de s'exprimer ainsi (et cela doit l'être en effet quand il s'agit de choses d'un caractère aussi grotesque). Ce qui lui appartient peut-être en propre, c'est le rôle qu'il attribue dans tout cela à une soi-disant « fonction fabulatrice », qui nous paraît beaucoup plus véritablement « fabuleuse » que ce qu'elle sert à expliquer ; mais il faut bien imaginer une théorie quelconque qui permette de dénier en bloc tout fondement réel à tout ce qu'on est convenu de traiter de « superstitions » ; un philosophe « civilisé », et, qui plus est, « du XXe siècle », estime évidemment que toute autre attitude serait indigne de lui ! Là-dedans, il n'y a de vraiment intéressant pour nous qu'un seul point, celui qui concerne la « magie » ; celle-ci est une grande ressource pour certains théoriciens, qui ne savent sans doute guère ce qu'elle est réellement, mais qui veulent en faire sortir à la fois la religion et la science. Telle n'est pas précisément la position de Bergson : cherchant à la magie une « origine psychologique », il en fait « l'extériorisation d'un désir dont le cœur est rempli », et il prétend que, « si l'on reconstitue, par un effort d'introspection, la réaction naturelle de l'homme à sa perception des choses, on trouve que magie et religion se tiennent, et qu'il n'y a rien de commun entre la magie et la science ». Il est vrai qu'il y a ensuite quelque flottement : si l'on se place à un certain point de vue, « la magie fait évidemment partie de la religion », mais, à un autre point de vue, « la religion s'oppose à la magie » ; ce qui est plus net, c'est l'affirmation que « la magie est l'inverse de la science », et que, « bien loin de préparer la venue de la science, comme on l'a prétendu, elle a été le grand obstacle contre lequel le savoir méthodique eut à lutter ». Tout cela est à peu près exactement au rebours de la vérité, car la magie n'a absolument rien à voir avec la religion, et elle est, non pas certes l'origine de toutes les sciences, mais simplement une science particulière parmi les autres ; mais Bergson est sans doute bien convaincu qu'il ne saurait exister d'autres sciences que celles qu'énumèrent les « classifications » modernes, établies au point de vue le plus étroitement profane qui se puisse concevoir. Parlant des « opérations magiques » avec l'assurance imperturbable de quelqu'un qui n'en a jamais vu[150], il écrit cette phrase étonnante : « Si l'intelligence primitive avait commencé ici par concevoir des principes, elle se fût bien vite rendue à l'expérience, qui lui en eût démontré la fausseté. » Nous admirons l'intrépidité avec laquelle ce philosophe, enfermé dans son cabinet, et d'ailleurs bien garanti contre les attaques de certaines influences qui assurément n'auraient garde de s'en prendre à un auxiliaire aussi précieux qu'inconscient, nie *a priori* tout ce qui ne rentre pas dans le cadre de ses théories ; comment peut-il croire les hommes assez sots pour avoir répété indéfiniment, même sans « principes », des « opérations » qui n'auraient jamais réussi, et que dirait-il s'il se trouvait que, tout au contraire, « l'expérience démontre

---

[150] Il est bien regrettable que Bergson ait été en mauvais termes avec sa sœur Mme Mac-Gregor (*alias* « Soror Vestigia Nulla Retrorsum ») qui aurait pu l'instruire quelque peu à cet égard !

la fausseté » de ses propres assertions ? Évidemment, il ne conçoit même pas qu'une pareille chose soit possible ; telle est la force des idées préconçues, chez lui et chez ses pareils, qu'ils ne doutent pas un seul instant que le monde soit strictement limité à la mesure de leurs conceptions (c'est d'ailleurs ce qui leur permet de construire des « systèmes ») ; et comment un philosophe pourrait-il comprendre qu'il devrait, tout comme le commun des mortels, s'abstenir de parler de ce qu'il ne connaît pas ?

Or il arrive ceci de particulièrement remarquable, et de bien significatif quant à la connexion effective de l'« intuitionnisme » bergsonien avec la seconde phase de l'action antitraditionnelle : c'est que la magie, par un ironique retour des choses, se venge cruellement des négations de notre philosophe ; reparaissant de nos jours, à travers les récentes « fissures » de ce monde, dans sa forme la plus basse et la plus rudimentaire tout à la fois, sous le déguisement de la « science psychique » (celle-là même que d'autres préfèrent, assez peu heureusement d'ailleurs, appeler « métapsychique »), elle réussit à se faire admettre par lui, sans qu'il la reconnaisse, non seulement comme bien réelle, mais comme devant jouer un rôle capital pour l'avenir de sa « religion dynamique » ! Nous n'exagérons rien : il parle de « survie » tout comme un vulgaire spirite, et il croit à un « approfondissement expérimental » permettant de « conclure à la possibilité et même à la probabilité d'une survivance de l'âme » (que faut-il entendre au juste par-là, et ne s'agirait-il pas plutôt de la fantasmagorie des « cadavres psychiques » ?), sans pourtant qu'on puisse dire si c'est « pour un temps ou pour toujours ». Mais cette fâcheuse restriction ne l'empêche pas de proclamer sur un ton dithyrambique : « Il n'en faudrait pas davantage pour convertir en réalité vivante et agissante une croyance à l'au-delà qui semble se rencontrer chez la plupart des hommes, mais qui est le plus souvent verbale, abstraite, inefficace... En vérité, si nous étions sûrs, absolument sûrs de survivre, nous ne pourrions plus penser à autre chose. » La magie ancienne était plus « scientifique », au vrai sens de ce mot, sinon au sens profane, et n'avait point de pareilles prétentions ; il a fallu, pour que quelques-uns de ses phénomènes les plus élémentaires donnent lieu à de telles interprétations, attendre l'invention du spiritisme, auquel une phase déjà avancée de la déviation moderne pouvait seule donner naissance ; et c'est bien en effet la théorie spirite concernant ces phénomènes, purement et simplement, que Bergson, comme William James avant lui, accepte ainsi finalement avec une « joie » qui fait « pâlir tous les plaisirs » (nous citons textuellement ces paroles incroyables, sur lesquelles se termine son livre) et qui nous fixe sur le degré de discernement dont ce philosophe est capable, car, pour ce qui est de sa bonne foi, elle n'est certes pas en cause, et les philosophes profanes, dans des cas de ce genre, ne sont généralement aptes qu'à jouer un rôle de dupes, et à servir ainsi d'« intermédiaires » inconscients pour en duper beaucoup d'autres ; quoi qu'il en soit, en fait de « superstition », il n'y eut assurément jamais mieux, et cela donne la plus juste idée de ce que vaut réellement toute cette « philosophie nouvelle », comme se plaisent à l'appeler ses partisans !

Chapitre XXXIV
Les méfaits de la psychanalyse

Si de la philosophie nous passons à la psychologie, nous constatons que les mêmes tendances y apparaissent, dans les écoles les plus récentes, sous un aspect bien plus dangereux encore, car, au lieu de ne se traduire que par de simples vues théoriques, elles y trouvent une application pratique d'un caractère fort inquiétant ; les plus « représentatives » de ces méthodes nouvelles, au point de vue où nous nous plaçons, sont celles qu'on connaît sous la désignation générale de « psychanalyse ». Il est d'ailleurs à remarquer que, par une étrange incohérence, ce maniement d'éléments qui appartiennent incontestablement à l'ordre subtil continue cependant à s'accompagner, chez beaucoup de psychologues, d'une attitude matérialiste, due sans doute à leur éducation antérieure, et aussi à l'ignorance où ils sont de la véritable nature de ces éléments qu'ils mettent en jeu [151]; un des caractères les plus singuliers de la science moderne n'est-il pas de ne jamais savoir exactement à quoi elle a affaire en réalité, même quand il s'agit simplement des forces du domaine corporel ? Il va de soi, d'ailleurs, qu'une certaine « psychologie de laboratoire », aboutissement du processus de limitation et de matérialisation dans lequel la psychologie « philosophico-littéraire » de l'enseignement universitaire ne représentait qu'un stade moins avancé, et qui n'est plus réellement qu'une sorte de branche accessoire de la physiologie, coexiste toujours avec les théories et les méthodes nouvelles ; et c'est à celle-là que s'applique ce que nous avons dit précédemment des tentatives faites pour réduire la psychologie elle-même à une science quantitative.

---

[151] Le cas de Freud lui-même, le fondateur de la « psychanalyse », est tout à fait typique à ce point de vue, car il n'a jamais cessé de se proclamer matérialiste. — Une remarque en passant : pourquoi les principaux représentants des tendances nouvelles, comme Einstein en physique, Bergson en philosophie, Freud en psychologie, et bien d'autres encore de moindre importance, sont-ils à peu près tous d'origine juive, sinon parce qu'il y a là quelque chose qui correspond exactement au côté « maléfique » et dissolvant du nomadisme dévié, lequel prédomine inévitablement chez les Juifs détachés de leur tradition ?

Il y a certainement bien plus qu'une simple question de vocabulaire dans le fait, très significatif en lui-même, que la psychologie actuelle n'envisage jamais que le « subconscient », et non le « superconscient » qui devrait logiquement en être le corrélatif ; c'est bien là, à n'en pas douter, l'expression d'une extension qui s'opère uniquement par le bas, c'est-à-dire du côté qui correspond, ici dans l'être humain comme ailleurs dans le milieu cosmique, aux « fissures » par lesquelles pénètrent les influences les plus « maléfiques » du monde subtil, nous pourrions même dire celles qui ont un caractère véritablement et littéralement « infernal »[152]. Certains adoptent aussi, comme synonyme ou équivalent de « subconscient », le terme d'« inconscient », qui, pris à la lettre, semblerait se référer à un niveau encore inférieur, mais qui, à vrai dire, correspond moins exactement à la réalité ; si ce dont il s'agit était vraiment inconscient, nous ne voyons même pas bien comment il serait possible d'en parler, et surtout en termes psychologiques ; et d'ailleurs en vertu de quoi, si ce n'est d'un simple préjugé matérialiste ou mécaniste, faudrait-il admettre qu'il existe réellement quelque chose d'inconscient ? Quoi qu'il en soit, ce qui est encore digne de remarque, c'est l'étrange illusion par laquelle les psychologues en arrivent à considérer des états comme d'autant plus « profonds » qu'ils sont tout simplement plus inférieurs ; n'y a-t-il pas déjà là comme un indice de la tendance à aller à l'encontre de la spiritualité, qui seule peut être dite véritablement profonde, puisque seule elle touche au principe et au centre même de l'être ? D'autre part, le domaine de la psychologie ne s'étant point étendu vers le haut, le « superconscient », naturellement, lui demeure aussi complètement étranger et fermé que jamais ; et, lorsqu'il lui arrive de rencontrer quelque chose qui s'y rapporte, elle prétend l'annexer purement et simplement en l'assimilant au « subconscient » ; c'est là, notamment, le caractère à peu près constant de ses prétendues explications concernant des choses telles que la religion, le mysticisme, et aussi certains aspects des doctrines orientales comme le *Yoga* ; et, dans cette confusion du supérieur avec l'inférieur, il y a déjà

---

[152] Il est à noter, à ce propos, que Freud a placé, en tête de sa *Traumdeutung*, cette épigraphe bien significative : *«Flectere si nequeo superos, Acheronta movebo» (Virgile,* Énéide, *VII, 312).*

quelque chose qui peut être regardé proprement comme constituant une véritable subversion.

Remarquons aussi que, par l'appel au « subconscient », la psychologie, tout aussi bien que la « philosophie nouvelle », tend de plus en plus à rejoindre la « métapsychique »[153]; et, dans la même mesure, elle se rapproche inévitablement, quoique peut-être sans le vouloir (du moins quant à ceux de ses représentants qui entendent demeurer matérialistes malgré tout), du spiritisme et des autres choses plus ou moins similaires, qui toutes s'appuient, en définitive, sur les mêmes éléments obscurs du psychisme inférieur. Si ces choses, dont l'origine et le caractère sont plus que suspects, font ainsi figure de mouvements « précurseurs » et alliés de la psychologie récente, et si celle-ci en arrive, fût-ce par un chemin détourné, mais par là même plus aisé que celui de la « métapsychique » qui est encore discutée dans certains milieux, à introduire les éléments en question dans le domaine courant de ce qui est admis comme science « officielle », il est bien difficile de penser que le vrai rôle de cette psychologie, dans l'état présent du monde, puisse être autre que de concourir activement à la seconde phase de l'action anti-traditionnelle. À cet égard, la prétention de la psychologie ordinaire, que nous signalions tout à l'heure, à s'annexer, en les faisant rentrer de force dans le « subconscient », certaines choses qui lui échappent entièrement par leur nature même, ne se rattache encore, malgré son caractère assez nettement subversif, qu'à ce que nous pourrions appeler le côté enfantin de ce rôle, car les explications de ce genre, tout comme les explications « sociologiques » des mêmes choses, sont, au fond, d'une naïveté « simpliste » qui va parfois jusqu'à la niaiserie ; en tout cas, cela est incomparablement moins grave, quant à ses conséquences effectives, que le côté véritablement « satanique » que nous allons avoir à envisager maintenant d'une façon plus précise en ce qui concerne la psychologie nouvelle.

Ce caractère « satanique » apparaît avec une netteté toute particulière dans les interprétations psychanalytiques du symbolisme, ou de ce qui est donné comme tel à tort ou à raison ; nous faisons cette restric-

---

[153] C'est d'ailleurs le « psychiste » Myers qui inventa l'expression de *subliminal consciousness*, laquelle, pour plus de brièveté, fut remplacée un peu plus tard, dans le vocabulaire psychologique, par le mot « subconscient »

tion parce que, sur ce point comme sur tant d'autres, il y aurait, si l'on voulait entrer dans le détail, bien des distinctions à faire et bien des confusions à dissiper : ainsi, pour prendre seulement un exemple typique, un songe dans lequel s'exprime quelque inspiration « suprahumaine » est véritablement symbolique, tandis qu'un rêve ordinaire ne l'est nullement, quelles que puissent être les apparences extérieures. Il va de soi que les psychologues des écoles antérieures avaient déjà tenté bien souvent, eux aussi, d'expliquer le symbolisme à leur façon et de le ramener à la mesure de leurs propres conceptions ; en pareil cas, si c'est vraiment de symbolisme qu'il s'agit, ces explications par des éléments purement humains, là comme partout où l'on a affaire à des choses d'ordre traditionnel, méconnaissent ce qui en constitue tout l'essentiel ; si au contraire il ne s'agit réellement que de choses humaines, ce n'est plus qu'un faux symbolisme, mais le fait même de le désigner par ce nom implique encore la même erreur sur la nature du véritable symbolisme. Ceci s'applique également aux considérations auxquelles se livrent les psychanalystes, mais avec cette différence qu'alors ce n'est plus d'humain qu'il faut parler seulement, mais aussi, pour une très large part, d'« infra-humain » ; on est donc cette fois en présence, non plus d'un simple rabaissement, mais d'une subversion totale ; et toute subversion, même si elle n'est due, immédiatement du moins, qu'à l'incompréhension et à l'ignorance (qui sont d'ailleurs ce qui se prête le mieux à être exploité pour un tel usage), est toujours, en elle-même, proprement « satanique ». Du reste, le caractère généralement ignoble et répugnant des interprétations psychanalytiques constitue, à cet égard, une « marque » qui ne saurait tromper ; et ce qui est encore particulièrement significatif à notre point de vue, c'est que, comme nous l'avons montré ailleurs[154], cette même « marque » se retrouve précisément aussi dans certaines manifestations spirites ; il faudrait assurément beaucoup de bonne volonté, pour ne pas dire un complet aveuglement, pour ne voir là encore rien de plus qu'une simple « coïncidence ». Les psychanalystes peuvent naturellement, dans la plupart des cas, être tout aussi inconscients que les spirites de ce qu'il y a réellement sous tout cela ; mais les uns et les autres apparaissent comme également « menés » par une volonté subversive utilisant dans les deux cas des

---

[154] Voir *L'Erreur spirite*, 2ème partie, ch. X.

éléments du même ordre, sinon exactement identiques, volonté qui, quels que soient les êtres dans lesquels elle est incarnée, est certainement bien consciente chez ceux-ci tout au moins, et répond à des intentions sans doute fort différentes de tout ce que peuvent imaginer ceux qui ne sont que les instruments inconscients par lesquels s'exerce leur action.

Dans ces conditions, il est trop évident que l'usage principal de la psychanalyse, qui est son application thérapeutique, ne peut être qu'extrêmement dangereux pour ceux qui s'y soumettent, et même pour ceux qui l'exercent, car ces choses sont de celles qu'on ne manie jamais impunément ; il ne serait pas exagéré d'y voir un des moyens spécialement mis en œuvre pour accroître le plus possible le déséquilibre du monde moderne et conduire celui-ci vers la dissolution finale[155]. Ceux qui pratiquent ces méthodes sont, nous n'en doutons pas, bien persuadés au contraire de la bienfaisance de leurs résultats ; mais c'est justement grâce à cette illusion que leur diffusion est rendue possible, et c'est là qu'on peut voir toute la différence qui existe entre les intentions de ces « praticiens » et la volonté qui préside à l'œuvre dont ils ne sont que des collaborateurs aveugles. En réalité, la psychanalyse ne peut avoir pour effet que d'amener à la surface, en le rendant clairement conscient, tout le contenu de ces « bas-fonds » de l'être qui forment ce qu'on appelle proprement le « subconscient » ; cet être, d'ailleurs, est déjà psychiquement faible par hypothèse, puisque, s'il en était autrement, il n'éprouverait aucunement le besoin de recourir à un traitement de cette sorte ; il est donc d'autant moins capable de résister à cette « subversion », et il risque fort de sombrer irrémédiablement dans ce chaos de forces ténébreuses imprudemment déchaînées ; si cependant il parvient malgré tout à y échapper, il en gardera du moins, pendant toute sa vie, une empreinte qui sera en lui comme une « souillure » ineffaçable.

---

[155] Un autre exemple de ces moyens nous est fourni par l'usage similaire de la « radiesthésie » car, là encore, ce sont, dans bien des cas, des éléments psychiques de même qualité qui entrent en jeu, quoiqu'on doive reconnaître qu'ils ne s'y montrent pas sous l'aspect « hideux » qui est si manifeste dans la psychanalyse

Nous savons bien ce que certains pourraient objecter ici en invoquant une similitude avec la « descente aux Enfers », telle qu'elle se rencontre dans les phases préliminaires du processus initiatique ; mais une telle assimilation est complètement fausse, car le but n'a rien de commun, non plus d'ailleurs que les conditions du « sujet » dans les deux cas ; on pourrait seulement parler d'une sorte de parodie profane, et cela même suffirait à donner à ce dont il s'agit un caractère de « contrefaçon » plutôt inquiétant. La vérité est que cette prétendue « descente aux Enfers », qui n'est suivie d'aucune « remontée », est tout simplement une « chute dans le bourbier », suivant le symbolisme usité dans certains Mystères antiques ; on sait que ce « bourbier » avait notamment sa figuration sur la route qui menait à Éleusis, et que ceux qui y tombaient étaient des profanes qui prétendaient à l'initiation sans être qualifiés pour la recevoir, et qui n'étaient donc victimes que de leur propre imprudence. Nous ajouterons seulement qu'il existe effectivement de tels « bourbiers » dans l'ordre macrocosmique aussi bien que dans l'ordre microcosmique ; ceci se rattache directement à la question des « ténèbres extérieures »[156], et l'on pourrait rappeler, à cet égard, certains textes évangéliques dont le sens concorde exactement avec ce que nous venons d'indiquer. Dans la « descente aux Enfers », l'être épuise définitivement certaines possibilités inférieures pour pouvoir s'élever ensuite aux états supérieurs ; dans la « chute dans le bourbier », les possibilités inférieures s'emparent au contraire de lui, le dominent et finissent par le submerger entièrement.

Nous venons de parler encore ici de « contrefaçon » ; cette impression est grandement renforcée par d'autres constatations, comme celle de la dénaturation du symbolisme que nous avons signalée, dénaturation qui tend d'ailleurs à s'étendre à tout ce qui comporte essentiellement des éléments « suprahumains », ainsi que le montre l'attitude prise à l'égard de la religion[157], et même des doctrines d'ordre métaphysique et initiatique telles que le *Yoga*, qui n'échappent pas da-

---

[156] On pourra se reporter ici à ce que nous avons indiqué plus haut à propos du symbolisme de la « Grande Muraille » et de la montagne *Lokâloka*.
[157] Freud a consacré à l'interprétation psychanalytique de la religion un livre spécial, dans lequel ses propres conceptions sont combinées avec le « totémisme » de l'« école sociologique ».

vantage à ce nouveau genre d'interprétation, à tel point que certains vont jusqu'à assimiler leurs méthodes de « réalisation » spirituelle aux procédés thérapeutiques de la psychanalyse. Il y a là quelque chose de pire encore que les déformations plus grossières qui ont cours également en Occident, comme celle qui veut voir dans ces mêmes méthodes du *Yoga* une sorte de « culture physique » ou de thérapeutique d'ordre simplement physiologique, car celles-ci sont, par leur grossièreté même, moins dangereuses que celles qui se présentent sous des aspects plus subtils. La raison n'en est pas seulement que ces dernières risquent de séduire des esprits sur lesquels les autres ne sauraient avoir aucune prise ; cette raison existe assurément, mais il y en a une autre, d'une portée beaucoup plus générale, qui est celle même pour laquelle les conceptions matérialistes, comme nous l'avons expliqué, sont moins dangereuses que celles qui font appel au psychisme inférieur. Bien entendu, le but purement spirituel, qui seul constitue essentiellement le *Yoga* comme tel, et sans lequel l'emploi même de ce mot n'est plus qu'une véritable dérision, n'est pas moins totalement méconnu dans un cas que dans l'autre ; en fait, le *Yoga* n'est pas plus une thérapeutique psychique qu'il n'est une thérapeutique corporelle, et ses procédés ne sont en aucune façon ni à aucun degré un traitement pour des malades ou des déséquilibrés quelconques ; bien loin de là, ils s'adressent au contraire exclusivement à des êtres qui, pour pouvoir réaliser le développement spirituel qui en est l'unique raison d'être, doivent être déjà, du fait de leurs seules dispositions naturelles, aussi parfaitement équilibrés que possible ; il y a là des conditions qui, comme il est facile de le comprendre, rentrent strictement dans la question des qualifications initiatiques[158].

Ce n'est pas tout encore, et il y a même autre chose qui, sous le rapport de la « contrefaçon », est peut-être encore plus digne de remarque que tout ce que nous avons mentionné jusqu'ici : c'est la nécessité imposée, à quiconque veut pratiquer professionnellement la psychanalyse, d'être préalablement « psychanalysé » lui-même. Cela implique avant tout la reconnaissance du fait que l'être qui a subi cette

---

[158] Sur une tentative d'application des théories psychanalytiques à la doctrine taoïste, ce qui est encore du même ordre, voir l'étude d'André Préau, *La Fleur d'or et le Taoïsme sans Tao*, qui en est une excellente réfutation

opération n'est plus jamais tel qu'il était auparavant, ou que, comme nous le disions tout à l'heure, elle lui laisse une empreinte ineffaçable, comme l'initiation, mais en quelque sorte en sens inverse, puisque, au lieu d'un développement spirituel, c'est d'un développement du psychisme inférieur qu'il s'agit ici. D'autre part, il y a là une imitation manifeste de la transmission initiatique ; mais, étant donnée la différence de nature des influences qui interviennent, et comme il y a cependant un résultat effectif qui ne permet pas de considérer la chose comme se réduisant à un simple simulacre sans aucune portée, cette transmission serait bien plutôt comparable, en réalité, à celle qui se pratique dans un domaine comme celui de la magie, et même plus précisément de la sorcellerie. Il y a d'ailleurs un point fort obscur, en ce qui concerne l'origine même de cette transmission : comme il est évidemment impossible de donner à d'autres ce qu'on ne possède pas soi-même, et comme l'invention de la psychanalyse est d'ailleurs chose toute récente, d'où les premiers psychanalystes tiennent-ils les « pouvoirs » qu'ils communiquent à leurs disciples, et par qui eux-mêmes ont-ils bien pu être « psychanalysés » tout d'abord ? Cette question, qu'il n'est cependant que logique de poser, du moins pour quiconque est capable d'un peu de réflexion, est probablement fort indiscrète, et il est plus que douteux qu'il y soit jamais donné une réponse satisfaisante ; mais à vrai dire, il n'en est pas besoin pour reconnaître, dans une telle transmission psychique, une autre « marque » véritablement sinistre par les rapprochements auxquels elle donne lieu : la psychanalyse présente, par ce côté, une ressemblance plutôt terrifiante avec certains « sacrements du diable » !

Chapitre XXXV

La confusion du psychique et du spirituel

Ce que nous avons dit au sujet de certaines explications psychologiques des doctrines traditionnelles représente un cas particulier d'une confusion très répandue dans le monde moderne, celle des deux domaines psychique et spirituel ; et cette confusion, même quand elle ne va pas jusqu'à une subversion comme celle de la psychanalyse, assimilant le spirituel à ce qu'il y a de plus inférieur dans l'ordre psychique, n'en est pas moins extrêmement grave dans tous les cas. Il y a d'ailleurs là, en quelque sorte, une conséquence naturelle du fait que les Occidentaux, depuis longtemps déjà, ne savent plus distinguer l'« âme » et l'« esprit » (et le dualisme cartésien y est assurément pour beaucoup, puisqu'il confond en une seule et même chose tout ce qui n'est pas le corps, et que cette chose vague et mal définie y est désignée indifféremment par l'un et l'autre nom) ; aussi cette confusion se manifeste-t-elle à chaque instant jusque dans le langage courant ; le nom d'« esprits » donné vulgairement à des « entités » psychiques qui n'ont certes rien de « spirituel », et la dénomination même du « spiritisme » qui en est dérivée, sans parler de cette autre erreur qui fait aussi appeler « esprit » ce qui n'est en réalité que le « mental », en seront ici des exemples suffisants. Il n'est que trop facile de voir les conséquences fâcheuses qui peuvent résulter d'un pareil état de choses : propager cette confusion, surtout dans les conditions actuelles, c'est, qu'on le veuille ou non, engager des êtres à se perdre irrémédiablement dans le chaos du « monde intermédiaire », et, par là même, c'est faire, souvent inconsciemment d'ailleurs, le jeu des forces « sataniques » qui régissent ce que nous avons appelé la « contre-initiation ».

Ici, il importe de bien préciser afin d'éviter tout malentendu : on ne peut pas dire qu'un développement quelconque des possibilités d'un être, même dans un ordre peu élevé comme celui que représente le domaine psychique, soit essentiellement « maléfique » en lui-même ; mais il ne faut pas oublier que ce domaine est par excellence celui des illusions, et il faut d'ailleurs toujours savoir situer chaque chose à la place qui lui appartient normalement ; en somme, tout dépend de l'usage qui est fait d'un tel développement, et, avant tout, il est nécessaire de considérer s'il est pris pour une fin en soi, ou au contraire pour un simple moyen en vue d'atteindre un but d'ordre supérieur. En effet, n'importe quoi peut, suivant les circonstances de chaque cas particulier, servir d'occasion ou de « support » à celui qui s'engage dans la voie qui doit le mener à une « réalisation » spirituelle ; cela est vrai surtout au début, en raison de la diversité des natures individuelles dont l'influence est alors à son maximum, mais il en est encore ainsi, jusqu'à un certain point, tant que les limites de l'individualité ne sont pas entièrement dépassées. Mais, d'un autre côté, n'importe quoi peut tout aussi bien être un obstacle qu'un « support » si l'être s'y arrête et se laisse illusionner et égarer par certaines apparences de « réalisation » qui n'ont aucune valeur propre et ne sont que des résultats tout accidentels et contingents, si même on peut les regarder comme des résultats à un point de vue quelconque ; et ce danger d'égarement existe toujours, précisément, tant qu'on n'est encore que dans l'ordre des possibilités individuelles ; c'est d'ailleurs en ce qui concerne les possibilités psychiques qu'il est incontestablement le plus grand, et cela d'autant plus, naturellement, que ces possibilités sont d'un ordre plus inférieur.

Le danger est certainement beaucoup moins grave quand il ne s'agit que de possibilités d'ordre simplement corporel et physiologique ; nous pouvons citer ici comme exemple l'erreur de certains Occidentaux qui, comme nous le disions plus haut, prennent le *Yoga*, ou du moins le peu qu'ils connaissent de ses procédés préparatoires, pour une sorte de méthode de « culture physique » ; dans un pareil cas, on ne court guère que le risque d'obtenir, par des « pratiques » accomplies inconsidérément et sans contrôle, un résultat tout opposé à celui qu'on recherche, et de ruiner sa santé en croyant l'améliorer. Ceci ne nous intéresse en rien, sinon en ce qu'il y a là une grossière déviation dans l'emploi de ces « pratiques » qui, en réalité, sont faites pour un tout autre usage, aussi éloigné que possible de ce domaine physiologique, et dont les répercussions naturelles dans celui-ci ne constituent qu'un simple « accident » auquel il ne convient pas d'attacher la moindre importance.

Cependant, il faut ajouter que ces mêmes « pratiques » peuvent avoir aussi, à l'insu de l'ignorant qui s'y livre comme à une « gymnastique » quelconque, des répercussions dans les modalités subtiles de l'individu, ce qui, en fait, en augmente considérablement le danger : on peut ainsi, sans s'en douter aucunement, ouvrir la porte à des influences de toute sorte (et, bien entendu, ce sont toujours celles de la qualité la plus basse qui en profitent en premier lieu), contre lesquelles on est d'autant moins prémuni que parfois on ne soupçonne même pas leur existence, et qu'à plus forte raison on est incapable de discerner leur véritable nature ; mais il n'y a là, du moins, aucune prétention « spirituelle ».

Il en va tout autrement dans certains cas où entre en jeu la confusion du psychique proprement dit et du spirituel, confusion qui se présente d'ailleurs sous deux formes inverses : dans la première, le spirituel est réduit au psychique, et c'est ce qui arrive notamment dans le genre d'explications psychologiques dont nous avons parlé ; dans la seconde, le psychique est au contraire pris pour le spirituel, et l'exemple le plus vulgaire en est le spiritisme, mais les autres formes plus complexes du « néo-spiritualisme » procèdent toutes également de cette même erreur. Dans les deux cas, c'est toujours, en définitive, le spirituel qui est méconnu ; mais le premier concerne ceux qui le nient purement et simplement, tout au moins en fait, sinon toujours d'une façon explicite, tandis que le second concerne ceux qui se donnent l'illusion d'une fausse spiritualité, et c'est ce dernier cas que nous avons plus particulièrement en vue présentement. La raison pour laquelle tant de gens se laissent égarer par cette illusion est assez simple au fond : certains recherchent avant tout de prétendus « pouvoirs », c'est-à-dire, en somme, sous une forme ou sous une autre, la production de « phénomènes » plus ou moins extraordinaires ; d'autres s'efforcent de « centrer » leur conscience sur des « prolongements » inférieurs de l'individualité humaine, les prenant à tort pour des états supérieurs, simplement parce qu'ils sont en dehors du cadre où s'enferme généralement l'activité de l'homme « moyen », cadre qui, dans l'état qui correspond au point de vue profane de l'époque actuelle, est celui de ce qu'on est convenu d'appeler la « vie ordinaire », dans laquelle n'intervient aucune possibilité d'ordre extra-corporel. Pour ces derniers encore, du reste, c'est l'attrait du « phénomène », c'est-à-dire, au fond, la tendance « expérimentale » inhérente à l'esprit moderne, qui est le plus souvent à la racine de l'erreur : ce qu'ils veulent en effet obtenir, ce sont toujours des résultats qui soient en quelque sorte « sensibles », et c'est là ce qu'ils croient être une « réalisation » ; mais cela revient justement à dire que tout ce qui est vraiment d'ordre spirituel leur échappe entièrement, qu'ils ne le conçoivent même pas, si lointainement que ce soit, et que, manquant totalement de « qualification » à cet égard, il vaudrait encore beaucoup mieux pour eux qu'ils se contentent de rester enfermés dans la banale et médiocre sécurité de la « vie ordinaire ». Bien entendu, il ne s'agit aucunement ici de nier la réalité des « phénomènes » en question comme tels ; ils ne sont même que trop réels, pourrions-nous dire, et ils n'en sont que plus dangereux ; ce que nous contestons formellement, c'est leur valeur et leur intérêt, surtout au point de vue d'un développement spirituel, et c'est précisément là-dessus que porte l'illusion. Si encore il n'y avait là qu'une simple perte de temps et d'efforts, le mal ne serait pas très grand après tout ; mais, en général, l'être qui s'attache à ces choses devient ensuite incapable de s'en affranchir et d'aller au-delà, et il est ainsi irrémédiablement dévié ; on connaît bien, dans toutes les traditions orientales, le cas de ces individus qui, devenus de simples producteurs de « phénomènes », n'atteindront jamais à la moindre spiritualité. Mais il y a plus encore : il peut y avoir là une sorte de développement « à rebours », qui non seulement n'apporte aucune acquisition valable, mais éloigne toujours davantage de la « réalisation » spirituelle, jusqu'à ce que l'être soit définitivement égaré dans ces « prolongements » inférieurs de son individualité auxquels nous faisions allusion tout à l'heure, et par lesquels il ne peut entrer en contact qu'avec l'« infra-humain » ; sa situation est alors sans issue, ou du moins il n'y en a qu'une, qui est une « désintégration » totale de l'être conscient ; et c'est là proprement, pour l'individu, l'équivalent de ce qu'est la dissolution finale pour l'ensemble du « cosmos » manifesté.

On ne saurait trop se méfier, à cet égard plus encore peut-être qu'à tout autre point de vue, de tout appel au « subconscient », à l'« instinct », à l'« intuition » infra-rationnelle, voire même à une « force vitale » plus ou moins mal définie, en un mot à toutes ces choses vagues et obscures que tendent à exalter la philosophie et la psychologie nouvelles, et qui conduisent plus ou moins directement à une prise de contact avec les états inférieurs. À plus forte raison doit-on se garder avec une extrême vigilance (car ce dont il s'agit ne sait que trop bien prendre les déguisements les plus insidieux) de tout ce qui induit l'être à « se fondre », nous dirions plus volontiers et plus exactement à « se confondre » ou même à « se dissoudre », dans une sorte de « conscience cosmique » exclusive de toute « transcendance », donc de toute spiritualité effective ; c'est là l'ultime conséquence de toutes les erreurs antimétaphysiques que désignent, sous leur aspect plus spécialement philosophique, des termes comme ceux de « panthéisme », d'« immanentisme » et de « naturalisme », toutes choses d'ailleurs étroitement connexes, conséquence devant laquelle certains reculeraient assurément s'ils pouvaient savoir vraiment de quoi ils parlent. C'est là, en effet, prendre littéralement la spiritualité « à rebours », lui substituer ce qui en est véritablement l'inverse, puisqu'il conduit inévitablement à sa perte définitive, et c'est en quoi consiste le « satanisme » proprement dit ; qu'il soit du reste conscient ou inconscient suivant les cas, cela change assez peu les résultats ; et il ne faut pas oublier que le « satanisme inconscient » de certains, plus nombreux que jamais à notre époque de désordre étendu à tous les domaines, n'est véritablement, au fond, qu'un instrument au service du « satanisme conscient » des représentants de la « contre-initiation ».

Nous avons eu ailleurs l'occasion de signaler le symbolisme initiatique d'une « navigation » s'accomplissant à travers l'Océan qui représente le domaine psychique, et qu'il s'agit de franchir, en évitant tous ses dangers, pour parvenir au but [159]; mais que dire de celui qui se jetterait en plein milieu de cet Océan et n'aurait d'autre aspiration que de s'y noyer ? C'est là, très exactement, ce que signifie cette soi-disant « fusion » avec une « conscience cosmique » qui n'est en réalité rien d'autre que l'ensemble confus et indistinct de toutes les influences psychiques, lesquelles, quoi que certains puissent s'imaginer, n'ont certes absolument rien de commun avec les influences spirituelles, même s'il arrive qu'elles les imitent plus ou moins dans quelques-unes de leurs manifestations extérieures (car c'est là le domaine où la « contrefaçon » s'exerce dans toute son ampleur, et c'est pourquoi ces manifestations « phénoméniques » ne prouvent jamais rien par elles-mêmes, pouvant être tout à fait semblables chez un saint et chez un sorcier). Ceux qui commettent cette fatale méprise oublient ou ignorent tout simplement la distinction des « Eaux supérieures » et des « Eaux inférieures » ; au lieu de s'élever vers l'Océan d'en haut, ils s'enfoncent dans les abîmes

---

[159] *Voir* Le Roi du Monde, *pp. 120-121, et* Autorité spirituelle et pouvoir temporel, *pp. 140-144.*

de l'Océan d'en bas ; au lieu de concentrer toutes leurs puissances pour les diriger vers le monde informel, qui seul peut être dit « spirituel », ils les dispersent dans la diversité indéfiniment changeante et fuyante des formes de la manifestation subtile (qui est bien ce qui correspond aussi exactement qu'il est possible à la conception de la « réalité » bergsonienne), sans se douter que ce qu'ils prennent pour une plénitude de « vie » n'est effectivement que le royaume de la mort et de la dissolution sans retour.

Chapitre XXXVI

La pseudo-initiation

Quand nous qualifions de « satanique » l'action antitraditionnelle dont nous étudions ici les divers aspects, il doit être bien entendu que cela est entièrement indépendant de l'idée plus particulière que chacun pourra se faire de ce qui est appelé « Satan », conformément à certaines vues théologiques ou autres, car il va de soi que les « personnifications » n'importent pas à notre point de vue et n'ont aucunement à intervenir dans ces considérations. Ce qu'il y a à envisager, c'est, d'une part, l'esprit de négation et de subversion en lequel « Satan » se résout métaphysiquement, quelles que soient les formes spéciales qu'il peut revêtir pour se manifester dans tel ou tel domaine, et d'autre part, ce qui le représente proprement et l'« incarne » pour ainsi dire dans le monde terrestre où nous considérons son action, et qui n'est pas autre chose que ce que nous avons appelé la « contre-initiation ». Il faut bien remarquer que nous disons « contre-initiation », et non pas « pseudo-initiation », qui est quelque chose de très différent ; en effet, on ne doit pas confondre le contrefacteur avec la contrefaçon, dont la « pseudo-initiation », telle qu'elle existe aujourd'hui dans de nombreuses organisations dont la plupart se rattachent à quelque forme du « néo-spiritualisme », n'est en somme qu'un des multiples exemples, au même titre que ceux que nous avons eu déjà à constater dans des ordres différents, bien qu'elle présente peut-être, en tant que contrefaçon de l'initiation, une importance plus spéciale encore que la contrefaçon de n'importe quelle autre chose. La « pseudo-initiation » n'est réellement qu'un des produits de l'état de désordre et de confusion provoqué, à l'époque moderne, par l'action « satanique » qui a son point de départ conscient dans la « contre-initiation » ; elle peut être aussi, d'une façon inconsciente, un instrument de celle-ci, mais, au fond, cela est vrai également, à un degré ou à un autre, de toutes les autres contrefaçons, en ce sens qu'elles sont toutes comme autant de moyens aidant à la réalisation du même plan de subversion, si bien que chacune joue exactement le rôle plus ou moins important qui lui est assigné dans cet ensemble, ce qui, du reste, constitue encore une sorte de contrefaçon de l'ordre et de l'harmonie mêmes contre lesquels tout ce plan est dirigé.

La « contre-initiation », elle, n'est certes pas une simple contrefaçon tout illusoire, mais au contraire quelque chose de très réel dans son ordre, comme l'action qu'elle exerce effectivement ne le montre que trop ; du moins, elle n'est une contrefaçon qu'en ce sens qu'elle imite nécessairement l'initiation à la façon d'une ombre inversée, bien que sa véritable intention ne soit pas de l'imiter, mais de s'y opposer. Cette prétention, d'ailleurs, est forcément vaine, car le domaine métaphysique et spirituel lui est absolument interdit, étant précisément au-delà de toutes les oppositions ; tout ce qu'elle peut faire est de l'ignorer ou de le nier, et elle ne peut en aucun cas aller au-delà du « monde intermédiaire », c'est-à-dire du domaine psychique, qui est du reste, sous tous les rapports, le champ d'influence privilégié de « Satan » dans l'ordre humain et même dans l'ordre cosmique [160] ; mais l'intention n'en existe pas moins, avec le parti pris qu'elle implique d'aller proprement au rebours de l'initiation. Quant à la « pseudo-initiation », elle n'est rien de plus qu'une parodie pure et simple, ce qui revient à dire qu'elle n'est rien par elle-même, qu'elle est vide de toute réalité profonde, ou, si l'on veut, que sa valeur intrinsèque n'est ni positive comme celle de l'initiation, ni négative comme celle de la « contre-initiation », mais tout simplement nulle ; si cependant elle ne se réduit pas à un jeu plus ou moins inoffensif comme on serait peut-être tenté de le croire dans ces conditions, c'est en raison de ce que nous avons expliqué, d'une façon générale, sur le véritable caractère des contrefaçons et le rôle auquel elles sont destinées ; et il faut ajouter encore, dans ce cas spécial, que les rites, en vertu de leur nature « sacrée » au sens le plus strict de ce mot, sont quelque chose qu'il n'est jamais possible de simuler impunément. On peut dire encore que les contrefaçons « pseudo-traditionnelles », auxquelles se rattachent toutes les dénaturations de l'idée de tradition dont nous avons déjà parlé précédemment, atteignent ici leur maximum de gravité, d'abord parce qu'elles se traduisent par une action effective au lieu de rester à l'état de conceptions plus ou moins vagues, et ensuite parce qu'elles s'attaquent au côté « intérieur »

---

[160] Suivant la doctrine islamique, c'est par la *nefs* (l'âme) que le *Shaytân* a prise sur l'homme, tandis que la *rûh* (l'esprit), dont l'essence est pure lumière, est au-delà de ses atteintes.

de la tradition, à ce qui en constitue l'esprit même, c'est-à-dire au domaine ésotérique et initiatique.

On peut remarquer que la « contre-initiation » s'applique à introduire ses agents dans les organisations « pseudo-initiatiques », qu'ils « inspirent » ainsi à l'insu de leurs membres ordinaires, et même, le plus souvent, de leurs chefs apparents, qui ne sont pas moins inconscients que les autres de ce à quoi ils servent réellement ; mais il convient de dire que, en fait, elle les introduit aussi, d'une façon semblable, partout où elle le peut, dans tous les « mouvements » plus extérieurs du monde contemporain, politiques ou autres, et même, comme nous le disions plus haut, jusque dans des organisations authentiquement initiatiques ou religieuses, mais où l'esprit traditionnel est trop affaibli pour qu'elles soient encore capables de résister à cette pénétration insidieuse. Cependant, à part ce dernier cas qui permet d'exercer aussi directement que possible une action dissolvante, celui des organisations « pseudo-initiatiques » est sans doute celui qui doit retenir surtout l'attention de la « contre-initiation » et faire l'objet d'efforts plus particuliers de sa part, par là même que l'œuvre qu'elle se propose est avant tout antitraditionnelle, et que c'est même à cela seul que, en définitive, elle se résume tout entière. C'est d'ailleurs très probablement pour cette raison qu'il existe de multiples liens entre les manifestations « pseudo-initiatiques » et toutes sortes d'autres choses qui, à première vue, sembleraient ne devoir pas avoir avec elles le moindre rapport, mais qui toutes sont représentatives de l'esprit moderne sous quelqu'un de ses aspects les plus accentués [161] ; pourquoi en effet, s'il n'en était pas ainsi, les « pseudo-initiés » joueraient-ils constamment dans tout cela un rôle si important ? On pourrait dire que, parmi les instruments ou les moyens de tout genre mis en œuvre pour ce dont il s'agit, la « pseudo-initiation », par sa nature même, doit logiquement occuper le premier rang ; elle n'est qu'un rouage, bien entendu, mais un rouage qui peut commander à beaucoup d'autres, sur lequel ces autres viennent s'engrener en quelque sorte et dont ils reçoivent leur impulsion. Ici, la contrefaçon se poursuit encore : la « pseudo-initiation » imite en cela la fonction de moteur invisible qui, dans l'ordre normal, appartient en propre à l'initiation ; mais il faut pren-

---

[161] Nous avons donné un assez grand nombre d'exemples d'activités de ce genre dans *Le Théosophisme*

dre bien garde à ceci : l'initiation représente véritablement et légitimement l'esprit, animateur principiel de toutes choses, tandis que, pour ce qui est de la « pseudo-initiation », l'esprit est évidemment absent. Il résulte immédiatement de là que l'action exercée ainsi, au lieu d'être réellement « organique », ne peut avoir qu'un caractère purement « mécanique », ce qui justifie d'ailleurs pleinement la comparaison des rouages que nous venons d'employer ; et ce caractère n'est-il pas justement aussi, comme nous l'avons déjà vu, celui qui se retrouve partout, et de la façon la plus frappante, dans le monde actuel, où la machine envahit tout de plus en plus, où l'être humain lui-même est réduit, dans toute son activité, à ressembler le plus possible à un automate, parce qu'on lui a enlevé toute spiritualité ? Mais c'est bien là qu'éclate toute l'infériorité des productions artificielles, même si une habileté « satanique » a présidé à leur élaboration ; on peut bien fabriquer des machines, mais non pas des êtres vivants, parce que, encore une fois, c'est l'esprit lui-même qui fait et fera toujours défaut.

Nous avons parlé de « moteur invisible », et, à part la volonté d'imitation qui se manifeste encore à ce point de vue, il y a dans cette sorte d'« invisibilité », si relative qu'elle soit d'ailleurs, un avantage incontestable de la « pseudo-initiation », pour le rôle que nous venons de dire, sur toute autre chose d'un caractère plus « public ». Ce n'est pas que les organisations « pseudo-initiatiques », pour la plupart, prennent grand soin de dissimuler leur existence ; il en est même qui vont jusqu'à faire ouvertement une propagande parfaitement incompatible avec leurs prétentions à l'ésotérisme ; mais, malgré cela, elles sont encore ce qu'il y a de moins apparent et ce qui se prête le mieux à l'exercice d'une action « discrète », par conséquent ce avec quoi la « contre-initiation » peut entrer le plus directement en contact sans avoir à redouter que son intervention risque d'être démasquée, d'autant plus que, dans ces milieux, il est toujours facile de trouver quelque moyen de parer aux conséquences d'une indiscrétion ou d'une imprudence. Il faut dire aussi qu'une grande partie du public, tout en connaissant plus ou moins l'existence d'organisations « pseudo-initiatiques », ne sait trop ce qu'elles sont et est peu disposée à y attacher de l'importance, n'y voyant guère que de simples « excentricités » sans portée sérieuse ; et cette indifférence sert encore les mêmes desseins, bien qu'involontairement, tout autant que pourrait le faire un secret plus rigoureux.

Nous avons cherché à faire comprendre, aussi exactement qu'il est possible, le rôle réel, quoique inconscient, de la « pseudo-initiation », et la vraie nature de ses rapports avec la « contre-initiation » ; encore faudrait-il ajouter que celle-ci peut, dans certains cas tout au moins, y trouver un milieu d'observation et de sélection pour son propre recrutement, mais ce n'est pas ici le lieu d'insister là-dessus. Ce dont on ne peut donner une idée même approximative, c'est la multiplicité et la complexité incroyables des ramifications qui existent en fait entre toutes ces choses, et dont leur étude directe et détaillée pourrait seule permettre de se rendre compte ; mais il est bien entendu qu'ici c'est surtout le « principe », si l'on peut dire, qui nous intéresse.

Cependant, ce n'est pas tout encore : jusqu'ici, nous avons vu en somme pourquoi l'idée traditionnelle est contrefaite par la « pseudo-initiation » ; il nous reste maintenant à voir avec plus de précision comment elle l'est, afin que ces considérations ne paraissent pas rester enfermées dans un ordre trop exclusivement « théorique ».

Un des moyens les plus simples que les organisations « pseudo-initiatiques » aient à leur disposition pour fabriquer une fausse tradition à l'usage de leurs adhérents, c'est assurément le « syncrétisme », qui consiste à rassembler tant bien que mal des éléments empruntés un peu partout, à les juxtaposer en quelque sorte « de l'extérieur », sans aucune compréhension réelle de ce qu'ils représentent véritablement dans les traditions diverses auxquelles ils appartiennent en propre.

Comme il faut cependant donner à cet assemblage plus ou moins informe une certaine apparence d'unité, afin de pouvoir le présenter comme une « doctrine », on s'efforcera de grouper ces éléments autour de quelques « idées directrices » qui, elles, ne seront pas d'origine traditionnelle, mais, tout au contraire, seront généralement des conceptions toutes profanes et modernes, donc proprement antitraditionnelles ; nous avons déjà noté, à propos du « néo-spiritualisme », que l'idée d'« évolution », notamment, joue presque toujours à cet égard un rôle prépondérant. Il est facile de comprendre que, par-là, les choses se trouvent singulièrement aggravées : il ne s'agit plus simplement, dans ces conditions, de la constitution d'une sorte de « mosaïque » de débris traditionnels, qui pourrait, en somme, n'être qu'un jeu tout à fait vain, mais à peu près inoffensif ; il s'agit de dénaturation et, pourrait-on dire, de « détournement » des éléments empruntés, puisqu'on sera amené ainsi à leur attribuer un sens qui sera altéré, pour s'accorder à l'« idée directrice », jusqu'à aller directement à l'encontre du sens traditionnel. Il est d'ailleurs bien entendu que ceux qui agissent ainsi peuvent n'en être pas nettement conscients, car la mentalité moderne qui est la leur peut causer à cet égard un véritable aveuglement ; en tout cela, il faut toujours faire la part, d'abord de l'incompréhension pure et simple due à cette mentalité même, et ensuite, nous devrions peut-être même dire surtout, des « suggestions » dont ces « pseudo-initiés » sont eux-mêmes les premières victimes, avant de contribuer pour leur part à les inculquer à d'autres ; mais cette inconscience ne change rien au résultat et n'atténue aucunement le danger de ces sortes de choses, qui n'en sont pas pour cela moins propres à servir, même si ce n'est qu'« après coup », aux fins que se propose la « contre-initiation ». Nous réservons ici le cas où des agents de celle-ci auraient, par une intervention plus ou moins directe, provoqué ou inspiré la formation de semblables « pseudo-traditions » ; on pourrait sans doute en trouver aussi quelques exemples, ce qui ne veut pas dire que, même alors, ces agents conscients aient été les créateurs apparents et connus des formes « pseudo-initiatiques » dont il s'agit, car il est évident que la prudence leur commande de se dissimuler toujours autant que possible derrière de simples instruments inconscients.

Quand nous parlons d'inconscience, nous l'entendons surtout en ce sens que ceux qui élaborent ainsi une « pseudo-tradition » sont, le plus souvent, parfaitement ignorants de ce à quoi elle sert en réalité ; pour ce qui est du caractère et de la valeur d'une telle production, il est plus difficile d'admettre que leur bonne foi soit aussi complète, et pourtant, là-dessus encore, il est possible qu'ils s'illusionnent parfois dans une certaine mesure, ou qu'ils soient illusionnés dans le cas que nous venons de mentionner en dernier lieu. Il faut aussi, assez souvent, tenir compte de certaines « anomalies » d'ordre psychique qui compliquent encore les choses, et qui, du reste, constituent un terrain particulièrement favorable pour que les influences et les suggestions de tout genre puissent s'exercer avec le maximum de puissance ; nous noterons seulement à ce propos, sans y insister autrement, le rôle non négligeable que des « clairvoyants » et autres « sensitifs » ont joué fréquemment dans tout cela. Mais, malgré tout, il y a presque toujours un point où la supercherie consciente et le charlatanisme deviennent, pour les dirigeants d'une organisation « pseudo-initiatique », une sorte de nécessité : ainsi, si quelqu'un vient à s'apercevoir, ce qui n'est pas très difficile en somme, des emprunts qu'ils ont faits plus ou moins maladroitement à telle ou telle tradition, comment pourraient-ils les reconnaître sans se voir obligés d'avouer par là même qu'ils ne sont en réalité que de simples profanes ? En pareil cas, ils n'hésitent pas d'ordinaire à renverser les rapports et à déclarer audacieusement que c'est leur propre « tradition » qui représente la « source » commune de toutes celles qu'ils ont pillées ; et, s'ils n'arrivent pas à en convaincre tout le monde, du moins se trouve-t-il toujours des naïfs pour les croire sur parole, en nombre suffisant pour que leur situation de « chefs d'école », à quoi ils tiennent généralement par-dessus tout, ne risque pas d'être sérieusement compromise, d'autant plus qu'ils regardent assez peu à la qualité de leurs « disciples » et que, conformément à la mentalité moderne, la quantité leur semble bien plus importante, ce qui suffirait d'ailleurs à montrer combien ils sont loin d'avoir même la plus élémentaire notion de ce que sont réellement l'ésotérisme et l'initiation.

Nous avons à peine besoin de dire que tout ce que nous décrivons ici ne répond pas seulement à des possibilités plus ou moins hypothétiques, mais bien à des faits réels et dûment constatés ; nous n'en finirions pas si nous devions les citer tous, et ce serait d'ailleurs assez peu utile au fond ; il suffit de quelques exemples caractéristiques. Ainsi, c'est par le procédé « syncrétique » dont nous venons de parler qu'on a vu se constituer une prétendue « tradition orientale », celle des théosophistes, n'ayant guère d'oriental qu'une terminologie mal comprise et mal appliquée ; et, comme ce monde est toujours « divisé contre lui-même », suivant la parole évangélique, les occultistes français, par esprit d'opposition et de concurrence, édifièrent à leur tour une soi-disant « tradition occidentale » du même genre, dont bien des éléments, notamment ceux qu'ils tirèrent de la Kabbale, peuvent difficilement être dits occidentaux quant à leur origine, sinon quant à la façon spéciale dont ils les interprétèrent. Les premiers présentèrent leur « tradition » comme l'expression même de la « sagesse antique » ; les seconds, peut-être un peu plus modestes dans leurs prétentions, cherchèrent surtout à faire passer leur « syncrétisme » pour une « synthèse », car il en est peu qui aient autant qu'eux abusé de ce dernier mot. Si les premiers se montraient ainsi plus ambitieux, c'est peut-être parce que, en fait, il y avait à l'origine de leur « mouvement » des influences assez énigmatiques et dont eux-mêmes auraient sans doute été bien incapables de déterminer la vraie nature ; pour ce qui est des seconds, ils ne savaient que trop bien qu'il n'y avait rien derrière eux, que leur œuvre n'était véritablement que celle de quelques individualités réduites à leurs propres moyens, et, s'il arriva cependant que « quelque chose » d'autre s'introduisît là aussi, ce ne fut certainement que beaucoup plus tard ; il ne serait pas très difficile de faire à ces deux cas, considérés sous ce rapport, l'application de ce que nous avons dit tout à l'heure, et nous pouvons laisser à chacun le soin d'en tirer par lui-même les conséquences qui lui paraîtront en découler logiquement.

Bien entendu, il n'y a jamais rien eu qui se soit appelé authentiquement « tradition orientale » ou « tradition occidentale », de telles dénominations étant manifestement beaucoup trop vagues pour pouvoir s'appliquer à une forme traditionnelle définie, puisque, à moins qu'on ne remonte à la tradition primordiale qui est ici hors de cause, pour des raisons trop faciles à comprendre, et qui d'ailleurs n'est ni orientale ni occidentale, il y a et il y eut toujours des formes traditionnelles diverses et multiples tant en Orient qu'en Occident. D'autres ont cru mieux faire et inspirer plus facilement la confiance en s'appropriant le nom même de quelque tradition ayant réellement existé à une époque plus ou moins lointaine, et en en faisant l'étiquette d'une construction tout aussi hétéroclite que les précédentes, car, s'ils utilisent naturellement plus ou moins ce qu'ils peuvent arriver à savoir de cette tradition sur laquelle ils ont jeté leur dévolu, ils sont bien forcés de compléter ces quelques données toujours très fragmentaires, et souvent même en partie hypothétiques, en recourant à d'autres éléments empruntés ailleurs ou même entièrement imaginaires. Dans tous les cas, le moindre examen de toutes ces productions suffit à faire ressortir l'esprit spécifiquement moderne qui y a présidé, et qui se traduit invariablement par la présence de quelques-unes de ces mêmes « idées directrices » auxquelles nous avons fait allusion plus haut ; il n'y aurait donc pas besoin de pousser les recherches plus loin et de se donner la peine de déterminer exactement et en détail la provenance réelle de tel ou tel élément d'un pareil ensemble, puisque cette seule constatation montre déjà bien assez, et sans laisser place au moindre doute, qu'on ne se trouve en présence de rien d'autre que d'une contrefaçon pure et simple.

Un des meilleurs exemples qu'on puisse donner de ce dernier cas, ce sont les nombreuses organisations qui, à l'époque actuelle, s'intitulent « rosicruciennes », et qui, cela va de soi, ne manquent pas d'être en contradiction les unes avec les autres, et même de se combattre plus ou moins ouvertement, tout en se prétendant également représentantes d'une seule et même « tradition ». En fait, on peut donner entièrement raison à chacune d'elles, sans aucune exception, quand elle dénonce ses concurrentes comme illégitimes et frauduleuses ; il n'y eut assurément jamais autant de gens pour se dire « rosicruciens », si ce n'est même « Rose-Croix », que depuis qu'il n'en est plus d'authentiques ! Il est d'ailleurs assez peu dangereux de se faire passer pour la continuation de quelque chose qui appartient entièrement au passé, surtout lorsque les démentis sont d'autant moins à craindre que ce dont il s'agit a toujours été, comme c'est le cas, enveloppé d'une certaine obscurité, si bien que sa fin n'est pas connue plus sûrement que son origine ; et qui donc, parmi le public profane et même parmi les « pseudo-initiés », peut savoir ce que fut au juste la tradition qui, pendant une certaine période, se qualifia de rosicrucienne ? Nous devons ajouter que ces remarques, concernant l'usurpation du nom d'une organisation initiatique, ne s'appliquent pas à un cas comme celui de la prétendue « Grande Loge Blanche », dont, chose assez curieuse, il est de plus en plus souvent question de tous les côtés, et non plus seulement chez les théosophistes ; cette dénomination, en effet, n'a jamais eu nulle part le moindre caractère authentiquement traditionnel, et, si ce nom conventionnel peut servir de « masque » à quelque chose qui ait une réalité quelconque, ce n'est certes pas, en tout cas, du côté initiatique qu'il convient de le chercher.

On a assez souvent critiqué la façon dont certains relèguent les « Maîtres » dont ils se recommandent dans quelque région à peu près inaccessible de l'Asie centrale ou d'ailleurs ; c'est là, en effet, un moyen assez facile de rendre leurs assertions invérifiables, mais ce n'est pas le seul, et l'éloignement dans le temps peut aussi, à cet égard, jouer un rôle exactement comparable à celui de l'éloignement dans l'espace. Aussi d'autres n'hésitent-ils pas à prétendre se rattacher à quelque tradition entièrement disparue et éteinte depuis des siècles, voire même depuis des milliers d'années ; il est vrai que, à moins qu'ils n'osent aller jusqu'à affirmer que cette tradition s'est perpétuée pendant tout ce temps d'une façon si secrète et si bien cachée que nul autre qu'eux n'en peut découvrir la moindre trace, cela les prive de l'avantage appréciable de revendiquer une filiation directe et continue, qui n'aurait même plus ici l'apparence de vraisemblance qu'elle peut avoir encore lorsqu'il s'agit d'une forme somme toute récente comme l'est la tradition rosicrucienne ; mais ce défaut paraît n'avoir qu'assez peu d'importance à leurs yeux, car ils sont tellement ignorants des véritables conditions de l'initiation qu'ils s'imaginent volontiers qu'un simple rattachement « idéal », sans aucune transmission régulière, peut tenir lieu d'un rattachement effectif. Il est d'ailleurs bien clair qu'une tradition se prêtera d'autant mieux à toutes les « reconstitutions » fantaisistes qu'elle est plus complètement perdue et oubliée, et qu'on sait moins à quoi s'en tenir sur la signification réelle des vestiges qui en subsistent, et auxquels on pourra ainsi faire dire à peu près tout ce qu'on voudra ; chacun n'y mettra naturellement que ce qui sera conforme à ses propres idées ; sans doute n'y a-t-il pas d'autre raison que celle-là à chercher pour rendre compte du fait que la tradition égyptienne est tout particulièrement « exploitée » sous ce rapport, et que tant de « pseudo-initiés » d'écoles très diverses lui témoignent une prédilection qui ne se comprendrait guère autrement. Nous devons préciser, pour éviter toute fausse application de ce que nous disons ici, que ces observations ne concernent aucunement les références à l'Égypte ou autres choses du même genre qui peuvent parfois se rencontrer aussi dans certaines organisations initiatiques, mais qui y ont uniquement un caractère de « légendes » symboliques, sans aucune prétention à se prévaloir en fait de semblables origines ; nous ne visons que ce qui se donne pour une restauration, valable comme telle, d'une tradition ou d'une initiation qui n'existe plus, restauration qui d'ailleurs, même dans l'hypothèse impossible où elle serait en tout point exacte et complète, n'aurait encore d'autre intérêt en elle-même que celui d'une simple curiosité archéologique.

Nous arrêtons là ces considérations déjà longues, et qui suffisent amplement pour faire comprendre ce que sont, d'une façon générale, toutes ces contrefaçons « pseudo-initiatiques » de l'idée traditionnelle qui sont encore si caractéristiques de notre époque : un mélange plus ou moins cohérent, plutôt moins que plus, d'éléments en partie empruntés et en partie inventés, le tout étant dominé par les conceptions antitraditionnelles qui sont le propre de l'esprit moderne, et ne pouvant par conséquent servir en définitive qu'à répandre encore davantage ces conceptions en les faisant passer auprès de certains pour traditionnelles, sans parler de la tromperie manifeste qui consiste à donner pour « initiation » ce qui n'a en réalité qu'un caractère purement profane, pour ne pas dire « profanateur ». Si l'on faisait remarquer après cela, comme une sorte de circonstance atténuante, qu'il y a presque toujours là-dedans, malgré tout, quelques éléments dont la provenance est réellement traditionnelle, nous répondrons ceci : toute imitation, pour se faire accepter, doit naturellement prendre au moins quelques-uns des traits de ce qu'elle simule, mais c'est bien là ce qui en augmente encore le danger ; le mensonge le plus habile, et aussi le plus funeste, n'est-il pas précisément celui qui mélange de façon inextricable le vrai avec le faux, s'efforçant ainsi de faire servir celui-là au triomphe de celui-ci ?

Chapitre XXXVII

La duperie des « prophéties »

Le mélange de vrai et de faux, qui se rencontre dans les « pseudo-traditions » de fabrication moderne, se retrouve aussi dans les prétendues « prophéties » qui, en ces dernières années surtout, sont répandues et exploitées de toutes les façons, pour des fins dont le moins qu'on puisse dire est qu'elles sont fort énigmatiques ; nous disons prétendues, car il doit être bien entendu que le mot de « prophéties » ne saurait s'appliquer proprement qu'aux annonces d'événements futurs qui sont contenues dans les Livres sacrés des différentes traditions, et qui proviennent d'une inspiration d'ordre purement spirituel ; dans tout autre cas, son emploi est absolument abusif, et le seul mot qui convienne alors est celui de « prédictions ». Ces prédictions peuvent d'ailleurs être d'origines fort diverses ; il en est au moins quelques-unes qui ont été obtenues par l'application de certaines sciences traditionnelles secondaires, et ce sont assurément les plus valables, mais à la condition qu'on puisse en comprendre réellement le sens, ce qui n'est pas toujours des plus faciles, car, pour de multiples raisons, elles sont généralement formulées en termes plus ou moins obscurs, et qui ne s'éclaircissent souvent qu'après que les événements auxquels ils font allusion se sont réalisés ; il y a donc toujours lieu de se méfier, non de ces prédictions elles-mêmes, mais des interprétations erronées ou « tendancieuses » qui peuvent en être données. Quant au reste, en ce qu'il a d'authentique, il émane à peu près uniquement de « voyants » sincères, mais fort peu « éclairés », qui ont aperçu des choses confuses se rapportant plus ou moins exactement à un avenir assez mal déterminé, le plus souvent, quant à la date et à l'ordre de succession des événements, et qui, les mélangeant inconsciemment avec leurs propres idées, les ont exprimées plus confusément encore, si bien qu'il ne sera pas difficile de trouver là-dedans à peu près tout ce qu'on voudra.

On peut dès lors comprendre à quoi tout cela servira dans les conditions actuelles : comme ces prédictions présentent presque toujours les choses sous un jour inquiétant et même terrifiant, parce que c'est naturellement cet aspect des événements qui a le plus frappé les « voyants », il suffit, pour troubler la mentalité publique, de les propager tout simplement, en les accompagnant au besoin de commentaires qui en feront ressortir le côté menaçant et présenteront les événements dont il s'agit comme imminents [162]; si ces prédictions s'accordent entre elles, l'effet en sera renforcé, et, si elles se contredisent comme cela arrive aussi, elles n'en produiront que plus de désordre ; dans un cas comme dans l'autre, ce sera autant de gagné au profit des puissances de subversion. Il faut d'ailleurs ajouter que toutes ces choses, qui proviennent en général de régions assez basses du domaine psychique, portent par là même avec elles des influences déséquilibrantes et dissolvantes qui en augmentent considérablement le danger ; et c'est sans doute pour cela que ceux mêmes qui n'y ajoutent pas foi en éprouvent cependant, dans bien des cas, un malaise comparable à celui que produit, même sur des personnes très peu « sensitives », la présence de forces subtiles d'ordre inférieur. On ne saurait croire, par exemple, combien de gens ont été déséquilibrés gravement, et parfois irrémédiablement, par les nombreuses prédictions où il est question du « Grand Pape » et du « Grand Monarque » et qui contiennent pourtant quelques traces de certaines vérités, mais étrangement déformées par les « miroirs » du psychisme inférieur, et, par surcroît, rapetissées à la mesure de la mentalité des « voyants » qui les ont en quelque sorte « matérialisées » et plus ou moins étroitement « localisées » pour les faire rentrer dans le cadre de leurs idées préconçues[163]. La façon dont ces choses sont présentées par les « voyants » en question, qui sont souvent aussi des « suggestionnés »,

---

[162] L'annonce de la destruction de Paris par le feu, par exemple, a été répandue maintes fois de cette façon, avec fixation de dates précises où, bien entendu, il ne s'est jamais rien produit, sauf l'impression de terreur que cela ne manque pas de susciter chez beaucoup de gens et qui n'est aucunement diminuée par ces insuccès répétés de la prédiction.

[163] La partie relativement valable des prédictions dont il s'agit semble se rapporter surtout au rôle du *Mahdî* et à celui du dixième *Avatâra* ; ces choses, qui concernent directement la préparation du « redressement » final, sont en dehors du sujet de la présente étude ; tout ce que nous voulons faire remarquer ici, c'est que leur déformation même se prête à une exploitation « à rebours » dans le sens de la subversion.

[164]tient d'ailleurs de très près à certains « dessous » fort ténébreux, dont les invraisemblables ramifications, au moins depuis le début du XIXe siècle, seraient particulièrement curieuses à suivre pour qui voudrait faire la véritable histoire de ces temps, histoire assurément bien différente de celle qui s'enseigne « officiellement » ; mais il va de soi que notre intention ne saurait être d'entrer ici dans le détail de ces choses, et que nous devons nous contenter de quelques remarques générales sur cette question très compliquée, et d'ailleurs manifestement embrouillée à dessein en tous ses aspects[165], que nous n'aurions pu passer entièrement sous silence sans que l'énumération des principaux éléments caractéristiques de l'époque contemporaine en soit restée par trop incomplète, car il y a encore là un des symptômes les plus significatifs de la seconde phase de l'action antitraditionnelle.

D'ailleurs, la simple propagation de prédictions comme celles dont nous venons de parler n'est en somme que la partie la plus élémentaire du travail auquel on se livre actuellement à cet égard, parce que, dans ce cas, le travail a été déjà fait à peu près entièrement, bien qu'à leur insu, par les « voyants » eux-mêmes ; il est d'autres cas où il faut élaborer des interprétations plus subtiles pour amener les prédictions à répondre à certains desseins. C'est ce qui arrive notamment pour celles qui sont basées sur certaines connaissances traditionnelles, et c'est alors leur obscurité qui est surtout mise à profit pour ce qu'on se propose [166] ; certaines prophéties bibliques elles-mêmes, pour la même raison, sont aussi l'objet de ce genre d'interprétations « tendancieuses », dont les auteurs, du reste, sont souvent de bonne foi, mais comptent aussi parmi les « suggestionnés » qui servent à suggestionner les autres ; il y a là

---

[164] Il faut bien comprendre que « suggestionné » ne veut nullement dire « halluciné » ; il y a ici, entre ces deux termes, la même différence qu'entre voir des choses qui ont été consciemment et volontairement imaginées par d'autres et les imaginer soi-même « subconsciemment ».

[165] Que l'on songe, par exemple, à tout ce qui a été fait pour rendre complètement inextricable une question historique comme celle de la survivance de Louis XVII, et l'on pourra avoir par là une idée de ce que nous voulons dire ici.

[166] Les prédictions de Nostradamus sont ici l'exemple le plus typique et le plus important ; les interprétations plus ou moins extraordinaires auxquelles elles ont donné lieu, surtout en ces dernières années, sont presque innombrables.

comme une sorte d'« épidémie » psychique éminemment contagieuse, mais qui rentre trop bien dans le plan de subversion pour être « spontanée », et qui, comme toutes les autres manifestations du désordre moderne (y compris les révolutions que les naïfs croient aussi « spontanées »), suppose forcément une volonté consciente à son point de départ. Le pire aveuglement serait celui qui consisterait à ne voir là-dedans qu'une simple affaire de « mode » sans importance réelle [167]; et l'on pourrait d'ailleurs en dire autant de la diffusion croissante de certains « arts divinatoires », qui ne sont certes pas aussi inoffensifs qu'il peut le sembler à ceux qui ne vont pas au fond des choses : ce sont généralement des débris incompris d'anciennes sciences traditionnelles presque complètement perdues, et, outre le danger qui s'attache déjà à leur caractère de « résidus », ils sont encore arrangés et combinés de telle façon que leur mise en œuvre ouvre la porte, sous prétexte d'« intuition » (et cette rencontre avec la « philosophie nouvelle » est en elle-même assez remarquable), à l'intervention de toutes les influences psychiques du caractère le plus douteux[168].

On utilise aussi, par des interprétations appropriées, des prédictions dont l'origine est plutôt suspecte, mais d'ailleurs assez ancienne, et qui n'ont peut-être pas été faites pour servir dans les circonstances actuelles, bien que les puissances de subversion aient évidemment déjà largement exercé leur influence à cette époque (il s'agit surtout du temps auquel remontent les débuts mêmes de la déviation moderne, du XIVe au XVIe siècle), et qu'il soit dès lors possible qu'elles aient eu en vue, en même temps que des buts plus particuliers et plus immédiats, la préparation

---

[167] La « mode » elle-même, invention essentiellement moderne, n'est d'ailleurs pas, dans sa vraie signification, une chose entièrement dénuée d'importance : elle représente le changement incessant et sans but, en contraste avec la stabilité et l'ordre qui règnent dans les civilisations traditionnelles.

[168] Il y aurait beaucoup à dire à cet égard, en particulier, sur l'usage du Tarot, où se trouvent des vestiges d'une science traditionnelle incontestable, quelle qu'en soit l'origine réelle, mais qui a aussi des aspects fort ténébreux ; nous ne voulons pas faire allusion en cela aux nombreuses rêveries occultistes auxquelles il a donné lieu, et qui sont en grande partie négligeables, mais à quelque chose de beaucoup plus effectif, qui rend son maniement véritablement dangereux pour quiconque n'est pas suffisamment garanti contre l'action des « forces d'en bas ».

d'une action qui ne devait s'accomplir qu'à longue échéance[169]. Cette préparation, à vrai dire, n'a d'ailleurs jamais cessé ; elle s'est poursuivie sous d'autres modalités, dont la suggestion des « voyants » modernes et l'organisation d'« apparitions » d'un caractère peu orthodoxe représentent un des aspects où se montre le plus nettement l'intervention directe des influences subtiles ; mais cet aspect n'est pas le seul, et, même lorsqu'il s'agit de prédictions apparemment « fabriquées » de toutes pièces, de semblables influences peuvent fort bien entrer également en jeu, d'abord en raison même de la source « contre-initiatique » d'où émane leur inspiration première, et aussi du fait de certains éléments qui sont pris pour servir de « supports » à cette élaboration.

En écrivant ces derniers mots, nous avons spécialement en vue un exemple tout à fait étonnant, tant en lui-même que par le succès qu'il a eu dans divers milieux, et qui, à ce titre, mérite ici un peu plus qu'une simple mention : nous voulons parler des soi-disant « prophéties de la Grande Pyramide », répandues en Angleterre, et de là dans le monde entier, pour des fins qui sont peut-être en partie politiques, mais qui vont certainement plus loin que la politique au sens ordinaire de ce mot, et qui se lient d'ailleurs étroitement à un autre travail entrepris pour persuader les Anglais qu'ils sont les descendants des « tribus perdues d'Israël » ; mais, là-dessus encore, nous ne pourrions insister sans entrer dans des développements qui seraient présentement hors de propos. Quoi qu'il en soit, voici en quelques mots ce dont il s'agit : en mesurant, d'une façon qui n'est d'ailleurs pas exempte d'arbitraire (d'autant plus que, en fait, on n'est pas exactement fixé sur les mesures dont se servaient réellement les anciens Égyptiens), les différentes par-

---

[169] Ceux qui seraient curieux d'avoir des détails sur ce côté de la question pourraient consulter utilement, malgré les réserves qu'il y aurait à faire sur certains points, un livre intitulé *Autour de la Tiare*, par Roger Duguet, ouvrage posthume de quelqu'un qui a été mêlé de près à certains des « dessous » auxquels nous avons fait allusion un peu plus haut, et qui, à la fin de sa vie, a voulu apporter son « témoignage », comme il le dit lui-même, et contribuer dans une certaine mesure à dévoiler ces « dessous » mystérieux ; les raisons « personnelles » qu'il a pu avoir d'agir ainsi n'importent pas, car, en tout cas, elles n'enlèvent évidemment rien à l'intérêt de ses « révélations ».

ties des couloirs et des chambres de la Grande Pyramide[170], on a voulu y découvrir des « prophéties » en faisant correspondre les nombres ainsi obtenus à des périodes et à des dates de l'histoire. Malheureusement, il y a là-dedans une absurdité qui est tellement manifeste qu'on peut se demander comment il se fait que personne ne semble s'en apercevoir, et c'est bien ce qui montre à quel point nos contemporains sont « suggestionnés » ; en effet, à supposer que les constructeurs de la Pyramide y aient réellement inclus des « prophéties » quelconques, deux choses seraient somme toute plausibles : c'est, ou que ces « prophéties », qui devaient forcément être basées sur une certaine connaissance des lois cycliques, se rapportent à l'histoire générale du monde et de l'humanité, ou qu'elles aient été adaptées de façon à concerner plus spécialement l'Égypte ; mais, en fait, il arrive que ce n'est ni l'un ni l'autre, car tout ce qu'on veut y trouver est ramené exclusivement au point de vue du Judaïsme d'abord et du Christianisme ensuite, de sorte qu'il faudrait logiquement conclure de là que la Pyramide n'est point un monument égyptien, mais un monument « judéo-chrétien » ! Cela seul devrait suffire à faire justice de cette invraisemblable histoire ; encore convient-il d'ajouter que tout y est conçu suivant une soi-disant « chronologie » biblique tout à fait contestable, conforme au « littéralisme » le plus étroit et le plus protestant, sans doute parce qu'il fallait bien adapter ces choses à la mentalité spéciale du milieu où elles devaient être répandues principalement et en premier lieu. Il y aurait encore bien d'autres remarques curieuses à faire : ainsi, depuis le début de l'ère chrétienne, on n'aurait trouvé aucune date intéressante à mar-

---

[170] Cette Grande Pyramide, à vrai dire, n'est pas tellement plus grande que les deux autres, et surtout que la plus voisine, que la différence en soit très frappante ; mais, sans qu'on sache trop pour quelles raisons, c'est sur elle que se sont en quelque sorte « hypnotisés » à peu près exclusivement tous les « chercheurs » modernes, et c'est à elle que se rapportent toujours toutes leurs hypothèses les plus fantaisistes, on pourrait même dire les plus fantastiques, y compris, pour en citer seulement deux des exemples les plus bizarres, celle qui veut trouver dans sa disposition intérieure une carte des sources du Nil, et celle suivant laquelle le « Livre des Morts » ne serait pas autre chose qu'une description explicative de cette même disposition

quer avant celle des premiers chemins de fer ; il faudrait croire, d'après cela, que ces antiques constructeurs avaient une perspective bien moderne dans leur appréciation de l'importance des événements ; c'est là l'élément grotesque qui ne manque jamais dans ces sortes de choses, et par lequel se trahit précisément leur véritable origine : le diable est assurément fort habile, mais pourtant il ne peut jamais s'empêcher d'être ridicule par quelque côté [171]!

Ce n'est pas tout encore : de temps à autre, en s'appuyant sur les « prophéties de la Grande Pyramide » ou sur d'autres prédictions quelconques, et en se livrant à des calculs dont la base reste toujours assez mal définie, on annonce que telle date précise doit marquer « l'entrée

---

[171] Nous ne quitterons pas la Grande Pyramide sans signaler encore incidemment une autre fantaisie moderne : certains attribuent une importance considérable au fait qu'elle n'aurait jamais été achevée ; le sommet manque en effet, mais tout ce qu'on peut dire de sûr à cet égard, c'est que les plus anciens auteurs dont on ait le témoignage, et qui sont encore relativement récents, l'ont toujours vue tronquée comme elle l'est aujourd'hui ; de là à prétendre, comme l'a écrit textuellement un occultiste, que « le symbolisme caché des Écritures hébraïques et chrétiennes se rapporte directement aux faits qui eurent lieu au cours de la construction de la Grande Pyramide », il y a vraiment bien loin, et c'est encore là une assertion qui nous paraît manquer un peu trop de vraisemblance sous tous les rapports ! — Chose assez curieuse, le sceau officiel des États-Unis figure la Pyramide tronquée, au-dessus de laquelle est un triangle rayonnant qui, tout en en étant séparé, et même isolé par le cercle de nuages qui l'entoure, semble en quelque sorte en remplacer le sommet ; mais il y a encore dans ce sceau, dont certaines des organisations « pseudo-initiatiques » qui pullulent en Amérique cherchent à tirer un grand parti en l'expliquant conformément à leurs « doctrines », d'autres détails qui sont au moins étranges, et qui semblent bien indiquer une intervention d'influences suspectes : ainsi, le nombre des assises de la Pyramide, qui y est de treize (ce même nombre revient d'ailleurs avec quelque insistance dans d'autres particularités, et il est notamment celui des lettres qui composent la devise *E pluribus unum*), est dit correspondre à celui des tribus d'Israël (en comptant séparément les deux demi-tribus des fils de Joseph), et cela n'est sans doute pas sans rapport avec les origines réelles des « prophéties de la Grande Pyramide », qui, comme nous venons de le voir, tendent aussi à faire de celle-ci, pour des fins plutôt obscures, une sorte de monument « judéo-chrétien »

de l'humanité dans une ère nouvelle », ou encore « l'avènement d'un renouveau spirituel » (nous verrons un peu plus loin comment il convient de l'entendre en réalité) ; plusieurs de ces dates sont déjà passées, et il ne semble pas que rien de particulièrement marquant s'y soit produit ; mais qu'est-ce que tout cela peut bien vouloir dire au juste ? En fait, il y a là encore une autre utilisation des prédictions (autre, voulons-nous dire, que celle par laquelle elles augmentent le désordre de notre époque en semant un peu partout le trouble et le désarroi), et qui n'est peut-être pas la moins importante, car elle consiste à en faire un moyen de suggestion directe contribuant à déterminer effectivement la production de certains événements futurs ; croit-on, par exemple, et pour prendre ici un cas très simple afin de nous faire mieux comprendre, que, en annonçant avec insistance une révolution dans tel pays et à telle époque, on n'aidera pas réellement à la faire éclater au moment voulu par ceux qui y ont intérêt ? Au fond, il s'agit surtout actuellement, pour certains, de créer un « état d'esprit » favorable à la réalisation de « quelque chose » qui rentre dans leurs desseins, et qui peut sans doute se trouver différé par l'action d'influences contraires, mais qu'ils espèrent bien amener ainsi à se produire un peu plus tôt ou un peu plus tard ; il nous reste à voir plus exactement à quoi tend cette entreprise « pseudo-spirituelle », et il faut bien dire, sans vouloir pour cela être aucunement « pessimiste » (d'autant plus qu'« optimisme » et « pessimisme » sont, comme nous l'avons expliqué en d'autres occasions, deux attitudes sentimentales opposées qui doivent rester également étrangères à notre point de vue strictement traditionnel), que c'est là une perspective fort peu rassurante pour un assez prochain avenir.

Chapitre XXXVIII

De l'antitradition à la contre-tradition

Les choses dont nous avons parlé en dernier lieu ont, comme toutes celles qui appartiennent essentiellement au monde moderne, un caractère foncièrement antitraditionnel ; mais, en un sens, elles vont encore plus loin que l'« antitradition », entendue comme une négation pure et simple, et elles tendent à la constitution de ce qu'on pourrait appeler plus proprement une « contre-tradition ». Il y a là une distinction semblable à celle que nous avons faite précédemment entre déviation et subversion, et qui correspond encore aux deux mêmes phases de l'action antitraditionnelle envisagée dans son ensemble : l'« antitradition » a eu son expression la plus complète dans le matérialisme qu'on pourrait dire « intégral », tel qu'il régnait vers la fin du siècle dernier ; quant à la « contre-tradition », nous n'en voyons encore que les signes précurseurs, constitués précisément par toutes ces choses qui visent à contrefaire d'une façon ou d'une autre l'idée traditionnelle elle-même. Nous pouvons ajouter tout de suite que, de même que la tendance à la « solidification », exprimée par l'« antitradition », n'a pas pu atteindre sa limite extrême, qui aurait été véritablement en dehors et au-dessous de toute existence possible, il est à prévoir que la tendance à la dissolution, trouvant à son tour son expression dans la « contre-tradition », ne le pourra pas davantage ; les conditions mêmes de la manifestation, tant que le cycle n'est pas encore entièrement achevé, exigent évidemment qu'il en soit ainsi ; et, pour ce qui est de la fin même de ce cycle, elle suppose le « redressement » par lequel ces tendances « maléfiques » seront « transmuées » pour un résultat définitivement « bénéfique », ainsi que nous l'avons déjà expliqué plus haut. D'ailleurs, toutes les prophéties (et, bien entendu, nous prenons ici ce mot dans son sens véritable) indiquent que le triomphe apparent de la « contre-tradition » ne sera que passager, et que c'est au moment même où il semblera le plus complet qu'elle sera détruite par l'action d'influences spirituelles qui interviendront alors pour préparer immédiatement le « redressement » final [172]; il ne faudra, en effet, rien de moins qu'une telle intervention directe pour mettre fin, au moment voulu, à la plus redoutable et à la plus véritablement « satanique » de toutes les possibilités incluses dans la manifestation cyclique ; mais, sans anticiper davantage, examinons un peu plus précisément ce que représente en réalité cette « contre-tradition ».

Pour cela, nous devons nous reporter encore au rôle de la « contre-initiation » : en effet, c'est évidemment celle-ci qui, après avoir travaillé constamment dans l'ombre pour inspirer et diriger invisiblement tous les « mouvements » modernes, en arrivera en dernier lieu à « extérioriser », si l'on peut s'exprimer ainsi, quelque chose qui sera comme la contrepartie d'une véritable tradition, du moins aussi complètement et aussi exactement que le permettent les limites qui s'imposent nécessairement à toute contrefaçon possible. Comme l'initiation est, ainsi que nous l'avons dit, ce qui représente effectivement l'esprit d'une tradition, la « contre-initiation » jouera elle-même un rôle semblable à l'égard de la « contre-tradition » ; mais, bien entendu, il serait tout à fait impropre et erroné de parler ici d'esprit, puisqu'il s'agit précisément de ce dont l'esprit est le plus totalement absent, de ce qui en serait même l'opposé si l'esprit n'était essentiellement au-delà de toute opposition, et qui, en tout cas, a bien la prétention de s'y opposer, tout en l'imitant à la façon de cette ombre inversée dont nous avons parlé déjà à diverses reprises ; c'est pourquoi, si loin que soit poussée cette imitation, la « contre-tradition » ne pourra jamais être autre chose qu'une parodie, et elle sera seulement la plus extrême et la plus immense de toutes les parodies, dont nous n'avons encore vu jusqu'ici, avec toute la falsification du monde moderne, que des « essais » bien partiels et des

---

[172] C'est à quoi se rapporte réellement cette formule : « c'est quand tout semblera perdu que tout sera sauvé », répétée d'une façon en quelque sorte machinale par un assez grand nombre de « voyants », dont chacun l'a naturellement appliquée à ce qu'il a pu comprendre, et généralement à des évènements d'une importance beaucoup moindre, voire même parfois tout à fait secondaire et simplement « locale », en vertu de cette tendance « rapetissante » que nous avons déjà signalée à propos des histoires relatives au « Grand Monarque », et qui aboutit à ne voir en celui-ci qu'un futur roi de France ; il va de soi que les prophéties véritables se réfèrent à des choses d'une tout autre ampleur.

« préfigurations » bien pâles en comparaison de ce qui se prépare pour un avenir que certains estiment prochain, en quoi la rapidité croissante des événements actuels tendrait assez à leur donner raison. Il va de soi, d'ailleurs, que nous n'avons nullement l'intention de chercher à fixer ici des dates plus ou moins précises, à la façon des amateurs de prétendues « prophéties » ; même si la chose était rendue possible par une connaissance de la durée exacte des périodes cycliques (bien que la principale difficulté réside toujours, en pareil cas, dans la détermination du point de départ réel qu'il faut prendre pour en effectuer le calcul), il n'en conviendrait pas moins de garder la plus grande réserve à cet égard, et cela pour des raisons précisément contraires à celles qui meuvent les propagateurs conscients ou inconscients de prédictions dénaturées, c'est-à-dire pour ne pas risquer de contribuer à augmenter encore l'inquiétude et le désordre qui règnent présentement dans notre monde.

Quoi qu'il en soit, ce qui permet que les choses puissent aller jusqu'à un tel point, c'est que la « contre-initiation », il faut bien le dire, ne peut pas être assimilée à une invention purement humaine, qui ne se distinguerait en rien, par sa nature, de la « pseudo-initiation » pure et simple ; à la vérité, elle est bien plus que cela, et, pour l'être effectivement, il faut nécessairement que, d'une certaine façon, et quant à son origine même, elle procède de la source unique à laquelle se rattache toute initiation, et aussi, plus généralement, tout ce qui manifeste dans notre monde un élément « non-humain » ; mais elle en procède par une dégénérescence allant jusqu'à son degré le plus extrême, c'est-à-dire jusqu'à ce « renversement » qui constitue le « satanisme » proprement dit. Une telle dégénérescence est évidemment beaucoup plus profonde que celle d'une tradition simplement déviée dans une certaine mesure, ou même tronquée et réduite à sa partie inférieure ; il y a même là quelque chose de plus que dans le cas de ces traditions véritablement mortes et entièrement abandonnées par l'esprit, dont la « contre-initiation » elle-même peut utiliser les « résidus » à ses fins ainsi que nous l'avons expliqué. Cela conduit logiquement à penser que cette dégénérescence doit remonter beaucoup plus loin dans le passé ; et, si obscure que soit cette question des origines, on peut admettre comme vraisemblable qu'elle se rattache à la perversion de quelqu'une des anciennes civilisations ayant appartenu à l'un ou à l'autre des continents disparus dans les cataclysmes qui se sont produits au cours du présent *Manvan-*

tara[173] En tout cas, il est à peine besoin de dire que, dès que l'esprit s'est retiré, on ne peut plus aucunement parler d'initiation ; en fait, les représentants de la « contre-initiation » sont, aussi totalement et plus irrémédiablement que de simples profanes, ignorants de l'essentiel, c'est-à-dire de toute vérité d'ordre spirituel et métaphysique, qui, jusque dans ses principes les plus élémentaires, leur est devenue absolument étrangère depuis que « le ciel a été fermé » pour eux[174]. Ne pouvant conduire les êtres aux états « suprahumains » comme l'initiation, ni d'ailleurs se limiter au seul domaine humain, la « contre-initiation » les mène inévitablement vers l'« infra-humain », et c'est justement en cela que réside ce qui lui demeure de pouvoir effectif ; il n'est que trop facile de comprendre que c'est là tout autre chose que la comédie de la « pseudo-initiation ». Dans l'ésotérisme islamique, il est dit que celui qui se présente à une certaine « porte », sans y être parvenu par une voie normale et légitime, voit cette porte se fermer devant lui et est obligé de retourner en arrière, non pas cependant comme un simple profane, ce qui est désormais impossible, mais comme *sâher* (sorcier ou magicien opérant dans le domaine des possibilités subtiles d'ordre inférieur)[175] ; nous ne saurions donner une expression plus nette de ce dont il s'agit : c'est là la voie « infernale » qui prétend s'opposer à la voie « céleste », et qui présente en effet les apparences extérieures d'une telle opposition, bien qu'en définitive celle-ci ne puisse être qu'illusoire ; et, comme nous l'avons déjà dit plus haut à propos de la fausse spiritualité où vont se perdre certains êtres engagés dans une sorte de « réalisation à rebours »,

---

[173] Le chapitre VI de la *Genèse* pourrait peut-être fournir, sous une forme symbolique, quelques indications se rapportant à ces origines lointaines de la « contre-initiation ».

[174] On peut appliquer ici analogiquement le symbolisme de la « chute des anges », puisque ce dont il s'agit est ce qui y correspond effectivement dans l'ordre humain ; et c'est d'ailleurs pourquoi on peut parler à cet égard de « satanisme » au sens le plus propre et le plus littéral du mot.

[175] Le dernier degré de la hiérarchie « contre-initiatique » est occupé par ce qu'on appelle les « saints de Satan » (*awliyâ esh-Shaytân*), qui sont en quelque sorte l'inverse des véritables saints (*awliyâ er-Rahman*), et qui manifestent ainsi l'expression la plus complète possible de la « spiritualité à rebours » (cf. *Le Symbolisme de la Croix*, p. 186).

cette voie ne peut aboutir finalement qu'à la « désintégration » totale de l'être conscient et à sa dissolution sans retour[176].

Naturellement, pour que l'imitation par reflet inverse soit aussi complète que possible, il peut se constituer des centres auxquels se rattacheront les organisations qui relèvent de la « contre-initiation », centres uniquement « psychiques », bien entendu, comme les influences qu'ils utilisent et qu'ils transmettent, et non point spirituels comme dans le cas de l'initiation et de la tradition véritable, mais qui peuvent cependant, en raison de ce que nous venons de dire, en prendre jusqu'à un certain point les apparences extérieures, ce qui donne l'illusion de la « spiritualité à rebours ». Il n'y aura d'ailleurs pas lieu de s'étonner si ces centres eux-mêmes, et non pas seulement certaines des organisations qui leur sont subordonnées plus ou moins directement, peuvent se trouver, dans bien des cas, en lutte les uns avec les autres, car le domaine où ils se situent, étant celui qui est le plus proche de la dissolution « chaotique », est par là même celui où toutes les oppositions se donnent libre cours, lorsqu'elles ne sont pas harmonisées et conciliées par l'action directe d'un principe supérieur, qui ici fait nécessairement défaut. De là résulte souvent, en ce qui concerne les manifestations de ces centres ou de ce qui en émane, une impression de confusion et d'incohérence qui, elle, n'est certes pas illusoire, et qui est même encore une « marque » caractéristique de ces choses ; ils ne s'accordent que négativement, pourrait-on dire, pour la lutte contre les véritables centres spirituels, dans la mesure où ceux-ci se tiennent à un niveau qui permet à une telle lutte de s'engager, c'est-à-dire seulement pour ce qui se rapporte à un domaine ne dépassant pas les limites de

---

[176] Cet aboutissement extrême, bien entendu, ne constitue en fait qu'un cas exceptionnel, qui est précisément celui des *awliyâ esh-Shaytân* ; pour ceux qui sont allés moins loin dans ce sens, il s'agit seulement d'une voie sans issue, où ils peuvent demeurer enfermés pour une indéfinité « éonienne » ou cyclique.

notre état individuel[177]. Mais c'est ici qu'apparaît ce qu'on pourrait véritablement appeler la « sottise du diable » : les représentants de la « contre-initiation », en agissant ainsi, ont l'illusion de s'opposer à l'esprit même, auquel rien ne peut s'opposer en réalité ; mais en même temps, malgré eux et à leur insu, ils lui sont pourtant subordonnés en fait et ne peuvent jamais cesser de l'être, de même que tout ce qui existe est, fût-ce inconsciemment et involontairement, soumis à la volonté divine, à laquelle rien ne saurait se soustraire. Ils sont donc, eux aussi, utilisés en définitive, quoique contre leur gré, et bien qu'ils puissent même penser tout le contraire, à la réalisation du « plan divin dans le domaine humain »[178]; ils y jouent, comme tous les autres êtres, le rôle qui convient à leur propre nature, mais, au lieu d'être effectivement conscients de ce rôle comme le sont les véritables initiés, ils ne sont conscients que de son côté négatif et inversé ; ainsi, ils en sont dupes eux-mêmes, et d'une façon qui est bien pire pour eux que la pure et simple ignorance des profanes, puisque, au lieu de les laisser en quelque sorte au même point, elle a pour résultat de les rejeter toujours plus loin du centre principiel, jusqu'à ce qu'ils tombent finalement dans les « ténèbres extérieures ». Mais, si l'on envisage les choses, non plus par rapport à ces êtres eux-mêmes, mais par rapport à l'ensemble du monde, on doit dire que, aussi bien que tous les autres, ils sont nécessaires à la place qu'ils occupent, en tant qu'éléments de cet ensemble, et comme instruments « providentiels », dirait-on en langage théologique, de la marche de ce monde dans son cycle de manifestation, car c'est ainsi que tous les désordres partiels, même quand ils apparaissent

---

[177] Ce domaine est, au point de vue initiatique, celui de ce qui est désigné comme les « petits Mystères » ; par contre, tout ce qui se rapporte aux « grands Mystères », étant d'ordre essentiellement « supra-humain », est par là même exempt d'une telle opposition, puisque c'est là le domaine qui, par sa nature propre, est absolument fermé et inaccessible à la « contre-initiation » et à ses représentants à tous les degrés.
[178] *Et-tadâbîrul-ilâhiyah fî'l-mamlakatil-insâniyah*, titre d'un traité de Mohyiddin ibn Arabi.

en quelque sorte comme le désordre par excellence, n'en doivent pas moins nécessairement concourir à l'ordre total.

Ces quelques considérations doivent aider à comprendre comment la constitution d'une « contre-tradition » est possible, mais aussi pourquoi elle ne pourra jamais être qu'éminemment instable et presque éphémère, ce qui ne l'empêche pas d'être vraiment en elle-même, comme nous le disions plus haut, la plus redoutable de toutes les possibilités. On doit comprendre également que c'est là le but que la « contre-initiation » se propose réellement et qu'elle s'est constamment proposé dans toute la suite de son action, et que l'« antitradition » négative n'en représentait en somme que la préparation obligée ; il nous reste seulement, après cela, à examiner encore d'un peu plus près ce qu'il est possible de prévoir dès maintenant, d'après divers indices concordants, quant aux modalités suivant lesquelles pourra se réaliser cette « contre-tradition ».

Chapitre XXXIX

La grande parodie ou la spiritualité à rebours

Par tout ce que nous avons déjà dit, il est facile de se rendre compte que la constitution de la « contre-tradition » et son triomphe apparent et momentané seront proprement le règne de ce que nous avons appelé la « spiritualité à rebours », qui, naturellement, n'est qu'une parodie de la spiritualité, qu'elle imite pour ainsi dire en sens inverse, de sorte qu'elle paraît en être le contraire même ; nous disons seulement qu'elle le paraît, et non pas qu'elle l'est réellement, car, quelles que puissent être ses prétentions, il n'y a ici ni symétrie ni équivalence possible. Il importe d'insister sur ce point, car beaucoup, se laissant tromper par les apparences, s'imaginent qu'il y a dans le monde comme deux principes opposés se disputant la suprématie, conception erronée qui est, au fond, la même chose que celle qui, en langage théologique, met Satan au même niveau que Dieu, et que, à tort ou à raison, on attribue communément aux Manichéens ; il y a certes actuellement bien des gens qui sont, en ce sens, « manichéens » sans s'en douter, et c'est là encore l'effet d'une « suggestion » des plus pernicieuses. Cette conception, en effet, revient à affirmer une dualité principielle radicalement irréductible, ou, en d'autres termes, à nier l'Unité suprême qui est au-delà de toutes les oppositions et de tous les antagonismes ; qu'une telle négation soit le fait des adhérents de la « contre-initiation », il n'y a pas lieu de s'en étonner, et elle peut même être sincère de leur part, puisque le domaine métaphysique leur est complètement fermé ; qu'il soit nécessaire pour eux de répandre et d'imposer cette conception, c'est encore plus évident, car c'est seulement par là qu'ils peuvent réussir à se faire prendre pour ce qu'ils ne sont pas et ne peuvent pas être réellement, c'est-à-dire pour les représentants de quelque chose qui pourrait être mis en parallèle avec la spiritualité et même l'emporter finalement sur elle.

Cette « spiritualité à rebours » n'est donc, à vrai dire, qu'une fausse spiritualité, fausse même au degré le plus extrême qui se puisse concevoir ; mais on peut aussi parler de fausse spiritualité dans tous les cas où, par exemple, le psychique est pris pour le spirituel, sans aller forcément jusqu'à cette subversion totale ; c'est pourquoi, pour désigner celle-ci, l'expression de « spiritualité à rebours » est en définitive celle qui convient le mieux, à la condition d'expliquer exactement comment il convient de l'entendre. C'est là, en réalité, le « renouveau spirituel » dont certains, parfois fort inconscients, annoncent avec insistance le prochain avènement, ou encore l'« ère nouvelle » dans laquelle on s'efforce par tous les moyens de faire entrer l'humanité actuelle[179], et que l'état d'« attente » générale créé par la diffusion des prédictions dont nous avons parlé peut lui-même contribuer à hâter effectivement. L'attrait du « phénomène », que nous avons déjà envisagé comme un des facteurs déterminants de la confusion du psychique et du spirituel, peut également jouer à cet égard un rôle fort important, car c'est par là que la plupart des hommes seront pris et trompés au temps de la « contre-tradition », puisqu'il est dit que les « faux prophètes » qui s'élèveront alors « feront de grands prodiges et des choses étonnantes, jusqu'à séduire, s'il était possible, les élus eux-mêmes »[180]. C'est surtout sous ce rapport que les manifestations de la « métapsychique » et des diverses formes du « néo-spiritualisme » peuvent apparaître déjà comme une sorte de « préfiguration » de ce qui doit se produire par la suite, quoiqu'elles n'en donnent encore qu'une bien faible idée ; il s'agit toujours, au fond, d'une action des mêmes forces subtiles inférieures, mais qui seront alors mises en œuvre avec une puissance incomparablement plus grande ; et, quand on voit combien de gens sont toujours prêts à accorder aveuglément une entière confiance à toutes les divagations d'un simple « médium », uniquement parce qu'elles sont appuyées par des « phénomènes », comment s'étonner que la séduction doive être alors presque générale ? C'est pourquoi on ne redira jamais trop que les « phénomènes », en eux-mêmes, ne prouvent absolument rien quant à la vérité d'une doctrine ou d'un enseignement quelconque, que c'est là le domaine par excellence de la « grande illusion », où tout ce que certains prennent

---

[179] On ne saurait croire à quel point cette expression d'« ère nouvelle » a été, en ces derniers temps, répandue et répétée dans tous les milieux, avec des significations qui souvent peuvent sembler assez différentes les unes des autres, mais qui toutes ne tendent en définitive qu'à établir la même persuasion dans la mentalité publique.
[180] *St Matthieu*, XXIV, 24.

trop facilement pour des signes de « spiritualité » peut toujours être simulé et contrefait par le jeu des forces inférieures dont il s'agit ; c'est même peut-être le seul cas où l'imitation puisse être vraiment parfaite, parce que, en fait, ce sont bien les mêmes « phénomènes », en prenant ce mot dans son sens propre d'apparences extérieures, qui se produisent dans l'un et l'autre cas, et que la différence réside seulement dans la nature des causes qui y interviennent respectivement, causes que la grande majorité des hommes est forcément incapable de déterminer, si bien que ce qu'il y a de mieux à faire, en définitive, c'est de ne pas attacher la moindre importance à tout ce qui est « phénomène », et même d'y voir plutôt *a priori* un signe défavorable ; mais comment le faire comprendre à la mentalité « expérimentale » de nos contemporains, mentalité qui, façonnée tout d'abord par le point de vue « scientiste » de l'« antitradition », devient ainsi finalement un des facteurs qui peuvent contribuer le plus efficacement au succès de la « contre-tradition » ?

Le « néo-spiritualisme » et la « pseudo-initiation » qui en procède sont encore comme une « préfiguration » partielle de la « contre-tradition » sous un autre point de vue : nous voulons parler de l'utilisation, que nous avons déjà signalée, d'éléments authentiquement traditionnels dans leur origine, mais détournés de leur véritable sens et mis ainsi en quelque sorte au service de l'erreur ; ce détournement n'est, en somme, qu'un acheminement vers le retournement complet qui doit caractériser la « contre-tradition » (et dont nous avons vu, d'ailleurs, un exemple significatif dans le cas du renversement intentionnel des symboles) ; mais alors il ne s'agira plus seulement de quelques éléments fragmentaires et dispersés, puisqu'il faudra donner l'illusion de quelque chose de comparable, et même d'équivalent selon l'intention de ses auteurs, à ce qui constitue l'intégralité d'une tradition véritable, y compris ses applications extérieures dans tous les domaines. On peut remarquer à ce propos que la « contre-initiation », tout en inventant et en propageant, pour en arriver à ses fins, toutes les idées modernes qui représentent seulement l'« antitradition » négative, est parfaitement consciente de la fausseté de ces idées, car il est évident qu'elle ne sait que trop bien à quoi s'en tenir là-dessus ; mais cela même indique qu'il ne peut s'agir là, dans son intention, que d'une phase transitoire et préliminaire, car une telle entreprise de mensonge conscient ne peut pas être, en elle-même, le véritable et unique but qu'elle se propose ; tout cela n'est destiné qu'à préparer la venue ultérieure d'autre chose qui semble constituer un résultat plus « positif », et qui est précisément la « contre-tradition ». C'est pourquoi on voit déjà s'esquisser notamment, dans des productions diverses dont l'origine ou l'inspiration « contre-initiatique » n'est pas douteuse, l'idée d'une organisation qui serait comme la contrepartie, mais aussi par là même la contrefaçon, d'une conception traditionnelle telle que celle du « Saint-Empire », organisation qui doit être l'expression de la « contre-tradition » dans l'ordre social ; et c'est aussi pourquoi l'Antéchrist doit apparaître comme ce que nous pouvons appeler, suivant le langage de la tradition hindoue, un *Chakravartî* à rebours[181].

Ce règne de la « contre-tradition » est en effet, très exactement, ce qui est désigné comme le « règne de l'Antéchrist » : celui-ci, quelque idée qu'on s'en fasse d'ailleurs, est en tout cas ce qui concentrera et synthétisera en soi, pour cette œuvre finale, toutes les puissances de la « contre-initiation », qu'on le conçoive comme un individu ou comme une collectivité ; ce peut même, en un certain sens, être à la fois l'un et l'autre, car il devra y avoir une collectivité qui sera comme l'« extériorisation » de l'organisation « contre-initiatique » elle-même apparaissant enfin au jour, et aussi un personnage qui, placé à la tête de cette collectivité, sera l'expression la plus complète et comme l'« incarnation »

---

[181] Sur le *Chakravartî* ou « monarque universel », voir *L'Ésotérisme de Dante*, p. 76, et *Le Roi du Monde*, pp. 17-18. — Le *Chakravartî* est littéralement « celui qui fait tourner la roue », ce qui implique qu'il est placé au centre même de toutes choses, tandis que l'Antéchrist est au contraire l'être qui sera le plus éloigné de ce centre ; il prétendra cependant aussi « faire tourner la roue », mais en sens inverse du mouvement cyclique normal (ce que « préfigure » d'ailleurs inconsciemment l'idée moderne du « progrès »), alors que, en réalité, tout changement dans la rotation est impossible avant le « renversement des pôles », c'est-à-dire avant le « redressement » qui ne peut être opéré que par l'intervention du dixième *Avatâra* ; mais justement, s'il est désigné comme l'Antéchrist, c'est parce qu'il parodiera à sa façon le rôle même de cet *Avatâra* final, qui est représenté comme le « second avènement du Christ » dans la tradition chrétienne.

même de ce qu'elle représentera, ne serait-ce qu'à titre de « support » de toutes les influences maléfiques que, après les avoir concentrées en lui-même, il devra projeter sur le monde[182]. Ce sera évidemment un « imposteur » (c'est le sens du mot *dajjâl* par lequel on le désigne habituellement en arabe), puisque son règne ne sera pas autre chose que la « grande parodie » par excellence, l'imitation caricaturale et « satanique » de tout ce qui est vraiment traditionnel et spirituel ; mais pourtant il sera fait de telle sorte, si l'on peut dire, qu'il lui serait véritablement impossible de ne pas jouer ce rôle. Ce ne sera certes plus le « règne de la quantité », qui n'était en somme que l'aboutissement de l'« antitradition » ; ce sera au contraire, sous le prétexte d'une fausse « restauration spirituelle », une sorte de réintroduction de la qualité en toutes choses, mais d'une qualité prise au rebours de sa valeur légitime et normale [183]; après l'« égalitarisme » de nos jours, il y aura de nouveau une hiérarchie affirmée visiblement, mais une hiérarchie inversée, c'est-à-dire proprement une « contre-hiérarchie », dont le sommet sera occupé par l'être qui, en réalité, touchera de plus près que tout autre au fond même des « abîmes infernaux ».

Cet être, même s'il apparaît sous la forme d'un personnage déterminé, sera réellement moins un individu qu'un symbole, et comme la synthèse même de tout le symbolisme inversé à l'usage de la « contre-initiation », qu'il manifestera d'autant plus complètement en lui-même qu'il n'aura dans ce rôle ni prédécesseur ni successeur ; pour exprimer ainsi le faux à son plus extrême degré, il devra, pourrait-on dire, être entièrement « faussé » à tous les points de vue, et être comme une in-

---

[182] Il peut donc être considéré comme le chef des *awliyâ esh-Shaytân*, et, comme il sera le dernier à remplir cette fonction, en même temps que celui avec lequel elle aura dans le monde l'importance la plus manifeste, on peut dire qu'il sera comme leur « sceau » (khâtem), suivant la terminologie de l'ésotérisme islamique ; il n'est pas difficile de voir par là jusqu'où sera poussée effectivement la parodie de la tradition sous tous ses aspects.

[183] La monnaie elle-même, ou ce qui en tiendra lieu, aura de nouveau un caractère qualitatif de cette sorte, puisqu'il est dit que « nul ne pourra acheter ou vendre que celui qui aura le caractère ou le nom de la Bête, ou le nombre de son nom » (*Apocalypse*, XIII, 17), ce qui implique un usage effectif, à cet égard, des symboles inversés de la « contre-tradition ».

carnation de la fausseté même[184]. C'est d'ailleurs pour cela même, et en raison de cette extrême opposition au vrai sous tous ses aspects, que l'Antéchrist peut prendre les symboles mêmes du Messie, mais, bien entendu, dans un sens également opposé [185]; et la prédominance donnée à l'aspect « maléfique », ou même, plus exactement, la substitution de celui-ci à l'aspect « bénéfique », par subversion du double sens de ces symboles, est ce qui constitue sa marque caractéristique. De même, il peut et il doit y avoir une étrange ressemblance entre les désignations du Messie (*El-Mesîha* en arabe) et celles de l'Antéchrist (*El-Mesîkh*) ; [186]mais celles-ci ne sont réellement qu'une déformation de celles-là, comme l'Antéchrist lui-même est représenté comme difforme dans toutes les descriptions plus ou moins symboliques qui en sont données, ce qui est encore bien significatif. En effet, ces descriptions qu'il sera comme leur « sceau » (*khâtem*), suivant la terminologie de l'ésotérisme islamique ; il n'est pas difficile de voir par là jusqu'où sera poussée effectivement la parodie de la tradition sous tous ses aspects insistent surtout sur les dissymétries corporelles, ce qui suppose essentiellement que celles-ci sont les marques visibles de la nature même de l'être auquel elles sont attribuées, et, effectivement, elles sont toujours les signes de quelque déséquilibre intérieur ; c'est d'ailleurs pourquoi de telles difformités constituent des « disqualifications » au point de vue

---

[184] C'est encore ici l'antithèse du Christ disant : « Je suis la Vérité » ou d'un *walî* comme El-Hallâj disant de même : « *Anâ el-Haqq* ».

[185] « On n'a peut-être pas suffisamment remarqué l'analogie qui existe entre la vraie doctrine et la fausse ; saint Hippolyte, dans son opuscule sur l'*Antéchrist*, en donne un exemple mémorable qui n'étonnera point les gens qui ont étudié le symbolisme : le Messie et l'Antéchrist ont tous deux pour emblème le lion » (P. Vulliaud, *La Kabbale juive*, t. II, p. 373). — La raison profonde, au point de vue kabbalistique, en est dans la considération des deux faces lumineuse et obscure de *Metatron* ; c'est également pourquoi le nombre apocalyptique 666, le « nombre de la Bête », est aussi un nombre solaire (cf. *Le Roi du Monde*, pp. 34-35).

[186] Il y a ici une double signification qui est intraduisible : *Mesîkh* peut être pris comme une déformation de *Mesîha*, par simple adjonction d'un point à la lettre finale ; mais, en même temps, ce mot lui-même veut dire aussi « difforme », ce qui exprime proprement le caractère de l'Antéchrist

initiatique, mais, en même temps, on conçoit sans peine qu'elles puissent être des « qualifications » en sens contraire, c'est-à-dire à l'égard de la « contre-initiation ». Celle-ci, en effet, allant au rebours de l'initiation, par définition même, va par conséquent dans le sens d'un accroissement du déséquilibre des êtres, dont le terme extrême est la dissolution ou la « désintégration » dont nous avons parlé ; l'Antéchrist doit évidemment être aussi près que possible de cette « désintégration », de sorte qu'on pourrait dire que son individualité, en même temps qu'elle est développée d'une façon monstrueuse, est pourtant déjà presque annihilée, réalisant ainsi l'inverse de l'effacement du « moi » devant le « Soi », ou, en d'autres termes, la confusion dans le « chaos » au lieu de la fusion dans l'Unité principielle ; et cet état, figuré par les difformités mêmes et les disproportions de sa forme corporelle, est véritablement sur la limite inférieure des possibilités de notre état individuel, de sorte que le sommet de la « contre-hiérarchie » est bien la place qui lui convient proprement dans ce « monde renversé » qui sera le sien. D'autre part, même au point de vue purement symbolique, et en tant qu'il représente la « contre-tradition », l'Antéchrist n'est pas moins nécessairement difforme : nous disions tout à l'heure, en effet, qu'il ne peut y avoir là qu'une caricature de la tradition, et qui dit caricature dit par là même difformité ; du reste, s'il en était autrement, il n'y aurait en somme extérieurement aucun moyen de distinguer la « contre-tradition » de la tradition véritable, et il faut bien, pour que les « élus » tout au moins ne soient pas séduits, qu'elle porte en elle-même la « marque du diable ». Au surplus, le faux est forcément aussi l'« artificiel », et, à cet égard, la « contre-tradition » ne pourra pas manquer d'avoir encore, malgré tout, ce caractère « mécanique » qui est celui de toutes les productions du monde moderne dont elle sera la dernière ; plus exactement encore, il y aura en elle quelque chose de comparable à l'automatisme de ces « cadavres psychiques » dont nous avons parlé précédemment, et elle ne sera d'ailleurs, comme eux, faite que de « résidus » animés artificiellement et momentanément, ce qui explique encore qu'il ne puisse y avoir là rien de durable ; cet amas de « résidus » galvanisé, si l'on peut dire, par une volonté « infernale », est bien, assurément, ce qui donne l'idée la plus nette de quelque chose qui est arrivé aux confins mêmes de la dissolution.

Nous ne pensons pas qu'il y ait lieu d'insister davantage sur toutes ces choses ; il serait peu utile, au fond, de chercher à prévoir en détail comment sera constituée la « contre-tradition », et d'ailleurs ces indications générales seraient déjà presque suffisantes pour ceux qui voudraient en faire par eux-mêmes l'application à des points plus particuliers, ce qui ne peut en tout cas rentrer dans notre propos. Quoi qu'il en soit, nous sommes arrivés là au dernier terme de l'action anti-traditionnelle qui doit mener ce monde vers sa fin ; après ce règne passager de la « contre-tradition », il ne peut plus y avoir, pour parvenir au moment ultime du cycle actuel, que le « redressement » qui, remettant soudain toutes choses à leur place normale alors même que la subversion semblait complète, préparera immédiatement l'« âge d'or » du cycle futur.

Chapitre XL

La fin d'un monde

Tout ce que nous avons décrit au cours de cette étude constitue en somme, d'une façon générale, ce qu'on peut appeler les « signes des temps », suivant l'expression évangélique, c'est-à-dire les signes précurseurs de la « fin d'un monde » ou d'un cycle, qui n'apparaît comme la « fin du monde », sans restriction ni spécification d'aucune sorte, que pour ceux qui ne voient rien au-delà des limites de ce cycle même, erreur de perspective très excusable assurément, mais qui n'en a pas moins des conséquences fâcheuses par les terreurs excessives et injustifiées qu'elle fait naître chez ceux qui ne sont pas suffisamment détachés de l'existence terrestre ; et, bien entendu, ce sont justement ceux-là qui se font trop facilement cette conception erronée, en raison de l'étroitesse même de leur point de vue. À la vérité, il peut y avoir ainsi bien des « fins du monde », puisqu'il y a des cycles de durée très diverses, contenus en quelque sorte les uns dans les autres, et que la même notion peut toujours s'appliquer analogiquement à tous les degrés et à tous les niveaux ; mais il est évident qu'elles sont d'importance fort inégale, comme les cycles mêmes auxquels elles se rapportent, et, à cet égard, on doit reconnaître que celle que nous envisageons ici a incontestablement une portée plus considérable que beaucoup d'autres, puisqu'elle est la fin d'un *Manvantara* tout entier, c'est-à-dire de l'existence temporelle de ce qu'on peut appeler proprement une humanité, ce qui, encore une fois, ne veut nullement dire qu'elle soit la fin du monde terrestre lui-même, puisque, par le « redressement » qui s'opère au moment ultime, cette fin même deviendra immédiatement le commencement d'un autre *Manvantara*.

À ce propos, il est encore un point sur lequel nous devons nous expliquer d'une façon plus précise : les partisans du « progrès » ont coutume de dire que l'« âge d'or » n'est pas dans le passé, mais dans l'avenir ; la vérité, au contraire, est que, en ce qui concerne notre *Manvantara*, il est bien réellement dans le passé, puisqu'il n'est pas autre chose que l'« état primordial » lui-même. En un sens, cependant, il est à la fois dans le passé et dans l'avenir, mais à la condition de ne pas se borner au présent *Manvantara* et de considérer la succession des cycles terrestres, car, en ce qui concerne l'avenir, c'est de l'« âge d'or » d'un autre *Manvantara* qu'il s'agit nécessairement ; il est donc séparé de notre époque par une « barrière » qui est véritablement infranchissable pour les profanes qui parlent ainsi, et qui ne savent ce qu'ils disent quand ils annoncent la prochaine venue d'une « ère nouvelle » en la rapportant à l'humanité actuelle. Leur erreur, portée à son degré le plus extrême, sera celle de l'Antéchrist lui-même prétendant instaurer l'« âge d'or » par le règne de la « contre-tradition », et en donnant même l'apparence, de la façon la plus trompeuse et aussi la plus éphémère, par la contrefaçon de l'idée traditionnelle du *Sanctum* 200 *Regnum* ; on peut comprendre par-là pourquoi, dans toutes les « pseudo-traditions » qui ne sont encore que des « préfigurations » bien partielles et bien faibles de la « contre-tradition », mais qui tendent inconsciemment à la préparer plus directement sans doute que toute autre chose, les conceptions « évolutionnistes » jouent constamment le rôle prépondérant que nous avons signalé. Bien entendu, la « barrière » dont nous parlions tout à l'heure, et qui oblige en quelque sorte ceux pour qui elle existe à tout renfermer à l'intérieur du cycle actuel, est un obstacle plus absolu encore pour les représentants de la « contre-initiation » que pour les simples profanes, car, étant orientés uniquement vers la dissolution, ils sont vraiment ceux pour qui rien ne saurait plus exister au-delà de ce cycle, et ainsi c'est pour eux surtout que la fin de celui-ci doit être réellement la « fin du monde », dans le sens le plus intégral que l'on puisse donner à cette expression.

Ceci soulève encore une autre question connexe dont nous dirons quelques mots, bien que, à vrai dire, quelques-unes des considérations précédentes y apportent déjà une réponse implicite : dans quelle mesure ceux mêmes qui représentent le plus complètement la « contre-initiation » sont-ils effectivement conscients du rôle qu'ils jouent, et dans quelle mesure ne sont-ils au contraire que des instruments d'une volonté qui les dépasse, et qu'ils ignorent d'ailleurs par là même, tout en lui étant inévitablement subordonnés ? D'après ce que nous avons dit plus haut, la limite entre ces deux points de vue sous lesquels on peut envisager leur action est forcément déterminée par la limite même du monde spirituel, dans lequel ils ne peuvent pénétrer en aucune façon ; ils peuvent avoir des connaissances aussi étendues qu'on voudra le supposer quant aux possibilités du « monde intermédiaire », mais ces connaissances n'en seront pas moins toujours irrémédiablement faussées par l'absence de l'esprit qui seul pourrait leur donner leur véritable sens. Évidemment, de tels êtres ne peuvent jamais être des mécanistes ni des matérialistes, ni même des « progressistes » ou des « évolutionnistes » au sens vulgaire de ces mots, et, quand ils lancent dans le monde les idées que ceux-ci expriment, ils le trompent sciemment ; mais ceci ne concerne en somme que l'« antitradition » négative, qui n'est pour eux qu'un moyen et non un but, et ils pourraient, tout comme d'autres, chercher à excuser cette tromperie en disant que « la fin justifie les moyens ». Leur erreur est d'un ordre beaucoup plus profond que celle des hommes qu'ils influencent et « suggestionnent » par de telles idées, car elle n'est pas autre chose que la conséquence même de leur ignorance totale et invincible de la vraie nature de toute spiritualité ; c'est pourquoi il est beaucoup plus difficile de dire exactement jusqu'à quel point ils peuvent être conscients de la fausseté de la « contre-tradition » qu'ils visent à constituer, puisqu'ils peuvent croire très réellement qu'en cela ils s'opposent à l'esprit, tel qu'il se manifeste dans toute tradition normale et régulière, et qu'ils se situent au même niveau que ceux qui le représentent en ce monde ; et, en ce sens, l'Antéchrist sera assurément le plus « illusionné » de tous les êtres. Cette illusion a sa racine dans l'erreur « dualiste » dont nous avons parlé ; et le dualisme, sous une forme ou sous une autre, est le fait de tous ceux dont l'horizon s'arrête à certaines limites, fût-ce celles du monde manifesté tout entier, et qui, ne pouvant ainsi résoudre, en la ramenant à un principe supérieur, la dualité qu'ils constatent en toutes choses à l'intérieur de ces limites, la croient vraiment irréductible et sont amenés par là même à la négation de l'Unité suprême, 201 qui en effet est pour eux comme si elle n'était pas. C'est pourquoi nous avons pu dire que les représentants de la « contre-initiation » sont finalement dupes de leur propre rôle, et que leur illusion est même véritablement la pire de toutes, puisque, en définitive, elle est la seule par laquelle un être puisse, non pas être simplement égaré plus ou moins gravement, mais être réellement perdu sans retour ; mais évidemment, s'ils n'avaient pas cette illusion, ils ne rempliraient pas une fonction qui, pourtant, doit nécessairement être remplie comme toute autre pour l'accomplissement même du plan divin en ce monde.

Nous sommes ainsi ramenés à la considération du double aspect « bénéfique » et « maléfique » sous lequel se présente la marche même du monde, en tant que manifestation cyclique, et qui est vraiment la « clef » de toute explication traditionnelle des conditions dans lesquelles se développe cette manifestation, surtout quand on l'envisage, comme nous l'avons fait ici, dans la période qui mène directement à sa fin. D'un côté, si l'on prend simplement cette manifestation en elle-même, sans la rapporter à un ensemble plus vaste, sa marche tout entière, du commencement à la fin, est évidemment une « descente » ou une « dégradation » progressive, et c'est là ce qu'on peut appeler son sens « maléfique » ; mais, d'un autre côté, cette même manifestation, replacée dans l'ensemble dont elle fait partie, produit des résultats qui ont une valeur réellement « positive » dans l'existence universelle, et il faut que son développement se poursuive jusqu'au bout, y compris celui des possibilités inférieures de l'« âge sombre », pour que l'« intégration » de ces résultats soit possible et devienne le principe immédiat d'un autre cycle de manifestation, et c'est là ce qui constitue son sens « bénéfique ». Il en est encore ainsi quand on considère la fin même du cycle : au point de vue particulier de ce qui doit alors être détruit, parce que sa manifestation est achevée et comme épuisée, cette fin est naturellement « catastrophique », au sens étymologique où ce mot évoque l'idée d'une « chute » soudaine et irrémédiable ; mais, d'autre part, au point de vue où la manifestation, en disparaissant comme telle, se trouve ramenée à son principe dans tout ce qu'elle a d'existence positive, cette même fin apparaît au contraire comme le « redressement » par lequel, ainsi que nous l'avons dit, toutes choses sont non moins soudainement rétablies dans leur « état primordial ». Ceci peut d'ailleurs s'appliquer analogiquement à tous les degrés, qu'il s'agisse d'un être ou d'un monde : c'est toujours, en somme, le point de vue partiel qui est « maléfique », et le point de vue total, ou relativement tel par rapport au premier, qui est « bénéfique », parce que tous les désordres possibles ne sont tels qu'en tant qu'on les envisage en eux-mêmes et « séparativement », et que ces désordres partiels s'effacent entièrement devant l'ordre total dans lequel ils rentrent finalement, et dont, dépouillés de leur aspect «négatif», ils sont des éléments constitutifs au même titre que toute autre chose; en définitive, il n'y a de «maléfique» que la limitation qui conditionne nécessairement toute existence contingente, et cette limitation n'a elle-même en réalité qu'une existence purement négative. Nous avons parlé tout d'abord comme si les deux points de vue «bénéfique» et «maléfique» étaient en quelque sorte symétriques; mais il est facile de comprendre qu'il n'en est rien, et que le second n'exprime que quelque chose d'instable et de transitoire, tandis que ce que représente le premier a seul un caractère permanent et définitif, de sorte que l'aspect «bénéfique» ne peut pas ne pas 202 l'emporter finalement, alors que l'aspect «maléfique» s'évanouit entièrement, parce que, au fond, il n'était qu'une illusion inhérente à la «séparativité». Seulement, à vrai dire, on ne peut plus alors parler proprement de «bénéfique», non plus que de «maléfique», en tant que ces deux termes sont essentiellement corrélatifs et marquent une opposition qui n'existe plus, car, comme toute opposition, elle appartient exclusivement à un certain domaine relatif et limité; dès qu'elle est dépassée, il y a simplement ce qui est, et qui ne peut pas ne pas être, ni être autre que ce qu'il est; et c'est ainsi que, si l'on veut aller jusqu'à la réalité de l'ordre le plus profond, on peut dire en toute rigueur que la «fin d'un monde» n'est jamais et ne peut jamais être autre chose que la fin d'une illusion.

Préface	3
Avant-propos	9
Chapitre premier	18
Chapitre II	23
Chapitre III	30
Chapitre IV	38
Chapitre V	45
Chapitre VI	52
Chapitre VII	56
Chapitre VIII	61
Chapitre IX	68
Chapitre X	74
Chapitre XI	80
Chapitre XII	88
Chapitre XIII	94
Chapitre XIV	100
Chapitre XV	105
Chapitre XVI	111
Chapitre XVII	116
Chapitre XVIII	123
Chapitre XIX	131
Chapitre XX	139
Chapitre XXI	146
Chapitre XXII	154
Chapitre XXIII	161
Chapitre XXIV	167
Chapitre XXV	174
Chapitre XXVI	179
Chapitre XXVII	187
Chapitre XXVIII	193
Chapitre XXIX	198
Chapitre XXX	203
Chapitre XXXI	209
Chapitre XXXII	216
Chapitre XXXIII	221
Chapitre XXXIV	228
Chapitre XXXV	236

Chapitre XXXVI 242
Chapitre XXXVII 253
Chapitre XXXVIII 261
Chapitre XXXIX 268
Chapitre XL 276

Disponible dans la collection
Les Atemporels

— **Du contrat social** de Jean-Jacques Rousseau
Préface et biographie de Yoann Laurent-Rouault

— **1984** de George Orwell
Préfacé par Jean-David Haddad
Traduit par Clémentine Vacherie

— **La ferme des animaux** de George Orwell
Préfacé et traduit par Aïssatou Thiam

— **Psychologie des foules** de Gustave Le Bon
Préfacé par Benoist Rousseau

— **Aziyadé** de Pierre Loti
Préfacé par Alain Maufinet

— **Discours de la servitude volontaire** d'Étienne de La Boétie
Préfacé par Gilles Nuytens

— **Le diable au corps** de Raymond Radiguet
Préfacé par Franck Antunes

— **Gamiani ou deux nuits d'excès** d'Alfred de Musset
Préfacé par Laetitia Cavagni

Découvrez le fonds littéraire international

Œuvres classiques illustrées et enrichies

Compilation d'œuvres essentielles
De nombreuses traductions

Suivez **JDH Éditions** sur les réseaux sociaux
pour en savoir plus sur les auteurs,
les nouveautés, les projets…

Inscrivez-vous à notre Newsletter sur
www.jdheditions.fr
pour recevoir l'actualité de nos nouvelles
parutions